해의 흔적

해의 흔적

The Trace of the Wonder

VOL.3

도해늘 장편소설

A
TRACE
OF
the WONDER

Contents

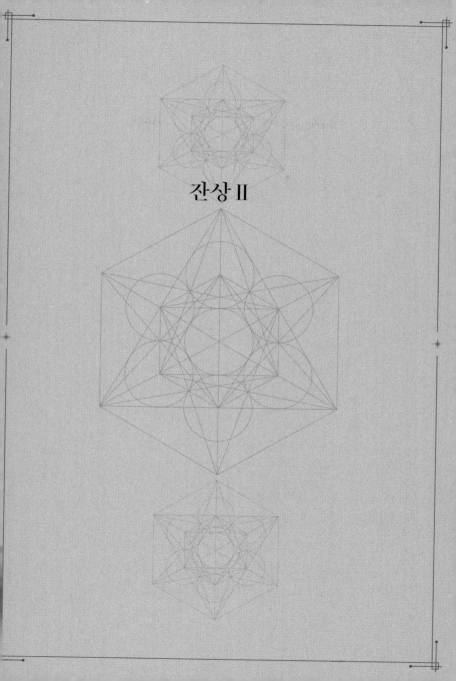

잔상 II

7대 레이드의 마지막 던전은 오후 4시에 열렸다.

해당 던전에는 브레이크 전조가 뜬 순간부터 앞에서 대기했던, 언제나 코드가 해 왔던 일을 대신한 HN길드의 1급 공대가 첫 번째로 진입했다.

그날, 코드는 전원 출근하지 않았다. 사현이 길드 건물이 소란스러울 테니 각자 던전 공략 영상을 지켜보며 분석하라고 했었고, 그래서 정이선도 집에서 실시간 영상을 보았다. 언제나 첫 번째로 진입하다가 이렇게 다른 공대가 먼저 입장하는 모습을 보는 건 조금, 아니, 많이 새로웠다.

던전에 들어갈 때마다 던전이 어떤 형태일까 긴장했는데 이번엔 핸드폰 화면을 통해서 보니 한결 마음이 편했다. 그래도 며칠 뒤엔 직접 이 던전에 진입해야 할 테니 세밀한 복구를 위해서라도 주의 깊게 화면을 들여다보았는데, 그때 맞닥뜨린 모습에 정이선은 무척 놀랐다.

지금껏 무너진 건물은 많이 봐 왔지만 이렇게 물에 아예 잠긴 모습은 처음이었다. 게다가 등대에 접근하는 길마저 무너져 물에 잠겨 있으니, 7차 던전의 난이도가 훨씬 더 높다는 생각에 걱정이 들었다.

사현이 사윤강의 부족한 실력을 전시하기 위해 일부러 던전에 밀어 넣긴 했지만, 마침 그 던전이 극악의 난이도를 자랑하니 정이선은 다소 복잡한 기분에 사로잡혔다. 그를 동정하지는 않지만 약간 안타깝기도 했고, 또 한편으론 내심 시원하기도 했다. 던전이 어려울수록 사윤강의 능력이 더 확실히 드러날 것이기 때문이었다.

그래도 나름대로 대형 길드의 1급 공대니 어느 정도는 선방할 거라고 생각했다. 하지만 시간이 지날수록 정이선의 생각은…… 솔직하게 표현하자면 실망과 놀라움으로 바뀔 수밖에 없었다.

자신이 코드에서 활동하며 사현이 지휘하는 모습을 보았기 때문인지, 사윤강의 능력이 부족하단 게 확연히 눈에 띄었다. 사윤강은 생각 그 이상으로 못했고, 힐러이니 전투가 낯설단 점을 감안하더라도 전반적인 상황 파악 능력이 부족했다.

그래도 혹시나 신경 써야 할 패턴이 있을까 싶어서 주의 깊게 영상을 들여다보다가…… 그대로 잠들어 버렸다. 등대 안에 진입하지도 못하고 계속 같은 구간에서만 헤매고 있으니 조금, 아니, 꽤 많이 지루했던 탓이다.

그렇게 정이선이 간만에 아주 긴 잠을 자고 일어났을 땐 집을 찾아온 손님들을 맞이해야 했다.

"복구사님, 완전 푹 주무신 얼굴인데요?"

"설마 이선 복구사, 어제 공략 영상 보다가 잠들었나? 마지막이 하이라이트였는데."

"어젯밤부터 새벽까지 세상이 시끌시끌했는데……."

기주혁, 나건우, 한아린이 차례로 말을 쏟아 내며 집에 들어왔다. 정이선은 갑자기 찾아온 그들을 멍하게 맞이했다. 아직 잠에서 덜 깬 탓에 그들의 소란스러운 인사말이 머릿속에 제대로 담기지 못하고 흘러나갔다.

이후 씻고 나와서야 겨우겨우 정이선은 정신을 차려 그들과 현 상황에 관해 대화할 수 있었다. 어제 새벽 2시쯤 공대가 퇴장했는데, 퇴장과 동시에 사윤강이 헌터 협회에 잡혀갔다는 충격적인 소식이었다.

"갑자기 헌터 협회에요……?"

정이선은 어제 오후 10시도 되기 전에 곯아떨어졌다. 게다가 오직 공략 영상만 살펴보았기 때문에 다른 한편에서 어떤 난리가 일어났는지 전혀 몰랐다. 그래서 그들의 이야기를 듣고 나서야 인터넷을 확인했고, 포털 사이트가 사윤강의 전 길드장 독살 건으로 마비된 것을 발견했다.

"사현이 단순히 사윤강 실력 전시하려고 들여보낸 거라 생각했는데……. 이렇게 기회를 활용할 줄은 몰랐어요. 일부러 바깥이랑 차단된 때 노려서 대응할 시간도 뺏어 버리고, 던전 나오자마자 체포되게 하다니……."

한아린이 질린 낯으로 어깨를 부르르 떨었고 기주혁과 나건우도 저마다 던전 진입권을 양보한 이유가 있었다며 고개를 주억거렸다. 정이선은 사윤강이 헌터 협회에 잡혀가는 모습이 찍힌 사진을 보며 조금 미묘한 낯을 했다.

'내가 무슨 수를 써도 안 죽으니까 이런 거 아냐!'

자신이 독약을 먹어서 부길드장의 집무실에서 사윤강과 사현이 대화할 때, 사윤강이 그런 말을 했던 게 어렴풋하게 기억났다. 정이선은 가물가물한 기억을 되짚어 가며 사현이 그때부터 계획을 짰던 건가 생각했다. 한백병원에서 모으고 있다고 했던 자료도 모두 이때를 위한 거였나…….

정이선이 그때를 회상하면서 길드장의 시체에서 검출되었단 독성분을 보았다. 하나가 아니라 대여섯 개의 성분이 나왔는데, 길드장이 죽지 않으니까 온갖 독을 먹인 것 같았다. 찝찝한 기분으로 보고 있으니 한아린이 절레절레 고개를 내저으며 말했다.

"아무튼 사윤강이 전 길드장 독살한 거 밝혀지면서, 지금 길드 완전 난리 났거든요. 건물에 기자들 쫙 깔려서 차마 그곳으로 들어갈 수가 없겠더라고. 그래서 일단 소란 수습될 때까진 각자 영상 분석하기로 했어요. 우린 이선 복구사랑 같이 보려고 왔고."

"물론 누님이라면 다 밀치고 들어갈 수 있지만, 지금은 괜한 소란 피워서 좋을 게 없죠."

기주혁이 해맑게 말했다가 한아린의 상냥한 웃음을 받고

입을 다물었다. 나건우가 껄껄 웃음을 터트리는 걸 들으며 정이선은 사현이 어제부터 코드를 출근시키지 않은 이유가 있었다고 생각했다. 언론은 예전부터 사윤강과 사현의 대립을 좋아했으니, 혹시나 코드 인원의 행동 하나하나가 현 상황과 연결되어 기사화될 것을 방지하기 위함일 터였다.

정이선은 사진 속 사윤강의 한쪽 팔, 정확히는 붉게 물든 손목을 보며 살짝 탄식했다.

"……저 손, 붙을 수 있죠?"

"헌협에 A급 힐러 있어서 붙긴 할 거예요. 다만 곧바로 사용은 못 하겠지……. 로드 없어도 스킬 사용은 가능하겠지만 그것도 연습 여러 번 해야 가능하고. 사윤강은 지금까지 계속 로드로 마나 썼어서 더 힘들 거예요."

"왼손으로는 사용 불가능한가요?"

"평소에 양손 썼으면 괜찮은데, 지금까지 내가 본 바로는 사윤강 오른손만 썼어요. 마나 사용하는 것도 의식이랑 연결되니까 익숙한 방향으로 사용해야 가장 마나가 잘 나오거든요. 못 쓰는 건 아닐 텐데, 세밀하겐 조절 안 되니 포션 제작도 어려울 테고. 적응에도 시간 오래 걸리겠고……."

같은 힐러이니 만큼 현 상황의 분석이 세세하게 되는지 나건우가 줄줄 말을 이었다.

"그러게 왜 몬스터가 앞에 있는데 광역 치유 스킬 써 가지고, 쯧쯧. 자기 딴엔 가장 큰 스킬 써 본 것 같은데, 그게 그만큼 밝으니 몬스터 어그로 끈단 걸 전혀 계산 못 했나…….
전투 스킬도 아니면서 왜 손은 앞으로 내뻗어서.”

그가 혀를 차며 고개를 저었다. 만약에 던전 안에서 힐러
들의 마나가 충분했더라면 응급 처치가 제대로 됐을 텐데,
이미 마나 낭비가 심각했다며 그들의 공략을 비판했다. 던
전 안에선 마나의 분배가 매우 중요한데 포션만 내고 자만
하다가 큰코다친 경우란 것이다.

“그런데 어차피 사윤강 이제 마나 못 쓸 거예요. 살인은
무조건 헌터 자격 정지라서. A급까지는 능력 제한할 장치
있으니까 앞으로 아예 마나 못 쓰거나, 어떻게 쓰더라도 곧
바로 감시 따라붙을 거예요. 쯧쯧…….”

“아, 독살…….”

“길드장이 헌터 자격 정지 뜨는 건 세계를 통틀어서 처음
이겠다. 어휴, 길드 망신이에요.”

기주혁이 HN길드의 주가도 떨어지고 명예도 실추됐다고
슬픈 낯을 했다. 3위 낙원길드는 차기 길드장이었던 천형원
때문에 소란이고, 1위 HN길드는 길드장 사윤강 때문에 난
리니…… 이 판에서 승자는 태신길드였다는 소리를 내뱉었
다. 왠지 그럴듯한 말이라 정이선은 저도 모르게 작게 고개
를 끄덕이다 질문했다.

“그러면 지금 사현 헌터는 어디에 있나요?”

“아, 리더는 한창 소란스러운 길드에 계시죠.”

"사윤강이 코드 진입 훼방 놓는 데에 혈안이었어서 부길 드장도 따로 안 뽑았거든요. 어쩌면 자기 권력 분산될까 봐 일부러 그랬나 싶기도 한데⋯⋯."

사윤강이 전 길드장을 독살했단 증거가 나왔으니 그의 헌터 자격 정지는 뻔한 일이었다. 헌터 길드를 이끄는 길드장의 헌터 자격이 사라진다면 길드장 자리를 박탈당하는 것이나 마찬가지라, 현재 사현이 혼란한 길드를 관리하고 있다고 했다.

사실 사현은 길드장의 권한을 대리할 직위에 있지 않지만, 그 누구도 사현에게 이의를 제기하지 않았다. 한때 사윤강과 길드장 자리를 두고 경쟁했던 사현이기에 모두들 당연히 그 상황을 받아들일 뿐이었다.

정이선은 어렴풋하게 현재의 상황을 예측하며 고개를 끄덕였다.

"태신은 언제 입장할 계획인지 발표했나요?"

"정오에 한대요. 대기 10시간 타고 입장인데, 이제 두 시간 정도 남았네요."

한창 사윤강에 대한 이야기를 하다가 자연히 화제가 바뀌었다. 1급 공대의 공략 영상에선 사실 분석할 만한 게 많이 없지만, 그래도 단서 하나 놓칠 수 없으니 세밀히 들여다봐야 한다며 분주히 노트북을 펼쳤다. TV로는 태신의 영상을 보고, 노트북으로는 1급 공대의 영상을 볼 계획이었다.

정이선은 마지막으로 사윤강이 끌려가는 사진을 힐끔 보았다가 결국 미련 없이 화면을 껐다.

곧 기주혁이 HN길드 1급 공대가 진입한 공략 영상을 틀며 말했다.

"저 진입 영상 시작부터 충격받았잖아요. 7차 던전 완전 복구사님을 위한 던전 아닙니까."

"나도 놀랐다니까. 우리 코드에는 이선 복구사 있어서 얼마나 다행이라 생각했는지……."

기주혁과 나건우가 진심으로 다행이란 낯을 했다. 영상으로 봤을 때 받았던 충격에 대해 이야기하는데, 사실 정이선도 놀랐던 건 매한가지였기에 그는 조금 어색한 얼굴로 말했다.

"그런데…… 제 복구로 등대가 오를까요? 이 공대도 3층에 불 올린 후에야 등대가 올랐는데, 저도 길만 복구하는 거 아닌지……."

"전 등대 솟아오른다에 한 표."

"두 표."

"세 표."

"……."

갑작스레, 그리고 또 순식간에 진행된 투표에 정이선이 떨떠름한 낯을 하자 셋이 크게 웃음을 터뜨렸다. 그들은 정이선을 놀리는 재미가 있다며 키득거리다가 한아린이 가장 먼저 웃음기를 갈무리하며 말했다.

"지금까지 히든 능력으로 복구한 거 생각하면 이번 등대도 복구된다고 봐요. 그리고 설령 아니더라도, 등대까지 가는 길만 제대로 다듬어져도 훨씬 편하니까. 길 끝에 도착하면 기주혁이 불 올리면 되고……. 그러니 부담은 안 느껴도 돼요."

"파도 많이 치던데, 내가 한 번에 불 올릴 수 있으려나……."

"걱정된다면 사현한테 훈련 좀 시켜 주라고 연락할게."

"저 불 올리기 달인입니다. 전생에 봉화 올렸대요."

비장한 기주혁의 말에 결국 정이선이 작게 웃음을 터트렸다. 그의 웃음에 앞에 있던 셋이 잠깐 놀란 낯을 했다가, 이내 기주혁이 꽤 뿌듯하게 말했다.

"복구사님 웃을 때마다 왠지 퀘스트 클리어한 느낌이에요."

"진짜 이상한 표현인데 동감."

보통 기주혁에게 장난스럽게 차가운 반응을 보이던 한아린도 이번엔 동의한다며 고개를 끄덕였다. 정이선은 자신이 웃을 때마다 그들이 이렇게 반응하는 게 새삼 민망해졌다.

"그래도 이선 복구사 점점 잘 웃어서 보기 좋네."

그러다 문득 나건우가 가볍게 내뱉은 말에 정이선은 조금 더 어색해진 얼굴로 입가를 매만졌다. 1년 전 그날 이후로 자신이 감정적으로 침체된 삶을 살았단 건 알았다. 친구들이 없으니 웃을 일이 없었다. 하지만 코드에서 새로운 이들과 함께하게 되면서 조금씩 웃는 일이 많아졌다.

그들의 대화가 웃겨서, 어쩌면 그 편한 분위기 속에 동조하게 되어서.

"……."

그걸 자각하는 건 아주 이상한 기분을 안겼다. 반사적으로 찜찜한 죄책감이 들었다가 낯설게도 편안한 느낌을 받았다. 정이선이 그 괴리감을 곱씹는 동안 세 명은 분주히 공략 영상을 확인했다.

그러다 기주혁이 잠깐 핸드폰을 보는가 싶더니 돌연 작게 탄식하며 창밖을 보았다.

"와, 태신이 유리할 수도 있겠다 생각했는데…… 완전 하드하겠는데요."

갑작스러운 말에 다른 이들의 시선도 모두 옆으로 돌아갔다. 거실에 모여 있었기에 모두 같은 하늘을 발견하고 기주혁을 따라 탄식했다.

하늘이 온통 흐렸다. 먹구름이 잔뜩 껴서 당장에라도 빗방울이 쏟아질 것 같았다. 던전은 바깥 날씨와 동기화되는 경우가 종종 있으니, 7차 던전의 지형을 생각하면 현재 쏟아질 비가 태신 공대의 공략에 큰 영향을 미칠 것이었다.

그사이 날씨 정보를 확인한 기주혁이 이틀 내내 비가 온다고 말했다. 어쩌면 코드가 재진입할 때도 이럴 수 있다며 그는 조금 심란하게 중얼거렸다.

"비가 많이 오겠어요······."

무채색으로 물든 하늘이 서서히 빛을 잃어 갔다.

◁　◆　▷

태신 공대가 진입하기까지 30분 남은 시점, 하늘에서 비가 쏟아지기 시작했다.

많은 사람이 그 점을 안타까워했고 태신 공대도 게이트 앞에서 긴급회의에 들어갔다. 서울 전역에 내리는 비는 어디에서나 보였으며, 그건 헌터 협회 건물에서도 마찬가지였다.

"······."

사윤강은 취조실로 향하는 길에 바깥의 하늘을 멍하니 보았다. 하룻밤 사이에 거뭇거뭇해진 눈가나 죽어 버린 눈동자가 그가 어떤 시간을 보냈는지 알려 주었다.

새벽에 곧장 헌터 협회로 끌려와서 우선 잘린 손목을 치료받았다. 헌터들의 중심 기관인 만큼 뛰어난 힐러들이 있고 치료 수준도 훌륭해 큰 상처 없이 손이 연결되었지만 사윤강은 전혀 기쁘지 않았다. 모든 상황이 암울했다. S급 던전에 자신 있게 들어갔던 어제가 모두 꿈이었던 것처럼 아득했다.

　부족한 던전 진입 경험에 대한 논란을 한 번에 해결할 거라 기대했는데, S급 던전을 연이어 클리어하면서 콧대가 높아진 사현을 짓누를 수 있다고 생각했는데 현실은 전혀 달랐다.

　심지어 사현이 친히 착용시켜 준 아이템 때문에 공개적으로 망신을 당하다 못해 손까지 잘렸다. 게다가 바깥에 나오자마자 손쓸 도리도 없이 곧장 협회에 끌려왔으니……

　던전 안에서 느꼈던 공포가 점차 분노로 바뀌었다. 이 모든 게 사현이 정교하게 짠 판이란 걸 깨닫는 순간부터 그는 걷잡을 수 없는 분노를 느끼고 있었다. 게다가 비가 오는 상황까지 보고 있으니 더더욱 화가 났다.

　7차 던전을 직접 겪은 그로서, 그 지형 안에서 비바람을 맞닥뜨린다는 게 얼마나 험난할지 훤히 예상되었다. 그렇지 않아도 무너진 길 때문에 태신길드장의 뇌전 스킬을 사용하기 까다로울 텐데, 비바람까지 분다면 더더욱 스킬 사용 범위가 제한되었다. 태신 공대는 실패할 것이다. 낙원 공대의 수준을 생각하면 그곳의 실패도 뻔한 일이었다.

　그렇다면 결국 코드가 입장하게 될 텐데, 이것도 사현이 계산한 게 아닌가? 최근 사현과 태신길드장의 만남이 잦던데 어쩌면 이미 모종의 거래가 오갔을지도 몰랐다.

　그러면 자신은 던전 안에서 망신만 당하고, 던전 바깥에선 아버지를 독살했다고 알려져 몰락하는 결말인가? 코드는, 사현은 결국 7대 레이드의 던전을 올 클리어했다고 명성을 떨치고? 사윤강은 그 점에 큰 박탈감과 분노를 느꼈다.

자신이 길드장을 독살했다고 알려진 게 너무나 억울했다. 그가 길드장에게 독을 먹인 것은 사실이지만, 그건 이미 죽었어야 할 사람이 도저히 죽지 않으니 택한 방법일 뿐이었다. 정이선의 말을 들어 보면 길드장은 몇 달도 전에 죽은 사람이었다.

정말로 길드장에게 몹쓸 짓을 한 사람은 자신이 아니라 사현이었다.

그런데 그 사현은 이렇게 고상하게 승기를 쥐는 건가? 자신은 이런 식으로 누명을 써서 몰매를 맞고? 사윤강은 그 점을 곱씹을수록 화가 났다. 손이 더러운 건 피차일반이면서 왜 자신만? 자신이 지금까지 아등바등 노력한 세월이 얼마인데!

취조실 안에서 사윤강은 홀로 앉아 부들부들 떨었다. 이런 식으로 혼자만 몰락하는 건 너무 억울했다. 그래서 사윤강은 생각했다. 사현이 가장 동요한 때가 언제인지, 한때지만 그가 결국 한 수 접는 선택을 해야 했던 이유가 무엇인지.

사윤강은 사현을 아주 오랫동안 봐 왔다. 그는 사현에게 열등감을 품은 만큼 사현을 누구보다 가까이에서, 또 자세히 관찰했다. 그랬기에 사윤강은 사현의 행동에서 이질적인 부분을 곧바로 알아차릴 수 있었다. 처음에는 단순히 이번 레이드의 히든카드를 가까이 둔다고만 생각했지만 그렇지 않았다.

사현은 정이선에게만 다른 반응을 보였다.

피를 흘리는 정이선을 데리고 자신의 집무실에 찾아왔을 때, 그때 사현의 얼굴에 어렸던 분노. 그건 분명한 감정적 동요였다. 그가 지금껏 공들였던 계획을, 가장 쉬운 길을 포기하고서도 결국 살리기를 택했던 존재.

그리고 자신이 던전에서 퇴장했을 때 제 뒷덜미를 붙잡고 내뱉었던 말.

'그러니까 사람 봐 가면서 건드렸어야지.'

단순히 그의 팀에 소속된 사람을 건드려서 불쾌해하는 수준을 넘었다. 그때의 눈동자를 생각하면 확실했다. 사현은 본인의 계획을 어그러뜨리는, 즉 그의 통제를 벗어나서 행동하는 인간을 다시 옆에 데리고 다닐 만큼 너그러운 인간이 아니었다. 그런데도 사현은 여전히 정이선과 함께 다녔으며 심지어 이런 식으로 판을 짜서 복수까지 했다.

사윤강은 사현을 봐 온 세월만큼 그의 이질적인 부분을 확신했다.

"사윤강 헌터. 지금부터 묻는 말에 똑바로 대답해 주시길

바랍니다."

그랬기에 사윤강은 사현에게도 패배감을 안기고 싶었다. 고고한 척 구는 사현의 자신감을 짓밟고 싶었다. 비만 그친다면 오히려 태신 공대가 더 유리한 던전이니까 코드가 실패해도 상관없었다. 아니, 코드는 실패해야만 했다.

고개 숙인 채로 부들부들 떨던 사윤강이 이내 미소를 그려 내며 앞의 협회 직원을 마주했다.

그는 사실 예전부터 정이선에 관한 정보를 모으고 있었다.

1년이나 잠적 탔던 복구사가 굳이 사현과 계약해서, 길드장의 시체를 복구해 가며 복귀한 이유가 무엇인지 알아내려 했다. 사현이 정이선에게만 다른 반응을 보이니 그를 파헤친다면 훗날 사현의 약점을 잡을 수 있으리라 여겼다.

던전과는 상관도 없었던 상태 이상 해제 포션을 유난히 들여다보던 정이선. 그리고 길드장의 시체를 복구한 건에 대해 이야기할 때 한창 피를 토하던 그가 무의식적으로 흘렸던 말.

'시체를 복구했을 때 움직인다는 건 어떻게 알았는데?'

'그건, 친구들을…….'

그 이야기를 듣고서 사윤강은 자연히 그의 과거에 수상한 일이 더 있으리라 여겼다. 그 와중에 사현과 정이선이 레이드 던전이 끝나면 꼭 용인의 집에 방문한다는 정보도 얻어

내, 그 근처에 사람을 심어 둔 참이었다.

집에 둘이 들어갔는데도 전혀 커튼을 걷지 않아서, 그래서 들킬 위험까지 감수하고 돌을 던져 사진을 건졌다고 했다. 사윤강은 진작 그 사진을 받았지만 '혹시'의 경우를 대비해 비밀로 했다. 사현이 정이선에게만 다르게 군다는 것은 눈치챘으니, 순순히 길드장의 자리를 내준 사현이 훗날 허튼수작을 부린다면 협박할 용도로 쥐고 있었다.

하지만 이제 와선 협박도 무의미했다. 사윤강은 가진 모든 것을 잃었고, 그러니 사현에게도 똑같은 패배감을 안기고 싶었다. 이윽고 사윤강은 즐겁게 뇌까렸다.

"답하기 이전에, 먼저 알리고 싶은 게 있습니다."

그가 짙게 웃었다.

"정이선 복구사와 2차 대던전 의혹에 대한 이야기입니다."

◁　◆　▷

태신길드가 7차 던전에 입장했다.

정오에 입장하겠다고 발표했으나 30분 전부터 비가 쏟아져 태신 공대는 긴급회의에 들어갔다. 그래서 예정된 시각보다 조금 늦게 입장했지만 다들 이해했다. 예상했던 것보다 심각한 폭우였기 때문이다.

"와, 저기 마법사 고생하네요."

"비를 저렇게 막을 수도 있군요…….."

거실 TV 앞에 모여서 공략 영상을 실시간으로 확인하며
기주혁이 이야기했다. 정이선은 태신 공대의 마법사가 마법
으로 빗줄기를 막아 내는 것을 보며 진심으로 감탄했다. 공
대 주위로 투명한 진이 펼쳐졌는데 흡사 우산을 쓴 것만 같
았다.

"저러면 비는 문제없는 거 아닌가요?"

"저거 마나 소진 꽤 됩니다. 게다가 저렇게 스킬 하나 지
속적으로 사용하고 있으면 다른 공격하기 어려워서…… 공
대 전력 하나 비는 셈이죠."

나건우가 간단히 설명하며 고개를 절레절레 내저었다. 동
시 캐스팅을 연습해 놨으면 괜찮은데, 애초에 마법사 중에
그걸 할 수 있는 사람이 적어서 아마 불가능할 거라고 표현
했다. 정이선은 새삼 기주혁이 얼마나 대단한 마법사인가
생각했다.

기주혁은 22세, 헌터 활동을 거의 하지 않은 시점에 곧바
로 코드에 스카우트됐는데 당시 마땅한 실적이 없었는데도
사현이 스카우트한 이유가 있었다. 그의 재능을 알아본 것
이다. 정이선이 조용히 감탄하는 동안 기주혁이 분석했다.

"아마 등대 안에 들어갈 때까지만 비 막는 방향으로 결정

한 것 같은데, 얼마나 빨리 들어가냐에 달렸네요."

"뇌전 스킬로 피해 안 입게 막는 건가……."

뒤이어 한아린도 중얼거리며 집중한 눈으로 화면을 들여다보았다. 시작부터 빠르게 들어가려는지 태신길드장, 신서임이 앞에 나서서 광범위 뇌전 스킬을 시전했다. 그렇지 않아도 흐렸던 던전 안의 하늘에 순식간에 새까만 먹구름이 끼며 쿠르릉, 소리가 울려 퍼지더니 이내 바다로 번개가 내리꽂혔다. 지켜보던 정이선이 감탄할 정도로 엄청난 기세의 공격이었다.

하지만 뒤이어 펼쳐진 풍경에 다들 애매한 표정이 되었다. 한아린은 짧게 탄식하기까지 했다.

"와. 저 바다…… 번개도 안 들어가네."

"번개로 다 지지면 끝일 줄 알았는데 수면 자체가 마나를 막네요……."

무너진 길을 짚고 올라왔던 병사 몬스터들은 신서임의 스킬에 당했지만, 바닷속에 있던 몬스터들은 멀쩡했다. 몇몇은 번개가 내리칠 때 아래로 숨기까지 했다.

"이시스 신이 나일강의 수호자였다고 저런 식으로 맵이 작동하나……."

"등대에서 알렉산드리아 앞바다까지 지켰다고 저러나 봐요."

나건우의 한숨에 기주혁이 말을 얹으며 함께 고개를 내저었다. 헌터들이 바닷속으로 숨는 몬스터들을 붙잡으려 했지만 몬스터가 아닌 인간이 바닷물에 닿으면 늪처럼 이끌려 들어갔다. 바깥에서 누군가가 잡아 주지 않으면 빠져나올 수도 없어서 상당히 까다로웠다.

그렇지 않아도 길이 무너져 있는데 까딱 잘못해서 바다에 빠지면 그대로 큰 사고로 번질 것만 같았다. 정이선도 심각한 표정으로 길을 살펴보며 꼼꼼히 복구해야겠다고 생각할 무렵, 한아린이 슬며시 눈치를 보다 입을 열었다.

"사실…… 사현이 태신 공대 진입할 때까지 극비로 하라고 한 게 있는데……."

동시에 셋의 시선이 한아린을 향했다. 그녀는 약간 어색하게 목을 매만지는가 싶더니, 이제 태신 공대가 진입했으니 아마 다른 헌터들에게도 하나둘 연락이 돌 거라며 사실을 밝혔다.

"우리 진입할 때, 태신이랑 같이 진입할 것 같아요."

최근 사현과 태신길드장이 자주 만났던 이유가 그것 때문이라며 전말을 이야기했다. 사윤강을 가장 먼저 던전에 들이기 위해서 태신의 양보를 요청하며 마지막 던전의 합동 진입을 논의했단 것이다. 7차 던전에서 등대 안에 들어가기 이전까진 태신길드장의 공격이 강하게 먹힐 테니 함께하기만 한다면 전략상 이점이 매우 컸다.

코드는 7대 레이드를 수월하게 올 클리어하고, 태신길드도 레이드의 클리어 공대 명단에 이름을 올릴 수 있으니 서로 이득인 파티라고 한아린이 설명했다.

실제로 A급 이상 던전에 공대끼리 파티를 맺어 함께 들어가는 경우는 적지 않았다. 다만 두 공대가 서로 합을 맞추다가 문제가 생길지도 모르니 헌터 협회는 개별 진입을 먼저 권장하는 것뿐이었다. 합동 진입을 원한다면 간단한 서류만 제출하면 끝이었다.

"그러니까 보스 방 진입할 때까진 별로 걱정 안 해도 돼요. 저 몬스터들 위로 올라오는 시기만 제대로 맞추면 태신 길드장님이 쓸어 줄 테니까."

"와…… 그러면 7차 던전엔 S급이 세 명이네."

처음엔 놀랐던 기주혁이 이내 감탄하며 고개를 끄덕였다. 마지막 던전이 까다롭단 건 영상만으로도 확인이 되니, 파티를 맺어 함께한다면 더 수월한 클리어를 기대할 수 있었다. 나건우도 굉장한 장면이 연출되겠다며 흥미로워했다.

그제야 정이선은 이전에 사현이 태신길드장과 마지막으로 하나 논의하고 있다고 했던 게 합동 진입이었음을 알아챘다.

그렇게 파티에 대해 이야기하는 동안 영상 속에서 태신 공대는 꾸준히 전진했다. 바닷속까지 번개의 데미지가 전달되지 않는 점은 아쉬웠지만 위로 몬스터가 올라온 시기를 노려서 길드장이 정확한 공격을 내리꽂아 섬멸했다. 이전에 진입한 HN길드의 1급 공대와는 확연히 다른, 체계적인 공략이었다.

한창 토론에 집중해 갈 무렵, 갑자기 문이 열리는 소리가 들렸다.

"어? 오셨어요!"

사현이 찾아왔다. 그가 보이자마자 기주혁이 자리에서 일어나 인사했고 정이선도 얼떨결에 함께 일어났다.

사현은 먼저 한아린에게 합동 진입에 대해 알렸냐는 이야기를 나눈 후에 다짜고짜 정이선에게 말했다.

"이선 씨, 계약을 수정하죠."

"네……?"

"처음 했던 계약이 7대 레이드에 함께하는 계약이었잖아요. 계약 기간이 레이드 끝날 때까지로 적혀 있으니 연장하도록 해요. 원래 계약은 끝나기 전에 논의해서 추가 연장하는 게 일반적이니까."

당연한 이야기를 한다는 듯 사현이 말했다. 기주혁이 당장 화색을 띠며 복구사님이 코드에 계속 있는 거냐며 좋아했고, 나건우와 한아린도 꽤 기쁜 눈치로 동의하듯 고개를 끄덕였다. 그 상황에서 정이선만 멍한 얼굴이 돼서 느리게 눈을 깜빡이다 뒤늦게 정신을 차렸다.

"레이드가 끝나면 코드에서 복구사가 할 일이……. 아니, 일단 다른 곳에서 이야기해요."

빤히 자신을 향하는 시선들이 있어 정이선은 결국 사현을 이끌고 방으로 이동했다. 차분히 대화하려고 다른 공간으로 이동한 건데, 그렇게 들어와 문을 닫자마자 사현이 바로 뒤로 성큼 다가와 그의 손을 붙잡았다.

마킹이 목적이라면 그냥 멀리서 손만 잡아도 되는데, 지금은 마치 그의 품에 안긴 것만 같았다. 문을 닫고 뒤돌자마자 붙잡힌 정이선이 주춤하며 뒷걸음질 쳤지만 문에 등이 닿았다.

정이선이 놀라거나 말거나 사현은 꽤 즐거운 낯으로 뇌까렸다.

"생각해 봤는데, 아예 계약을 연장하는 게 가장 빠른 쉽고 빠른 방법이겠더라고요. 굳이 소속이 없는 상태로 있을 필요가 있나요?"

사현의 손이 부드럽게 손가락 사이를 스쳐 지나가는가 싶더니 천천히 위로 올라와 손목을 덮고 팔까지 붙잡았다. 지나치게 가까운 상황이라 정이선은 그의 그림자에 갇힌 채로 당황스럽게 고개를 젖힐 수밖에 없었다.

이제 사윤강도 해결됐으니 길드가 사현의 손에 들어간다는 게 자명해져서 곧바로 자신을 스카우트하려는 의도란 건 알았다. 하지만 이렇게까지 가까이에서 말하는 이유를 알수가 없었다. 정이선은 붙잡힌 팔목 때문에 제한된 손짓으로 사현의 팔을 두어 번 두드려 봤지만 그는 전혀 물러날 의사가 없단 듯 미소할 뿐이었다.

결국 정이선은 사현을 밀어내지도 못하고, 거의 그의 품에 갇힌 채로 말해야만 했다. 당황해서 살짝 목소리가 떨렸다.

"기, 기존에 한 계약은 레이드 기간 동안 코드에서 일하는 건데 그 계약을 연장하면, 계속 코드에서 일하란 건가요? 그런데 이 레이드를 제외하면 코드에서 복구사가 할 일이 없는데……."

"일단 함께하는 게 싫다는 소리는 아니네요."

"네? 아니, 그런…… 그런 식의 말이 아니라요. 코드는 헌터 팀인데, 던전에 들어가는 팀에 비전투계인 제가 함께하면 비효율적이지 않을까요? 지금 레이드야 무너졌단 특성 때문에 제가 필요하다 쳐도 그 외엔……."

"코드가 해결한 던전을 이선 씨가 전담으로 복구하면 되죠. 원래 HN길드의 복구 팀이 맡았는데, 제가 길드장이 되면 그 정도 변동은 쉬우니까요. 이선 씨 실력을 다들 알 텐데 이의를 제기할 인간이 있을 리도 없고."

흔연히 이야기하는 사현은 정말로 즐거워 보여서, 정이선은 사현이 길드장이 될 현재 상황에 무척이나 만족하고 있단 걸 알 수 있었다. 하지만 그런 상황에서 급한 일을 끝내자마자 자신을 찾아와 계약을 연장하자고 말하는 건…….

어쩐지 가슴께가 지나치게 간질거렸다. 사현이 너무 가까이에 있어서 반사적으로 의식되는 건지 자꾸만 몸이 긴장했다. 좁은 거리만큼 이상하게 열이 도는 것도 같아서 정이선은 눈가를 슬쩍 찡그렸지만 차마 아무런 말도 못 했다.

사현의 제안에 긍정하진 않았지만, 부정도 하지 못했다.

결국 정이선은 그 상태로 시선만 이리저리 굴리다 중얼거리듯 말했다.

"……갑자기 왜 이렇게 계약을 바꾸자고 하는데요?"

"이선 씨가 다른 길드의 스카우트를 받는 것 자체가 시간 낭비란 생각이 들어서요. 어차피 갈 길드가 정해졌는데, 굳이 다른 사람들이 수고하게 할 필요가 있을까요? 피차 시간과 수고만 버리는 꼴인데."

"네……?"

"이선 씨도 사람들한테 둘러싸여서 제안받는 게 부담스러운 눈치였으니 미리 결정하죠."

몹시도 당연한 이야기를 한다는 듯 사현이 평온하게 말했다. 이번 레이드가 끝나자마자 정이선은 코드의 전담 복구사로 계속 함께한다고 공표할 계획이란 말이 자연스레 이어졌다.

"이선 씨가 활동을 재개하겠다고 결심할 때까지 시간을 주려 했는데, 굳이 그럴 필요가 없는 것 같아요. 저번에 태신길드장님 집을 복구할 때 보니 이미 복구 완성도는 거의 돌아온 것 같고……. 곧바로 활동하지 않더라도 일단 소속은 코드로 이어 가죠."

코드가 해결하는 던전은 모두 난이도가 높아서 피해도도 높게 측정되니, 그만큼 보상금도 많이 받을 거란 이야기를 정이선은 멍하니 듣기만 했다. 레이드가 끝난 후에는 곧바로 용인의 집을 처분하고, 계속 이 집에서 지내며 평소처럼 코드에 출근하면 된단 이야기까지 들었다.

정이선은 언제나 미래를 그리지 않았지만, 이렇게 직접적으로 사현이 그린 미래 이야기를 들으니 자연히 그 상황을 생각하게 되었다. 사현이 구체적으로 계획해서 유독 상상이 잘 되는 건지, 아니면 그의 화법에 휩쓸려 가는 건지.

그것도 아니면 그렇게 말하는 존재에게 홀리기라도 한 건지.

"어차피 제 옆에 있을 거잖아요, 이선 씨."

어느새 고개를 숙인 사현이 나긋하게 속삭이듯 말했다. 순간 정이선은 숨을 쉴 수가 없었다. 언젠가 들었던, '이미 다 눈치챈 말투'를 다시금 겪었다. 자신조차 판단하지 못한 걸 어째서 사현은 그토록 확신하는지, 정이선은 차마 그것을 캐물을 자신이 없어 입술만 달싹거렸다.

아니, 자신도 이미 알고 있으면서 계속 덮어 두려고 했던 건 아닌가? 언어가 되지 못한 감정들이 목구멍을 지독하게 간지럽혔다.

정이선은 아무런 말도 못 하다가 본능적으로 시선을 옆으로 돌렸다. 계속해서 사현의 얼굴을 마주할 자신이 없었다. 그런데 그 작은 움직임마저 곧바로 막혔다. 사현이 아예 정이선의 얼굴을 쥐어 똑바로 그를 보게 만든 것이다.

"이선 씨, 제가 시선 피하면 기분 더럽다고 했었는데."

"아, 그…… 그게, 저도 계약을 생각할 시간이 필요하니까……."

더듬더듬 변명 같은 말을 내뱉는데 점점 사현이 가까이 다가왔다. 그렇지 않아도 가까운 거리에 있어 점차 내쉬는 숨결이 섞일 즈음.

−지잉, 갑자기 진동 소리가 들렸다. 심지어 한 번으로 끝나지 않는 소리라 전화란 게 확실해졌다. 결국 사현이 잠깐 뒤로 물러나 핸드폰 화면을 확인했다. 길드가 한창 소란스러운 상황이니 혹시나 문제가 터졌다면 곧바로 확인해야 했다. 이미 웬만큼 정리해 놓고 와서 그럴 리는 없겠지만…….

그런데 화면을 본 사현의 낯이 살짝 미묘하게 변했다. 헌터 협회에서 온 전화였다. 사윤강의 사건에 대해 추가로 이야기할 게 있는 걸까, 아니면 7차 던전에 대해 의논하려는 걸까. 사현은 조금 고민하다가 결국 전화를 받았다.

그리고 그 전화는 아주 짧았지만 사현은 순순히 응하는 답을 할 수밖에 없었다.

"……네, 지금 가죠."

헌터 협회장이 직접 그를 호출했다. 아래 직원을 시킨 것도 아니고 직통으로 걸려 와 늦장을 부릴 수도 없었다.

결국 사현은 그대로 몸을 돌려 나가야만 했다. 마지막으론 문에 딱 붙은 채 굳어 있는 정이선을 보고 웃으며 어깨를 토닥여 주고 움직였다.

"계약에 대해서는 돌아와서 이야기해요."

정이선은 차마 답도, 인사도 못 하고 입만 뻐끔거렸다. 조금 전에 무슨 일이 일어날 뻔했나 싶어 속이 엉망으로 울렁거렸다. 사현의 화법이나 행동이 사람을 몰아붙이는 감이 있단 건 알지만, 그래서 정신을 차려 보면 그에게 휩쓸린 상태란 걸 알지만 이런 일까지? 아무리 자신이 그런 부분에 둔하다지만 입술이 닿을 뻔했단 걸 모를 정도는 아니었다.

그가 문제인지, 자신이 문제인지 알 수가 없었다.

그렇게 정이선은 사현이 떠나고도 한참이 지나서야 방 밖으로 나올 수 있었다. 얼굴에 열이 돌아서 진정시키고 나와야만 했기 때문이다.

"어라, 복구사님 깨 있으셨네요? 안 나오셔서 주무시는 줄 알았는데."

"마침 지금 태신 등대 앞까지 왔어요. 영상 TV로 볼래요?"

정이선이 자는 줄 알고 조용히 하기 위해서 노트북으로 보고 있었다며 나건우가 말했다. 그들의 반응을 보고서야 정이선은 대체 자신이 얼마나 오랫동안 방 안에 있었나 싶어졌다. 왠지 다시금 얼굴이 홧홧해지는 것만 같아 그는 어색하게 시선을 옆으로 굴렸다가 TV로 보자고 답했다.

한아린과 기주혁, 나건우는 소파 아래에 앉아 있었고 정이선은 소파 끝에 조용히 앉아 화면을 보았다. 그들의 말대로 등대 앞까지 도달한 태신 공대가 해수면 위로 드러난 3층에 불을 올리려고 하는데, 비바람이 쳐서 더 거세진 파도 때문에 무척 고전하는 중이었다.

등대 바로 앞의 길은 물에 잠겨 있어 꽤 먼 곳에서 3층에 불을 붙여야 했다. 태신 공대에 있는 비행 마법사가 로드를 타고 날아다니며 노력해 보았지만 바람까지 세차니 번번이 실패로 돌아갔다.

그게 반복되자 슬슬 집중도 분산됐다. 한아린은 1급 공대의 영상과 현재 공략을 비교하며 3층에 불을 올릴 방법에 대해 이야기하기 시작했고, 기주혁도 고개를 끄덕이며 의견을 제시했다.

토론이 이어지는 동안 나건우는 슬쩍 부엌으로 가서 냉장고를 열어 보았다. 과일이라도 먹어 가면서 이야기하자기에 정이선이 그의 뒤에서 서성거렸지만, 나건우가 정이선보다 더 빨리 과일을 발견했다. 정이선은 새삼 이 집이 자신이 머무는 곳이 맞긴 한가 싶어졌다. 안에 있는 것도 제대로 모르다니…….

나건우가 복숭아를 씻어서 자르는 동안에도 정이선은 계

속 기웃거렸다. 나건우는 껄껄 웃으며 앉아 있으면 가져다 주겠다고 말하다가, 지나가듯 가벼운 어조로 물었다.

"그런데 이선 복구사, 혹시 계약 연장할 건가?"

"네……?"

"아니, 뭐, 부담 주려는 건 아닌데…… 앞으로도 함께하면 좋을 것 같아서. 거실에 애들도 그러길 바라고…….'

코드의 다른 헌터들도 모두 이선 복구사를 좋아한다는 말에, 정이선은 그저 멍하니 눈만 깜빡였다. 이렇게 직접적으로 다가오는 호의가 무척이나 낯선 탓이었다. 그는 아무런 말도 못 했고, 나건우는 정말 강요는 아니지만 긍정적으로 생각해 달라고 이야기했다.

"레이드 끝난다고 이선 복구사 못 보는 건 좀 아쉬우니까. 우리 큰 던전 끝나면 다 휴가 받거든요. 그때 같이 놀러 가도 좋겠고…….'

정이선의 침묵에 나건우가 횡설수설 말하다 결국 어색한 웃음만 흘리며 먼저 이동했다. 절대로 부담을 주려는 의도가 아니라는 말이 변명처럼 따라붙었지만 정이선은 그것에마저 반응하지 못했다.

또다시, 또 미래가 주어졌다.

"……."

아무렇지 않게, 또 당연하단 듯이 그의 앞에 미래가 놓였다. 한 번도 생각해 본 적 없음에도, 그리고 지금껏 그런 말들에 반응하지 않았음에도 자꾸만 주어지는 미래에 정이선은 어쩐지 속이 울렁거렸다. 막연한 거부감, 어쩌면 불안감.

그것도 아니면 기대감.

정이선은 부엌에서 멍하니 거실을 바라보았다. 또다시 태신 공대가 불을 올리는 일에 실패했는지 기주혁이 '아우!' 소리를 내며 발버둥 쳤고, 한아린도 테이블을 치다가 흠칫했다. 금이라도 갔을까 봐 살피는 눈치였다. 나건우는 그 행동을 봤는지 옆에서 크게 웃음을 터트렸다. 복구사 집이니 다 복구될 거란 믿음을 갖고 막 부수면 안 된단 경고까지 했다.

그 모습은 무척이나 평화로웠다.

지독히 낯설었지만 지극히 익숙했다.

정이선은 그 이상한 감각을 가만히 곱씹었다. 생각이 어지럽게 부유하다가도 그들의 모습을 보고 있으면, 그리고 자신에게 어서 와서 함께 먹자는 듯 손을 흔드는 모습까지 보고 있으면…… 꼭 저곳이 자신의 세계인 것만 같아서 속이 울렁였다. 지나친 괴리감이 한편에서 자신을 좀먹는 것만 같았지만 그럼에도 정이선은 평화로운 풍경에서 시선을 떼지 못했다.

찰나 정이선은 이 현실이 그다지 나쁘지는 않다는 생각을 했다.

지잉, 그때 주머니에서 진동이 느껴졌다.

정이선은 다른 사람에게 연락처를 쉽게 주지 않아서, 그에게 연락할 만한 사람은 매우 적었다. 그나마 연락한다는 사람들이라면 현재 이 집에 있는 사람들이고, 그 외엔 사현이 전부인데…….

의아하게 핸드폰을 꺼낸 정이선의 시야에 익숙한 이름이 잡혔다.

태식 아저씨.

원태식. 5년 전, 정이선이 친구들의 빚을 갚기 위해 혼신 길드에서 일할 때부터 알았던 아저씨였다. 그와 친구들이 사기 계약 연장의 피해자가 되지 않도록 도와주고, 1년 전 2차 대던전 사고 이후엔 조용히 정이선에게 일거리를 내주던 아저씨. 정이선이 지난 1년 동안 잠적하며 조용히 활동할 수 있었던 건 모두 그 덕분이었다.

코드에서 일하게 된 이후로도 간간이 안부 연락을 주고받긴 했지만 이 시점에 전화가 올 줄은 몰랐다. 정이선은 무슨 일이 있는가 싶어 의아하게 전화를 받았다. 먼저 간단히 안부를 나누고 용건을 물을 생각이었는데 다짜고짜 아저씨가 먼저 소리를 질렀다.

─이선아, 대체 무슨 일이냐?!

"······네? 뭐가요?"

자신이 할 질문을 태식 아저씨가 먼저 했다. 정이선은 당황스러웠지만 아저씨의 목소리에 섞인 충격에 가슴 한구석이 서늘해지는 것만 같았다. 그러니까, 이건 본능적인 불안감과 같은 것이었다.

친구들과 함께 중학교 졸업 여행을 갔던 날, 동시다발적으로 변한 TV 패널의 속보를 보며 느꼈던 감각. 그리고 2차 대던전 당시 눈앞에서 던전 브레이크를 마주했던 때의 감각. 손이 저릿저릿하다 못해 가슴이 썩어 들어가는 듯한, 그런 불쾌하고도 불안한 기분.

–지금, 지금 속보가 떴는데······. 아니지? 응?

자신의 정보까지 퍼져서 갑자기 문의가 쏟아진다는 태식 아저씨의 말이 반대편 귀로 흘러나갔다. 정이선은 멍하게 눈을 깜빡이다, 천천히 시선을 들어 올렸다. 어느덧 거실이 얇은 얼음판 위를 걷는 것처럼 불길하게 조용해졌기 때문이다.

그 상황 속에서 정이선의 시선이 갑자기 바뀐 TV 화면으로 향했다.

'2차 대던전 의혹 재점화'

'익명의 제보자가 보내온 사진 속, 2차 대던전 사고의 유

일한 생존자인 모 각성자의 집에서……'

옅은 갈색 눈동자에 화면이 비쳤다. 용인시의 낡은 빌라에서 커튼을 걷은 자신, 그리고 거실에서 방황하고 있는…… 그의 마지막 친구.

창백한 얼굴, 흐릿하게 초점이 죽은 눈동자. 옆모습에 불과하지만 과거 2차 대던전에서 죽었다고 공표된 D급 헌터 중 한 명이 맞다며 비교 사진이 옆에 붙었다.

그 순간이 몹시도 느리게 흘러갔다. 화면 속에서 2차 대던전의 의혹을 읊는 앵커의 얼굴이, 표정 변화 없는 그의 모습이 하나하나 눈에 담겼다. 그다음엔 거실에서 자신을 보는 셋의 얼굴이 보였다가.

―이선아, 네가 애들한테 이상한 짓을 했을 리가 없어…….

바로 귓가에서 들려오는 목소리가 영영 멀어졌다. 정이선이 핸드폰을 떨어뜨리면서 일어난 일이었다. 손에 힘이 풀려서 떨어뜨렸을 뿐인데도, 그 추락이 아주 길고도 선명하게 느껴졌다.

쏟아지는 폭우가 세상의 모든 빛을 가렸다.

◁　◆　▷

한국의 2차 대던전에는 많은 논란이 따랐다.

한국에서 최초로 발생한 연계던전이자, 첫 던전을 클리어한 길드가 이후의 수상한 기류를 알아채지 못하고 종식 선언을 해서 주위로 몰려든 일반인이 크게 피해를 입은 던전이었다. C급 던전 다음에 곧바로 B급 던전이 발생했으며, 폭발처럼 일어난 던전 브레이크를 피하지 못한 약 50명이 사망했다.

당시 B급 던전 안에 헌터라곤 C급과 D급을 포함해 7명이 전부였다. 게이트가 닫혀서 퇴장조차 불가능했던 해당 던전은 난이도부터가 B급이라 C급, D급 헌터들이 해결할 수 없는 수준이었는데 일반인까지 있었으니 전멸이 뻔히 예상되는 일이었다.

그런데 그 던전에서, 헌터도 아닌 정이선이 유일한 생존자로 퇴장했다.

사람들은 당시의 상황을 궁금해했다. 정이선의 복구를 촬영하기 위해 가까이 모였던 일반인들이 든 카메라는 모두 던전 안에서 사라졌으니 정확한 정황을 알 수가 없었다.

어차피 한 명을 빼고는 전멸해 버린 던전이라지만 유족들은 던전 안에서 일어났던 일이라도 알고 싶어 했다. 뿐만 아니라 헌터 협회와 각성자 본부도 해당 던전에 촉각을 곤두세웠다. 한국에선 처음으로 나타난 연계던전이니 던전의 상태를 파악하는 일이 중요했기 때문이다.

하지만 정이선은 모든 기관의 연락을 거부하고 완전히 잠적했다. 2차 대던전 피해자의 합동 장례식에도 나타나지 않았고, 1년 동안 사라진 사람처럼 지냈다. 워낙에 사건 사고가 많은 시대이니 점점 정이선에 대한 관심이 사그라들 즈음…….

정이선이 한국의 최정예 헌터 팀인 코드에 스카우트되었다.

당시엔 다들 왜 S급 복구사가 코드에 스카우트되었는지 의아해하기만 했지만, 2차 대던전의 진상을 궁금해하는 이들도 분명 있었다. 다만 정이선에게 직접 묻지 못했을 뿐이다. 레이드에서 활약하는 정이선의 모습이 그런 분위기를 막았고, 또 한편으론 그 옆에 있는 S급 헌터 사현의 존재가 그를 은연중에 논란으로부터 떨어지게 만들었다.

하지만 6차 던전에서 정이선이 저주에 맞고 나타난 상황이 의혹에 불씨를 흘렸다. 보스 몬스터의 저주를 맞은 정이선은 그를 가장 약하게 만드는 환상을 보았고, 그건 던전 안에서 죽었다는 친구들의 모습이었다.

그런데 그들은 정이선에게 아주 이상한 말을 했다.

'너만…… 아직 살아 있으면…… 어떡해.'

'우리는…… 너 때문에 죽지도 못하고, 있는데…….'

'……우릴 이용해서, 살아남았으면서…….'

심지어 그들의 환영은 팔다리가 뚝뚝 떨어지는 괴기한 모

습까지 취했다. 사람들은 그 장면에 안타까워하면서도 한편
으로는 2차 대던전에 대한 의문을 가졌다. 다만 6차 던전도
결국 클리어했으니 그런 의문들은 모두 루머 취급받았다.

그러나 그 이후에 HN길드장, 사윤강이 자꾸만 정이선의
상태를 우려하면서 2차 대던전을 언급하니 해당 논란은 고
요하지만 꾸준하게 이어졌다. 마치 끓는점에 도달하기 직전
의 물처럼 불길하게 움직이다가, 기어코 오늘 공개된 사진
으로 모든 논란이 폭발하듯 터졌다.

"매번 레이드 던전 끝나고 며칠 뒤면 용인에 찾아와서…."

용인시는 1차 대던전 이후로 사람이 떠나 무척이나 적막
한 도시였다. 그러니 그런 도시에 방문하는 외지인, 그것도
S급 헌터인 사현이 눈에 띄는 건 퍽 당연한 일이었다. 정이
선이 머물던 빌라 근처에 사는 사람들이 그 둘의 방문을 증
언했다. 짧게는 몇 분, 길게는 한두 시간 정도 있다가 돌아
가더라는 증언이 가득 쏟아졌다.

2차 대던전 때 죽었다고 알려진 사람이 담긴 사진의 여파
는 어마어마했다. 시체를 박제해서 데리고 있었던 거냔 의
혹이 꼬리에 꼬리를 물었다. 심지어 사진은 연속적으로 여
러 장 찍혔는데, 그때 거실에 서 있는 존재가 두어 걸음 앞
으로 움직이는 것마저 찍혀 더더욱 논란이 커졌다.

정이선은 그 모든 논란을 확인할 정신이 없었다. 그저 빌
라 근처에 기자들이 모여 있는 모습을 TV로 보고서 당장 그

곳으로 가야만 한단 강박에 사로잡혔다. 심지어 뒤늦게 속보를 접한 헌터 협회마저 해당 상황을 알아보겠다고 몇 분 전에 공표했다.

1년간 숨겨 온 친구가 붙잡힐지도 모른다. 어쩌면 협회에 끌려가서 상태를 확인한다는 명목하에 여러 실험의 대상이 될 수도 있다. 아니, 그런 표면적인 걱정을 넘어서…… 자신이 2차 대던전에서 살아남았던 끔찍한 방법이 알려질지도 모른다.

그 점에 정이선은 정신을 차릴 수가 없었다. 아주 졸렬한 두려움이었다. 새삼스럽고도 강렬하게 정이선은 스스로가 혐오스러워졌다. 이 상황에서 느끼는 두려움이 그런 종류란 점이 징글징글했다.

이 모든 게 알려지면…… 자신은 앞으로 어떻게 살 수 있지?

"가, 가야 해요. 지금 당장 저기에….''

"진정해요, 이선 복구사!''

"복구사님……!''

공황 상태에 빠진 것처럼 정이선이 덜덜 떨었다. TV를 보자마자 당장에라도 쓰러질 사람처럼 안색이 창백해졌다가, 갑자기 집 밖으로 나가려고 드니 한아린이 다급히 쫓아와 그를 붙잡았다.

현재 속보의 진상은 알 수 없고, 정이선의 상태를 보니 물을 수도 없겠지만 지금 그가 과거 집으로 간다면 일어날 소란이 훤히 예상되었다. 기자들이 그 앞에 잔뜩 깔렸는데 그곳에 정이선이 간다는 건 불난 곳에 기름을 들이붓는 꼴밖에 되지 않았다.

나건우가 초조한 얼굴로 사현에게 전화를 걸어 보았지만 연결되지 않았다. 헌터 협회에 다녀온다고 했는데 아마 그곳에서도 어떤 문제가 터진 듯했다.

시간이 갈수록 정이선은 발악하기 시작했다. 쓰러지듯 바닥으로 무너지면서 가야 한다고 매달렸고, 기주혁은 그를 붙잡으며 점점 난감한 낯이 되었다. 정이선은 대화가 거의 안 되는 수준이었다.

한아린이 차라리 정이선을 기절시키는 게 나을까 고민할 무렵, 드디어 사현에게서 전화가 왔다. 한아린에게 걸려온 전화인데, 그녀가 대체 이 상황이 뭐냐고 질문하기도 전에 먼저 사현이 물었다.

-지금 어딘가요?

"뭐? 어, 일단 지금 집에 있는데…… 이선 복구사 상태가 너무 안 좋아."

TV로 기자들이 용인의 집 앞에 몰려 있는 모습을 본 순간부터 제정신을 차리지 못한다고 전했고, 사현은 차분히 무언가를 지시했다. 최대한 빠르게 행동하라는데, 한아린이 당장 기함하며 진심이냐고 되물었지만 사현은 짤막하게 말할 뿐이었다.

—도착하면 다시 전화하세요.

그 말을 끝으로 연락이 끊겼다. 결국 한아린은 복잡한 얼굴로 기주혁과 나건우를 번갈아 쳐다보다 사현의 말을 전했다. 그들도 모두 당황했지만 그동안에도 정이선은 숨이 넘어갈 듯 울고 있어서, 결국 고개를 끄덕일 수밖에 없었다.

얼마 지나지 않아 그들은 정이선이 살았다는 빌라 근처에 도착했다. 빌라 주위에는 이미 기자들이 한가득했고, 그들은 동네 주민을 붙잡고 혹시나 정이선의 수상한 행동을 본 적은 없는지 캐물었다.

집이 보이자 점점 정이선은 제정신을 유지하지 못했지만, 셋은 침착히 사현이 알려 준 위치로 이동했다. 빌라 뒤편에 있는 폐건물이었다. 그곳엔 아무도 없어서 확인차 주위를 한차례 둘러본 한아린이 사현에게 전화를 걸며 기주혁에게 눈짓했다. 약간 착잡한 얼굴로 자신의 후드 깃을 매만진 기주혁이 허공에 작은 불덩이를 띄웠다.

폭우가 쏟아져 온통 어두운 저녁, 고장 난 가로등 때문에 사방이 어두운 곳에서 기주혁이 띄운 불빛이 공간을 밝혔다.

곧 정이선의 앞에 그림자가 지고, 그곳에서 사현이 나타났다.

"이선 씨."

지금껏 다른 이들과 제대로 된 대화가 불가능하던 정이선이 사현의 목소리를 듣자마자 고개를 확 들었다. 이 논란 속에서 유일하게 그를 구해 줄 사람의 목소리처럼 들렸기 때문이다. 어둠에게 구원을 바라듯 정이선이 그의 옷깃을 붙잡았다.

이곳까지 오면서 계속 눈물을 흘린 탓에 정이선의 얼굴은 엉망이었고, 손도 파르르 떨렸다. 사현의 등장에 안도하면서 다리에 힘이 풀렸는지 정이선이 비틀거리자 사현이 그의 몸을 받아 안으며 짧게 한숨을 터트렸다. 정이선은 그 어깨에 이마를 묻으며 어떻게 하냐는 말만 반복적으로 쏟아 냈다.

약 두어 시간 전, 헌터 협회장이 사현을 직접 불렀다. 그때까지만 해도 사현은 협회에 잡힌 사윤강에 대한 질문을 할 거라고 예상했다. 아직 태신 공대가 공략하는 중이니 벌써부터 7차 던전 진입에 대해 논하진 않을 거라고 짐작했다.

그런데 협회장은 사현에게 뜬금없는 질문을 했다.

'혹시, 정이선과 2차 대던전의 논란에 대해 할 말이 없는가?'

그때, 사현은 무언가 이상하게 흘러간다는 것을 어렴풋이 눈치챘다. 그는 왜 그런 질문을 하냐고 반문했으나, 협회장은 침묵을 고수했다.

기묘한 정적은 길게 이어졌고, 한참이 지나서야 협회장이 옆의 비서에게 눈짓해 태블릿으로 '사진'을 보였다. 6차 던전이 끝난 후 정이선의 집에 방문했을 때 찍힌 사진이었다. 계속 암막 커튼을 쳐 두고 지내 사진이 찍힐 거라고는 생각지 않았는데, 자신이 화장터와 전화하는 사이에 일어난 일인 듯했다.

가만히 사진을 들여다보는 사현에게 협회장이 제공자가 사윤강이라 알렸다. HN 전 길드장 독살 건에 대해 취조하는 과정에서 이 정보를 얻게 되었으며, 이상한 소리 취급하는 직원에게 증거가 있다며 노트북을 달라고 하더니 그대로 이 사진을 보여 줬단 것이다.

사진 속에 찍힌, 시체처럼 보이는 존재가 정말로 2차 대던전 사고의 피해자가 맞는지 확인하는 데에 시간이 걸렸고, 이후 먼저 사현에게 연락했다며 협회장이 나직이 물었다. 정말로 정이선과 2차 대던전의 논란에 대해 할 말이 없냐는, 처음 질문의 반복이었다.

일반인 희생자가 많은 던전이고, 안에서 헌터들도 사망했으니 협회는 자세히 조사할 필요가 있다며 사현의 협조를 요청했다. 사실 사고 이후 협회의 소환 명령에 응하지 않았던 정이선이 코드와 함께할 때부터 눈여겨보긴 했지만, 당장에 레이드의 중요성을 고려해 연락하지 않았을 뿐이라 했다.

사현은 그곳에서 꽤 긴 고민의 시간을 가졌다.

사실 사현은 사윤강을 살려서 협회로 보냈기 때문에, 전 길드장을 독살했단 누명에 억울해진 그 인간이 정이선이 길드장의 시체를 복구했다고 말할 수도 있다고 여겼다. 하지만 협회는 그 말을 선뜻 믿지 못할 테고, 자신이 아니라고 단언하면 사윤강의 말은 신뢰도가 없었다. 길드장의 시체에서 독은 검출되어도 시체가 복구되었다는 흔적은 없었기 때문이다.

증거가 없는 상황에서 사윤강의 몰락은 확실하다 여겼다.

그런데 뜻밖에 사윤강은 증거를 가지고 있었다. 아마 독약을 먹인 이후부터 정이선의 뒤를 캐기 시작한 것 같은데…… 대체 왜? 심지어 이 사진은 며칠 전에 찍힌 것이다. 진작 얻었을 텐데 이제 와서 사용한다는 건, 정이선의 상태를 건드려 7차 던전의 진입을 막으려는 의도뿐만 아니라 제 기분을 더럽게 하려는 목적을 가졌음이 뻔히 보였다.

사람이 따라온단 기척은 못 느꼈는데, 그렇다면 애초에 정이선의 집 근처에 사람을 심어 놨나? 자신이 정이선을 살리기 위해 한 수 접는 방법을 택해서 그를 제 약점처럼 휘두르려는 건가? 사현은 몹시 기분이 더러워졌다.

하지만 그런 한편으론 현 상황을 모면할 방법을 찾아내기 위해 재빠르게 머리를 굴렸다. 이미 협회가 의심하고 있는데 언제까지 숨길 수 있을까. 이 대치가 길어진다면 협회에선 직접 확인해 보겠다며 정이선의 과거 집에 직원을 보낼 것이다.

이제 해결해야 할 정이선의 친구는 한 명뿐인데, 차라리 그 한 명을 먼저 처리할까? 그 후 사진이 조작된 것 같다고 말할까? 가장 조용하게 처리할 방안을 고민하는데 갑자기 집무실 바깥이 소란스러워졌다. 정이선과 2차 대던전 논란에 관한 속보가 터진 것이다.

협회의 관심이 다른 곳으로 이동한 틈을 타서 사윤강이 바깥과 연락해 정보를 흘린 듯했다. 일련의 상황에 사현은 조금, 아니, 꽤 많이 불쾌해졌다. 협회가 일 처리만 느린 줄 알았는데 허술하기까지 했다.

속보가 터지자마자 논란은 일파만파 커졌고, 협회는 쏟아지는 문의 속에서 결국 직원을 보내겠다고 공표했다. 그때까지도 사현은 진상을 파악하려는 협회에 붙잡혀 있다가, 협회장이 잠깐 나간 틈을 타서 아예 정이선의 그림자로 이동해 왔다. 혹시나 직원에게 들킨다면 일이 더 복잡해졌다.

"말한 대로 행동하세요. 10분 정도만 시간 끌면 돼요."

차분히 말한 사현이 눈짓했다. 그 행동에 한아린은 길게 한숨을 내쉬다 이내 알겠단 듯 고개를 끄덕였고, 기주혁도 정이선의 상태를 다시금 살핀 후 움직였다.

사현이 그들에게 요구한 행동은 기자들의 시선을 분산시키는 일이었다. 빌라 앞에 기자들이 가득하니 그들을 다른 곳으로 보내고, 이후 사현이 안으로 들어갈 계획이었다.

이런 사현의 말에 셋은 꽤 혼란스러워했지만, 사현의 표정과 정이선의 상태가 워낙 심각해 되묻지 못하고 그대로 행동하기로 했다. 상황은 모르겠지만 정이선이 위태하단 것만큼은 확실히 알았다.

심지어 예전부터 정이선의 팬이었다던 기주혁은 기왕 분산하려면 제대로 해야 한다며 후드까지 덮어쓰고 마스크도 챙겼다. 기주혁은 정이선보다 키가 조금 작았지만 어차피 고개를 숙일 것이기에 적당히 속여 넘길 수 있을 듯했다.

결국 한아린과 나건우, 그리고 후드와 마스크를 쓴 기주혁이 빌라 앞으로 나섰다. 그들의 모습을 보자마자 놀란 기자들이 우르르 몰려갔다. 카메라 수십 대가 향하는 상황을 각오하고 간 기주혁도 꽤 당황해서 고개를 푹 숙였고, 나건우가 그를 보호하듯 감쌌다.

"정말로 1년 동안 집에서 시체를 숨기고 지냈던 겁니까?!"

한아린은 그들이 너무 가까이 다가오지 않게 경계하면서도 은근히 기자들을 빌라에서 멀어지게 유인했는데, 취조하듯 쏟아지는 질문에 그녀의 인상이 단박에 험악해졌다. 기주혁이 발끈할 뻔했지만 나건우가 다급히 그의 등을 눌러 막았다.

그렇게 한쪽이 소란스러운 틈을 타 사현이 정이선을 데리고 빌라로 들어갔다. 집에 커튼이 쳐져 있으니 안으로 이동할 수도 없고, 정이선을 떼어 놓고 갈까 했는데 그가 옷깃을 꾹 붙잡고 있어서 결국 그를 데리고 들어갔다.

이제 와서 시체를 다른 곳으로 빼돌리기엔 협회마저 조사에 착수한 상황이라 위험이 컸다. 게다가 정이선도 숨겨 온 친구를 들킬지도 모른단 생각에 극도로 불안해하고 있으니 차라리 그의 눈앞에서 마지막 남은 친구를 해결해 주고 곧바로 시체를 없애는 게 나았다.

페널티 시간이 약간 마음에 걸렸지만 어차피 협회와 현 소란에 대해 이야기하면서 시간이 걸릴 테니, 7차 던전에 입장할 때는 페널티가 끝날 확률이 높았다. 7차 던전의 도전 시간은 아직 100시간이 넘게 남았고, 태신 공대와의 파티도 확실해졌으니 진입 순번이 꼬일 리도 없었다.

계산을 끝마친 사현이 집에 들어가자마자 홀로 방황하는 시체에게 무효화를 걸었다. 정이선은 그때까지도 제대로 숨을 쉬지 못하다가 친구가 쓰러진 모습을 보고서야 크게 숨을 터트렸다. 그래도 여전히 충격이 가시지 않는지 덜덜 떨며 친구 앞으로 다가가 무너지듯 무릎을 꿇고, 친구의 손 위로 이마를 묻으며 미안하단 말만 반복적으로 쏟아 냈다.

"이선 씨. 문제 커지지 않을 거니까 진정해요."

사현은 기껏 괜찮아지고 있다고 생각했던 정이선의 상태

가 다시 원점으로 돌아간 상황에 매우 불쾌해졌다. 극단적인 방향으로 과거가 들쑤셔지긴 했지만 생각 이상으로 여파가 강했다. 정이선은 언제나 친구란 존재 앞에서 무너졌다. 6차 던전에서도, 그리고 지금도.

하지만 이곳에서 시간을 오래 끌 수도 없으니, 흐느끼는 정이선을 붙잡고 억지로 일으켰다.

"제, 제가, 커튼을 걷지 말았어야 했는데."

"사윤강이 사람을 심어 놨다는 걸 파악해 내지 못한 내 실책이 더 커요. 그리고 그 새끼가 이 정도로까지 쓰레기같이 굴 걸 예상 못 했으니까……."

불안해하는 정이선의 팔을 꽉 쥐어 현실감을 잃지 않도록 했다. 정이선은 지금 당장에라도 정신을 잃고 쓰러져도 이상하지 않을 정도로 불안해하고 있었기 때문이다. 잠깐이지만 사현은 차라리 사윤강을 던전에서 죽도록 만들었어야 했나 생각했다.

그러나 이미 지난 일을 후회하고 있기엔 주어진 시간이 많지 않았다. 사현은 침착한 어조로 시체를 어떻게 처리할지 이야기했다. 이곳에 오기 직전에 화장터와 신지안에게 연락해 두었기에, 이제 시체만 가방 안에 넣어서 바깥으로 나가면 되었다. 마침 바깥에 차를 가지고 도착했다는 신지안의 연락이 왔다.

협회 직원이 지금 이곳으로 오고 있으니 그들이 도착하기

전에 재빨리 시체를 빼돌려 화장터에서 불태우는 게 증거를 완벽히 없앨 가장 나은 방법이었다. 신지안은 지시한 행동을 절대 어기지 않았고, 화장터와는 예전부터 이야기를 해 두었다.

세상에는 숨겨지는 진실이 많았으며, 사현은 그걸 아주 잘 이용할 줄 알았다.

"협회 직원과는 제가 이야기할 거니까, 이선 씨는 신지안 헌터와 이동했다가 이후 집에만 가만히 있도록 해요. 소환 명령 떨어져도 무시하고."

단호하게 떨어지는 말에 정이선이 천천히 얼굴을 들어 사현을 올려다보았다. 불을 꺼 두어 온통 집 안이 어두운데도, 눈 한가득 차오른 눈물 때문에 시야가 흐리게 번지는데도 그의 얼굴만은 또렷이 보였다.

자신을 똑바로 쳐다보면서, 이 소란은 금방 묻힐 거라고 말하는 사람. 길어 봐야 이틀 안에 모두 해결된다고 단언하는 사현을 보고 있으면 정말로 그럴 것만 같단 생각에 사로잡혔다. 그건 단순히 헛된 희망이 아니라 경험에 근거한 확신이었다.

그럼에도 그 점에 정이선은 조금 비참해졌다. 사현이 말하는 '괜찮아질 미래'를 반사적으로 그리고 있어서, 그리고 어쩌면 그 상황을 바라고 있어서.

그의 말에 따르면 이 소란은 사윤강이 만든 것이었다. 이미 협회로 끌려간 그가 물귀신처럼 이런 공작을 벌인 것이다. 자신의 정신이 불안정할 때마다 건물이 무너지려 했단건 영상에서 드러나니, 코드가 곤욕을 치르게 하려고 이딴짓을 저질렀을지도 몰랐다. 아예 복구사란 패를 사용하지못하게 하려는 의도.

퍼트린 사람은 사윤강이지만, 정이선은 이 상황의 근본적인 원인은 자신이란 생각을 떨칠 수가 없었다. 자신이 친구들을 그렇게 만들었으니까, 1년이란 시간 동안 제 이기적인행동이 들통날까 두려워 숨겼으니까.

그러니 궁극적인 원인은 자신인데, 자신이 지금 상황에서벗어나기를 바라고 있었다.

"7차 던전에는…… 이선 씨는 입장하지 않아도 되니까,집에서 조용히 지내고 있어요."

불안해하는 아이를 달래듯 퍽 다정한 목소리였다. 정이선은 그의 말이 현재 자신의 불안정한 상태를 고려한 말이란걸 알았다. 그리고 또한 조용히 있으라는 지시는 그의 계산하에 가장 소리 없이 논란을 잠재울 방안일 터였다.

사현은 쉽게 말을 내뱉는 사람이 아니었다. 객관적으로상황을 살펴보고, 모든 요소를 따져 본 후에 판단했다. 불확실한 상황에마저 가장 확실한 미래를 그려 내는 그는 관찰력도, 판단력도 뛰어났다. 그러니까…… 사현은 언제나 '근거'를 갖고 있었다.

불현듯 정이선은 사현이 몇 시간 전 했던 말을 떠올렸다.

'어차피 제 옆에 있을 거잖아요, 이선 씨.'

사현은 너무나 당연하단 듯 그런 말을 했었다. 그가 확신에 가까운 말을 하기까지 자신이 어떤 반응을 보였는지, 그리고 그것이 어떻게 그의 확신의 근거가 되었는지…… 정이선은 이제 와 부정할 수도 없었다.

그는 스스로도 알고 있었다. 다만 그 감정이 너무 낯설어서, 아니, 정확하게는 그것을 인정하기가 두렵고 받아들였을 때 일어날 파급이 무서워 덮어 두기에 급급했을 뿐이다.

하지만 지금, 정이선은 그것을 똑바로 인지했다. 이곳에 오기까지 내내 미칠 것처럼 두렵고, 불안하고, 혼란스러웠지만 그런 기분의 한편으로는 내내 싸하게 가라앉고 있었다. 정이선은 속보를 보자마자 제 과거가 밝혀지면 자신이 앞으로 어떻게 살 수 있을지 걱정했기 때문이다.

어차피 자신과 미래는 상관이 없는 단어라고 그토록 되뇌었으면서. 의식적으로 그것으로부터 떨어지려 들고, 세뇌라도 하듯 그 감정을 곱씹었으면서.

결국 정이선은 미래를 그렸다.

레이드가 끝나면, 자신의 친구들을 모두 보내 주고 나면 자신은 어떻게 살아갈지. 이 집을 처분한 후에는 어디서 지낼까. 나건우가 제안했던, 코드 헌터들이 함께한다는 휴가까지는 보내고 생각해 볼까. 신서임이 초대한 집에 방문한 후에 고려할까, 아니면 언젠가 기주혁이 말했던 졸업 작품 전시회에 들른 후에 결정할까. 정이선은 점점 제 결정을 유보하려 들었다.

그러니까, 정이선은 기어코 사현이 이끌어 준 세계에서 살고 싶어진 것이다.

한때는 자신을 억지로 이 집에서 끌어낸 사현에게 반감을 품었으면서, 지금은 그에게 현재 상황으로부터의 구원을 바랐다. 그가 보여 준 세계가 좋아서, 그곳에서 느낀 평화가 비참할 정도로 행복해서. 자신은 그런 평화를 즐길 자격이 없다고 습관적으로 자책하면서도 결국 그 평화에 물들어 버렸다.

사현은 아무렇지 않게 자신을 그런 삶 속에 놓았다. 살아 있는 사람의 눈동자로 그를 보고, 살아 있는 사람의 온기로 손을 잡아 오면서. 죽지 않는다고 객관적인 확신을 주어 자신을 안도시키고, 당연히 그가 받아야 할 대우라며 그의 능력을 칭찬해 복구 능력에 가진 혐오감마저 서서히 사라지게 했다. 게다가 그는 언제나 자신이 외로움에 붙잡히지 않고 상념에 빠지지 않도록 끝없이 이끌었다.

이제야 정이선은 사현과 함께할 때마다 자신이 느꼈던 균열이 무엇인지 깨달았다. 강박적으로 미래를 그리지 않으려는 자신, 더 정확하게는…… '그날' 이후로 자기혐오에 빠져 삶으로부터 회피하려는 자신.

죽으려는 자신과, 자꾸만 삶으로 향하는 자신.

그것이 제 균열이었다.

"이선 씨."

사현이 이만 나가야 한다는 듯 정이선을 호명했다. 고장 난 것처럼 끝없이 흐르는 눈물을 닦아 주는 손길에, 그 행위에서 느껴지는 온기에 정이선은 푹 고개를 기대 버렸다. 6차 던전에서 저주에 맞은 자신을 깨운 온기가 이랬던가. 친구들의 환영이자 제 끔찍한 죄책감으로부터 자신을 억지로 끌어 올렸던 온기가 이랬던가.

자신은 이 온기에 기대 감히 삶을 바랐나.

어쩌면 그와 함께하면 완전히 과거로부터 벗어날지도 모른다는, 착각 같은 기대를 했던가.

제 과거는 끝끝내 자신을 놓아주지 않을 텐데. 아니, 애초에 자신이 그것으로부터 벗어나기를 기대하면 안 되는데. 감히 자신이 미래를 그리면 안 되는데. 그들에게 그런 짓을 한 자신에게 삶을 바랄 자격 같은 게 있을 리가 없었다. 그의 죄책감은 자기혐오와 맞닿아 있었고, 그 자기혐오는 곧 스스로를 향하는 자해였다.

정이선은 제 죄책감이 사현과 함께하면서 흐려졌단 걸 알았다. 하지만 흐려졌다는 게 없어졌다는 의미는 아니었다. 다시금 선명하게 형체를 갖춘 죄책감과 죄악감 속에서 정이선이 사현을 쳐다보았다. 어둠을 담은 듯 새까만 눈동자, 그리고 그 속에 있는 자신.

사현을 좋아한다거나 사랑한다는 단순한 표현을 넘어서, 정이선은 그 때문에 살고 싶어졌다.

"⋯⋯."

그래서 죽고 싶어졌다.

◁　◆　▷

2차 대던전 의혹에 대한 속보가 터지고 반나절이 흐른 시점, 자정에 가까운 시각에 사현은 헌터 협회에 있었다. 조사받던 도중 갑자기 사라진 사현 때문에 협회 내부가 조용히 소란스러웠다가, 정이선의 집으로 먼저 출발한 협회 직원과 사현이 맞닥뜨려 좀 더 어수선해졌다.

하지만 그런 일련의 소란 끝에 사현은 협회장과 독대의 시간을 가졌다.

협회 직원들이 정이선의 집을 한차례 수색했지만 마땅히 수상한 것을 찾지 못한 상태였다. 당연한 이야기였다. 1년 동안 정이선은 거의 죽은 듯이 살았고, 그의 친구들도 살아 있는 상태는 아니었으니 집에 여럿이 살았단 최근의 흔적이 나올 리가 없었다.

살아 있되 죽은 자와, 죽어 있되 죽지 못한 자만이 있는 공간이었을 뿐이다.

누군가의 불행은 소비되기 좋은 소재였다. 특히나 그게 현재 레이드로 가장 유명해진 사람이라면 더더욱 그랬다. 시간이 지날수록 점점 자극적인 기사들이 쏟아져 나오고, 의혹이란 이름 아래 수많은 악성 댓글이 달렸다.

사현은 현재의 논란을 잠재울 가장 효과적인 수단이 헌터 협회의 공식 발표란 것을 알았다. 그는 협회장과 마주 앉아 단도직입적으로 말했다.

"논란 묻으시죠."

사현이 그린 듯 미소했다. 입매를 둥글게 휘어 미소를 그려 낸 모습은 분명히 아름다웠지만 새까만 눈동자는 무척 싸해서, 그의 현재 기분이 그다지 좋지 않다는 것을 드러냈다. 그럼에도 그의 어조만큼은 한없이 나긋하게 이어졌다.

"과거의 참사를 굳이 들쑤셔서 좋을 게 있나요."

"참사가 되풀이되지 않도록 대비하는 과정이지. 그리고 그 상황에서 있는 논란이 사실인지 진위를 파악하는 거고. 그런데 분명히 협회는 정이선 복구사에게 소환 명령을 내렸는데 왜 자네가 대신 왔는지 모르겠군."

"협회 소속 직원이 중범죄자 관리를 소홀히 해서 정보가 빠져나가 소란이 일어났는데…… 각성자가 불안정해져 명령에 응하지 못하는 데에는 협회의 책임도 있지 않나 싶습니다."

물 흐르듯 사현이 협회에서 사윤강을 취조하던 직원의 잘못을 짚었다. 그 부분에 대해선 협회장도 할 말이 없었기에 그는 머리가 아프단 듯 침묵했다. 그런 협회장의 반응을 보며 사현이 무척 아쉽단 듯 말했다.

"그 각성자가 불안정하단 건 애초부터 알고 계셨을 텐데……. 속보가 터지자마자 직원을 보내겠단 공표를 하는 건 각성자의 상태를 전혀 신경 쓰시지 못한 행동이었던 것 같네요. 2차 대던전의 의혹이 컸던 만큼 협회장님께서도 그렇게 행동하실 수밖에 없었겠지만, 해당 각성자가 레이드를 공략할 공대 소속이라면 조금 덜 단호하게 대응하셔도 됐을 텐데."

"현재 7차 던전은 태신길드가 공략하고 있다."

"태신길드가 클리어할 거라고 보시나요?"

사현이 슬쩍 시선을 돌려 TV를 보았다. 현재 독대하는 공간에선 TV를 꺼 두어 새까만 화면밖에 보이지 않았지만, 저 화면을 켜면 태신길드가 7차 던전을 공략하는 모습이 나올 터였다. 그리고 훤히 예상된다는 듯 사현이 평온하게 말했다.

"3시간 전에 태신길드가 등대 안에 입장했죠."

"그렇지."

"그렇다면 3시간이 지난 지금 시점에, 협회장님께선 태신길드의 클리어 가능성을 어느 정도로 보시죠? 무너진 등대 안에서 싸우느라 메인 딜러의 공격 범위는 한정되고, 이미 한차례 등대를 올리는 일에 힘을 쏟아서 마나도 많이 떨어졌던데."

"……."

"만약 그렇게 태신길드가 결국 퇴장한다면, 그다음 낙원길드는 성공할 거라고 보시나요?"

사현이 웃었다.

"결국 7차 던전에 진입할 공대가 코드라고 생각하지는 않으시는지……. 협회장님은 은퇴하셨지만 저보다 훨씬 오랜 기간 헌터로 활동하셨으니, 공격대의 클리어 가능성을 더 정확히 분석하시겠죠. 그러니 의견을 여쭙습니다."

한치의 비꼼도 없이, 아주 정중한 어조로 말을 이은 사현이 물었다.

"코드가 입장하게 될 거라는 생각이, 제 짧은 견식으로 인한 자만일까요?"

협회장이 침묵했다. 사현은 무척이나 예를 갖춘 태도로 질문했지만, 그 질문이 궁극적으로 가리키는 방향은 확실했다. 결국 진입할 공대는 코드니까, 코드 소속의 각성자를 괜히 들쑤시지 말고 현재의 논란을 묻어 달라는 소리였다.

이미 지난 레이드 공략 영상으로 정이선의 정신 상태가 불안정하단 건 협회장도 알고 있는 사실이었다. 그러니 지금 논란이 계속 이어질수록 정이선은 점점 더 불안해질 테고, 그러면 7차 던전에서 등대를 무너뜨릴지도 몰랐다.

7차 던전의 바다에 마나가 통하지 않는단 게 현재까지의 영상에서 드러났는데, 혹시나 등대가 무너져 진입한 헌터들이 바다에 빠진다면? 7차 던전의 바다는 자의로 빠져나오기 어려운 공간이었고 심지어 몬스터도 가득하니, 큰 사고로 이어질 확률이 높았다. 헌터 협회는 국가의 안전과 동시에 헌터들의 안전도 책임지는 단체였다.

사현은 정이선의 7차 던전 진입을 만류한 상태지만, 협회장에게는 그 점을 전혀 드러내지 않았다. 정이선의 상태는 사실상 협회장의 측은지심을 건드리기에 가장 좋은 수단이었다. 이후 그가 진입하지 않더라도 이전의 소란이 너무 컸던 탓에 불가능하다고 말하면 그만이었다.

그런데도 협회장의 침묵은 꽤 길었다.

차라리 2차 대던전이 터진 후 정이선이 협회의 조사에 응했더라면 이렇게까지 큰 소란으로 이어지지 않았을지도 모른다. 하지만 정이선은 그날 이후 완전히 잠적해 버려 2차 대던전의 내부는 어땠는지, 몬스터는 어떤 형태였는지 등을 아예 질문할 수가 없었다. 그 과정에서 어떻게 비전투계가 홀로 살아 나왔는지에 대해서도 필연적으로 다뤄졌겠지만……

그 때문에 협회장은 찜찜한 기분을 지우지 못했다. B급 던전에서 대체 어떻게 비전투계가, 일반인과 다름없는 수준의 각성자가 어떻게 홀로 살아 나왔을까. 만약 그 사진이 진짜라면, 그래서 정이선이 정말로 아직까지 시체를 데리고 있다면…… 사실 한 가지 경우밖에 생각할 수 없었다. 그가 S급 복구사이니 당연한 추론이기도 했다.

정이선이 친구들의 시체에 복구 능력을 사용했을지도 모른다.

그렇지 않아도 이 가설로 사현이 돌아오기 전까지 각성자 관리 본부와 논의한 참이었다. 시체를 복구했을 때 시체가 살아 움직일 수 있을까에 대한 내용이었다. 하지만 S급의 능력은 한계를 파악하기 힘든 수준이고, 또 S급 복구 능력자도 정이선이 세계 최초라 어디까지 가능할지 알 도리가 없었다.

가설을 확인하기 위해선 증거나 당사자가 필요한데, 증거는 찾을 수 없고 당사자는 사현이 숨기고 있다. 협회장은 이 점에 머리가 지끈지끈했다.

사현은 8세 때 각성했고, 현재 협회장은 아주 일찍부터 그를 알았다. 각성자가 아니었어도 HN길드장의 자식으로 눈에 익혀 두었을 텐데 S급이기까지 했으니 더더욱 그를 예의주시했었다.

사현은 언제나 깍듯하게 예를 갖췄지만 그렇다 해서 굽히는 인간이 아니란 걸 알았다. 사실상 사현에 대해서는 '안다'는 표현을 사용하기가 어렵지만, 오랜 세월 그를 지켜본 결과 마찰을 빚으면 피곤해질 상대란 것만큼은 확신할 수 있었다.

그 점을 곱씹으며 협회장이 다시 고민했다. 만약 정말로 정이선이 시체를 복구했다면? 그 경우엔 협회는 어떻게 반응해야 하지? 이미 죽었으니 살인죄를 적용할 수도 없고, 시체를 훼손했다고 벌하기엔…… 복구를 했으니 훼손이라고 보기도 어려웠다.

가설이 사실이어도 혼란하고, 아니어도 복잡한 상황 속에서 사현이 입을 열었다. 협회장의 침묵이 길어지니 그의 고민을 덜어 주기라도 하겠단 듯 몹시도 부드러운 어조였다.

"2차 대던전의 진상을 밝혀야 한다는 책임감을 느끼시는 거 알지만…… 객관적으로 따져서, 그 사고의 책임은 당시 연계던전의 징조를 전혀 파악하지 못한 아리아길드에 있죠. 정이선 씨는 해당 사고에 휩쓸렸다가 살아 나온 생존자 아닌가요? 이렇게 상황이 명백한데 여기에서 더 무슨 진상이 필요한지 모르겠네요."

"……."

"게다가 1년 전 발생한 B급 던전의 상태를 알아보기 위해서, 현재 발생하고 있는 S급 던전 공략에 문제가 생기는 게 더 큰 문제 아닐까요?"

테이블에 꽂혔던 협회장의 시선이 느릿하게 사현을 향했다. 그리고 그와 눈을 마주한 사현이 흔연히 웃으며 뇌까렸다.

"이번 7차 던전이 폭발하면 경기도까지 피해를 입겠죠."

"……."

"3차 던전 때의 소란을 다시 반복하고 싶으신 건 아닐 테고……."

3차 던전 때는 폭발까지 4~5시간 남은 시점에 코드가 입장해 2시간 만에 던전을 클리어했었다. A급 이상 던전은 폭발까지 12시간이 남으면 폭발 범위 일대에 비상 대피령이 떨어지고, 당시 S급 3차 던전의 폭발에 대비하기 위해 서울 전역에 대피령이 떨어졌다.

그 때문에 전국이 들썩였다. 서울은 인구 밀집도가 가장 높은 도시이자 한 나라의 수도였으니 대피 작전에만도 엄청난 시간과 돈이 들었다. 만약 그때 서울이 날아갔더라면 헌터 협회는 어마어마한 비난을 받았을 것이다.

7차 던전이 폭발하기까지는 약 110시간이 남았으니, 3차 때에 비하면 여유로웠다. 설령 낙원길드가 이후 하루가량을 끌면서 시간을 버리더라도 비상 대피령을 내리기까지는 시간이 남았다. 하지만 그 상황에서 코드가 진입하지 않겠다고 시간을 끈다면?

"그리고 조금 전에 코드가 태신 공대와 함께 진입할 예정이란 서류도 제출했죠. 이미 확인하셨을 테지만 혹시나 해서 다시 말씀드립니다. 진입 시각을 결정하는 건 코드여서."

사현이 그린 듯 웃었다. 현재 7차 던전과 가장 상성이 좋은 공대는 태신이지만, 그 태신이 코드와 함께한다면 코드가 진입하지 않을 시 태신을 대신 들일 수도 없단 의미였다. 사현이 던전이 폭발할 때까지 두고 보지는 않겠지만, 정확히는 그 정도의 소란을 달가워하지 않아 폭발은 막아 내겠지만…… 비상 대피령이 떨어질 때까진 시간을 끌 수 있었다.

코드가 진입하지 않는다면 사현도 욕을 먹겠지만, 결국 클리어해 낼 팀도 코드이기에 여론은 그들의 편을 들 것이다. 코드는 지금껏 6개의 던전을 클리어해 낸, 국민의 신임을 잔뜩 받고 있는 팀이기 때문이다. 그러니 그때 가서 현 논란 때문에 정이선의 상태가 불안정해져 진입에 시간이 걸렸단 식으로 말한다면 비난의 화살은 외려 협회를 향할 가능성이 높았다.

그런 협회장의 생각을 읽어 내기라도 한 듯, 앞에 앉은 사현이 다정하게 말했다.

"협회장님께선 제가 처음 던전에 들어갔을 시점에, 8년 전 1차 대던전으로 사회가 혼란스러웠을 때 협회장으로 부임하셨죠. 한국을 대표하는 헌터였다가 이제는 국민과 헌터 모두의 안전을 지키고 조화를 도모하는 협회장으로 활동하고 계시고요. 8년이면 꽤 긴 시간인데……."

"……."

"긴 시간 동안 협회를 책임지신 만큼, 현명한 판단을 하시리라 믿습니다."

그때, 갑자기 집무실의 문을 두드리는 소리가 들렸다. 긴급 상황이 아닌 한 사현과의 독대를 방해할 리가 없기에 협회장은 들어오라 명했고, 그렇게 들어온 자는 협회장의 비서였다. 그는 협회장의 말하란 제스처를 받고서 무뚝뚝한 낯으로 보고했다.

"태신 공대가 실패했습니다. 사망자는 없고, 부상자는 다섯 명으로 현재 퇴장 진행 중입니다."

공략에 약 12시간을 사용하고 태신 공대가 퇴장을 결정했다. 협회장은 천천히 시선을 돌려 사현을 쳐다보았고, 언제나처럼 속을 알 수 없는 낯으로 미소하는 그와 눈을 마주했다. 태신 공대의 소식이 안타깝다는 듯 살짝 눈매를 누그러뜨린 표정마저도, 정말로 완벽히 그가 준비한 것처럼 보였다.

결국 협회장은 비서를 내보낸 후 자리에서 일어섰다. 그러곤 책상 앞으로 다가가 그곳의 서랍을 뒤적거리는가 싶더니…… 사현에게 상자를 하나 건넸다. 손 크기만 한 상자를 받은 사현이 그 뚜껑을 열어 보았을 땐, 마침내 그의 얼굴에 흡족한 미소가 떠올랐다.

몬스터를 유인해 내는 S급 아이템.

사윤강의 손목에 착용되어 있다가 그가 협회로 끌려오면

서 소지품 검사 과정에 압수된 팔찌였다. 그리고 사현은 지금 이 순간 협회장이 자신에게 팔찌를 주는 게 무슨 의미인지 당연히 알았다. 코드의 진입을 염두에 뒀다는 행동이었다.

드디어 흔연한 낯으로 미소하는 사현에게 협회장이 조금은 착잡한 어조로 말했다.

"……사윤강 헌터는 3층 취조실에 있네만. 혹시 보고 갈 생각인가?"

"음, 말씀은 감사하지만 아뇨. 찾을 게 있어서요."

"……?"

협회장의 말은 사실 불안에 기반한 질문이었다. 현재의 소란을 만든 원인이 사윤강이니 지금 사현과 사윤강이 마주한다면 어느 정도의 유혈 사태를 염두에 둬야 했고, 그래서 만나겠다고 답한다면 취조실 근처에 헌터를 대기시킬 요량이었다. 사현이 S급 헌터이니 사실상 막아 낼 수도 없겠지만 대비 자체는 해야 했다.

그런데 사현은 아주 산뜻하게 거절했고, 그 이유로 찾을 게 있다는 뜬금없는 답변을 내뱉었다. 의아해하는 협회장에게 사현이 빙긋 웃으며 말했다.

"전 길드장, 그러니까…… 제 아버지를 독살한 건은 제대로 다뤄지겠죠? 증거가 명확하니까요."

"……그렇지. 현재 예상으론 헌터 자격을 정지하고, 마나를 제한하는 장치를 씌워 구치소로 보내지 않을까 싶네만."

헌터 간의 살인 사건은 헌터 협회에서 1차적으로 판결하고, 이후 사법 기관으로 넘어가는 형태였다. A급 헌터가 대상이라면 마나 운용을 제한하는 장치가 효력을 발휘하기에, 해당 장치만 착용한다면 일반인과 다를 바가 없어 구치소나 감옥에 보낼 수 있었다.

사현이 협회에 제출한 증거는 너무나도 확실하니 사윤강의 처벌은 이미 정해진 것이나 마찬가지였다. 협회장은 고개를 끄덕이며 사현의 질문에 긍정했고, 그 행동에 사현이 슬프다는 듯 눈매를 누그러뜨렸다.

"그러면 감옥에 갇히기 전에는 한번 봐야겠죠. 그래도 가족인데."

"……."

협회장은 사현이 '아버지'라는 단어를 쓸 때부터 미묘한 괴리감을 느꼈지만, 지금은 조금 더 불편한 괴리감을 받았다. 꽤 찜찜한 기분 속에서 협회장이 알겠단 듯 고개를 끄덕이자 그제야 사현이 미소하며 고개를 까딱여 인사했다.

"유익한 대화였습니다. 다음에 뵐 때까지 평안하시기를."

◁ ◆ ▷

소란이 터진 다음 날, 정오에 헌터 협회의 공식 발표가 있었다.

어젯밤 일어난 소란의 진위를 확인하기 위해 사진 속의 집에 찾아가 본 결과, 어떠한 문제점도 발견하지 못했으니 해당 각성자를 향한 근거 없는 추측과 과도한 비방은 자제해 달라는, 아주 간단하고도 단호한 공표였다.

짧은 내용이었지만 협회장이 직접 나서서 말했기에 그 파급력은 상당했다. 이후 추가 질문은 전혀 받지 않고, 협회나 각성자 본부로 쏟아지는 문의에도 모두 협회장이 했던 말이 반복될 뿐이었다.

그런 태도는 일견 엄격해 보이기마저 해서, 하나둘 말이 바뀌었다. 사진으로 말이 많았지만 이제 와선 어떻게 시체를 박제해 뒀겠냐며, 1년간 멀쩡히 유지하기도 힘들 텐데 걸어 다니는 것부터가 딱 봐도 합성이었단 식으로 말했다.

속보가 터졌던 날 용인에 찾아온 코드 헌터들의 행동에 의문을 제기하는 사람들도 있었지만 동조하는 반응은 적었다. 협회의 공식 발표가 그런 반응을 차단했고, 또한 태신 공대가 실패한 상황도 나름대로 조용한 분위기 조성에 한몫했다.

낙원 공대가 아직 진입하지 않은 상황인데도 벌써부터 마지막 던전을 클리어할 공대는 코드뿐이란 말이 나도는데, 그 상황에서 코드 소속의 각성자에게 좋지 않은 소리를 할 수 있을 리가 없었다.

이틀 연속으로 세상이 시끌시끌했지만 결국 다시 화두에 오르는 것은 첫날, 사윤강의 7차 던전 공략 실패와 HN 전 길드장 독살 건이었다. 증거가 확실한 이야기에 더 많은 사람이 말을 얹었으며, 길드는 계속 소란스러웠다.

사현은 길드 내의 문제도 해결하고, 태신길드와도 만나느라 무척 바쁜 시간을 보내야만 했다. 다음 진입에서 코드와 태신 공대가 함께한다는 정보는 현재 각 공대와 협회만 알고 있었다. 낙원의 실패를 예상하는 상황이라곤 하지만 아직 낙원이 실패하지 않았는데 합동 진입을 공표하는 건 적절치 않았다.

그래서 공대원들끼리 모여서 회의만 계속했다. 영상으로 보는 것과 실제 던전에서 겪은 건 꽤 차이가 있기에 코드 팀원은 태신 헌터들의 말을 경청했고, 함께 공략 방향을 세웠다. 다만 그 과정에서 코드 헌터들이 무의식적으로 하는 말이 있었다.

"길이 복구되면 안전…… 아…….."

바로 '복구된 상황'에 대한 가정이었다. 지금껏 계속 정이선과 함께 레이드에 진입했기 때문에 자연히 던전이 복구된 상황에서의 전투를 생각해 버렸다. 그럴 때면 헌터들은 당황했다가 슬그머니 사현의 눈치를 살피며 화제를 돌렸다.

현재 정이선은 회의에 참여하지 않았다. 모두 어젯밤 속보를 봤기에 부재의 이유도 당연히 묻지 않았다. 그러니 7차 던전에 정이선이 진입하지 않을 수도 있겠다 생각했고, 실제로도 사현은 무너진 상황을 전제로 공략 방향을 이야기했다.

헌터들은 다들 정이선의 상태를 걱정했다. 어제의 논란은 사실이 아니라고 협회가 공표했다지만 2차 대던전 의혹이 다시 쏟아지고, 시체를 박제했냐는 소리마저 나왔으니 그가 입은 상처가 얼마나 클지 상상도 가지 않았다.

그래서 저마다 유일하게 정이선의 안부를 알고 있을 사현을 흘끔댔지만 사현은 마땅한 반응을 보이지 않았다. 그러다 어제 정이선의 상태를 직접적으로 보았던 기주혁과 나건우가 조심스레 그가 괜찮은지 질문했는데, 사현은 몹시 단조롭게 집에서 쉬고 있단 답만 했다.

그러는 사이 낙원길드가 12시간 대기를 끝마치고 7차 던전에 진입했다. 차기 길드장이었던 천형원이 벌인 납치 사건으로 길드 이미지가 크게 손상되어 어떻게든 이번 던전으로 그걸 만회하려는 듯 만반의 준비를 갖춘 공대였다. 던전에 진입하는 순간부터 비장한 얼굴이었지만 사실 사현은 냉정하게 그들의 가능성이 없다고 판단했다.

그리고 실제로 그 공대의 공략은 사현의 예상대로 흘러갔다. 낙원길드는 주로 원거리 계열 헌터가 많은데, 7차 던전에서 원거리 공격이 유효하긴 해도 일정 거리 이상 가까워졌을 시 어마어마하게 빨라지는 하위 몬스터를 고려하면 근거리에서 호위할 탱커가 필요했다. 한 번이라도 원거리에서 막아 내지 못하면 대열에 큰 영향을 주는 것이다.

참고할 것도 없는 영상이지만 그래도 의례적으로 영상을 틀어 놓고 함께 회의했고, 저녁 늦게서야 회의가 끝났다. 낙원이 하는 모습을 보니 내일까지는 던전 안에서 시간을 끌 게 뻔해서, 내일 다시 회의를 이어 가기로 했다.

그렇게 회의가 파하는데 마지막으로 한아린이 사현에게 다가와 질문했다. 주위를 휙휙 둘러보곤 목소리를 낮춰 나직이 물었다.

"협회장님이랑 이야기된 것 같은데, 2차 대던전 논란 더 들추지 않기로 한 건 확실해? 이번 레이드 끝난 후에 다시 조사한다거나……."

이런 이야기를 하는 게 조금은 불편한 듯 어색하게 목덜미를 긁적이는 한아린을 사현이 꽤 신기하게 보았다. 왜냐면 한아린은 자세하게 알아서 피곤한 사항을 굳이 묻는 사람이 아니었기 때문이다. 그녀는 웬만한 일에 대수롭지 않게 반응했고, 본인에게 피해만 오지 않는다면 신경도 쓰지 않았다.

사현은 그녀를 물끄러미 보다 이내 평온하게 답했다.

"이야기는 잘 끝났으니 레이드 후에 추가로 조사가 이뤄지진 않을 거예요. 조사한다고 해서 나올 것도 없는데, 소득

없는 짓을 벌이진 않겠죠."

"그래? 그렇다면 다행이긴 한데……. 어제 이선 복구사 상태가 너무 안 좋았어서 자꾸 걱정되네."

한아린은 사현의 예상이 곧 확정된 사실이나 마찬가지란 걸 알기에 안도한 듯 고개를 끄덕였지만, 그래도 여전히 얼굴에 미미한 걱정의 기운이 남았다. 착잡한 낯으로 떠나는 그녀의 뒷모습을 사현이 가만히 보았다.

걱정.

오늘 회의실에서 코드 헌터들의 표정에서 가장 많이 읽어 낸 감정이었다. 심지어 태신길드장도 정이선의 상태를 우려했다. 어제 그런 소란이 있었으니, 협회의 공표로 사건이 정리되었다 하더라도 신경이 쓰일 수 있단 건 이해했다.

그런데도 사현이 그 단어에 이상한 괴리감을 느끼는 건 문득 자신이 어제 했던 행동이 의아해졌기 때문이다.

어차피 소란은 증거가 없으면 시간이 지나면서 알아서 묻힐 텐데, 굳이 협회장을 찾아가서 협상하는 수고를 들일 필요가 있었을까? 상태가 불안정한 정이선이 7차 던전에 진입하지 못할 건 뻔히 보이는데, 어차피 사용하지 못할 수단을 진정시키기 위해 굳이 곧바로 나설 필요가 있었나?

사현은 잠깐 애매한 기분에 사로잡혔다. 어쩌면 책임감 때문에 그랬을지도 몰랐다. 사윤강이 저지른 짓이니까, 만약 자신과 사윤강의 갈등에 정이선이 휘말리지만 않았더라면 그런 소란까지 겪지는 않았을 테니까 구태여 해결에 나선 것이다.

'7차 던전에는…… 이선 씨는 입장하지 않아도 되니까, 집에서 조용히 지내고 있어요.'

어제 사현이 그렇게 말한 건 정이선의 친구가 모두 해결되었기 때문이다. 지금껏 정이선이 던전에 진입한 이유는 죽지 못하는 시체가 된 친구들의 문제를 해결하기 위해서였으니, 그들이 다 눈을 감은 상황에선 정이선이 던전에 들어갈 필요가 없었다. 즉 거래가 끝난 것이다.

또한 정이선의 정신이 완전히 무너진 듯해, 7차 던전에 들였다간 건물이 무너질 확률이 높단 판단에 진입을 막았다. 이렇게 제 결정은 모두 객관적인 이해에 기반했을 뿐인데…….

"걱정……."

굳이 그 눈물을 닦아 가면서 달래듯 굴 필요가 있었던가.

사현은 제 손을 가만히 내려다보았다. 물기 하나 없는 손가락이지만 어제 정이선의 눈가를 스쳤던 감각이 선명했다. 얼마나 울었는지 아예 발갛게 짓무르기까지 했었다. 그 축축하던 감각과 울면서 얼굴에 올랐던 열감이 그대로 손에 남았다.

분명히 정이선이 우는 걸 보면 답답했었는데. 여전히 과거에 잡힌 그를 미련하게 여기고, 이미 지난 일에 감정을 쏟는 그의 행위를 낭비라고 봤었는데.

"……."

사현은 문득 어제 느꼈던 불쾌감을 떠올렸다. 시체 앞에서 우는 정이선을 보면서 불쾌해했었다. 기껏 안정적으로 돌려놓았던 정이선의 상태가 사윤강 때문에 원점으로 돌아간 점에 화가 났었다. 돌이켜 보면 우는 정이선을 향한 감정이 아니라 그 상황에 대한 감정이었다.

정이선의 상태가 다시 흔들리면서 제 손에서 빠져나가는 것만 같아 불쾌해졌나?

사현은 어느 순간부턴가 자신이 필요 이상으로 정이선에게 시간을 들인단 걸 알았다. 그의 복구 능력이 레이드에서 효율적이니 완성도를 높이고, 또 안정적으로 유지하려는 의도로 지켜봤다지만 언제부턴가는 굳이 신경 쓰지 않아도 될 상황에도 정이선의 상태를 살폈다. 사윤강이 취임식 행사 연설에서 정이선의 과거를 들추며 헛소리를 지껄였을 때 구태여 정이선의 표정을 살펴본다거나, 일부러 그의 주의를 환기하려 든다거나.

뿐만 아니라 사윤강을 협회로 보내고 자신이 길드장의 업무를 대리하며 한창 바빴는데도 급한 일을 끝내자마자 정이선에게 계약을 연장하자고 제안했다. S급 복구사니까, 그가 영입되는 것만으로도 길드의 영향력이 커질 테니 그런 제안을 한 거지만…… 조금 더 이유를 찾아보면, 정이선이 다른 길드로 간다면 굉장히 불쾌해질 것 같았다.

어차피 다른 길드에 흥미도 없어 보이고, 가지도 않을 테지만 그냥 그런 경우를 가정하는 것만으로도 기분이 나빴다. 심지어 다른 길드의 사람이 정이선에게 제안하기 위해 접근하는 것마저도 탐탁지 않을 듯했다. 낙원길드의 천형원이 저질렀던 일 때문에 과하게 반응하는 건지는 모르겠지만 일단 사현은 정이선을 코드에 계속 두고 싶었다.

그러니까, 사현은 정이선을 완벽히 제 통제 범위 안에 두고 싶었다.

그의 능력뿐만 아니라 감정, 행동, 시선. 그 모든 것들을.

정이선이 자신에게 보이는 감정을 알았다. 그의 감정에 답하지는 않지만 그 감정을 이용해서 그를 계속 붙잡았다. 시선을 돌리려는 걸 붙잡고, 몸을 옆으로 피하려는 걸 막았다. 언제부턴가 그가 제 손에서 벗어나는 게 아주 극단적으로 불쾌해졌다.

사현은 아마도 그 시기가 정이선이 피를 토한 시점부터라고 생각했다. 사윤강이 만든 독을 먹고서, 죽음을 코앞에 두고서도 자신에게 비밀로 하다가 기어코 제 눈앞에서 피를 토했을 때. 그때 느꼈던 뒤틀린 감정이 아주 선명하게 기억났다.

그 직전까지 사현은 정이선이 완전히 제 손안에 들어왔다고 생각했었다. 그런데 정이선의 행동은 마치 그런 자신을 비웃기라도 한 것만 같았다. 피를 토하면서도 살려 달라고 매달리지 않고, 남은 친구들을 해결해야 한다는 일말의 책임감에만 묶여 있는 듯한.

창백한 얼굴로 쓰러진 정이선을 보면서 사현은 그가 신기루처럼 제 손밖으로 빠져나가는 기분을 느꼈었다. 입을 다문 정이선에 대한 짜증, 어쩌면 자신이 끝내 알아내지 못했던 정이선의 표정에 대한 답답함, 막막함. 그리고 허무감.

사현은 그런 종류의 감정과는 전혀 동떨어져 살았기에, 다시는 그런 더러운 기분을 느끼고 싶지 않았다. 그래서 아마 그때부터 정이선을 제 손안에 두고 싶단 생각이 좀 더 강해진 것 같았다.

정이선은 툭하면 과거의 상념에 잡히는 편이니 아예 그런 생각을 하지 못하도록 주위를 적당히 소란스럽게 하고, 과거와 완전히 끊어 내고자 했다. 그렇게 제 뜻대로 휘두를 수 있는 상황에 두고 싶었다. 감정적으로 책임질 건 아니지만 사실 그 외의 부분은 얼마든지 책임질 수 있었다.

지금껏 인간과 물건을 통틀어 이런 생각을 한 적이 없지만, 사현은 그 부분은 딱히 신경 쓰지 않았다. 스스로의 감정을 무엇이라 명명해야 할지 잠깐 고민했지만 꽤 형태가 명확했다.

사현은 정이선을 소유하고 싶은 것 같았다.

그래서 정이선이 HN길드에서도 별도의 복구 팀을 만들지 않고, 아예 코드 소속의 전담 복구사로 계속 활동했으면 했다. 그러면 앞으로도 계속 같은 사무실을 쓸 테고, 같은 공간으로 나갈 터였다. 비록 어제 소란이 터져서 계약에 관해 자세히 이야기하지 못했지만……

집에 도착한 사현은 자연스럽게 TV를 켜 낙원 공대의 공략 영상을 확인했다. 회의실에서 마지막으로 봤던 구간과 여전히 똑같았고, 계속 같은 패턴에서 헤맸다. 그는 공략 방향을 계획하면서 한편으로는 정이선이 지금 무엇을 하고 있을지 생각했다.

집으로 들어오는 길에 정이선의 집 문을 잠깐 보았다. 간병인을 통해서 식사는 챙기게 했는데 거의 먹지 않았다고 들었다. 그의 상태를 봐야 할까? 아픈 곳은 딱히 없어 보인다고 했는데……

혹시나 소란에 대해 자세히 찾아볼까 싶어 핸드폰도 뺏고, TV나 인터넷 랜선도 끊어 놨다. 그런데 정이선은 간병인에게 그 부분에 관해 한마디도 묻지 않았다고 했다. 그저 창밖만 바라보다가 잠드는 게 전부라고 했는데…… 3차 던전 이후에도 한차례 소식을 끊어 뒀으니 이번엔 더 빨리 체념한 건가? 굳이 알아 봤자 좋지 않을 정보는 그도 관심 두지 않는 건가? 애초부터 정이선은 그런 편이긴 했었다.

속보가 터진 직후엔 제정신이 아니었으니 논란을 모두 확인하지는 못했을 테고, 그 후엔 소식을 끊었으니 의혹성 기사들도 보지 못했을 것이다. 사현은 잠깐 고민하다가, 그러면 협회의 공표도 알지 못하리란 결론에 다다랐다. 그렇다면 그걸 알려 줄까? 해결됐으니 더 신경 쓰지 말라고 해야할까?

사현은 정이선에게 과거의 일을 되도록 언급하지 않는 편이었다. 과거와 완전히 차단시키고자 했고, 그래서 코드 헌터들에게도 미리 그 부분에 대한 주의를 주었다. 그런데 지금 사현은 굳이 정이선에게 찾아가 협회의 소식을 알리면서 과거 이야기를 할지 말지 고민하고 있었다. 아니, 이건 사건의 해결에 대한 부분이니까 상관없지 않나?

"……."

무언가 아주 이상한 기분이 들었다. 구태여 제 행동을 해명하려고 드는 것만 같아서, 그게 외려 변명처럼 느껴져 사현은 가만히 제 손을 내려다보았다. 굳이 이유를 찾아가며 정이선을 만나 상태를 확인하려고 하는 건…….

이건, 그러니까…… 걱정인가?

사현이 그 낯선 감정을 곱씹고 있는데 갑자기 벨 소리가 들려왔다. 현관 초인종 소리였다. 그는 잠깐 고개를 들었다가 지금 이곳에 찾아올 사람이 한 사람밖에 없단 걸 파악해 내고 곧바로 움직였다.

그리고 그의 예상대로 문 앞에는 정이선이 있었다.

"이선 씨."

"……감사합니다."

창백한, 언제나처럼 생기 없는 낯의 정이선이 감사 인사를 전했다. 오늘도 내내 울면서 보냈을 줄 알았는데 그의 눈가엔 붉은 기가 전혀 없었다. 한없이 차분해 보이는 얼굴이 외려 이상하게 느껴졌으나 일단 사현은 그를 천천히 훑어보았다. 생각만큼 망가진 몰골은 아니었다.

"이번 논란 묻어 주신 거 간병인에게 들었어요. 협회가 문제없다고 공표했다던데…… 낮에 들었는데 감사가 늦었습니다. 언제 집에 돌아오실지 알 수가 없어서……."

정이선의 담담한 말을 듣고서야 사현은 짧게 탄식했다. 그런 소식은 간병인도 전했을 법한데 굳이 자신이 찾아가려 했던 게 쓸모없는 짓이었다 싶었다.

알 수 없는 허탈감을 뒤로하고 일단 사현이 정이선을 집 안에 들였다. 어제부터 시작된 비는 아직도 쏟아지고 있어서 복도가 꽤 쌀쌀했던 탓이다. 그리고 순순히 안으로 들어오는 정이선을 보다가 문득 사현이 그의 마지막 말을 되짚었다.

언제 집에 돌아올지 몰랐단 건, 그리고 자신이 집에 들어온 지 몇 분도 안 돼서 정이선이 이렇게 찾아왔단 건…….

"내가 올 때까지 기다렸어요?"

"네."

꽤 장난스럽게 던진 말이었는데 곧바로 답이 나왔다. 게

다가 그 얼굴에서 당황한 기색조차 찾을 수 없어 사현이 외려 멈칫했다. 그 반응에 당황했다기보다는 정이선이 보일 만한 반응이 아니어서 의아했다.

정이선은 자신과 눈을 똑바로 마주하면 어쩔 줄 몰라 했고, 가까운 거리에 있으면 흠칫하면서 자신을 의식했다. 그런데 이번엔 정이선이 먼저 눈을 마주해 오면서 한없이 차분하게 말했다.

"7차 던전에 진입하고 싶어요. 등대가 무너져서 진입에 고전하는데, 제가 복구해 내면 효율적일 거예요. 등대까지 솟게 할 수 있을지는 모르겠지만 일단 시도해 보고, 아니면 그 앞의 길까지만이라도 위로 올리면 훨씬 더 편할 테니까……."

"……."

"어제 소란 때문에 제 상태가 불안정하니까 진입하지 말라고 하셨던 거 알아요. 그런데 지금은 논란도 해결됐고, 차라리 7차 던전에서 제가 복구해 내는 게 더 확실히 소란을 묻는 방법인 것 같아요."

아주 침착하게 이어지는 말에 사현은 솔직히 조금 놀랐다. 정이선의 말대로 그가 7차 던전에서 복구한다면 현 소란이 묻힐 것이기 때문이다. 그는 7대 불가사의를 복구해 내면서 현 레이드의 주역으로 꼽히고 있기에, 마지막 던전에서 활약한다면 그 종지부를 제대로 찍을 수 있었다.

"등대 안에서 제가 건물을 무너뜨릴 경우를 염두에 두시는 거겠지만, 그러면 앞에 길이라도 복구해 보게 해 주세요. 그때도 제 능력이 불안정하다는 판단이 선다면, 그렇다면……저는 따로 퇴장할게요."

지금까지 코드가 7대 레이드에 들인 노력을 알기에 자신도 마지막 던전에 진입하고 싶다는 정이선의 말을 사현이 가만히 경청했다. 그의 복구는 분명히 7차 던전에서 효율적이겠지만 왜 갑자기 이러한 태도를 보이는지 알 수가 없었다.

그가 말한 대로 코드가 지금껏 잘해 왔으니까, 마지막까지 돕고 싶다고? 정이선이 코드에 소속감을 느끼기 시작했단 건 알았지만, 겨우 그런 감정으로 함께하겠다는 게 이상했다. 6차쯤에는 던전에 대한 두려움이 서서히 줄어들었다지만 애초에 그는 친구들의 문제를 해결해 주기 위해서 꾸역꾸역 던전에 들어간 사람이었다.

마지막 친구를 먼저 보내 준 일에 대한 답례인가? 하지만 겨우 그 답례를 받겠다고 위험한 패인 정이선을 데리고 진입하는 게 합리적인가? 7차 던전은 지금까지 있었던 레이드 던전 중 최악의 난이도를 자랑했다. 지형부터가 까다로웠고, 몬스터의 공격력도 상당했다. 그 던전에서 비전투계를 보호하려면 상당한 수고가 들었다.

정이선은 효율적이지만 그만큼 위험했다. 게다가 현재 그의 진입 의사를 납득할 만한 근거가 부족했다. 그래서 사현이 침착하게 말했다.

"도와주겠단 마음은 고맙지만, 일단 지금은 낙원길드가 공략하고 있으니까 그 공략이 끝났을 때 다시 이야기하죠. 아직 시간이 남았으니 더 생각해 보고……."

"이미 알겠지만, 제가 그쪽을 좋아해요."

툭, 내뱉어진 말에 정적이 가라앉았다.

사현은 들었던 말을 다시 물을 뻔한 걸, 그 멍청한 반응을 가까스로 참아 냈다. 정이선의 감정은 진작부터 눈치챘지만 구태여 이름 붙이지 않았고, 감정적으로 둔한 정이선은 끝까지 알지 못할 거라 생각했다. 언젠가 알게 된다고 하더라도 그때는 자신이 알려 줄 때일 거라 예상했다.

그런데 먼저 정이선이 그 감정을 말했다. 그것도 아주 담담하게 고백했다. 사현은 그 고백이 미묘하다고 생각했지만 무엇 때문에 그렇게 느끼는지 정확히 집어낼 수 없었다. 정이선은 감정이 고장 난 것처럼 굴 때가 종종 있었는데, 이 고백도 그런 건가?

사현이 입을 다물고 있으니 정이선이 그를 물끄러미 보다 시선을 내렸다. 그 행동을 따라 사현도 시선을 내렸다가, 정이선의 꼭 쥔 두 손이 살짝 떨리고 있는 것을 발견했다.

"……그래서 도움이 되고 싶어요."

긴장한 듯한 목소리. 자신과 눈을 마주치지 못하는 행동.

그 모습을 본 후에야 사현은 안도했다. 대체 왜 자신이 안도하는지도 모르겠지만 이제야 제가 파악한 정이선 같은 행동을 보였다 싶었다.

그렇게 생각한 순간부터 사현은 몹시 흔연해졌다. 어제의 일 때문에 정이선이 다시금 트라우마에 갇혀 제 손을 빠져나갈까 봐 불쾌해했는데, 또 자신이 아닌 친구들만 볼까 봐 미미한 짜증마저 느꼈었는데…… 정이선이 직접 자신에게 왔다.

그 스스로 제 손안에 들어온 것이다.

그 점에 사현은 흡족해지기까지 했다. 자신을 좋아해서, 그래서 던전 공략에 도움이 되고 싶어서 진입 의사를 보였다면 이해가 되었다. 사실 사람의 감정은 그다지 믿음직스럽지 않다고 생각하는 그이지만, 좋아한다는 감정만큼은 다른 범주에 두었다.

사현은 그런 감정에 가장 큰 거리감을 느꼈으나 그것이 일반적으로 아주 큰 가치를 지녔단 건 알았다. 그러니 6차 던전 전에 정이선에게서 그 감정을 읽어 내고, 그걸 잘 이용해서 정이선을 손안에 넣으려 했지 않은가.

이윽고 사현이 입가에 미소를 걸쳤다. 의식해서 지어낸 것도 아니고, 그저 고개를 푹 숙이고 있는 정이선을 보자니 자연히 웃음이 나왔다. 제 감정을 고백하면서도 자신에게 답을 묻지는 않는 게, 조금은 이상하다 싶으면서도 참 정이선 같다는 생각이 들었다.

사현은 그런 행동이 더 편하다고 여겼기에 흡족한 어조로
물었다.

"그 말을 하려고 계속 절 기다린 거예요?"

"……네."

아주 작은 목소리로 답한 정이선이 천천히 고개를 들었
다. 그는 사현의 표정을 확인이라도 하려는 사람처럼 꼼꼼
히 보다가, 이내 조심스러운 목소리로 물었다. 잠깐 그의 입
술이 떨렸다.

"그런데, 제가 7차 던전에 진입해서 건물을 복구해 내
면…… 예전에 약속했던 '무효화'를 한 번 더 받기로 한 조건
은, 여전히 유효할까요?"

예전에, 그러니까 정이선이 사현과 처음 계약해서 코드에
왔던 날, 그는 저녁에 한백병원에 가서 사현의 요구대로 길
드장의 시체를 복구했었다. 그때 정이선은 자신이 사현에게
줄 수 있는 이득이 두 가지이니 한 번 더 무효화를 사용해
달라고 했고, 사현은 그러겠다고 했었다.

하지만 그 길드장에게 걸었던 복구 능력이 중간에 있었던
일련의 소란으로 사라져 버렸으니, 정이선은 그 계약마저
없어졌을까 우려하는 눈치였다. 사현은 정이선이 왜 그런
걱정을 하는지 이해할 수 없었지만 일단 의아한 부분을 질
문했다.

"어디에 필요한데요?"

"……그건, 그때 알려 드릴게요."

답을 피한 정이선이 다시금 그 계약이 유효한지 물었고, 사현은 잠깐 고민했지만 결국 고개를 끄덕여 줬다. 자신을 올려다보는 시선이 너무 간절해서 어쩐지 웃음이 나왔기 때문이다. 정이선은 그다지 키가 작은 편이 아닌데도, 거리가 가까워서 그런지 고개를 뒤로 젖힌 채로 묻는 모습을 보면 한없이 작게 느껴졌다.

그러니까, 아마도 그 부분이 귀엽다는 감상이 들어서 휩쓸려 가듯 사현이 알겠단 확답까지 해 줬다. 제 팔을 붙잡은 채로 정말이냐는 질문까지 하는 모습을 보면 웃지 않을 수가 없었다.

그리고 그렇게 확답을 받아 낸 정이선이, 드디어 미소를 지었다.

지금까지 꽤 긴장했었는지 얼굴에 편안한 웃음이 번졌다. 사현은 그 미소에서 아주 묘하게 어긋났다는 기분을 받았지만, 그런 기분은 순식간에 흡족함에 밀려 사라졌다. 조금 전부터 사현은 계속 기분이 좋은 상태였기 때문이다.

곧 정이선의 시선이 거실에 있는 TV로 향했다. 화면 속에선 낙원길드가 여전히 바다 위를 헤매고 있었다. 마나가 전혀 통하지 않는 바다는 거센 파도를 일으켰고, 그 짙푸른 모습은 한번 빠지면 절대로 헤어나오지 못할 늪처럼 보였다.

정이선은 그 바다를 계속, 아주 오래도록 응시했다.

그의 창백한 얼굴 위로 TV의 불빛이 이질적으로 일렁였다.

◁ ◆ ▷

낙원 공대는 7차 던전에서 꼬박 하루를 채우고 퇴장했다.

S급 던전 안에서 24시간을 보낸다는 건 상당한 고전을 의미했고, 그래서 한편에선 낙원 공대를 응원하는 분위기도 있었지만 답답해하는 이들이 더 많았다. 등대를 솟아오르게 해서 안에 진입하는 데는 성공했지만 그곳에서 계속 헤맸고, 바깥으로 나와서 잠깐 쉬다가 다시 등대 안에 들어가는 일의 반복이라 시간을 끄는 행위로밖에 보이지 않았다.

게다가 보스 몬스터와 맞닥뜨린 후에도 유효타보다 공격 미스가 더 많았다. 이번 보스 몬스터는 특히나 자체 회복력이 높아서, 결국 그들의 행동은 보스 몬스터가 체력을 회복할 시간만 벌어다 준 셈이었다.

낙원 공대는 세 번째로 입장하는, 즉 헌터 협회가 부여한 순번 중 마지막 순번이기에 그 점에 과한 책임감을 느꼈는지 던전 안에서 최대한 오래 버텼다. 5차 던전 전에 있었던, 천형원의 정이선 납치 사건 때문에 실추된 길드의 이미지를 회복하려고 어떻게든 노력한 것 같은데 역부족이었다. 사실상 낙원길드에선 천형원이 대표 S급 헌터였고, 그가 이끌던 공대도 길드 내 가장 뛰어난 멤버들이었으니 당연한 일이었다.

공대원 대부분이 부상을 입고 빠져나왔다. 메인 딜러들은 전투 불능 수준이라 재진입을 기대하기엔 어려워 보였다.

이런 상황에서 당연히 사람들은 한국 최정예라 꼽히는 Chord324의 진입을 바랐다. 현재 순번은 HN길드로 돌아갔고, 그곳의 1급 공대는 실패했으니 이제 길드의 특수 정예팀인 코드가 던전을 클리어해 주길 기대했다.

그리고 그 시점에 코드가 태신길드의 공대와 함께 진입한다고 발표했다.

헌터 협회도 승인한 합동 진입 소식에 전국이 들썩였다. 실제로 태신 공대는 현 던전과 가장 상성이 좋다고 분석되었지만 폭우와 무너진 지형 때문에 고전하다 퇴장했기 때문이다.

낙원이 퇴장한 시점부터 8시간 대기를 거친 후에 두 공대가 합동 진입하기로 했다. 표면적으로는 저녁에 비가 그친다는 기상청의 예보 때문이지만 실제로는 그때가 사현의 히든 능력 페널티 시간이 끝나는 시점이기 때문이었다. 폭발까지 60시간이 넘게 남은 시점에 진입할 계획이라 여유로웠다.

모두가 기상청의 예보가 맞아 들기를 바라며 두 공대가 진입한다는 오후 8시를 기다렸다. 그리고 그들은 정말로 해가 저물 무렵부터 빗줄기가 약해지는 것을 목격했고, 오후 7시가 넘자 비가 완전히 그쳤다.

사현은 꽤 흡족해졌다. 어젯밤부터 지금까지 계속 일이 잘 풀려 가는 것만 같았다.

오늘 아침, 사현이 7차 던전에 정이선이 함께 진입한다고 말했고, 그 소식에 헌터들은 안도하면서도 한편으론 걱정했다. 정이선과 함께하면 던전 공략이 수월할 건 확실했지만 그의 상태가 괜찮은지 우려스러웠다.

그런데 게이트 앞에 두 공대가 모인 시점에 찾아온 정이선은 정말로 차분해 보였다. 창백한 낯은 여전했지만 걱정하는 헌터들에게 괜찮다고 답하고, 걱정해 주셔서 감사하단 말까지 했다. 게다가 마지막으로 브리핑하는 7차 던전의 공략 방향도 경청하면서 집중하는 모습을 보이니 헌터들은 하나둘 걱정을 거뒀다.

다만 특히나 그를 가까이에서 봐 왔던 코드의 주축들은 미묘한 괴리감을 느꼈다. 분명 멀쩡히 행동하는데도 이상하게 거리가 느껴졌다. 기주혁과 나건우는 서로 흘끔거리다 조심히 그에게 다가가 물었다.

"복구사님, 괜찮으세요?"

"밥은 제대로 챙겨 먹었나, 이선 복구사……?"

걱정이 가득 담긴 목소리에 정이선이 마지막으로 등대 복원도를 살펴보다 시선을 들어 올렸다. 그는 잠깐 느리게 눈을 깜빡이다가, 이내 희미하게 웃으면서 고개를 까딱 숙여 보였다.

"그때 도와주셔서 감사합니다."

오늘 식사도 챙겼고, 상태도 괜찮다는 정이선의 말에 그 둘은 멍한 표정을 했다. 정이선이 웃으면서 말하는 게 굉장히 낯선 탓이었다.

정이선은 정말 드물게 웃는 사람이었고, 최근 들어서야 웃음이 그나마 늘었다지만 근 이틀 동안 있었던 소란 탓에 오늘 웃는 모습을 볼 거란 기대도 하지 않았다. 심지어 그들이 마지막으로 본 정이선의 모습은 친구에게 가야 한다며 오열하는 상태였다.

그런데 지금 정이선은 그때와 전혀 상반된 모습으로, 심지어 웃으면서 가볍게 말하기까지 하니 둘의 시선이 애매하게 부딪쳤다. 분명히 보기 좋은 모습인데 낯설어서 당황스러웠다.

그리고 그런 그들에게 한아린도 접근했다. 그녀는 정이선의 뒷모습을 보고서 조심히 다가왔다가 그가 웃는 모습을 보고 깜짝 놀랐다. 괜찮은 거 맞냐 질문이 튀어 나갈 뻔해서 가까스로 입을 막았다.

"잘…… 잘 해결돼서 다행이에요, 이선 복구사."

결국 한아린은 그런 말밖에 할 수 없었다. 이제 곧 던전에 진입해야 할 상황이라 헌터들은 하나둘 게이트 앞에서 마지막으로 몸을 풀고 있었다. 기주혁과 나건우는 먼저 이동했고, 한아린도 움직이려는 때 정이선이 조심히 질문했다.

"하나 궁금한 게 있는데요."

"응? 뭐가요?"

"던전 안에서 마나가 통하지 않는 지형이 종종 나온다고 했잖아요. 지금 던전은 바다가 그렇고. 그러면…… 던전을 클리어한 후에는 마나가 통할까요?"

"어…… 보통 안 통하죠? 그냥 지형 자체가 그런 거라."

한아린이 지금까지의 경험을 되짚는 듯 눈을 살짝 좁게 떴다가 곧 확실히 안 통한다며 고개를 끄덕였다. 정이선은 나직이 탄식하다 이내 감사하다며 웃었고, 한아린은 그 미소에 왠지 찜찜해졌지만 결국 앞으로 이동해야만 했다. 지금은 던전에 진입해야 했다.

곧 게이트 안으로 코드와 태신 공대가 입장했다.

더는 던전 안에 비가 내리지 않았지만 여전히 하늘이 흐렸다. 불길하게 불어오는 바람이나 새까만 바다에서 일렁이는 파도가 위압감을 조성했다. 정이선은 어둑하게 검붉은 하늘을 가만히 올려다보다 이내 시선을 내려 똑바로 앞을 보았다.

길은 항구에서 흔히 보이는 다리 형태로 등대까지 쭉 뻗었지만, 등대 가까이 갈수록 물에 잠겨 있었다. 등대도 불을 올리는 3층만 물 위에 드러나 있고 밑은 완전히 바닷속에 잠겨 형체를 분간하기 어려웠다. 앞선 공대가 불을 올려 솟아오르게 했을 때 확인한 등대도 곳곳이 무너진, 꽤 허름한 모양새였다.

정이선이 천천히 길을 살펴보고 있으니 사현이 다가와 말했다.

"무리하지는 말고 할 수 있는 데까지만 해요."

어깨를 토닥이는 손길이 꽤 다정했다. 정이선은 슬쩍 시선을 내려 그의 손을 보았다가, 이내 알겠다는 듯 옅게 미소했다. 사현은 어제저녁부터 부쩍 정이선의 웃음이 늘었다고 생각했다.

곧 정이선이 한 발자국 앞으로 나섰다.

"다리랑 등대 외관까지 복구할게요."

지금까지 정이선은 보통 두세 번에 나누어서 던전 내의 건축물을 복구했는데, 이번엔 아예 처음부터 등대를 솟아오르게 할 생각이었다. 등대 외관까지 복구해서 안에 진입한 후에 2차로 복구할 계획을 세운 정이선이 곧 몸을 숙여 바닥에 손을 짚었다.

현재 그들은 정이선을 선두로 한 채로 서 있었다. 코드와 태신 공대 모두 정이선의 상태를 걱정했지만 내심 기대하기도 했다. 정이선의 복구는 매번 그들에게 놀라움을 안겼고,

태신 공대는 영상으로만 봐 왔던 복구 능력을 눈앞에서 볼 수 있다는 사실에 꽤 들뜨기까지 한 상태였다.

정이선이 바닥을 짚고 잠깐 심호흡하며 눈을 감자 그의 주위로 신비한 빛 조각이 떠올랐다. 아주 자그마한 금가루 같은 것이 정이선의 발치에서부터 서서히 위로 떠오르는가 싶더니, 그가 눈을 뜬 순간 앞으로 쭉- 뻗어져 나갔다.

일자로 뻗은 길 위로 몽환적인 금빛이 스치고 지나갔다. 진입 지점부터 물에 잠긴 곳까지도 다리가 듬성듬성 무너져 있었는데 그 위를 금가루가 쓸고 지나가자 길이 우르르 복구되기 시작했다. 이전에는 흩어져 있던 조각들을 찾아서 연결하는 느낌이었다면 이번엔 그 속도가 빨라서 그런지 아예 정이선의 능력이 길을 창조해 내는 것만 같았다.

보가 터져 물이 쏟아져 나오는 것처럼 길 전체에 금빛이 밀려들다가 이윽고 그 끝에 다다랐을 때, 즉 물에 잠긴 곳 바로 앞까지 왔을 때 그것이 확 터졌다. 폭죽이라도 터지는 것처럼 어두운 길 끝에서 황금색 기운이 아득하게 퍼졌다가.

마침내 바다 아래에 잠긴 잔해들을 떠올렸다. 촤아아- 바닷물을 가르고 떠오른 잔해들이 순식간에 다리를 연결해 가며 등대까지 이어졌다. 그러다 등대 3층 주위로 금빛 기운이 회오리치는가 싶더니.

이윽고 바다에 잠겨 있었던 등대가 쿠구구구- 소리와 함께 솟아오르기 시작했다.

알렉산드리아의 파로스 등대는 높이 약 130미터에 달하는 거대 구조물이었다. 그러니 당연히 그 구조물이 위로 솟으면서 일어나는 소란은 엄청났다. 땅이 쿠르르 진동하고, 어마어마한 굉음이 일대를 울렸다. 분명히 지형이 진동하는 것뿐인데 이 광경을 보고 있는 헌터들은 그들의 심장이 크게 떨린다고 생각했다. 엄청난 충격과 감탄, 그리고 고양감을 안기는 광경이었기 때문이다.

커다란 등대가 솟으면서 그 주위로 끝없이 금빛이 맴돌았다. 어두운 하늘에서 회오리치는 금빛은 다분히 환상적인 풍경을 자아냈다. 그것은 등대를 둥글게 감싸며 휘몰아쳤는데, 기운이 스쳐 지나간 곳은 수채화 물감이 번지는 것처럼 빈틈이 메꿔졌다. 솟아오르는 것만으로도 놀라운데 띄우는 것과 동시에 외관 복구가 진행되고 있었다. 등대에서 떨어지는 물소리가 시끄럽게 귓가를 울리다가.

마지막 물줄기가 떨어지며 등대 주위를 휘감은 금빛이 마침내 화악, 퍼지듯 사라졌다.

그리고 그 순간 등대의 끝, 3층에서 화르륵 불이 피어올랐다. 누가 나선 것도 아닌데 등대가 완벽히 복구되자마자 자연스럽게 불이 피어오른 것이다.

찰나 일대에 소름 끼치는 정적이 가라앉았다. 복구가 끝나면서 주위로 거센 훈풍이 훅, 불어닥쳐 헌터들이 쓴 로브의 후드가 벗겨졌지만 아무도 반응하지 못했다. 그저 멍하게 솟아오른 등대를 바라보다가, 이내 다들 환호성을 내지르며 박수했다.

"와아······."

정이선이 등대를 100퍼센트 완벽하게 복구했다.

그 모습은 감탄을 넘어선 경외감을 안겼다. 특히나 태신 공대의 헌터들은 이 던전에서 상당히 고전했던 기억이 있기에, 현재 복구된 모습에 경악할 수밖에 없었다.

현실감을 잃은 듯 태신 공대원들이 입을 벌린 채로 아연하게 코드 헌터들을 보았고, 코드 팀원들은 내심 뿌듯한 기분으로 이해한다며 태신 공대원들의 등을 두드려 줬다.

태신 공대는 이 상황에 감탄하는 한편, 지금까지 코드만 이렇게 복구된 길을 걸었단 게 아주 약간은, 아니, 꽤 많이 부러워 억울해졌다. 찰나지만 왜 천형원이 부득불 정이선을 납치하려고 들었는지 이해해 버렸다.

그런 대화가 오가는 상황 속에서 사현이 정이선에게 다가갔다. 정이선은 조금 전에 불었던 바람으로 벗겨진 후드를 다시 쓸 생각도 않고 그저 가만히 등대를 올려다보고 있었다.

"능력이 완전히 돌아왔네요."

"······네, 그러게요."

뒤늦게 인기척을 느꼈는지 정이선이 잠깐 멈칫했다가, 천천히 고개를 돌려 사현을 보았다. 그의 옅은 갈색 눈동자가 느리게 깜빡이다가 이내 흐릿한 웃음기를 머금었다. 등대가 100퍼센트 복구된 상황이 놀라운 듯하면서도, 어쩐지 조금은 우습다는 듯 정이선이 시선을 비스듬하게 아래로 내렸다.

그 미소에 불쑥 사현이 손을 내뻗었다. 분명히 정이선이 자주 웃는데도 문득 그 눈빛이 이상하단 생각이 들었다. 하지만 사현이 정이선의 얼굴을 들어 제대로 눈을 확인하기도 전에, 정이선이 제 볼을 잡은 그의 손 위를 감싸 잡으며 고개를 기댔다.

그 행동에 사현이 멈칫할 무렵 정이선이 아주 자그맣게 읊조렸다. 꼭, 자조와 같은 웃음을 머금고서.

"후련한가 봐요."

사현의 눈동자가 느리게 깜빡였다. 정이선이 말한 '후련하다'는 감정이 어째서 이 상황에 나왔는지 선뜻 이해되지 않았다. 친구들을 다 해결해서 그런가? 아니면 어젯밤에 고백해서? 사현이 잠깐 답을 고민하는 사이 어느새 정이선이 그 손에서 떨어져 뒤로 향했다.

그의 뒷모습을 보며 사현이 잠깐 붙잡을까 생각했지만 곧 태신길드장이 사현에게 다가와 말을 걸었다. 길이 완벽히 복구된 만큼 그들이 행할 공략이 더 쉬워졌으니 작전을 더 과감히 밀어붙이자고 논했다. 사현은 정이선의 뒷모습에서 천천히 시선을 거두며 고개를 끄덕였다.

그사이 코드 헌터들에게로 돌아간 정이선은 끝없는 감탄을 받았다. 특히나 기주혁은 자신의 심장에 손을 얹은 채로 마구 방정을 떨었다.

"와, 등대 복구 진짜 치트 키인가 봐요. 저 두근두근해요."

마지막에 등대에서 불이 피어오르는 모습을 보고 가슴이 벅차올랐다면서 기주혁이 난리를 피웠다. 보통 그가 시끄럽게 굴면 한아린이 제재하는 편이었는데 이번엔 그녀도 대단했다며 엄지를 치켜들었고, 나건우도 고개를 끄덕였다.

"혹시나 바다 때문에 복구 안 될까 봐 걱정했는데 잘 되네요. 정말 멋졌습니다."

"비전투계 마나는 전투계랑 다른 종류라 상관없나 봐요."

한아린은 처음부터 복구될 걸 예상했단 반응을 보였다. 이곳의 바다에 마나가 통하지 않는다지만 그건 전투계 마나에 한정될 뿐, 비전투계인 복구사의 마나는 막아 내지 못한단 분석이었다. 애초에 두 계열의 마나가 다르다고 하니 당연한 이야기였다.

그래서 바닷속의 등대까지 복구해 낼 수 있었던 거란 말에 다른 헌터들도 동의하듯 웃었다. 그 대화 내내 정이선은 별말 없이 침묵하다가 마지막에 고개를 숙이며 감사하단 인사만 전했다. 헌터들은 자신들이 더 감사한 상황인데 왜 그에게 그런 말을 하냐며 급히 손을 내저었다.

곧 두 공대 전원이 전진했다.

복구된 길 위에서 싸우는 것은 무척이나 수월했다. 헌터들은 바다에 빠질 걱정을 덜었고, 몬스터들의 돌진에도 훨씬 편하게 대비했다. 일정 거리 이상 가까워진 병사형 몬스터는 엄청나게 빠른 속도를 자랑했는데, 그들을 피하면서 무너진 길도 신경 쓰려면 무척 아슬아슬한 상황이 자주 연출되었기 때문이다.

태신은 근거리 헌터가 많아서, 코드 소속의 원거리 마법사들이 1차로 몬스터에게 공격을 날리면 이후 가까워진 몬스터를 태신의 근거리 딜러들이 처리했다. 몹시 안정적인 전투였다.

그 상태를 모두 확인한 신서임이 사현을 쳐다보았다. 일종의 신호였다. 태신길드장은 직접 보스 몬스터와 맞닥뜨린 적이 있기에, 보스 몬스터의 높은 공격력과 회복력을 몸소 체감했다. 그래서 그녀는 등대에 진입할 때까지 힘을 최대한 덜 빼는 게 중요하다고 강조했고, 사현은 그 의견을 따라 공략 방향을 세웠다.

등대 입장 전에 힘을 최소한으로 사용하려면 진입로의 몬스터를 최대한 빨리, 한 번에 해결해야 한다. 그리고 그걸 위한 아이템이 바로 사현에게 있었다.

몬스터를 유인해 내는 S급 아이템.

현재 몬스터는 바닷속에 숨어 있다가 몇 마리씩 튀어나와 공격했고, 그들이 나올 때마다 대단위 마법을 쏟아 가며 공격하는 건 효율적이지 못했다.

사현이 앞에 있던 근거리 헌터들에게 물러나라 명했고, 그 명령을 들은 나건우가 미리 언질받은 대로 뒤에서 스킬을 시전했다. 일전에 사윤강이 사용했던 광범위 보호진이었다. 마법진 범위에 있는 사람의 치유력을 일시적으로 높이면서 외부의 공격을 막아 내는 보호진이 사윤강이 사용했을 때보다도 훨씬 더 광범위하게 바닥에 펼쳐지고 곧 둥글게 위를 감쌌다.

그 상황을 확인한 사현이 신서임과 마지막으로 눈짓을 주고받았다. 신서임은 사현의 두어 발자국 뒤에 서 있었고, 신서임이 고개를 끄덕이자 사현이 자신의 손목을 내려다보았다. 그의 왼손에 있는 새까만 팔찌가, 넝쿨처럼 얽힌 S급 아이템이 잠깐 진동했다. 그 주위로 사현의 마나처럼 칠흑같이 어두운 기운이 일렁이는가 싶더니.

아이템이 우웅— 크게 진동하는 순간, 사현이 팔을 옆으로 내뻗었다가 반대편으로 확 휘둘렀다. 팔찌 주위의 새까만 기운이 아지랑이처럼 잔상을 남기는 것과 동시에 바닷속에서 수십, 수백 마리의 몬스터들이 떠올랐다. 흡사 그물에 붙잡힌 듯 촤아악 허공으로 떠오른 몬스터들이 곧장 사현에게 달려들었다.

그리고 바로 그때 신서임이 손을 앞으로 들었다. 어느새 광범위 스킬을 시전했는지 하늘 전체에 짙푸른 먹구름이 가득 몰려왔다가, 그녀가 검지를 내뻗는 순간.

콰르르릉! 수십 개의 벼락이 아래로 내리꽂혔다. 하늘을 찢을 것 같은 소리가 공간을 울리더니 이젠 번개까지 치면서 대기 전체가 찌릿찌릿하게 울렸다.

아군의 공격인데도 간접적인 타격이 엄청나서 헌터들이 긴장했으나 곧장 아래의 초록빛 마법진이 진동하며 보호막이 더 강해졌다. 나건우뿐만 아니라 코드의 힐러들, 그리고 태신의 힐러들도 마나를 보탠 것이다.

전체적으로 초록빛인 실드 사이로 푸른빛이 일렁이는 광경은 무척 영롱했다. 하지만 그런 보호막 너머로는 끔찍한 학살의 현장이 펼쳐지고 있었다.

바다 위로 솟았던 몬스터들은 순식간에 떨어진 벼락을 맞고 새까맣게 타들어 갔다. 다급히 몬스터들이 바닷속으로 숨으려 했지만 이미 밝아진 하늘 아래 그들에게 '그림자'가 존재했다. 사현이 그 그림자로 몬스터들을 붙잡았고, 그것들의 위로 번개가 마저 내리꽂혔다.

일련의 과정에 헌터들은 감탄했다. 이미 회의한 공략 방향이지만 실제로 합이 착착 맞아 들어가는 모습을 보니 놀라웠다. 사현이 먼저 아이템을 활용하기 좋은 던전이라고 분석했고, 이후 신서임과 이야기하면서 가장 효과가 극대화될 방안을 찾아냈다. 그리고 그것이 현재 눈앞에서 펼쳐진 광경이었다.

"허……."

하늘과 땅, 두 곳에서 처단이 이뤄지는 것만 같았다. 위에서는 끝없는 번개가 치고, 아래에서는 그림자가 몬스터를 바다에서 끌어 올렸다.

그러다 드디어 등대 근처에서 거대한 뱀이 튀어나왔다. 등대를 호위하는 마지막 몬스터로, 등대의 규모만큼 몬스터의 크기도 어마어마했다. 헌터들이 흠칫했지만 선두에 있는 사현과 신서임은 침착하기만 했다.

사현은 팔찌에 더 많은 마나를 넣어 몬스터를 유인했다. S급 마나가 담긴 만큼 S급 아이템은 더 강력하게 작동했고, 완전히 현혹된 뱀이 빠르게 사현을 향해 기어 왔다. 그동안 번개가 계속 꽂혔지만 쉽사리 쓰러지지 않았으며 몸을 옆으로 비틀어 피하기까지 했다.

이윽고 뱀이 가까이 다가와서 고개를 치켜들었다. 뱀 몬스터의 공격 특징이었다. 그 몬스터는 공격 대상과 가까워진 순간 고개를 위로 들었다가 곧바로 커다란 입을 벌리며 공격했다. 날카로운 이빨에 물리면 최소 절단이었다.

그런데 몬스터가 코앞까지 다가오는데도 사현은 미동 없이 있었고, 흉흉한 기세로 뱀이 입을 열었을 때 사현이 눈매를 휘어 웃었다. 모든 헌터가 놀랄 때까지 반응하지 않던 사현이 마침내 보인 반응이었다.

키에엑, 돌연 몬스터가 비명을 질렀다. 뱀이 위로 솟은 순간 사현이 바로 아래의 그림자를 이용해 몬스터를 붙잡은 것이다. 새까만 기운이 한층 더 짙게 일렁였고, 몬스터가 저항력을 뿜내며 꿈틀거렸지만 곧바로 한아린이 나섰다.

푸욱, 한아린의 봉이 순식간에 길어지면서 끝에서 서슬 퍼런 칼날이 튀어나왔다.

"……!"

칼이 뱀의 턱 아래를 뚫어 버렸다. 거의 입천장까지 꿰뚫린 몬스터가 마구 몸을 뒤틀었고, 그때 다시금 신서임이 몬스터 위로 집중적으로 벼락을 쏟아부었다. 수십 개의 벼락이 단 한 몬스터에게 연속적으로 내리꽂혔다.

쿠웅, 마침내 몬스터가 쓰러졌다. 거대한 몬스터가 바닥으로 허물어지면서 다리 전체가 흔들렸다. 검붉은 몸체 위로 연기가 살벌하게 피어올랐다.

"……."

일련의 광경에 헌터들은 다시금 경악할 수밖에 없었다. 한아린은 길 중앙에서 쓰러진 몬스터를 보고 귀찮단 듯 길막지 말고 고향으로 가라며 옆으로 치워 버렸는데, 그 대수롭지 않단 반응이 더욱 그들을 놀라게 했다.

지금껏 앞선 세 개의 공대가 등대 가까이 갈 때까지 들인 시간만 해도 최소 6~7시간이었다. 그런데 S급 헌터 세 명이 나서서 고작 한 시간도 안 될 짧은 시간 만에 바다의 몬스터를 모조리 쓸어 버렸다. 철저한 분석과 대비로 이루어 낸 결과에 헌터들은 다시금 박수했다.

그다음에도 헌터들은 끝없이 감탄했다. 등대 안에 들어와서 정이선이 한 번 더 내부를 복구했는데, 하얀 대리석으로 이뤄진 공간을 휘도는 금빛이 다분히 몽환적이었기 때문이다.

심지어 이번에도 100퍼센트로 말끔하게 계단을 다듬고 기둥을 세우니, 헌터들은 동행한 협회의 카메라맨이 이 광경을 잘 담아내도록 찍기 좋은 자리를 권하기까지 했다. 오래오래 남겨야 할 경이로운 모습이었다.

잠깐의 휴식 시간 끝에 다시 전투가 이어졌다. 등대의 1층 건물은 한때 군사 초소로 사용된 만큼 안에 함정이 많았고, 나타나는 몬스터도 인간형 기사 몬스터였다. 바깥에서 맞닥뜨린 몬스터는 해저에서 올라온 듯 시퍼런 얼굴에 비늘이나 따개비가 붙은 모습이었는데 안에서 마주하는 몬스터는 상대적으로 멀쩡했다.

다만 시각적 거부감이 덜할 뿐, 공격은 한층 더 사나워서 상대하기가 까다로웠다. 하지만 바다의 몬스터를 S급 헌터 세 명이 순식간에 처리한 덕분에, 힘을 전혀 빼지 않은 휘하의 헌터들이 차근차근 몬스터를 상대했다.

등대가 완벽히 복구되어 있으니 바깥에서 거세게 밀려들어 오는 파도에 당황할 일도 없고, 건물이 흔들리지도 않으니 아주 안정적인 전투가 이어졌다. 게다가 태신 공대가 앞선 전투로 몬스터들의 공격 패턴을 파악했기에 좀 더 익숙하게 대응할 수 있었다.

그렇게 헌터들이 2층까지 올라온 순간, 마침내 보스 몬스터와 맞닥뜨렸다.

"어, 저기……."

2층도 상당히 높았는데 그 천장에 보스 몬스터가 둥둥 떠 있었다. 앞선 전투 당시 바닷속에서 갑자기 튀어나와 등대를 반쯤 부수며 등장한 보스 몬스터가 이번엔 2층 허공에서 나타났다.

3층의, 불이 피어오른 공간에서부터 서서히 내려온 보스 몬스터의 하얀 실크 드레스가 나풀나풀 흔들렸다. 7차 던전의 보스 몬스터는 파로스의 등대 위에 있었다는 '이시스 신상'의 형태였다. 높이 5미터의 신상은 소뿔 같은 왕관을 썼고, 양 뿔 가운데에 있는 상앗빛 원반이 쨍하게 빛을 냈다.

"재밌는 인간들이구나……."

이집트에서 오래도록 떠받들어진, 자애로운 어머니 신. 그 신이 고개를 기울이며 웃었다. 입꼬리가 쭈우욱 위로 올라가면서 아주 소름 끼치는 미소를 그려 냈다.

그 순간부터 공간의 공기가 찌르르― 불길하게 울리는가 싶더니 기어코 커다란 진동으로 이어졌다. 건물이 무너질 것 같은 거대한 진동에 헌터들이 계단 난간을 붙잡고 버텼다. 한차례 보스 몬스터와 전투한 경험이 있는 태신 공대원들이 주위를 재빨리 둘러보다 당장 아래를 가리켰다.

"아래!"

1층에서부터 수십, 수백 마리의 하얀 뱀이 나타나 계단으로 올라오기 시작했다. 보스 몬스터의 기본 스킬이었다. 소환된 뱀은 거의 2미터에 달했고, 벽을 타고 단숨에 올라온 몬스터도 있었다. 계단 난간 쪽에서 아래를 보고 히익, 숨을 들이켠 기주혁이 뒤로 빠졌다가 벽에서 뱀과 맞닥뜨리고 비명을 질렀다.

엄청난 속도로 접근하는 몬스터 때문에 잠깐 혼란이 초래됐다. 게다가 그즈음 보스 몬스터의 왕관이 불길하게 빛나는가 싶더니 이윽고 하체가 거대한 뱀의 형태를 띠었다. 새하얀 실크 드레스 아래로 검은 점이 박힌 하얀 뱀의 몸체가 쭈우욱, 길게 이어졌다.

등대 전체를 감쌀 정도로 거대해지는 보스 몬스터의 모습에 헌터들이 재빨리 대열을 갖췄다. 몬스터가 변신과 동시에 마법을 쏘아 보내기 시작했기 때문이다. 왕관의 원반에서 검붉은 빛 덩어리가 툭툭 떨어지는가 싶더니 몬스터의 손짓을 따라 날아들었다. 그 구는 빠른 속도로 날아가 마치 폭탄처럼 폭발했다.

쾅, 콰앙! 귓가를 사납게 때리는 굉음과 함께 건물이 무너졌다.

"감히 내 등대를 엉망으로 만들어 놓다니……."

"아니, 지금 부수는 건 그쪽인데?! 엉망인 걸 우리가 멀쩡하게 만들어 주고 왔는데?!"

스산하게 뇌까리는 보스 몬스터의 행동에 한아린이 억울하단 듯 항변했다. 하지만 그 말을 거부하기라도 하듯 한아린이 있는 곳으로 쏟아지는 구에 그녀가 욕을 짓씹으며 도망쳤다.

무너진 건물 틈으로 파도가 들이쳤다. 특히나 보스 몬스터가 거대한 꼬리를 휘둘러 1층부터 무너뜨리기 시작하니 등대 전체가 흔들렸다. 정이선이 한쪽에서 재빨리 건물을 복구해 보았지만 계속해서 다시 무너졌다. 마나만 낭비할 게 뻔해 사현이 그의 행동을 제지하며 신지안에게 곧바로 눈짓했다.

"……!"

고개를 끄덕인 신지안이 갑자기 계단 난간으로 달려가기 시작했다. 어마어마한 속도에 보스 몬스터를 상대하던 신서임이 그녀를 보고 경악했다. 잠깐 '아가…!'라는 외침이 작게 들렸지만 신지안이 먼저 계단 난간을 한 손으로 짚고 휙, 아래로 떨어졌다.

쿠웅! 소리와 함께 신지안이 1층으로 추락했다. 정확히는 보스 몬스터의 꼬리 위로 몸을 내리꽂듯 떨어진 것이다. 더는 꼬리를 휘두르지 못하게 하려는 속셈이었고, 갑작스러운 공격에 보스 몬스터가 괴성을 내지르며 하체 전체를 거세게 휘둘렀지만 신지안이 두 팔로 그것을 단단히 붙잡았다.

한아린도 곧바로 따라 내려가 봉으로 꼬리를 내리찍었다. 계속해서 보스 몬스터가 꼬리를 흔든다면 신지안이 등대 바깥으로, 즉 바다로 날아갈 가능성이 있었기 때문이다. 태신의 근거리 헌터들도 곧장 1층으로 내려가서 서포트했다.

"감, 히……!"

칠판을 긁어내리듯 끼기긱, 날카로운 소리가 보스 몬스터의 입에서 터졌다. 하체가 묶인 몬스터가 상체를 마구 비틀며 괴로운 소리를 내지르다, 이윽고 두 손을 위로 확 내뻗었다. 지금껏 공략 영상에서 한 번도 보지 못한 스킬이었다.

사현이 당장 보스 몬스터의 스킬 캐스팅을 끊을 의도로 달려들었지만 보스 몬스터가 재빠르게 옆으로 피했다. 그 찰나 사현의 손이 보스 몬스터의 어깨에 스치듯 닿았다.

그대로 반대편의 계단으로 넘어가 비스듬하게 난간을 쥐고 선 사현이 보스 몬스터의 상태를 확인했다. 이시스의 왕관 속 원반이 검붉게 달아오르는 모습이 상당히 불길했기 때문이다. 마치 등대 안의 모든 것을 불태울 것처럼 지글지글 대기가 타오르다가.

순간 정이선의 손목에서 새하얀 빛이 터졌다. 그가 착용하고 있던 S급 수호형 아이템이 반사적으로 작동한 것이다. 그 모습을 보자마자 사현이 아래의 헌터들에게 당장 대피하라고 명령했다.

쾅아앙, 순식간에 보스 몬스터의 머리 위에 만들어진 거대한 구가, 핏덩어리처럼 검붉은 그것이 확 터져 버렸다. 2층 최상단에서 터진 암적색 기운이 폭우처럼 아래로 좌르르 쏟아졌다. 일종의 저주였다. 채 대피하지 못한 헌터들의 살갗이 화기에 덴 것처럼 붉게 달아오르고, 지속적인 출혈이 발생했다.

그 와중에 충격적인 상황이 하나 더 이어졌다. 헌터들이 대피하면서 꼬리가 자유로워진 보스 몬스터가 크게 꼬리를 내리치면서 1층 외벽이 박살 났다. 그리고 그 붕괴는 단순히 1층에 그치지 않았다. 연계적으로 벽이 우르르 무너지면서 2층의 외벽까지 허물어지기 시작했다.

그렇게 무너진 곳을 통해 곧바로 보스 몬스터가 도망쳤다. 일부러 등대 안에서 나타났지만 외려 헌터들에게 붙잡혀 행동 범위가 제한되니 차라리 바깥에서 등대를 포위하듯 공격할 속셈인 것 같았다.

정이선이 우선 벽에 손을 대서 1층을 빠르게 복구하기 시작했다. 보스 몬스터가 다시 거세게 몸통을 박으면 무너지겠지만 한 번이라도 방어할 시간을 버는 게 필요하다고 계산했다. 그렇게 2층까지 복구하려는 때, 신서임이 그의 앞을 막듯이 손을 내뻗었다.

"뒤로 물러나 있으세요."

갑자기 그를 제지한 신서임이 2층의 바깥으로 나갔다. 등대에는 외부로 나가서 바다를 살필 수 있는 공간이 있었고, 마침 그곳으로 통하는 문이 조금 전 보스 몬스터의 공격으로 무너졌다. 휑하게 뚫린 벽 사이로 신서임이 성큼성큼 걸어 나갔다.

정이선이 그 뒷모습을 보고 있으니 나건우가 옆으로 빠지라고 냉큼 손짓했다.

"수호형 아이템이 쏠쏠하게 작동해서 다행이네요. 그래도 간접 피해가 또 있을 테니 실드 안에 있어요."

"태신길드장님이 뭐 하시려는 건가요?"

"저기로 나가는 거 보면, 아마 히든 능력 쓰시겠네요."

이것도 명장면일 테니 봐 두라며 나건우가 껄껄 웃었다. 옆에 있던 기주혁은 하얀 뱀과 사투를 벌여 한층 얼굴이 핼쑥해졌지만 그 상태로도 고개를 끄덕여 가며 동조했다. 태신길드장님의 히든 능력은 저번 공략에서도 안 나왔다며, 이번에 클리어 가능성이 있어 보이니 시전하는 것 같다고 눈을 빛냈다.

곧 하늘이 쿠르르 진동했다.

그렇지 않아도 검붉게 흐렸던 하늘 위로 짙푸른 먹구름이 드리웠다. 등대 진입 전에 보았던, 광범위 뇌전 스킬을 사용할 때 나타났던 먹구름보다 훨씬 더 짙었다. 구름 속에서 스파크가 튀는 모습이 훤히 보였다. 건물 안에 있는데도 떨릴 정도로 공기가 찌릿찌릿하게 옥죄다가.

신서임이 손을 위로 내뻗는 것과 동시에 콰르릉! 벼락이 그녀에게로 내리꽂혔다. 주위 일대가 새하얗게 물들 정도로 엄청난 빛이 내뿜어졌고, 멀리에 있는 헌터들마저 온몸의 털이 바짝 서는 긴장감을 느꼈다. 어마어마한 위압감이었다.

마치 새파란 벼락에 잡아먹히는 것만 같은 충격적인 광경 끝에, 정이선은 그녀가 '검'을 쥐고 있는 것을 목격했다. 검신은 새하얗다가도 때때로 파랗거나 노란 스파크가 주위로 튀었다. 분명히 짙푸른 손잡이가 보이니 검은 확실한데, 검신의 모습이 꼭 번개 자체를 쥐고 있는 것만 같았다.

"와, 영상으로만 봤는데 직접 보니까 장난 아니다."

기주혁이 어깨를 부르르 떨며 감탄했다. 거친 바닷바람에 진회색 코트 자락이 마구잡이로 흔들리고, 그녀의 회백색 단발도 정신없이 흩날렸다. 그런 상황 속에서 서늘하게 번쩍이는 검을 쥔 신서임은 꼭 번개의 신이 강림한 것만 같은 모습을 하고 있었다.

곧 바닷속에서 보스 몬스터가 솟아올랐다. 그 몬스터는 갑자기 나타난 강한 기운을 확인이라도 하려는 듯 2층 외부 난간 앞에 서 있는 신서임을 바라보았다. 검붉은 눈의 몬스터가 이내 소름 끼치는 미소를 그리는 것과 동시에 몸을 숙이면서 1층으로 공격해 들어왔다. 신서임을 피해 다른 인간들을 먼저 공격하려는 것이었다.

정이선이 한차례 벽을 복구해 내서 보스 몬스터의 진입이 잠깐 막혔지만 그것도 몇 초에 불과했다. 바닷속에 들어갔다가 오면서 모든 상처가 회복되었는지 더욱 거센 공격력을 자랑하며 몬스터가 뱀 꼬리를 마구 휘둘렀다. 건물이 순식간에 박살 나면서 모두가 혼비백산했다.

"너희를 모두- 바다에 제물로 바칠 것이다……."

"제물이라니. 지금 바다가 요동치는 건 다 그쪽 탓인데 뭘……!"

반대편에서 한아린이 황당하단 듯 고함치다가 보스 몬스터의 시선을 끌었다. 일부러 의도한 행동이긴 했지만 이전보다 한층 더 매서워진 공격이 그녀에게 쏟아졌다. 수십 개의 검붉은 구를 날려 보내면서 몬스터가 거리를 좁혔고, 한아린은 그것을 휙휙 잽싸게 피했다. 피하면서도 왜 자꾸 남 탓 하냔 비난을 잠깐 했다.

몬스터가 다른 헌터들을 공격하게 두느니 차라리 가장 빠른 S급 헌터가 나서서 어그로를 끄는 것이 나았다. 다시금 1층에서 헌터들이 꼬리를 억누르고, 한아린이 상체의 시선을 붙잡는 동안 신서임이 성큼성큼 몬스터에게 다가갔다.

빛나는 검을 옆으로 비스듬하게 늘어뜨려 쥔 신서임이 등대 내부로 들어오면서부터 서서히 이동 속도를 높이는가 싶더니, 이윽고 2층 난간을 한 손으로 짚고 휙 떨어졌다. 그때 신서임의 검이 위로 세워지면서.

좌아아악! 보스 몬스터의 몸체 중간부터 시작해 쭉 베어 내렸다. 신서임이 아래로 떨어지는 궤적을 따라 보스 몬스터의 몸이 반으로 갈라졌다. 물에 젖은 몸체에 번개로 이루어진 검이 내리꽂히니 더더욱 높은 공격력을 자랑했다. 순식간에 보스 몬스터가 비명을 내지르며 상체를 뒤틀었다. 지금껏 쉽사리 뚫리지 않던 비늘이 신서임의 검 아래에 지지듯 잘렸다.

"네, 네놈들을 모두-!"

귀가 찢어질 듯한 고음이 터졌다. 몬스터가 캬아악 괴성을 토하며 당장 하체를 벗어 냈다. 정말 말 그대로 탈피하듯이 뱀의 형태였던 하체를 벗어 내자 인간의 다리가 드러났다. 갈라진 하체를 버리고 곧장 도망치는 몬스터의 얼굴에 희열이 차올랐다. 다시 바닷속에 몸을 숨겨 회복했다가 올 요량이었다.

하지만 몬스터가 2층 아래로 날아가려는 순간, 신상의 뒤로 사현이 나타났다. 조금 전에 어깨를 스치면서 마킹해 놓은 것이었다.

흠칫한 신상이 기겁하며 몸을 비틀려 했지만 먼저 사현에게 뒷덜미를 붙잡혔다. 그것을 꽉 움켜쥔 사현이 그대로 몬스터의 머리를 2층 난간에 처박았다. 쾅! 굉음의 뒤로 쩌적, 금이 가는 소리가 났다.

보스 몬스터의 왕관 속 원반이 부서지는 소리였다.

"······!"

기겁한 몬스터가 다급히 손을 앞으로 내뻗었다. 앞으로 기어가려는 듯한 몸짓이었는데 사현의 무릎이 그것의 등을 꾹 짓눌러 바닥에 구속했다. 엄청난 압박에 보스 몬스터가 도망가지도 못하고 버둥거렸다.

"상체가 제일 약할 것 같았어요."

사현이 상냥하게 말하며 미소했다. 이시스는 상체가 인간 형태고, 하체가 뱀의 형태였는데 그중 인간 형태인 상체가 약점이었다. 게다가 지금은 공격을 당해 하체를 탈피하고 도주하려던 상황이었으니 몬스터의 데미지 저항력이 한참 떨어진 상태였다.

몬스터가 다시 원반을 사용해 기운을 모으려 들었지만 이미 금이 가서 제대로 빛이 돌지 못했다. 그런 마지막 발악을 지켜본 사현이 보스 몬스터가 지었던 웃음과 비슷한 미소를 그려 내며 몬스터의 뒷덜미를 한차례 고쳐 쥐었다. 몬스터가 '잠깐…!'이라고 외치려는 것 같았지만 그 말이 채 완성되기도 전에 아래로 콰앙! 머리가 내리찍혔다.

분명히 난간에 머리가 부딪친 건데 폭발음 같은 것이 터졌다. 쩌저적, 금이 가다 못해 완전히 난간이 박살 나서 1층으로 잔해가 떨어졌고, 그렇게 난간이 사라진 자리 위로 한 번 더 보스 몬스터의 얼굴이 처박혔다. 원반은 산산조각 나서 깨졌고, 주위 바닥에도 살벌하게 균열이 번졌다.

머리가 깨지면서 그 속에 숨어 있던 검붉은 핵도 쩽그랑, 소리와 함께 부서졌다.

보스 몬스터의 핵이 부서지면 던전 전체에 감돌던 긴장감이 한층 풀리기 때문에 모든 헌터가 보스 몬스터가 완전히 처리되었음을 인지했다.

"와아……."

계단 반대편에서 지켜보고 있던 헌터들이 탄식과 비슷한 감탄을 내뱉었다. 1층에 있던 헌터들도 저마다 참았던 숨을 터트리며 서로를 보았다.

레이드 중 가장 극악의 난이도를 자랑했던 7차 던전이 성공적으로 클리어됐다.

고대 7대 불가사의란 테마를 가지고 오래도록 모두를 긴장하게 만들었던 레이드의 마지막 던전이 드디어 끝났다. 헌터들은 더더욱 후련한 낯으로 서로의 어깨를 두드렸다. 한정된 공간 안에서 이뤄진 전투라 부상자가 꽤 많았지만 클리어해 냈단 사실이 무척 기뻤다.

던전이 끝나면 보통 10분가량 잠깐 숨을 돌리면서 쉬고 이후 차례차례 퇴장했다. 기력을 모두 쏟아부었기 때문에 곧바로 움직이기는 힘에 부쳤다. 마나가 남은 힐러들은 부상자들을 응급 치료해 주며 시간을 보냈고, 다른 이들은 벽에 기댄 채로 조금 전 공략에 관한 이야기를 나눴다.

그렇게 아래가 소란스러운 동안 정이선은 천천히 3층으로 올라가 주위를 살폈다. 고대의 등대는 꼭대기에 불을 지피고 근처에 거대한 반사경을 두어 반사시킨 불빛으로 바다를 밝혔는데, 그 모습이 그대로 3층에 펼쳐져 있었다. 그 자신이 복구한 불가사의 건물인데도 신기하단 감상이 드는지 정이선의 시선이 꼼꼼히 안을 훑었다.

1층과 2층은 전투 과정에서 많이 부서졌지만 3층은 멀쩡했다. 그는 3층 안쪽을 살펴보다, 이내 난간을 쥐고 바다 쪽으로 시선을 던졌다. 여전히 하늘은 검붉었으며, 새까만 바다는 거센 파도를 일으키고 있었다. 클리어하기 전보다는 상대적으로 기세가 줄었지만 이것만으로도 폭풍의 전조를 보는 듯했다.

정이선이 난간을 쥔 채로 그 풍경을 가만히 눈에 담았다. 서늘한 바람이 그의 머리칼을 한껏 흐트러뜨렸지만 그는 정리할 생각도 않고 멍하니 바다만 보았다.

그렇게 한참 있었을까, 불쑥 뒤에서 나긋한 목소리가 들려왔다.

"이선 씨는 치료받을 곳 없나요?"

"아…… 네. 아이템 덕분에 멀쩡해요."

어느새 사현이 다가왔다. 순간 정이선은 흠칫했다가 흘끔 2층을 내려다보았다. 바다를 보느라 아이템이 나온 것도 모르고 있었다.

헌터들이 아이템 주위에 잔뜩 몰려서 떠드는 소리가 웅웅 울렸고, 정이선은 사현의 얼굴에 어린 흡족한 빛을 읽어 내며 말했다.

"이번에도 좋은 아이템이 많이 나왔나 봐요."

"네. S급이 4개나 나왔으니 상당히 괜찮은 소득이에요. 일단 태신길드장님과 대화해서 S급은 두 개씩 나눠 갖고, 나머지 아이템은 본부의 검사까지 거친 후에 결정하기로 했어요."

S급 아이템은 뿜어내는 기운부터가 달라 굳이 각성자 관리 본부의 측정을 거치지 않아도 알아볼 수 있었다. S급뿐만 아니라 A급도 어느 정도 이하의 등급과 구분이 되는데, 이번 던전에서 나온 아이템 대부분이 A급이었다.

사현이 그렇게 말하며 자연스럽게 정이선에게 손을 내뻗었다. 마킹을 새롭게 할 겸, 그리고 정이선의 손목에 있는 가느다란 금색 팔찌도 자세히 볼 겸 손을 감싸 잡았다. 6차 던전에서 나온 S급 아이템 두 가지가 이번 던전에서 톡톡히 효력을 발휘했다.

그래서 사현이 만족스레 아이템을 보고 있는데 돌연 정이선이 팔찌를 풀어냈다. 그 행동에 사현이 의아하단 시선을 보내자 정이선이 무척 담담하게 말했다.

"저는 이제 던전에 들어갈 일이 없으니까요. 코드 헌터들 중에 필요한 분한테 주면 될 것 같아요. 발동은 한두 번밖에 안 했으니 내구도도 크게 떨어지지 않았을 거예요."

"……."

"S급 수호형 아이템이 희귀하다고 들었어요. 그러니까 더 효율적으로 사용되면 좋을 것 같아서요. 경매장에 내놔도 큰 값을 받을 테니까……."

이어지는 정이선의 말을 사현이 가만히 경청했다. 분명히 객관적으로 정이선이 한 말이 맞는데, 심지어 그가 직접 언급한 '효율'이란 말이 사현이 가장 중요시하는 가치라 그의 분석이 모두 맞는데도 미묘하게 찜찜했다.

하지만 그런 그의 생각은 정이선이 먼저 사현의 손을 붙잡아 그 손바닥 위로 팔찌를 올리는 순간 스르륵 사라졌다. 정이선은 사람의 온기에 막연한 거부감이 있어서 그가 먼저 남에게 접촉하려 드는 일이 도통 없었다. 막상 온기에 붙잡히면 어쩔 줄 몰라 하면서 가만히 있지만 그가 먼저 닿으려는 일은 드물었다. 잡더라도 옷자락이 전부였다.

그런데 그랬던 정이선이 먼저 사현의 손을 붙잡았다.

그 점에 꽤 흡족해진 사현이 나른하게 미소하며 그 손에 자연스레 깍지를 꼈다. 손가락 사이를 얽듯이 붙잡고, 다른 한 손으로는 정이선의 볼을 살살 쓰다듬었다. 꼭 칭찬하는 듯한 손짓이었다.

"오늘 수고했어요. 엄청 잘했어요."

6차 던전 때 칭찬을 바라듯 자신을 쳐다보던 정이선이 생각나서 한 말이었다. 정이선은 볼을 스치는 간지러운 감각에 움찔 떨었다가, 가까스로 시선을 아래로 내리며 눈동자를 이리저리 굴렸다. 불안해하는 듯한 그 행동은 마치 무언가를 꾹 눌러서 참아 내려는 사람처럼 보였다.

그사이 아래의 헌터들이 하나둘 퇴장하기 시작했다. 숨도 적당히 돌렸고, 아이템도 나왔으니 이제 나가면 되었다. 함께 들어왔던 협회 카메라맨도 다른 헌터의 부축을 받으며 게이트로 걸어갔다. 던전 클리어는 곧 카메라맨의 촬영이 끝났단 의미기도 해서, 그는 카메라를 아래로 내린 채 절뚝거리며 나갔다. 사방이 막힌 등대 안에서 전투가 이뤄지다 보니 카메라맨도 약간의 부상을 입었다.

사현도 정이선에게 이만 나가자고 했지만 그가 고개를 내저었다. 정이선이 던전을 나가면 건물이 무너지니 보통 느지막이 퇴장하는 편이긴 했지만, 지금은 아예 등대 바깥으로 나가지 않았다. 던전이 클리어된 직후부터 3층에 올라와서 바다를 보더니⋯⋯ 등대가 마음에 든 건지, 바다가 마음에 든 건지 알 수 없었다.

어차피 시간은 여유로우니 상관없다고 생각하며 사현이 말했다.

"아무튼 이제 능력도 100퍼센트로 돌아왔으니, 당장 복구사로 활동 재개해도 전혀 문제없겠어요."

자연스럽게 계약 연장에 대한 이야기를 꺼낸 사현이 최

근 코드로 온 연락들을 알렸다. 정이선이 히든 능력으로 고대 불가사의를 복구해 내는 모습이 전 세계에 퍼지면서 각종 나라에서 연락이 쏟아진단 것이다. 정이선과 직접 연락할 방법이 없으니 코드로 요청이 온다면서, 저마다 역사 속 대표 건물들을 복구해 달란 의뢰라 했다.

그러니 그가 원하면 답하겠다는 사현의 말에 정이선은 그저 멍하게 눈만 깜빡였다. 분명히 처음 듣는 이야기일 텐데도 그는 전혀 놀란 기색이 없었다. 옅은 갈색 눈동자가 물끄러미 자신을 향하다가, 이내 시선을 아래로 내렸다.

그 순간 사현은 찜찜한 기시감을 느꼈으나 정이선의 표정을 다시 볼 수는 없었다. 그가 아예 몸을 옆으로 돌려 3층의 난간을 붙잡으면서 하늘을 쳐다보았기 때문이다.

"……레이드가 끝나면, 꽤 오래 쉰다고 들었어요."

"그런 편이죠?"

"최소 일이 주가량은 던전에 들어가지도 않는다던데……."

갑자기 뜬금없는 이야기를 꺼내는 정이선의 행동에 사현은 조금 의아해졌지만 순순히 고개를 끄덕여 주었다. 아마도 그의 주위 헌터들이 정이선에게 레이드가 끝난 후 휴가에 대해 이야기했을 것이라 예상했다.

이번 레이드는 지금까지 있었던 레이드 중 가장 많은 차수에, 오랜 시간을 들였으니 실제로 휴가가 길 예정이긴 했다. 레이드 기간에는 공략에 집중해야 하기 때문에 공대원 전원이 마땅한 외출도 못 했던 터라, 적당한 환기를 해 줘야 했다.

그리고 그의 예상대로 정이선이 나건우와 기주혁에게서 레이드가 끝난 후엔 다들 헌터란 신분을 망각하고 휴가를 즐긴다고 들었다 했다. 그렇게 말하는 정이선의 얼굴에는 미미한 웃음이 번져 있어, 사현은 그도 휴가에 관심이 생겼나 싶었다.

오늘 퇴장하고 나면 히든 능력의 페널티로 일주일 동안 앓을 테니, 그 이후에 함께 휴가를 갈까 생각했다. 이젠 자신이 길드장이 될 게 확실하니 꽤 바쁘겠지만, 일주일 안에 웬만한 일을 다 처리해 놓으면 어느 정도 시간은 낼 수 있을 듯했다.

그렇게 생각하면서 사현은 문득 여유로운 기분에 사로잡혔다. 앞으로 놓인 그의 일정은 분명 여유롭지 않은데도 그는 느긋해졌다. 결국 HN길드를 손에 넣은 자신의 상황과 또 어젯밤 정이선의 고백이 그를 무척이나 만족스럽게 만들었다.

사현은 모든 일이 잘 풀려 간다고 생각했다.

"그러면, 오늘부터 이틀간은 능력을 못 써도 별 피해가 없겠어요."

그런데 불현듯 이해할 수 없는 말을 읊조린 정이선이 마침내 사현과 눈을 마주했다. 똑바로 다가오는 시선에 사현이 가만히 있으니 곧 정이선이 희미하게 미소했다.

"그러니까 지금 저한테 무효화를 걸어 주세요."

어젯밤에 7차 던전에서 제대로 복구해 내면 그 대가로 히든 능력을 받기로 하지 않았느냐며 정이선이 차분하게 말했다. 정말 몹시도 침착한 목소리라 사현은 느리게 눈만 깜빡였다. 바로 어제 나눴던 대화이니 당연히 계약을 기억하긴 했지만 무효화를 걸어 달라는 대상이 그 본인일 줄은 몰랐다.

대체 왜?

전혀 예상치 못한 요구였다. 친구들이 다 무효화를 받았으니 자신도 받고 싶기라도 한가? 아니면 그가 스스로의 복구 능력을 끔찍이 여겼으니까 아예 능력이 사라지는 경험을 하고 싶은 건가? 어차피 살아 있는 존재는 5분이 지나면 능력이 돌아오는데…….

도무지 이유를 알아낼 수가 없어 사현이 미미하게 눈가를 찌푸리며 물었다.

"대체 왜요?"

"이유가 중요한가요? 저는 이야기된 대로 건물을 복구했으니 지금 그 대가를 받으려는 것뿐이에요."

담담히 말하는 정이선과 사현의 시선이 허공에서 마주했다. 처음으로 그들에게 어린 눈빛이 반대가 되었다. 새까만 눈동자에 의문이 담겼고, 옅은 갈색 눈동자에 알 수 없는 장막이 드리워졌다.

사실, 정이선은 이틀 전부터 계속 '생각'하고 있었다. 어떻게 해야 자신이 사현에게서 무효화를 받을 수 있을까, 그 의심 많은 사람에게서 어떻게 히든 능력을 받아 낼 수 있을까.

죽고 싶다는 생각을 다시금 강렬하게 하게 된 시점에서, 그러니까 정확하게는 정이선이 스스로의 감정을 인지한 순간부터…… 그는 자신에게 보이는 사현의 태도도 파악했다.

정이선은 사현이 자신을 완전히 손에 넣고 싶어 한다는 걸 눈치챘다.

사실 그건 이제 와서 파악했다고 할 수도 없을 정도로 예전부터 아주 확실하게 드러났다. 사현은 언제나 모든 상황을 통제하려는 편이었고, 대상이 그의 통제 범위를 벗어나는 걸 굉장히 싫어했다. 실제로 정이선은 자신이 울었을 때, 그리고 피를 토했을 때 그가 가장 불쾌해했단 걸 선명히 기억했다.

그의 행동은 언뜻 소유욕과도 맞닿은 듯했지만, 어쨌든 정이선은 그가 자신을 완전히 통제하고 싶어 한다는 걸 알았다. 또한 그의 표현을 빌려 자신은 '효율적인 패'니까 이후 길드로 들여서, 아니, 아예 코드에 그대로 붙잡아 두어서 계약을 이어 가려고 했다.

앞으로의 이해득실을 계산한 결과이자 자신을 완전히 손에 넣으려는 행동이었다. 자신이 계속해서 그를 의식하는 '반응'을 보였기에 부러 그런 방향으로 접근했다. 제 손을 얽고, 시선을 붙잡아 속삭이듯 함께하자고 제안했다. 정이선은 새삼스럽게 그 순간을 회상하며 자신의 감정이 참 진작부터 사현에게 이용당하고 있었다 싶었다.

사현은 제 감정을 눈치챘으면서도 그걸 말하지 않았다. 그저 그 감정을 가장 효율적으로 사용할 수 있는 방향으로 이끌어 가려 했고, 정이선은 그 행동이 의미하는 바가 무엇인지 모르지 않았다. 그 점에 약간은 속이 쓰리면서도 차라리 다행이다 싶었다.

제 감정은 딱 수단으로만, 그의 효율적인 패로만 사용되고 있는 것 같아서.

그래서 정이선은 좀 더 후련해졌다. 그렇기에 정이선은 어젯밤 사현에게 찾아가 고백했다. 제 감정을 드러내되 답을 묻지도 않고 오직 수단처럼만 굴었다. 그도 눈치챈 감정이고, 자신도 인정한 것이기에 꽤 담담하기까지 한 고백이었다.

그렇게 고백하면서 사현이 이미 제 감정을 아니까, 어쩌면 이 고백이 별 효과 없을지도 모른다 걱정했다. 그러나 다행히도 사현은 그걸 긍정적으로 여기고, 이후의 효율도 좋게 전망했다. 그래서 정이선은 7차 던전에 들어올 수 있었다.

그에게 도움이 되고 싶다는 말이 완전히 거짓은 아니지만, 실제로도 코드의 마지막 던전이니만큼 자신이 복구해서 효율적인 공략에 보탬이 되고 싶었지만……

"……."

이제 와 되짚기도 무의미한 감정이었다. 어쨌든 자신이 오늘 이득을 줬으니, 이제 그 대가를 받았으면 했다.

정이선이 다시금 어젯밤에 무효화를 자신이 원하는 곳에 사용해 주기로 했지 않느냐며 사현에게 다가가 그의 손을 감싸듯 붙잡았다. 매달리는 듯한 손짓에 사현의 시선이 스르륵 붙잡힌 손을 향했다. 자신이 먼저 손을 잡은 적이 없으니, 먼저 온기에 접촉하려 든 적이 없으니 사현의 눈동자에 어렴풋하게 낯선 빛이 어렸다. 약간은 신기해하면서도, 꽤 흡족해하는 눈치.

정이선은 자신이 완전히 그의 손안에 든 것처럼 행동할 때마다 사현이 만족스러워한다는 걸 알았다. 그리고 그럴 때 사현은 꽤 의심이 풀어졌다.

일부러 정이선은 태연한 목소리로 물었다.

"제가 무효화를 받으면 이 건물이 무너지게 될까요?"

"……아마도 무너질 것 같네요. 기존의 복구 능력이면 안 무너지겠지만, 히든 능력은 이선 씨의 이성하에 만들어지고 유지되는 거니까요."

이전까지는 계속 의심하는 눈치였던 사현이 다소 느긋해

진 어조로 답했다. 정이선은 그를 틈타 좀 더 호기심이 생긴 사람처럼 말했다. 무효화로 능력이 사라질 시간은 5분밖에 되지 않지만, 자신의 능력이 완전히 나오지 않는 경우가 궁금해서 경험해 보고 싶단 듯이 굴었다.

손을 꼭 붙잡으며 이어지는 말에 사실 사현은 그다지 납득한 낯은 아니었지만, 결국 알겠단 듯 고개를 끄덕였다. 해 주겠으니 손은 그만 흔들라며 실소하기까지 했다.

마침내 사현이 정이선에게 손을 내뻗었다. 정확하게는 이미 정이선이 붙잡고 있던 손을 고쳐 쥐며 완전히 정이선의 손등을 감쌌다.

새까만 기운이 그의 손끝에서부터 퍼지는 광경을, 정이선은 빤히 쳐다보았다.

친구들에게 무효화가 걸릴 때마다 늘 옆에서 지켜보긴 했지만 막상 자신에게 사용되는 상황이 무척 낯설었다. 맞닿은 손에서 검은색 기운이 마치 연기처럼 번져 가다, 이윽고 확 터지면서 몸 주위를 짧게 휘돌았다. 고작 몇 초도 되지 않는 짧은 시간이었지만 정이선은 그 모든 순간을 눈에 새기듯 보았다.

정말로 무효화가 걸린 게 맞나?

-쿠웅! 그리고 그런 정이선의 의문에 답해 주기라도 하듯 건물이 크게 진동하기 시작했다. 예상대로 히든 능력을 유지하지 못하는 상황이 되면서 등대가 무너지는 것이었다.

저 멀리 퇴장하고 있던 헌터들이 갑작스러운 굉음에 의아해하며 고개를 돌렸다.

게이트와 등대 사이엔 꽤 거리가 있지만 등대의 거대한 규모 때문에 그것이 무너지고 있단 것만큼은 멀리서도 확실히 보였다. 저마다 무슨 일이냐고 당황스러워했지만, 이미 사현과 정이선을 뺀 나머지는 모두 등대를 빠져나갔으니 3층에서 일어나는 일을 가늠조차 할 수 없었다.

그런 상황 속에서 정이선이 짧게 숨을 터트렸다. 하, 꼭 헛웃음처럼 터진 숨이었다.

무효화에 걸리자 전혀 능력을 사용하지 못했다. 단순히 능력을 쓰지 않는 상황과는 달랐다. 자신의 속에 감돌던 어떤 기운 자체가 모조리 사라진 것만 같았다. 정이선은 손을 쥐었다 펴기를 반복하고, 실험 삼아 무너져 가는 3층 난간에 손을 올려보기도 했다. 바닥에 떨어진 잔해는 조금도 떠오르지 않았다.

아주 낯선 상황이자, 정이선이 오래도록 바라 온 순간이었다.

천천히 정이선이 무너져 가는 등대 끝으로 향했다. 그는 자신의 의지대로 움직이는 발이 너무 신기한 사람처럼 아래를 내려다보았다. 지금껏 언제나 실패했던 행동인데, 그가 죽겠다는 의지를 가지는 순간부터 발이 떨어지질 않는데 지금은 너무도 쉽게 앞으로 향했다.

등대가 무너지면서 새까만 바다가 한층 더 불길하게 요동 쳤다. 이곳의 바다는 자의로 빠져나가지 못하니까 어쩌면 무너지는 건물에서 누군가가 발을 헛디뎌 떨어졌단 식으로, 그렇게 사고 처리가 될지도 몰랐다.

찰나 정이선은 제 죽음에 사현이 반응할지 궁금해졌다. 길드에 들어올 S급 복구사가 사라져서 아쉬우려나? 효율적 인 패가 없어지면 살짝 불쾌할 수도 있으려나? 하지만 S급 복구사가 없단 점이 길드에 손해를 끼칠 것 같진 않았다. 그 저 이득이 없어질 뿐이다. 통제 범위를 벗어난 일이 벌어져 불쾌해할 수는 있겠지만, 사현은 딱히 과거를 되짚는 사람 이 아닌 듯하니 자신은 금방 잊힐 것이다.

고개를 든 정이선이 검붉은 하늘을 올려다보며 자신이 처 음 들어왔던 던전을 회상했다. 자신의 모든 것을 잔인하게 앗아 갔던 2차 대던전. 어쩌면 자신은 진작에 그곳에서 죽어 야 하는 운명이었는데 구태여 살아남았기에 결국 이곳에서, 3차 대던전이라 불릴 7대 레이드에서 끝을 맞이하는 것일지 도 모른다.

한 번의 잘못된 선택으로 참 긴 길을 걸어왔다 싶으면서 도 한편으론 제 모든 것이 던전 때문에 사라진다는 생각을 했다. 부모님도, 친구들도, 그리고 자기 자신마저도.

그동안 사현도 주위를 둘러보며 실제로 건물이 무너지고 있는 것을 확인했다. 단순히 허물어지는 것이 아니라 아예 바닷속으로 잠기려 들었다. 정이선이 계속 애원하듯이 굴어 조금은 너그러운 마음으로 그 부탁을 들어주긴 했다지만, 무너지는 속도가 꽤 빨라서 사현은 차라리 등대 바깥의 다리에서 무효화를 걸어 줄 걸 그랬단 생각을 했다.

"이만 등대에서 나가는 게……."

등대뿐만 아니라 앞의 다리 일부도 무너지고 있으니 얼른 나가야 했다. 재촉하면서 정이선에게 손을 뻗은 사현의 낯이 순식간에 굳었다.

3층 끝에 정이선이 있었다. 무너지는 등대는 심하게 흔들렸는데, 정이선은 그곳에서 중심을 잡을 노력도 않고 있다가…… 이내 후련하게 웃었다.

정말, 지독하게도 후련한 미소였다.

그 미소를 마지막으로 정이선의 몸이 뒤로 기울었다. 찰나 정이선은 모래알처럼 까끌까끌하게 가슴속을 굴러다니는 미련을 느꼈지만 애써 그것을 무시했다. 이제 와 소용없는 감정이었다. 하지만 그 미련 때문에 결국 미련해져 마지막 순간 사현을 보았다가, 마침 정확히 자신을 쳐다본 사현과 시선이 마주했다. 그때 정이선은 생전 처음 보는 사현의 표정을 마주했다.

충격에 휩싸인 듯한, 혹은 두려움에 압도당한 듯한 얼굴.

그 낯선 표정을 자세히 들여다볼 새도 없이 정이선의 몸이 아래로 추락했다. 시원하다 못해 싸늘하고 날카로운 바닷바람이 그의 몸을 감쌌다. 정이선은 그 순간의 감각을 만끽했지만, 뒤이어 절대로 느껴선 안 될 감각을 손목에서 느꼈다.

"……!"

무효화를 사용해 페널티로 능력을 쓰지 못하는 사현이, 그대로 달려와 제 손을 붙잡고 함께 떨어졌다.

정이선의 눈동자가 금세 충격으로 물들었다. 경악 어린 눈이 사현을 향했지만 채 시선을 마주하지도 못했다. 사현은 정이선을 보호하기라도 하려는 사람처럼 그를 꽉 껴안았고, 정이선은 그에게 감싸 안긴 채로 마구 발버둥 치다 기어코 바다로 떨어졌다.

풍덩─ 새까만 바닷속으로 떨어지는 순간의 소음이 시끄럽게 귓가를 때렸다. 바다에 빠진 이후엔 바깥의 소리는 차단되었으나, 추락하며 물결을 거세게 가르는 소리와 또 등대가 바닷속으로 무너지는 소리 때문에 온 사방이 소음으로 가득 찬 것만 같았다.

바다는 끝없이, 끝없이 아래로 그들을 잡아 이끌었다. 사나운 물결이 늪처럼 그들을 붙잡고, 뼈까지 얼려 버릴 것 같은 한기가 들었다.

"……읍……!"

정이선이 숨을 참으며 미친 듯이 버둥거렸다. 사현 혼자라면 이 상황에서도 위로 올라갈 수 있을 것 같은데 그는 자신을 끌어안은 채로 계속 함께 추락할 뿐이었다. 황당함과 당황스러움으로 점철된 충격에 빠진 정이선의 시야에 '잔해' 가 붙잡혔다. 등대 2층의 외부 구조물이었다. 어느새 등대 도 완전히 무너져서 아래로 가라앉은 것이다.

무효화로 정이선의 능력이 사라지는 시간은 단 5분.

그 순간 정이선은 아주 불쾌한 깨달음에 사로잡혔다. 등 대 위에서 끝까지 걸어갈 수 있는 자신의 상태가 신기해서 잠깐 시간을 썼고, 그 이후엔 사현과 함께 추락했다. 그렇게 바닷속에서 그의 품에 끌어안긴 채로 버둥거리다 정이선은 기어코.

제게 걸린 무효화 시간이 끝났음을 깨달았다.

물속에서 완전히 숨이 넘어가기 직전, 정이선이 잔해 위 에 손을 얹고 복구 능력을 사용했다. 그가 히든 능력을 사용 할 때마다 나타나는 금빛이 손 아래로 서서히 퍼져 나가다 이윽고 새까만 바닷속에서 폭발하듯 터졌다.

좌아악, 커다란 소음과 함께 바닷물 위로 등대가 솟아올 랐다. 등대가 솟으면서 어마어마한 굉음이 천지를 울렸다. 무너졌던 등대가 다시 복구되기 시작하면서 엄청나게 소란 스러운 상황 속, 정이선이 당장 사현에게 소리쳤다. 2층 외 부 구조물에 올라온 그들의 위로 정신없이 잔해가 날아다녔 다.

"당신 미쳤어요?!"

정이선은 자신이 받은 충격을 분노처럼 표출했다. 건물이 복구되면서 거대한 진동이 끝없이 이어져 그때의 충격이 지속되는 것만 같았다. 정이선은 미쳤냐고, 제정신이냐고 사현에게 따지듯 외쳤지만 사현은 앞에서 무릎 꿇고 앉은 채로 덜덜 떨고만 있었다.

극해처럼 차가웠던 바닷속에서 떠오른 탓인지, 아니면 크나큰 충격에 빠져 헤어나오질 못했는지 사현이 바닥에 손을 짚은 채 떨다가 곧 정이선을 보았다.

그의 머리칼에서 물이 뚝, 뚝 떨어졌다.

"정이선 씨 죽으려고 했어요?"

"그건 내가 하고 싶은 말인……!"

"나를 두고 죽을 생각이었어요?"

꼭 커다란 배신을 당한 사람처럼 사현이 정이선을 응시했다. 정이선은 그의 물음에 순간 당황해 입을 다물었고, 그동안에도 사현의 눈동자는 끝없이 불안하게 떨렸다. 처음으로 마주하는 사현의 낯선 표정에 정이선이 아무런 말도 못 하고 있으니 다시금 그에게서 원망 같은 말이 쏟아졌다.

"애초에 나한테 고백한 것도 그런 이유였어요? 어젯밤에 찾아온 것도, 예전에 한백병원에서 대가를 달라고 했던 것도. 아니, 제일 처음 무효화 능력 이야기를 듣고 내 손을 잡은 순간부터!"

갈수록 격양된 목소리가 기어코 고함으로 끝을 맺었다.

정이선은 그 말이 이어지는 내내 입을 다물고 있었고, 그런 그의 침묵에 사현의 눈동자에 충격의 빛이 어렸다.

사현은 정이선이 눈앞에서 떨어지는 모습을 보고서야 아주 끔찍한 깨달음을 얻었다.

그는 정이선이 어느 정도 죽고 싶어 한다는 걸 눈치챘었다. 하지만 자살할 용기가 없다고 생각했고, 그걸 넘어서 애초에 스스로의 몸에 상처 하나 내지 못할 만큼 겁이 많다고 여겼다. 왜냐면 정이선은 1년간 그 집에서 시체들과 살았으면서 몸에 자해한 흔적 하나 없었기 때문이다.

그래서 정이선이 과거의 사건에 대한 죄책감으로 죽고 싶은 마음은 있어도, 그것을 실천할 용기는 없다고 생각했다. 그러니 서서히 정이선이 자신에게 가지는 감정을 보고, 또 어젯밤 드디어 제게 고백하는 모습을 보고선 더 이상 그가 그런 생각을 하지 않는다고 여겼다. 완전히 제 손안에 들어왔다고 판단했다.

하지만 여유로웠던 그의 자만은 예상치도 못한 방식으로 맞닥뜨린 현실 앞에 산산조각 났다.

정이선은 자신에게 '무효화'를 받은 후에 등대에서 떨어졌다. 그때야 사현은 S급 능력엔 조건이 따른단 걸 떠올렸다. 그 조건은 각성자 간 암묵적으로 비밀로 하는 것이기에 굳이 정이선의 조건을 파악하려 들지 않았고, 또 특정 각성자들처럼 딱히 눈에 띄는 종류도 아닌 듯해 그다지 불편하진 않은 조건일 거라 짐작했었다.

그런데 정이선이 자신의 히든 능력을, 그의 능력이 사라지는 무효화를 받고서야 자살을 시도했다는 건…… 그의 능력 조건이 그를 삶에 묶어 놓은 족쇄였음을 가리켰다. 어쩌면 정이선의 능력 조건은 자살이 불가능한, 즉 스스로의 몸에 해를 끼치지 못하는 종류일지도 몰랐다.

정이선은 자살할 용기가 없는 것이 아니라 죽지 못하는 상태였을 뿐이다.

족쇄 같은 삶에 짓눌려 매일매일 죽어 가고 있었던 것이다.

정이선은 스스로의 족쇄를 끊고자 자신에게서 무효화를 마지막 대가로 요구했다. 사현은 그가 아주 오래전부터, 그러니까 처음 자신의 히든 능력에 대해 듣고 계약을 맺을 때부터 이런 계획을 그려 왔음을 깨달을 수밖에 없었다.

그 사실 앞에서 사현은 엄청난 무력감을 느꼈다.

단 한 번도 그런 종류의 감정을 느껴 본 적이 없는데도 자신을 압도하는 감각에 사현은 일순 숨조차 쉬지 못했었다. 눈앞에서 정이선이 떨어졌고, 무의식적으로 능력을 써 보려 했지만 그마저도 되지 않았다.

결국 그 상황에서 사현은 이성적인 판단이라곤 하지도 못하고 곧장 정이선에게 달려가 그를 붙잡았다. 이러면 함께 떨어진단 걸 알았지만, 이 던전의 바닷속에 떨어지면 빠져

나오지 못한단 것도 알았지만 그런 계산 따위는 머릿속에서 밀려났다. 밀려나다 못해 산산이 부서졌다.

그는 그저 정이선을 붙잡아야 한단 충격 같은 강박에만 휩싸인 상태였다.

"날 좋아한다고 했잖아요."

사현이 어젯밤의 일에 매달리듯 정이선의 고백을 언급하며 그를 쳐다보았다. 분명히 정이선은 자신을 좋아하는데, 단순히 속여 넘기기 위한 위장이 아니라 그의 모든 행동이 그 감정을 가리켰는데.

"……."

하지만 침묵하는 정이선의 옅은 갈색 눈동자와 마주한 순간 사현은 한 가지 사실을 받아들였다. 정이선의 눈동자가, 그리고 이 상황이 그에게 답을 알려 주고 있었다.

정이선이 자신을 좋아한다는 것 자체는 맞았다.

하지만 그에게는 그 감정보다도 죽고 싶다는 감정이 더 우선했다.

그걸 자각하는 순간 사현은 걷잡을 수 없는 패배감을 느꼈다. 처음으로 느끼는 패배감 앞에 사현은 불쾌해하지도 못했다. 심지어 정이선은 무효화를 받아 내기 위해 일부러 자신에게 고백했는데, 결국 자신을 이용했으니 분명히 불쾌해야 하는데.

정이선이 죽으려 했던 모습만 끝없이 머릿속에서 반복되

어 그는 무력한 기분에 휩싸였다.

사현은 정이선을 감정적으로 책임질 생각이 없었다. 그렇게 자만했다. 하지만 지금, 그 사현이 오히려 정이선에게 감정적으로 매달리고 있었다. 이미 그의 다른 감정 앞에 자신이 패배했단 걸 알면서도 사현은 그것에밖에 매달리지 못했다.

날 좋아한다고 했잖아요, 좋아한다면서. 횡설수설한 말이 쏟아졌다.

그동안 정이선은 놀란 사람처럼 눈을 크게 뜨긴 했지만 아무런 답도 하지 않았다. 그는 처음 분노를 드러낸 이후로 내내 침묵했다. 사현이 언급하는 자신의 고백에 할 말이 없다는 듯, 그저 이렇게 불안해하는 사현이 낯설다는 듯 가만히 있을 뿐이었다.

그런 그의 반응에서 사현은 속이 싸하게 얼어 가며 끄트머리에서부터 조각조각 깨져 떨어지는 기분을 받았다. 분명히 정이선과 함께 바다 밖으로 나왔는데, 그뿐만 아니라 자신도 죽을 뻔한 상황에서 가까스로 빠져나왔는데 사현은 외려 지금 자신이 추락하고 있다고 여겼다.

그런 기분 앞에서, 사현은 결국 그것이 가리키는 감정이 무엇인지 깨달았다.

정이선을 소유하고 싶단 생각을 했던 이유가 무엇인지, 어느 순간부턴가 그의 시선과 행동을 붙잡고 싶어 했던 이유가 무엇인지. 그리고 그의 모든 계획이 무너졌음에도 불쾌함을 느끼기보다 외려 죽으려는 정이선 앞에서 무력해지고, 패배감을 느끼게 하는 것이 무엇인지 사현은 받아들일 수밖에 없었다.

자신이 제대로 들춰 볼 필요도 없다고 생각했던 감정이건만, 어그러진 소유욕이라고만 생각했건만 사현은 결국 그것을 들춰내야만 했다. 아니, 자신의 의지로 들춰낸 것이 아니었다. 기어코 마주한 현실이 그를 압도하면서 감정을 토하게 했고, 그렇게 토해진 감정과 마주한 것이다.

사현은 그 감정에 목이 졸리는 사람처럼 스스로의 목을 더듬다가, 이내 힘겹게 입을 열었다.

"저 정이선 씨 죽게 못 둬요."

긁어내리는 듯한 목소리가 꼭 흐느낌 같았다.

"내가 정이선 씨를 사랑해요."

정이선의 행동이 뚝 멎었다. 그는 일순 숨조차 쉬지 못하고 멍하게 사현을 보았다. 여전히 건물이 복구되고 있는 상황이라 사방이 소란스럽고, 바다를 가르며 잔해들이 올라오는 소리가 시끄럽게 귓가를 때렸지만 사현의 목소리만큼은 아주 똑똑하게 들렸다.

차마 정이선은 다시 물을 생각도 못 했다. 지금껏 마주해 온 사현은 실수로 그런 말을 할 사람이 아니란 걸 알기에, 이 또한 확실한 근거들에 기인한 말이란 걸 알기에…… 정이선의 갈색 눈동자가 충격으로 물들었다.

이건 사현이 내뱉는 지극한 '사실'이었다.

"그래서 저 정이선 씨 죽게 못 둬요. 죽고 싶어 하는 거 아는데, 절대로 못 죽어요. 죽으려는 게 자기혐오 때문이든, 아니면 친구들한테 가진 죄책감 때문이든. 그 이유가 뭐든 못 죽어요."

"……."

"이 순간에마저 나는 지금 다시는 정이선 씨한테 무효화를 걸어 주지 않으면 안 죽을 거라는, 아니, 못 죽을 거란 생각을 하고 있어요. 그래서 그 점에 안도하고 있어요."

"……."

"내가 이런 이기적인 방식으로 당신을 사랑해."

우르르 쏟아지는 말에 정이선은 제대로 된 반응도 하지 못하고 숨만 간신히 내쉬었다. 절대로 못 죽는다고 으르듯 말하지만 그것은 협박보다는 외려 애원처럼 들렸다. 자신을 똑바로 쳐다보는 그의 머리칼에서 여전히 물이 뚝, 뚝 떨어졌다. 찰나 정이선은 그것이 눈물처럼 보인다고 생각했다.

"그러니까 차라리 내 탓을 해요. 내가 당신 죽게 해 줄 유일한 사람인데 끝까지 안 놓아준다고, 꾸역꾸역 삶에 붙잡혀 있다고 원망하면서 살아."

정이선은 아무런 말도 할 수가 없었다. 그가 꺼내는 지극한 사실이 놀라워서, 그리고 어쩌면 그것이 제가 마지막으로 품었던 미련이었기에. 끝내 정이선이 어제 사현에게 고백하면서 '답'을 바라지 않았던 이유는, 답하지 않는 사현을 보면서 차라리 잘되었다고 자조적으로 생각했던 이유는.

정이선에게 사현은 자신을 살고 싶게 만드는 존재였기 때문이다.

그래서 정이선은 어젯밤 사현이 답하지 않아서 다행이라고 여겼다. 이미 오래전부터 제 감정을 눈치챘으면서도 침묵했던 그이니 긍정해 줄 리 없겠지만, 정이선은 찰나 그걸 불안해했었다. 그가 혹시나 제 감정에 답한다면 자신이 다른 방향을 생각할지도 모르겠어서. 긍정을 기대할 수도 없었던 상황이건만 그는 우습게도 미련을 가졌다.

기대라기엔 거창하니, 딱 하찮다고 할 정도의 미련.

아예 고백에 대한 답을 묻지 않아서 그 미련을 억지로 묻어 뒀다. 정이선은 살고 싶다는 마음을 가진 스스로가 너무 끔찍해서, 죄책감에 절여진 사고에 따라 죽어야만 한다고 생각했다. 그의 죽음은 곧 친구들을 향한 속죄였다. 그런데도 죽음을 결정하러 가는 길에 일말의 미련이 따라붙었고, 어젯밤 그것을 모두 정리했다고 여겼다.

하지만 지금, 그 사현이 자신의 앞에서 무릎을 꿇고, 자신에게 사랑을 고백하면서 삶을 애원하고 있었다.

"……."

그때, 드디어 3층까지 복구된 등대가 쿠구구— 소리를 내며 작게 진동했다. 조금 전에 정이선의 복구 능력이 사라지면서 꺼졌던 등대의 불이 다시 화르륵 피어올랐고, 3층에 있는 반사경이 끼긱, 끽, 마찰음과 함께 움직였다. 빛이 서서히 그들이 있는 공간으로 다가왔다.

굳어 있는 정이선에게 사현이 손을 내뻗어 바닥을 짚고 있는 정이선의 손을 붙잡았다. 매달리듯 그의 손을 붙들고, 살아 있는 사람의 온기라곤 도저히 찾을 수 없을 정도로 한없이 차가운 그의 손 위로 제 얼굴을 묻듯이 기대었다.

조금 전까진 협박하듯 못 죽는다고, 자신을 원망하면서 살라던 사현이 간신히 정이선의 손만 감싸고서. 고작 자신이 할 수 있는 일이라곤 그런 것밖에 없는 사람처럼 몸을 낮추며.

"내 옆에 있어, 제발."

이윽고 환한 등대의 불빛이 정이선과 사현이 있는 공간으로 향했다. 눈이 부실 정도로 밝은 빛이 그들의 위로 떨어졌다.

꼭, 빛에 갇힌 것만 같았다.

사윤강 7차 던전 진입

제목: 7레7던_에첸1급진입_불판

하... 막날까지 혹시나 공대 바뀌지 않나 싶엇는데ㅠ

결국 에첸1급이 진입하네... 윤강아........
일단 불판세움 ㅠ

댓글

윤강아 이게 마지막 기회다 주가를 올리자
└S급 템도 구했던데 그거 하나는 우리 개미들 돈이다
└보스방까지라도 가자!
└다들 힘 모아 봅시다! 영차영차 해봅시다!
└영
└차
└영
└영차고 뭐고 지금 잣된거 같은데;

7차 던전 맵 실화냐?
└복구사 그렇게 후련쳐서 들어갔는데 정작 가장 복구사 필요한

던전 ㅇㅈ?
ㄴ취임 행사에선 아예 대놓고 ㅈㅇㅅ 꼽주더니 ㅉㅉ
ㄴ7차 던전은 썬캐쳐의 분노다 ——

사윤강 들어간다길래 아 막타 매너요;;; 했는데ㅋㅋㅋㅋㅋㅋㅋ
ㄴ던전: 매너해 드렸습니다^^
ㄴㅋㅋㅋㅋㅋㅋㅋㅋㅋㅋㅋㅋㅋㅋㅋㅋㅋㅋㅋㅋㅋㅋㅋㅋ
ㄴ입구컷ㄷㄷ

개미 원기옥 박살...ㅜ ㅅㅂ
ㄴ내가 그래도 이거 보려고 반차 썼는데 ㅅ비ㅏㄹ....
ㄴ에첸 역사상 최저점 찍는 중ㅋㅋ
ㄴ입장 직전에 잠깐 높아졌다가 다시 급락ㅜㅠㅜㅠㅜㅠㅜㅠ
ㄴ야 니들 시작가보다 낮아지면 어떡해;;;;;;; 40년전 에첸 상장 시작가로 떨어지는거 장난하냐??? 이정도면 에첸대공황이라고해라 개자식들아 아 3대대형길드중에이렇게떨어진걸본적이없다진짜 개ㅈ같이운영하네공개임원회의열시간에주주불러가지고절이라도해야지개자식이 아왜나대길나대 존나킹받네
ㄴ진정하세요ㅠㅠ 일단 내 돈이 아니다 생각하며 맘을 비우시고;;
ㄴ진짜 내 돈이 아니라서 그래 ㅆㅃ
ㄴ아.......

떨어진 시기를 노려 주식을 주운 개미들에게 x를 눌러 삼가joy를

표하시오...

└x

└x

└개자식들아 니들이 제일 나빠ㅠ

└아! "에첸 주식 팔고 싶다!" 개미가 커뮤에 남긴 댓글... 가슴 아프고 안타깝다... 차기 길드장 속보 뜬 순간에 팔았어야 했는데 아직까지 버티고 있다가 급락하는 걸 보는 것이... 그리고 한참 생각했다. 난 참 행복한 놈이구나... 아무리 주식이 힘들어도 난 태신 주식 샀으니까, 화이팅!

└이 자식들아!!!!!!!!! 꼭 이렇게 떨어져야만 했냐!!!!!!!!!!!!!!!!

저긴 던전 공략을 하니 에첸 포션 피피엘을 하니

└음~?! 이 포션, 한 모금 마신 것만으로도 기운이 샘솟는걸!

└체력이 순식간에 회복돼!

└통도 고급스러운걸?!

└가족이 다 함께 쓰기 좋아요~

└(주)HN제약

└단합력 미쳐ㅋㅋㅋㅋㅋㅋㅋㅋㅋㅋㅋㅋㅋ

주가 떨어져서 일어난 손해를 포션팔로 메꾸려고 한단 것이 학예회의 정설...

└윤강이가 던전에서 제일 많이 한 말 "포션을 마셔!"

└던전을 얼마나 안 들어가봤으면 포션마시면 완전 회복된다고 믿냐ㅠㅠ 어휴 ㅠㅠㅠㅠㅠ 물배 채우네 헌터들...

└실제로 에첸 지금 전 포션 10퍼센트할인 중이던데 ㅋㅋㅋㅋㅋ

새 길드장 기념 뉴에첸 어쩌구 저쩌구

ㄴㅁㅊ 낙원은 천형원 때문에 이미지 깎여서 회복하려고 30퍼 할인 들어갔던데

ㄴ승자는 태신;;

에첸 1급 공대 영상 보면 그렇게 못하는 애들 아닌데... 공대장이 ㄹㅇ 지휘 못함

ㄴㅁㅈㅁㅈ 못하진 않는데ㅠ Lv100 사냥터에서 싸우던 애들이 갑자기 Lv300 던전에서 싸우라 하니 적응 못하는듯.. 위로 갈수록 등급차는 엄청나잖ㅠ

ㄴ22 그래도 공략만 좀 잘했으면 등대까진 들어갔을 텐데 공대장이 암것도 모르니까..

ㄴ마나 분배도 못함ㅋㅋㅋㅋ 사현이 던전에서 습관처럼 하는 말이 마나 낭비하지 말란 소리인데 저긴 처음부터 꼴박;

ㄴ딜찍누밖에 몰랐던 천원 형마저 보스방 전엔 마나 꼴박 안 했는데 으휴..

ㅇㅏ 1시간 전이랑 왜 같은 구간이냐 노잼ㄱ 페이즈 바뀌면 대댓으로 알람좀

나 예능 보고옴 상황 바뀌면 대댓해 줘!!!

ㄴㄷ 대댓알림 부탁

불판 역사상 대댓이 이렇게 달리지 않은 적이 있던가...

ㄴ222ㅋㅋㅋㅋㅅㅍㅋㅋㅋ 불판 점점 고요해졌어

ㄴ이정도면 불판 아니라.. 식어가는 난로 수준.....

ㄴ한때 불타긴 했었냐...?

ㄴ주가 급락할 때ㅎ

ㄴ(뼈가 부러진 개미)

ㄴ개미는 뼈 없어양 ㅇㅅㅇ

ㄴ아 ㅅㅍㅠ

김치 볶음밥 레시피 공유

-재료(1인분 기준):

밥, 익은김치, 식용유, 올리고당 1숟갈, 매실액 1숟갈, 참치 1숟갈,

고추장 1숟갈. 마요네즈 1/2숟갈, 케찹 1/2숟갈, 계란, 깨소금

레시피:

1.식용유를 두르고 밥, 계란을 제외한 모든 재료를 넣고 볶는다.

2.다 볶아지면 밥을 넣고 볶는다.

3.밥을 덜어내고 흰자만 익도록 계란을 부친다.

4.그 위에 깨소금을 뿌린 후 계란 노른자와 비벼서 먹는다

ㄴ저기에 참치 더 넣어도 돼?? 지금 먹을까 하는데ㅜ

ㄴㅇㅇ 괜찮!!

ㄴ참치 기름도 쪼까 넣어봐 꿀맛bb

ㄴㅋㅋㅋㅋㅋㅋㅋㅋㅋ미치겠다 급기야 레시피까지 등판ㅋㅋㅋㅋ

ㅋㅋㅋㅋㅋㅋㅋㅋㅋㅋ

야미친 이거 속보 뭐야

https://news.dohae.com/article/5649863

(링크 미리보기: [속보] 사윤강, HN 전 길드장 독살?)

└ㅁㅊ????????????????

└이거진짜미친새끼아냐??

└한백병원이랑 헌협에서 인증한 거면 끝이네ㄷㄷㄷㄷ

└와 이래놓고 아버지 뜻 이어받겠다 어쩌구 했던 거야? ㄹㅇ소름 돋는다 뭐 이런 싸패 새끼가;;

└장례식장 앞에서 기자들 부르는거 에바다 했는데 애초부터 정신머리가 에바였네ㄷㄷ

누군가 졸렬을 묻거든 고개를 들어 사윤강을 보게 하라

└취임식 행사에서 아버지 그립다 했던 사람 누구?

└그리워서 요단강 따라 건너나 봄

└ㅋㅋㅋㅋㅋㅋㅋㅋㅋㅋㅋㅋㅋ

와;;; 사현 진입권 양보한거 이거 때문이었나???

└지금 쏟아지는 증거 보면 이미 모은 지 좀 된거 같은데.. 대기타고 일부러 던전에 넣었네ㄷㄷㄷㄷ

└사윤강 ㅎㅌㅊ 실력전시 + 독살 밝히기

└아아 사또 나리... 당신은 얼마나 큰 그림을 그린 건가요

└사현... 그저 빛(darkness)...

└아 미친 괄호 안에 제대로 적은줄ㅅㅍㅋㅋㅋㅋㅋㅋㅋㅋㅋㅋ ㅋㅋㅋㅋㅋㅋㅋㅋㅋㅋ

암행어사현ㄷㄷ 팬카페 이름 개큰그림이었네

└22 이렇게 닉값을 한다고?

└333ㅋㅋㅋㅋ 근데 예전부터 궁금했는데 왜 암행어사현이야?
팬캎 이름 후보에 사신도 있었다던데.. 사신 개잘어울리지 않나..

　└스급 각성 때 8살이어서ㅎ 꼬마한테 사신은 좀 그렇다 싶어서
암행어사현했다가..^^

　　└비밀스럽게 족치고 있으니 암행어사 맞긴 한듯

　　└윗댓22 사또랑도 겹치니 미래를 내다봤다

　　└ㅋㅋㅋㅋㅋㅋㅋㅋㅋㅋㅋㅋㅋㅋㅋㅋ

왕위 계승자 사현 쓴 사람 나와

잘했어

└헤헷 ^ㅅ^)7

　└??? 내가 썼는데 얜 뭐야 (댓글기록 스크린샷)

　└대리수상 ㅇㅅㅇ)7

　　└ㅅㅂㅋㅋㅋㅋㅋㅋㅋㅋㅋㅋㅋㅋㅋㅋㅋㅋㅋㅋㅋㅋㅋㅋ

ㅋㅋㅋㅋㅋㅋㅋㅋㅋㅋㅋ

근데 지금 독살속보 떴는데 주가 왜이렇게 올라???

└ㅎㅎ애기 개미는 몰라도 됨

└ㅋㅋㅋㅋ 아 아재요 좋은 정보는 공유하세요

└헌터가 살인하면 자격 정지임ㅎ 최소 5년인데 지금 현재 논란
수준 생각하면 아예 영정 뜰 각

┗길드장이 영정 뜬다? = 길드장이 바뀐다 = 사현이 길드장 된다

┗에첸 역사상 최저점에도 팔지 않고 버틴 개미들ㅠㅠㅠㅠㅠ 고생했다ㅠㅠㅠㅠㅠㅠㅠㅠㅠㅠ

┗주가 그래프 뾰족한거 쩐덕ㅋㅋㅋㅋㅋㅋㅋㅋ

헐 몬스터 유인 ㅁ첫 존나징그러시발

┗우글우글우글 튀어나오는거 미쳣냐고

┗지가 소환해 놓고 감당 못하는거 봐ㅠ;;; 존나 나도 저질러 놓고 수습 못한 적 많아서 뭔 상황인진 알겠는데 쟨 목숨이 걸려 있는데 저걸;;;;

┗ㄷㄷㄷㄷ 손이... 손이...........

┗아니 저기서 어그로 끄는 스킬 왜 쓰냐고 ㅠㅠㅠㅠㅠ;;;; 아 윤강아;;;;;;;;;;;;;;;;;;; 너무 못하니까 진짜 짠해서 눈물 나오려해

여기에서 윤강이 손 잘린 이유 골라봐

1.던전 진입 경험도 적으면서 스급던전 들어가겠다고 우긴 사윤강

2.바다에서 기습적으로 튀어나온 몬스터

3.바깥에 있는 사현

┗ㅋㅋㅋㅋㅋㅋㅋㅋㅋㅋㅋㅋㅋㅋㅋㅋㅋㅋㅋㅋㅋㅋㅋ

ㅋㅋㅋㅋㅋㅋㅋㅋㅋ앞구르기 하면서 봐도 3번

┗333 보기에 답이 나와 있단 선생님의 말씀이 진짜란 걸 깨닫는 순간

┗3...한국의 교육 과정은 틀리지 않았습니다

┗ㅋㅋㅋ케ㅔ ㅋ ㅋㅌㅋㅋㅋㅋ ㅌㅋㅋㅋ 333333333333

내 이름은 코난, 탐정이죠.

내 이름은 사현, 암행어사죠.

내 이름은 윤강, 댕강이죠.

ㄴㅅㅂㅋㅋㅋㅋㅋㅋㅋㅋㅋㅋㅋㅋㅋㅋㅋㅋㅋㅋㅋㅋㅋ

ㅋㅋㅋㅋㅋㅋㅋㅋㅋㅋㅋㅋㅋㅋㅋ

ㄴ미친놈악ㅋㅋㅋㅋㅋㅋㅋㅋㅋㅋㅋㅋㅋㅋㅋㅋㅋㅋㅋ

코드&태신, 7차 던전 입장

제목: ★☆7대레이드 라스트 던전, 코드&태신 공략_불판☆★

두근두근두근두근두근

게이트 앞에 모이는 두 공대 모습만 봐도 가슴이 웅장해진다

> **댓글**

낙원 공대의 진입을 막아 주세요 청원 50만 돌파 실화?

ㄴ헌협도 국가 기관이긴 하니까 들어줘야 하는 거 아니냐

ㄴ다음에 대형 레이드 또 생겨도 낙원은ㅅㅂ 순번 제외해라 짜증 나네

ㄴ에첸1급공대에서 1차 빡침 + 낙원에서 2차 빡침 겪으니까 진짜

체하는줄 알았다

ㄴ헌협에서 오죽하면 항의 전화 그만하라곡ㅋㅋㅋㅋㅋㅋㅋㅋㅋ
ㅋㅋㅋㅋㅋㅋㅋㅋㅋㅋㅋㅋㅋㅋ 공문을 ㅋㅋㅋㅋㅋㅋㅋㅋㅋ

낙원은 할 줄 아는게 던전에서 오래 버티기뿐이냐??? ㅅㅍ 24시
간이나 버티네 존나 킹받게 ——

ㄴ저정도면 던전 하루 숙박비 내라

ㄴ지들이 3순위라 마지막으로 해결할 공대다!! 우리가 물러나면
끝이다!! 이러는데 아 비키시라고요 ㅠㅠㅠㅠ

ㄴ뒤에 코드 있다고ㅅㅍ 마지막은 뭔 마지막이야 니들 명예가 마
지막이다

ㄴ추형원과 함께 낙원으로 가 버린 그들의 명예...

ㄴ(진짜)낙원: 아 이건 좀..

코드랑 태신 파티 완전 기대ㄷㄱㄷㄱㄷㄱ

ㄴ둘이 합동진입 공표 뜨자마자 깜짝 놀라서 소리지름

ㄴ야너두? 야나두ㅠㅠㅠㅠ 심장 거세게 뛴다... 낙원 퇴장도 늦
게 쳐해서 개빡쳤는데 퇴장 소식 뜨자마자 파티 알림 크으으
bbbbb

ㄴ게이트 앞에서 마지막 공략방향 브리핑하는 두 공대 웰케 든든
해.. 진짜...

ㄴ한국은 저 두 공대가 지킨다ㅜㅜㅜㅜㅜㅜㅜㅜㅜㅜㅜㅜㅜㅜ

ㅈㅇㅅ 이번던전 못 들어갈까 봐 좀 걱정했는데.. 들어가나봐..다

행..
　└22222...... 상태 안 좋을거 아는데... 7차던전 절대 복구사 필요
한 맵..ㅠㅠ;
　└와줘서 고맙다ㄲㄲㄲㄲㄲ
　└ㅋㅋ저러다 무너뜨릴지도 모르는데 뭐가 다행?
　　└댓삭좀^^;
　　└[블라인드 처리된 댓글입니다.]
　　└니들 뒤지면 1년 동안 보관해 주겠다ㅎㅎㅋ
　　└응 피뎊~

2차대던 논란 딱봐도 협회가 묻은거 보이는데ㅋㅋ 시체 박제해서
데리고 지낸 싸이코패스ㅅㄲ 왜 빠냐?? ㄹㅇ노이해;
　└헛소리하면 코드가 잡아간다^^
　└루머와 심한비방 자제하란 공지까지 떴는데 좀 지켜;;
　└혹시 정이선 싫어하시나요?? 저도 전적으로 동의합니다. 직접
만나서 진지하게 한번 얘기해 보고 싶네요. 되도록이면 수술 이력
이 없고 시력이 좋으며 몸에 큰 문제가 없고, 비흡연자였으면 좋겠
고, 혈액형도 알려 주시면 감사하겠습니다. 연락 주시면 새벽에 검
은색 봉고차로 모시러 가겠습니다.
　　└ㄷㄷㄷㄷ
　　└멀리 안 간다...

헐 정이선 복구 100% ....
　└ㅁㅊ 나 진짜 입 벌리고 봄
　└주스 먹다가 주스 그대로 흘렷다

ㄴ나 엄마가 과일 먹으라고 포크에 꽂아서 줬는데 포크째로 떨어뜨렸단 말야ㅋㅋㅋㅋ 엄마가 개화내면서 제정신이가!!! 했는데 엄마는 티비 보고 입에 든거 뱉음ㅋㅋㅋㅋㅋㅋㅋㅋㅋㅋㅋㅋ

ㅠㅠㅠㅠㅠㅠㅠㅠ이선아ㅠㅠㅠㅠㅠㅠㅠㅠㅠㅠㅠ 진짜 저 던전 지형 답도 없다고 생각했는데 갓이선이 강림해서 완전 선샤인반짝반짝 홀리하게 복구해 버리기ㅠㅠㅠㅠㅠㅠㅠㅠㅠㅠㅠㅠㅠ
ㄴ내 귀에 CCM들려......
ㄴ이정도면 진짜 종교 만들어져야 하는 거 아냐?
ㄴㄹㅇ재림이선ㅠㅠㅠㅠㅠㅠ

(대충 정이선 개쩐다는 내용)
ㄴ(대충 이선이가 세상의 빛이라는 내용)
ㄴ(대충 정이sun 태양이 떠올라 암담했던 캐쳐들의 마음 속을 환하게 밝혔다는 내용)
ㄴ(대충 빛이선이 천국에서 내려와 세상을 밝히고 가로되 어리석고 우매한 자들은 물러나고 현명한 자들만이 아름다운 광경을 볼 것이라 했다는 내용)
ㄴ(이 정도면 대충이 아니지 않냐는 내용)

정이선 복구 수준 실화냐?
미안하다 이거 보여 주려고 어그로 끌었다... 정이선 복구 ㄹㅇ실화냐? 진짜 세계관 최강 복구사의 활약이다... 그 병약하던 정이선이 맞나? 진짜 정이선은 전설이다... 레이드 2차 던전에선 70퍼 복구하고 비틀대더니 마지막 던전에서 100퍼 찍은 거 보면 진짜 내가 다 감격스럽고 중간 3차 던전 재진입에서 50퍼 복구하고 힘들어하던 정이선까지 뇌리에 스치면서 가슴이 웅장해진다...

6차 던전에서 저주 맞고 멘탈 부서졌다가 다시 복구한 장면은 진짜 정이선 지켜본 사람이면 안 울 수가 없겠더라... 진짜 너무 감격스럽고 최근 논란에 더 열심히 정이선 편 들어주지 못한 거 미안하다... 이번 7차 던전에서 완벽하게 100퍼 달성한 거 보니 너무 감동이고 성장하는 모습 지켜본 것 같아서 뭔가 추억이라 해야 하나 그런 감정이 얽혀 있다... 정이선 왜 욕하나 저렇게 잘하고 귀엽고 멋진데 세계 유일 S급 복구사가 얼마나 귀한줄 모르고 논란만 나면 까내리려 들고... 하...

이번 던전 계속 보는 중인데 저 복구 ㄹㅇ이냐? 하 슬프기도 하고 감격도 하고 여러가지 감정이 복잡하네.. 아무튼 정이선은 진짜 각성자 중 최고임

└정성추

└ㅋㅋㅋㅋㅋㅋㅋㅋㅋㅋㅋㅋㅋㅋㅋㅋㅋ 댓글길이 실화냐?

└착한어그로상 수상합니다

¬
ㄱㄱ |/.`이선아 사랑해!!!(와장창)
ㄱㄱ :.\○ノ
ㄱㄱ |`/
ㄱㄱ |`/)`.
ㄱㄱ |
ㄱㄱ |
ㄱㄱ |

ㄱㄱㅣ

ㄱㄱㅣ○(사뿐)

ㄱㄱㅣㅅ

ㄱㄱㅣ/)

ㄱㄱㅣㅣ┌─────┐○ 다음 복구도

ㄱㄱㅣㅣㄴㄴㅣㅅ 마저 봐야해...

ㄱㄱㅣㅣㅁㅁㅣ../) (총총)

└총총222

└총총총3333333 그장면 녹화해서 곧장 움짤 찌는 작업 들어갓
다가 일단 다시 정좌함

└지금까지라도 찐 거 공유해 주면 안 돼...?

└[GIF](정이선 주위로 빛가루 퍼지기 시작)

└[GIF](길끝에서 빛폭죽 터짐)

└일단 이렇게만ㅠ 나머지는 던전 끝나면 정리해서 글 팔게

└ㅁㅊㅁㅊㅁㅊㅁㅊㅁㅊ 사랑해

└헐대박 진짜 캐쳐 중 금손 개많아

└이선이부터가 금손이라~ (^ㅅ^)/

---

42 42 정말 좋다^^

└[위 댓글은 프로알페스러만 해석할 수 있는 암호로 작성되었습
니다.]

└잘했단 칭찬에 고개 기대는거 너무ㅠ 너무ㅠㅠㅠ 햄져ㅠㅠㅠ
손바닥 안에 쏙 들어오는 햄져같아 호로록

└고개꿍 와랄랄ㅏ라ㅏㅏㅏ

└저번에 에첸길드장 취임식에서 윤강이가 헛소리하니까 4가 2
손잡고 귓속말하던데ㅠㅠ 둘이 이제 숨길 생각도 없는 거 아니냐

고~~

    ㄴㄹㅇㄹ 그때 무슨 귓속말했는지 궁금해 미쳐버려

    ㄴ쟤 죽여 줄까요? 이런소리 한거아냐?ㅋㅋㅋㅋㅋ

    ㄴㅁㅊㅋㅋㅋㅋㅋㅋㅋㅋㅋㅋㅋㅋㅋㅋㅋ 설마 그런

이야기였겠냐구 ㅋㅋㅋㅋㅋ

1년 잠적한 2선이한테 3고초려해서 4현이 데려올만 했다

    ㄴ둘에게 나라는 지워지지 않을 5점을 남겨 줘야겠군 ^^

    ㄴ세상에서 지워질 수도 있어 친구야

야 저기 사윤강이랑 같은 아이템 쓰는 거 맞지?

    ㄴㅇㄴ나도 이 생각함 나만 이런줄

    ㄴ렬루 찢었다 진짜

    ㄴ장인은 도구를 가리지 않는다...

하지만 아이템은 헌터 가려

    ㄴS급 아이템: 스급 미만 거릅니다;

태신 길짱님 천벌 스킬ㄷㄷㄷㄷㄷㄷㄷㄷㄷㄷ

    ㄴ실제 저 스킬이름 썬더스톰 같은 거라는데 다들 천벌이라고 부

르는거 ㄱㅇㄱ ㅋㅋㅋㅋㅋㅋ

    ㄴ외국에선 길짱님 스킬 제우스의 분노라고 부름

    ㄴㅋㅋㅋㅋㅁㅊㅋㅋㅋ 그래서 3차던전 태신 진입해서 제우스랑

싸울 때 영상제목 [Zeus VS Zeus]라고 했구낰ㅋㅋㅋㅋ

사또+한아서+신우스님의 합공이라니 ㄹㅇ 라스트 던전 화려하다
└앞선 에첸1급과 낙원은 모두 이때의 카타르시스를 위한것
└코태르시스
└ㅇㄴㅋㅋㅋㅋㅋㅋㅋㅋㅋㅋㅋㅋㅋㅋㅋㅋㅋㅋㅋㅋ
└억ㅋㅋㅋㅋㅋ 진짜 절묘하다 코드+태신+카타르시슼ㅋㅋㅋㅋ
ㅋㅋㅋㅋㅋㅋㅋㅋㅋㅋ

저 뱀도 분명히 에첸1급 때랑 같은 몬스터인데 왜이렇게 느낌이
다르지?
└윤강이한테 달려오는 뱀 볼 때: 개무서워ㅅㅂㅜㅜ!!!
사현한테 달려오는 뱀 볼 때: 아이구 저런...
└ㅋㅋㅋㅋㅋㅋㅋㅋㅋㅋㅋㅋㅋㅋㅋ 자살하러 가는 몬스터 보는
기분 ㅠㅠㅠㅠㅋㅋㅋㅋㅋㅋㅋㅋ
└(창문 너머에서 걱정하는 아저씨 짤)

이선이 2차 복구 보고
감탄한 캐처 여기 잠들다
└하얀 등대 안에서 저러니까 ㄹㅇ 루브르 박물관에 전화할뻔
└7차 던전 진짜 사냥도 복구도 레전드오브전설
└ㅋㅋㅋㅋㅋㅋ헌터들 카메라맨 자세히 찍으라고 자리 비켜주는
거 봐 ㅋㅋㅋㅋㅋㅋㅋㅋㅋㅋㅋㅋ
└첫 복구때는 뒷모습밖에 못봐서 아쉬웠는데 이번엔 옆모습도ㅎ
ㅎ

ㄴ카메라맨도 이 방송 조회수를 누가 담당하는지 아는거지^^)7

보스몹 저거 '내 등대를 엉망으로 만들다니' 어쩌구 고정 대사인
거 같은데 복구된 등대에서 저러니까 왜 저렇게 웃기냐
　ㄴ복구와 함께 날아가 버린 보스몹의 경고 위엄
　ㄴㅋㅋㅋㅋ한아서 계속 팩폭하고 있음ㅋㅋㅋㅋㅋㅋㅋ 저기 부수
는 건 그쪽인데요ㅜㅜ;??
　ㄴ보스몹: 니들을 제물로 바쳐 바다를 진정시키겠다!!!
한아서: 바다가 요동치는 게 니 때문이라고ㅅㅂ;;;!!!
보스몹: 닥쳐!(공격)
한아서: 무ㅓ 이딴게 다잇어;;;;;
　ㄴㅋㅋㅋㅋㅋㅋㅋㅋㅋㅋㅋㅋㅋㅋㅋㅋㅋㅋㅋㅋㅋ
ㅋㅋㅋㅋㅋㅋㅋㅋㅋㅋㅋㅋㅋㅋㅋㅋㅋ한아서.. 매번 어그로 끌 때
마다 힘들다고 하면서 정작 하면 젤 잘함ㅋㅋㅋㅋㅋㅋㅋ

★☆★☆광선검 등장☆★☆★
　ㄴ

　｀ 　｀ 　｀ 　 ｀ 　 ` ˎ
⌒⌒⌒⌒⌒⌒⌒⌒⌒⌒

⚡광⚡⚡⚡
⚡⚡ 선 ⚡⚡
⚡ ⚡ ⚡ 검 ⚡
　ㄴ하아 태신 길짱님ㅠㅠㅠㅠ 태(초부터) 신(이었던) 신서임 길짱
님ㅠㅠㅠㅠㅠㅠ
　ㄴㄹㅇ 성이 神 아닌지 확인해 봐야한다ㅜㅇㅠ

└길짱님으로 건국 신화 한편 뚝-딱!

　└우주를 제패하고 지구에 오셨다는 게 우주의 정론

　└양국에서 태신 길짱님 별전쟁 현실판이라고 좋아하잖악ㅋㅋㅋㅋ

　└한아서는 땅에서 엑스칼리버 뽑고 태신 길짱님은 하늘에서 광
선검 받음 ㅋㅇㅇㅇㅇㅇbbbbb

　　태신 길짱님ㅋㅋㅋㅋ 지안언니 2층에서 떨어질 땐 '어떻게 저렇게
위험천만한 짓을!!! 어떻게 저런 험한 일을 우리 작고 소중한 지안
이한테 시킬 수가 있어!!!!!!!!' 같은 눈으로 사현 봐놓고 자기도 2
층에서 점프하심ㅋㅋㅋㅋㅋㅋㅋㅋㅋㅋㅋㅋㅋㅋㅋㅋㅋ
ㅋㅋㅋ

　└내가 떨어지는 거랑 우리 아가랑 같아?!?!

　└길짱님.. 당신의 콩깍지를 존중합니다

　└지안신: (듬직)

　└지안언니 떨어질 때 화면 구석에서 '아가...!' 외치는 거 봄? ㅋㅋ
ㅋㅋㅋㅋㅋㅋㅋ (짤 첨부)

　　보스몹 번개검으로 죽이는거 개짜릿하고 튀자마자 사현 뒤에서
나타나는 것도 존나 하아 가슴떨려 미쳐버려

　└어떻게 두 공대가 이렇게 합을 맞춰ㅠㅠ 어떻게 이래ㅠㅠㅠㅠ

　└공대끼리 파티하면 에러 종종 난다는데 여긴 ㄹㅇ 진짜 착! 착!
착!!! 맞아들어 간다고 하아ㅏㅏㅏ

　└80시간 날렸던 던전을 6시간 만에 클리어하기...대박이다 진짜

사또 나리ㅠㅠ 짐 너무 많이 들었네ㅠㅠㅠㅠㅠㅠㅠㅠㅠㅠㅠㅠ
미친 멋'짐'ㅠㅠㅠㅠㅠ

ㄴ하.. 썬캐쳐 주접 때문에 암행어사현까지.......

ㄴ캐쳐들아 니들의 파급력에 대해서 한마디 해봐

ㄴㅋㅋㅋㅋㅋㅋㅋㅋ 아니 캐쳐들 주접은 귀엽게 봐주면서 왜
사패들한텐 이렇게 차가운데ㅋㅋㅋㅋㅋㅋㅋㅋㅋㅋㅋ

ㄴ사현은 린스 필요없어~ 한국의 프'린스'니까 '-^ (지나가던 캐쳐)

ㄴWhyrano... Whyrano...

저 던전엔 신이 4명이나 있네

1.신서임 길짱님(태초부터 신)

2.한아서(아서왕은 왕권신수)

3.빛이선(말해뭐해 재림이선)

4.사현(사현)

ㄴ사현 설명 짧고굵다

ㄴ말모말모 사신이지

ㄴㅋㅋㅋㅋㅋㅋㅋㅋㅋㅋㅋㅋㅋㅋㅋㅋㅋㅋㅋㅋㅋㅋㅋㅋㅋ
ㅋㅋㅋㅋㅋㅋ 키야 진짜 국뽕 차오른다 진짜... 두유노 코드? 두유
노 태신???

ㄴ이미 외국에서 두 공대 다 알아주잖아ㅎㅎㅎ

ㄴ펄~럭

외국에서 ㅈㅇㅅ 완전 후디쎤 됐잖아ㅋㅋㅋㅋㅋ

Sun: I like a hood

Me: Wear whatever you want ♡

Sun: *Hiding in a hood*

Me: WAIT

　└이것도 있음ㅋㅋㅌㅋㅋㅋㅋ

Q) What do you think a masterpiece is?

A: The Eiffel Tower.

B: The Mona Lisa by Leonardo da Vinci.

Me: My shining Sun, absolutely. What r u talking about;;;

　└++++

Q) When was the most beautiful moment in your life?

Nobody:

"When I got the baby."

"A college graduation."

.

.

.

"When the wind blew Sun's hood off by accident."

　└ㅋㅋㅋㅋㅋㅋㅋㅋㅋㅋㅋㅋㅋㅋㅋㅋㅋㅋㅋㅋㅋㅋㅋㅋㅋ

ㅋㅋㅋㅋㅋㅋㅋㅋㅋㅋㅋㅋㅋㅋㅋㅋㅋ 후드 벗겨지는 순간

찬양은 세계 국룰;;

　└이야 이렇게 세계가 하나됨을 느낍니다

세계유네스코 연락은 아직이래?

　└이집트에서 연락했대ㅋㅋㅋㅋㅋㅋ

　└음~ 이집트는 별로

　└그리스도 코드에 연락 넣었다는데? 여기가 젤 불가사의 많았잖

아 가면 쩔겠다ㄷㄷ

└음~ 그리스도 별로

└별로친구야 그럼 괜찮은 곳이 어디야?

　└음~ 한국?

　└ㅋㅋㅋㅋㅋㅋㅋㅋㅋㅋㅋㅋㅋㅋㅋㅋㅋㅋㅋㅋㅋㅋ

ㅋㅋㅋㅋㅋㅋㅋㅋㅋㅋㅋㅋㅋㅋㅋㅋㅋ

　└22 정이선 절대못보내

　└3333 이선이 한국 나가지 마ㅠㅜㅜ 한국에 있어 한국고유문

화재야

　└생각해봐 저긴 던전 안이라 카메라 한대밖에 없고 앵글도 한

계 있는데 바깥에서 복구하면 수십대 카메라+드론촬영 가능

　└음~ 세계 일주도 괜찮다

　└ㅋㅋㅋㅋㅋㅋㅋㅋㅋㅋㅋㅋㅋㅋㅋㅋㅋㅋ

???

저기요 헌협아재 나가지 마세요

└안돼!!!!!!!!!!!!!!! ㅇㅏ직 등대에 두명 있잖아!!!!!!!!!

└헌협맨 피곤하신 거 알지만...ㅜㅜ 카메라 두고 가주시면 안돼요?

　└ㅋㅋㅋㅋㅋㅋㅋㅋㅋㅋㅋㅋㅋㅋㅋㅋㅋㅋㅋㅋㅋ

ㅋㅋㅋㅋㅋㅋㅋㅋㅋㅋㅋㅋㅋㅋㅋㅋㅋㅋㅋ 저 카메라 한

대가 몇년치 연봉이야...

└헌협방송 시청률의 최소 42퍼센트를 담당하고 있을 애들이 등

대에 있는데 끝까지 찍어 주시라구요 ㅠㅠㅠㅠㅠㅠㅠㅠ

└나가지 마.시.라.구.요.

어 뭐야 무너지는 소리 들리는데

└헐 등대 무너져

└뭐야 ㅈㅇㅅ 먼저 퇴장함????

└노노 사또랑 등대에 같이 있었는데ㄷㄷ?

└ㅁㅊ 등대 완전 물에 잠겼는데 애들 왜 안보여

└??????????????????????????

등대 다시 솟아오른다... 혼파망이다

└저 끝에 둘이 보이는거 같은데 잔해 날아다녀서 제대로 안보여ㅠㅠㅠㅠㅠ

└줌인해도 저기까지 안가네 아 헌협 카메라 성능 ㅈㅂ 업그레이드해ㅠㅠㅠㅠㅠㅠㅠㅠㅠㅠㅠㅠㅠㅠㅠㅠㅠㅠㅠㅠㅠㅠㅠㅠㅠㅠㅠㅠㅠ

└마정석 박은 ㅋㅏ메라라 한계 있대ㅅㅂ ㅜㅜ 아 통탄스럽다

└헌터들도 다 놀라고 뭔상황이야 이거...... 바로 주위 사람들 소리랑 건물 솟는다고 시끄러워서 암것도 안들려........

└등대 벽돌되고 싶은 사람1..

└222

└33333ㅠㅠㅠㅠㅠㅠㅠ

혹시 등대 100% 복구 앵콜이었나요...?

└ㅅㅂ...ㅋㅋㅋㅋㅋㅋㅋㅋㅋㅋㅋㅋㅋㅋㅋㅋㅋㅋ

└당황스럽다가 피식했어 자존심 상해

└앵콜 외쳤던 애들 머리 박아ㅠ

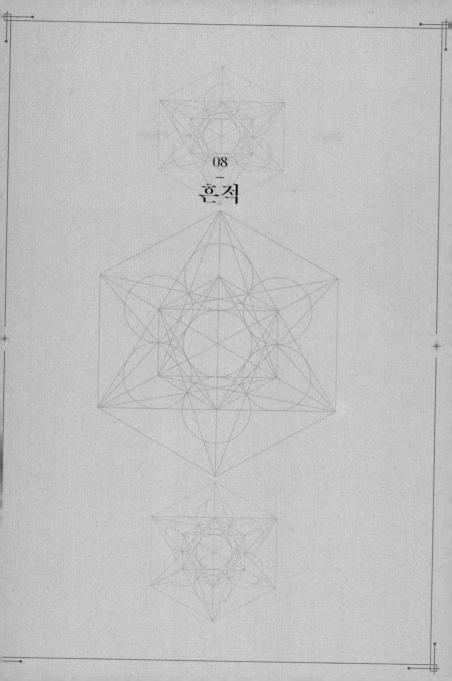

08
—
흔적

7대 레이드가 끝났다.

고대 7대 불가사의를 테마로 한 연계던전으로, 현재까지 세계에서 나타난 레이드 중 가장 긴 차수와 높은 등급을 자랑했다. 한국뿐만 아니라 전 세계의 이목을 끈 해당 레이드는 마지막 던전 공략에서 거의 폭발적인 반응을 이끌어 냈다.

7차 던전은 이번 레이드에서 처음으로 두 공대가 함께 진입한 던전이었다. 코드와 태신길드가 합을 맞췄으며, 그곳에서 보인 S급 헌터 세 명의 활약은 경외감을 불러일으켰고 특히나 S급 복구사가 등대를 100퍼센트 완벽히 복구해 내는 모습엔 전 세계의 찬사가 쏟아졌다.

연이은 세 번의 공략 실패로 불안해하던 사람들은 기뻐했으며, 기어코 마지막에 보스 몬스터를 처리했을 땐 인터넷뿐만 아니라 SNS 서버까지 모두 마비되는 지경에 이르렀다.

레이드를 올 클리어한 Chord324에 수많은 연락이 쏟아지고, HN길드로도 다양한 문의가 쇄도했다. 레이드 기간에는 진입 공대로 등록된 팀이 별도의 행사나 외출을 삼가는 편이라 연락이 어려웠지만, 이젠 레이드가 끝났으니 온갖 제

안이 쏟아졌다. 전국뿐만 아니라 해외에서도, 특히 고대 7
대 불가사의가 있는 각 나라에서 코드를 초대하기도 했다.

이렇게 세상이 들썩이는 상황에, 정작 HN길드의 차기 길
드장으로 불리는 사람은 길드 건물이 아닌 누군가의 집에
있었다.

그리고 그건 이번 레이드의 주역이라 불리는 정이선의 집
이었다.

"……."

정이선은 히든 능력을 사용한 다음 날부터 일주일을 몸살
로 앓았다. 그 기간엔 고열이 들끓고 몸에 힘도 없어 가만히
집에서 휴식을 취하는데, 처음 이틀간은 거의 정신을 차리
기 힘든 수준이었다. 그런데 간간이 눈을 뜰 때마다 시야에
사현이 있었다.

그는 아예 침대 옆으로 의자를 끌고 와서 계속 정이선의
상태를 확인했다. 보통 간병인이 하던 행동을 이번엔 사현
이 직접 했고, 심지어 24시간 내내 옆에 붙어 있었다. 정이
선은 사현과 간병이란 단어의 괴리만큼 그 점을 낯설게 여
겼지만 의문을 제기할 힘도 없어 그저 멍하게 있었다.

지금까지 페널티로 앓는 일주일의 시간은 언제나 정이선
에게 생각을 정리하는 시간이었다. 처음 앓았을 때는 과거
집에서 친구들이 해 주던 간호를 떠올렸고, 그다음부터는
남은 친구들의 수를 생각하며 목표를 정리했다.

클리어와 페널티가 반복될수록 자신이 느끼는 감정적 혼란을 정리하는 데에 쓰는 시간이 점점 길어졌는데, 이번엔 내내 옆에 사현이 있으니 다른 생각을 하기 어려웠다.

유독 제 인기척에 예민하게 반응하는지 자신이 깰 때마다 사현이 곧바로 알아챘다. 일을 하는 듯 태블릿으로 무언가를 보다가도 자신이 뒤척거리기만 하면 당장 시선이 왔고, 간간이 방문 뒤에서 전화하더라도 금세 돌아와 옆에 있었다.

정이선은 이런 사현의 행동이 무엇을 가리키는지는 알았다. 7차 던전이 끝난 후에 일련의 소동이 있었으니 신경을 쓸 수도 있겠다고 여겼다. 게다가 이틀 동안은 사현의 페널티 기간이니까 마킹을 하지 못해서 옆에 붙어 있다고 생각했는데, 사흘이 지나고 나흘이 되어도 그는 정이선의 집에 있었다.

"……길드, 바쁘지 않나요?"

나흘째 되는 날 점심, 결국 정이선이 그 질문을 해 버렸다. 왜 계속 여기 있냐는 질문을 아주 완곡하게 풀어서 전달했다. 어제 마킹도 했을 테니 이제 길드로 가도 되는데, 그리고 어차피 몸살을 앓느라 움직일 힘도 없는데 계속 옆에 있으니 신경이 쓰였다.

현재 HN길드가 몹시 바쁠 게 뻔히 예상되는 상황이고, 아무리 메일로 전달받는다 하더라도 일처리에 한계가 있을 텐데 대체 왜 여기에 있을까. 도저히 효율을 중시하는 사현이 택할 행동 방향이 아니었다.

그리고 그런 물음에 사현이 가만히 정이선을 쳐다보았다. 그는 무척이나 말끔하고 단정한 차림으로, 언제나 보던 모습과 같았지만 똑바로 향하는 새까만 눈동자는 한없이 이질적이었다.

그는 그렇게 고요히 정이선을 바라보다 툭, 말했다.

"이선 씨가 죽을 것 같아요."

"⋯⋯."

"어떤 방법으로든, 어디에서든 다시 죽으려고 들 것만 같아요."

더없이 차분한 낯으로 담담히 내뱉는 불안이 그 괴리감만큼이나 선명한 형체를 갖추고 있었다. 어떻게든 방법을 찾아내 죽을 것만 같다는 그 말이, 자신이 눈을 떼면 죽어 버릴 것 같단 그의 말이 조금 당황스러워 정이선은 멍하게 눈만 깜빡였다.

"그래서 다른 곳으로 못 가겠어요. 내가 어떻게 해야 이선 씨가 안 죽을지 확신이 안 서요."

그런 상황에서 길드에 갈 수가 없다는 말이 몹시도 당연하단 듯 이어졌다. 그가 내뱉는 모든 말은 그와 어울리지 않았지만, 그럼에도 거짓이란 느낌이 전혀 없어서. 자신을 쳐다보며 어쩔 수 없는 사실을 내뱉는 듯한 그의 행동에 정이선은 차마 무슨 반응을 보여야 할지 알 수가 없었다.

침대 헤드에 기댄 채 앉아 있던 정이선은 시선을 잠깐 아래로 떨어뜨렸다가 옆으로 굴리며 목을 슬쩍 매만졌다. 아직 사라지지 않는 몸살 기운 때문인지, 아니면 그 담담한 불안에서 전해지는 감정 때문인지 목에 간질간질한 열이 올랐다.

자신의 능력 조건도 파악했고, 또 어제 한참 동안 손을 붙잡아 마킹까지 했으면서 떠나지 못하는 사현의 행동이 가리키는 감정은 너무나 확실했기 때문이다.

"……."

사현은 그런 말을 해 놓고 다시 평온히 태블릿을 확인하고 있었다. 분명히 고백 같은 말을 한 건 그인데 정작 이 분위기에 어색해하고 있는 건 자신뿐이었다.

아직 둘은 '그날'에 대한 이야기를 전혀 나누지 않았다.

정이선은 혹시나 그날 자신이 보았던 것들이 모두 헛것인가, 하는 생각을 잠깐 했지만 자신이 이렇게 살아서 나온 상황이나 24시간 내내 옆에 있는 사현의 모습을 보면 그건 아닌 듯했다. 그러나 사현은 계속 옆에 있으면서도 그때의 대화를 다시 언급하지 않았고, 정이선은 아직 머리가 아프다는 핑계로 생각을 미뤄 두고 있었다.

그저 어렴풋하게나마 사현이 현재 상황을, 어쩌면 그에게 닥친 문제를 해결하기 위해 '생각'하고 있다고 예상했다. 아마도 이렇게 바뀌어 버린 상황에서 어떻게 행동해야 할지,

어떤 일을 해야만 현재의 문제를 해결할 수 있을지 계산하고 있을 것이다. 사현은 언제나 그렇게 상황을 통제하던 사람이니 당연한 일이었다.

그 당시에는 갑작스럽게 눈앞에서 벌어진 상황에 충격을 받은 것 같았지만 지금은 몹시 차분해 보였다. 다만 그때와 같은 동요를 보이지 않을 뿐 계속 옆에서 제 상태를 살펴보는 행동은 매우 낯설어서, 정이선은 결국 입술을 두어 번 달싹거리다가 말했다.

"……가요."

아주 자그맣게 읊조렸는데 곧바로 사현의 시선이 자신을 향했다. 정이선은 아침에 사현에게 전화한 신지안이 오늘도 길드 건물로 오지 않으냐 묻던 걸 들었기에 사현이 이곳에 계속 있는 게 매우 불편했다. 하지만 이대로 있으면 사현이 떠나지 않을 것 같으니 결국 자신이 움직여야만 했다.

"같이 길드에 가요. 저는 시간마다 포션 먹으면서 앉아만 있어도 되니까……."

사현은 그럴 필요 없다고 반박하려 했지만, 정이선은 그것마저 뻔히 예상되어 아예 사현의 손을 붙잡으며 침대에서 일어났다. 그는 매우 탐탁지 않은 낯이 되었으나 차마 손길을 거부하지 못하고 정이선을 따라 움직였다.

나흘 만에 온 길드는 무척 바빠 보였다.

레이드 기간보다도 더 정신없는 풍경에 정이선은 조금, 아니, 꽤 많이 놀랐다. 길드의 업무를 잘 모르는 자신의 눈에도 이렇게 바빠 보이는데 사현이 끝내 이곳에 출근하지 않았단 사실이 황당했다. 길드장은 협회에 구금되어 있고, 부길드장 자리는 공석인데 사현마저 나서지 않는다면 순식간에 업무가 마비될 듯했다.

42층, 코드 사무실에 도착한 후엔 결국 사현은 일들을 처리하러 이동해야 했다. 그가 길드에 왔단 소식이 순식간에 퍼져 임원들마저 사무실을 찾아오니 계속 정이선의 옆에만 있을 수가 없었던 탓이다.

사현은 자리를 떠나면서도 내내 불안한 낯이었지만, 마지막으로 정이선의 손만 꽉 잡고 떠났다. 정이선은 어제도 그가 마킹한 걸 알았지만 고분고분 손을 내주었다. 이러지 않으면 사현을 보내지 못할 거란 생각에서였다.

"……복구사님?"

"드, 들어가도 괜찮겠나……?"

그렇게 드디어 혼자 있겠다고 생각하자마자 기주혁과 나건우, 한아린이 집무실 안으로 들어왔다. 신지안은 사현과 함께 나가는 길에 정이선에게 인사하고 간 참이었다.

사현이 다른 사람들 틈에 자신을 두는 것이 그나마 안전하다고 생각해 이곳으로 왔단 걸 알지만 사현이 떠나자마자 곧장 사람들이 들어올 줄은 몰랐다. 집무실에 이렇게 사람이 모인 적이 없었던지라 정이선은 조금 어색하게 소파의 자리를 권했고, 나건우는 한껏 부자연스러운 웃음을 터트리며 말했다.

　"어유, 그, 그래도 바다 바깥으로 빠져나와서 다행입니다……."

　"그, 그러니까 말이에요. 대체 무슨 일이었는지……."

　한아린이 어색하게 동의하며 고개를 끄덕였다. 절반쯤 되는 인원이 퇴장한 상태였다지만 등대가 무너지는 소란이 너무 컸던 탓에 나가지 않은 사람들은 다들 등대를 살폈다. 다만 거리가 너무 멀어 등대 안에서 어떤 일이 일어나는지 알 수 없었고, 몇 분 뒤 다시 건물이 복구되는 모습에 더더욱 혼란스러워지기만 했다.

　협회의 카메라도 해당 장면을 제대로 잡아내지 못했다. 카메라맨이 퇴장하기 직전에 일어난 소란이라 갑작스러운 붕괴를 모두 촬영하지 못했고, 이후 등대가 솟을 땐 건물이 복구되는 소리가 너무 시끄러워 어떠한 대화가 오갔는지도 파악되지 않았다. 게다가 건물 잔해 사이로 둘의 모습이 절묘하게 가려졌으니 아무도 사태의 전말을 알지 못했다.

　다만 등대가 물속으로 잠긴 후 그들이 보이지 않았단 점과 그 이후 물에 젖은 그들의 모습에서 둘이 바다에 빠졌단 것만 파악되었다.

이 상황에서 그들이 추론해 낼 수 있는 것이라곤 마지막에 정이선이 히든 능력을 유지해 내지 못해 등대가 무너졌다가 다시 건물을 복구했다는 가설뿐이었다. 그 바다는 전투계의 마나가 통하지 않았으니 만약 건물이 복구되지 않았다면 둘 다 바닷속으로 영영 사라졌을지도 몰랐다.

그래서 나건우와 한아린이 어설프게 다행이라고 말하며 기주혁을 툭툭 쳤다. 그가 가장 웃긴 소리를 많이 해 대니어서 한마디 얹으란 행동이었다. 하지만 기주혁은 고개를 푹 숙인 채로 침묵하다가 기어코 정이선과 눈이 마주치자마자.

"흐어엉, 복구사님 죽을, 끄흑, 흡, 죽을 뻔했어요."

엄청난 울음을 터트렸다. 나건우와 한아린뿐만 아니라 정이선마저 당황했다. 기주혁은 둘이 바다에서 못 나왔으면 어쩔 뻔했냐며, 코드는 리더도 잃고 복구사님도 잃고 그대로 모든 걸 잃었을 거라며 온갖 말을 쏟아 냈다.

"바다, 끄흥! 바다가, 마법도 안 통해서! 그대로 빠졌으면, 시체도, 크흥! 흐어어, 시체도 못 수습하고요!"

바다가 천인공노할 대상이 되어 기주혁에게서 엄청난 욕을 받았다. 정이선은 정말 이런 반응은 상상조차 하지 못했기에 입을 살짝 벌린 채로 굳어 버리기까지 했다.

이건 갑자기 오열하는 기주혁의 행동에 대한 당황스러움이기도 했지만 그보다는…… 자신이 죽을 뻔했다고 슬퍼하는 타인의 반응이 낯설었기 때문이다.

정이선은 자신이 죽은 후를 생각하지 않았다. 아마도 적당히 사고사로 묻혀서 잊힐 거라고만 여겼고, 또 당시엔 죽어야겠다는 생각만 강렬해서 다른 생각을 할 틈이 없었다. 그런데 그 앞에서 죽었을지도 모른다며 진심으로 슬퍼하는 사람의 반응을 보고 있으니 너무나 기분이 이상했다. 정이선은 그 감정을 차마 무엇이라 불러야 할지조차 알 수 없었다.

"야, 야아……."

"흐어어엉!"

"이선 복구사 지금 아프니까 소리 그만 지르라고."

한아린이 당황하며 그를 진정시키려다 결국 살벌한 목소리로 협박했다. 정이선의 멍한 표정이 두통 탓이라고 생각한 것이다. 그리고 그 말에 기주혁이 당장 끄흡! 소리를 내며 울음을 참았다.

두 손으로 입을 틀어막은 채로 정이선의 상태를 살폈고, 정이선은 그 시선에 한참 동안 말을 못 하다가…….

"……괜찮아요. 정말로……."

그냥 사고였다는 말이 파르르 떨렸다. 정이선은 제 죽음에 슬퍼할 사람이 있다는 사실에, 어쩌면 당연하지만 인지

하지 못했던 그 사실에 약간의 충격을 받았다. 그는 가족을 잃고 친구를 잃으면서 주위의 모든 사람이 사라졌다고만 생각했기 때문이다.

코드에서 사람들과 함께하긴 했지만 정이선은 언제나 그들과 자신을 유리시켰었다. 소속하고 싶었지만 끝내 자신이 감히 들어가지 못할 세계라고 생각했다. 마지막 순간에는 그런 곳을 바랐던 자신을 혐오하기마저 했었다.

그런데 다시 자신은 결국 그 세계 속에 있었고, 그곳의 사람들은 자신을 걱정했다. 기주혁이 유독 큰 반응을 보이긴 했지만, 자신을 쳐다보는 한아린과 나건우의 얼굴에도 비슷한 감정이 담겨 있었다.

"정말 다행이에요……."

기주혁이 조심히 손을 내뻗어 정이선의 무릎 위에 올라온 손 한쪽을 붙잡았다. 뒤이어 나건우도 그의 반대쪽 손을 붙잡고, 한아린은 어깨를 토닥였다.

그렇게 전해지는 온기에, 그런 삶의 온기에 정이선은 어쩔 줄을 몰랐다.

일련의 소란은 나건우가 기주혁을 바깥으로 끌고 나가면서 정리되었다. 기주혁이 겨우 눈물을 멈췄다가도 정이선을 보고 다시 흐어엉 울음을 터트리니, 결국 바람이라도 쐬고

오자며 기주혁을 데리고 나가 버렸다.

정이선은 굳이 그러지 않아도 된다고 말하긴 했지만 막상 기주혁이 나간 후엔 두통이 한층 줄어서, 아주 미묘한 기분에 휩싸여야만 했다. 한아린은 그의 상태를 꼼꼼히 살피며 말했다.

"그런데 이선 복구사, 지금 페널티 기간 아니에요? 몸살 앓는다고 들었는데 여기에 있어도 괜찮은가……?"

"아, 네. 초반 이삼일만 좀 심하고 그 뒤는 괜찮은 편이에요."

포션만 챙겨 먹으면 된다고 답하며, 정이선은 마침 지금이 포션을 먹을 시각이란 걸 떠올렸다. 길드 건물로 오는 조건으로 사현에게 꼬박꼬박 포션을 먹겠다고 약속했으니 제대로 챙겨 먹어야만 했다.

정이선이 자그마한 포션을 쭉 마시는 것을 본 한아린이 물었다.

"혹시 이제 잘 거예요? 나가 줄까요……?"

꽤 조심스러운 질문에 정이선의 시선이 그녀를 향했다. 그리고 그렇게 눈이 마주치자마자 한아린은 다급히 절대로 여기가 불편해서 나가고 싶은 게 아니라고 소리쳐 해명했다. 그런 뜻으로 쳐다본 건 아니었지만 정이선은 조금 어색해진 기분으로 빈 포션 통만 매만지다…… 결국 조용히 고개를 내저었다. 누군가의 소리가 멀어진단 것이 새삼 내키지 않았기 때문이다.

그런 반응에 한아린이 다행이란 듯 씩 웃었다.

"아플 때 혼자 있으면 서럽잖아요. 아, 맞다. 그 포션 쓸 텐데, 잠시만요."

갑자기 한아린이 방 바깥으로 나가는가 싶더니 몇 분 뒤에 돌아와 정이선에게 두 손을 내밀었다. 체력 회복 포션이 한약처럼 쓴 편이니까 헌터들 대부분이 사탕을 가지고 있다며, 바깥에서 팀원들한테 받아 왔다고 말했다.

"이선 복구사한테 준다니까 애들이 다 몰려들어서 줬어요. 끌리는 걸로 골라서 먹어요."

"아……."

"선택 못 당한 애들한텐 알려 줘야겠다."

재밌겠다는 듯 웃는 한아린의 말에 정이선은 또 한없이 낯선 기분 속에 놓였다. 그녀의 양손 한가득 담긴 사탕이 신기해서, 정이선이 가만히 그것들을 내려다보고 있는데 슬그머니 한아린이 손을 벌렸다.

곧 그 손가락 사이로 툭, 툭 사탕들이 떨어졌다. 한아린이 딱 한 개의 사탕만 놔두고 일부러 책상 위로 흘려 버린 것이다.

의도가 너무나 명확히 드러나는 행동이라 정이선이 앞에 서 있는 한아린을 올려다보니 그녀는 태연하게 어서 고르란 듯 손만 가까이 들이밀었다. 정이선은 작게 실소하며 손을 내뻗었다.

"와, 이선 복구사. 이건 상처……. 내가 얼마나 잘해 줬는데……."

그리고 그런 정이선이 고른 건 책상 위로 떨어진 사탕 중 하나였다. 포도 사탕을 까서 입 안에 넣으니 한아린이 충격받은 눈으로 그를 보았고, 정이선은 희미하게 웃으며 말했다. 이런 말을 하는 게 조금은 어색한 사람처럼 시선을 굴리며.

"다…… 먹어 보려고요. 차례차례로 먹을게요. 아직 페널티 기간 남아서 먹어야 할 포션도 많으니까……."

그런 정이선의 반응에 한아린은 놀란 눈이 되었다가 이내 웃으며 고개를 끄덕였다. 그러다 왜 차례차례로 먹는 것 중에 왜 자신이 가져온 사탕이 먼저가 아니냐고 투덜거리긴 했지만, 정이선이 고개를 숙이자 불평이 뚝 끊겼다.

"감사합니다."

"……아무리 봐도 나보고 조용하란 의미로 이러는 것 같은데, 내 착각이죠? 그죠?"

정이선은 답하지 않았고, 한아린은 어떻게 이럴 수가 있냐며 황당해하다 결국 크게 웃음을 터뜨렸다.

한아린은 코드에서 제일 처음 정이선의 합류 소식을 들은 사람이었다. 그녀는 사현과 같은 S급 헌터이자 전선에 함께 서는 메인 딜러였다. 그러니 사현은 그녀와 앞으로의 공략 방향을 의논하기 위해 새로 영입할 멤버를 늘 그녀에게 가장 먼저 알려 주었다.

당시 사현이 아직 나선 상태도 아니었지만, 그가 정이선을 스카우트하겠다고 알린 순간부터 한아린은 일주일 내로 정이선을 보겠다고 생각했다. 2차 대던전 이후로 1년이나 잠적한 복구사지만 사현이 결정한 일이니 미래는 뻔하다고 봤고, 실제로 그녀의 예상대로 흘러갔다. 딱 일주일 뒤에 정이선이 사현과 함께 코드 사무실로 들어왔기 때문이다.

정이선은 유명한 각성자였다. 전 세계에서 유일한 S급 복구사라 유명하기도 했고, 또 그의 과거가 널리 알려져 있었다. 던전이 나타나면서 온갖 사고가 발생하는 시대가 되었다지만 정이선은 두 번이나 잔인한 일을 겪었다.

한아린은 과거 S급 복구사가 빚 때문에 악질 길드에 잡혀 일한다는 소리를 들었을 때부터 그를 불쌍하다고 생각했고, 2차 대던전 사고 소식엔 진심으로 안타까워했었다. 그는 어린 나이부터 시작해서 너무 많은 것을 잃었다.

그래서 코드에서 함께하게 된 순간부터 나름대로 그를 챙겼다. 비전투계 각성자가 S급 던전에 들어가는 건 상당히 두려운 일이니 한국 최정예 팀이라 불리는 코드를 믿으라고 달래 주기도 했었다.

정이선의 상태를 전적으로 관리하는 사람이 사현이란 점이 약간 찜찜하긴 했지만, 그만큼 효율은 확실할 테니 그 부분은 차마 자신이 어떻게 하지 못하고, 또 사현의 일에 간섭할 수도 없었다. 어쩌면 그래서 더 정이선을 챙긴 걸지도 몰랐다.

그러다 보니 한아린은 어느새 정이선을 소중한 동생처럼 대하고 있었다.

레이드에 함께하면서부터 있었던 여러 일들이 코드 내에 정이선을 보호하는 분위기를 만들기도 했다. 던전 안에서도 다치고, 바깥에서도 다치니…… 한아린은 자신이라도 꼭 잘해 줘야겠다고 의지를 다졌다.

심지어 7차 던전에선 마지막에 정이선이 바다에 빠지는 일까지 벌어졌다. 다른 사람들 대부분은 그게 사고라고 생각하는 눈치였지만, 한아린은 그럴 수 없었다. '그' 사현이 바다에 빠진다는 게 도무지 말이 되지 않았기 때문이다.

만에 하나 정이선이 발을 헛디뎌 떨어졌다고 하더라도, 사현은 그림자 흔 능력을 통해서 어떻게든 그를 구할 수 있었을 것이다. 등대의 그림자를 이용하든, 그림자 속으로 이동해서 그를 붙잡든. 어떤 수를 사용해서라도 정이선을 잡아 냈을 터였다. 건물이 갑자기 무너져서 피하지 못하고 추락했단 가설도 사현의 능력 앞에서는 성립하지 않았다. 한아린은 사현과 오래 합을 맞춰 온 만큼 그가 얼마나 능력을 잘 사용하는지 알았다.

그러니 한아린은 자연히 예전에 사현이 말한, 그의 히든 능력 '페널티'를 떠올릴 수밖에 없었다. 사현의 히든 능력이 무엇인지는 모르지만 그는 길드장이 죽은 날, 한아린에게 자신이 히든 능력을 썼고, 그래서 내일 던전에 진입할 때는 페널티 기간 중이라고 말했었다. 그래서 그림자 흔 능력을 사용하기 어려우니 공략에 더 신경 쓰라고 했었는데…….

그 페널티를 분명히 기억하기에 한아린은 7차 던전 마지막의 일을 단순히 사고로 보기가 어려웠다. 어쩌면 사현이 히든 능력을 사용해서, 능력을 사용하지 못하는 페널티 기간에 들어가 정이선과 함께 바다에 떨어진 것일지도 몰랐다.

그리고 그 사현이 실수로라도 건물에서 떨어질 리는 없으니, 바다에 빠진 이유는 정이선이 가지고 있을 것이었다.

"……."

하지만 한아린은 차마 정이선에게 자세한 사건의 전말을 물을 수 없었다. 7차 던전에 진입하기 직전에 보았던 그의 창백한 낯을 다시 보게 될 것만 같단 본능적인 불안감이 따랐다. 그때 그는 후련해 보였고 또 잘 웃었다지만, 지금 정이선의 얼굴이 훨씬 더 보기 좋았다. 그런 웃음을 지을 거라면 차라리 안 웃는 게 나을 듯했다.

한아린이 말하다 말고 갑자기 침묵하니 정이선이 의아해했다. 최근 코드로 쏟아지는 연락에 관한 이야기를 한창 듣고 있었는데 점점 한아린의 말소리가 작아지는가 싶더니 이내 말이 뚝 끊겼다. 정이선이 어리둥절한 낯으로 고개를 기울이며 물었다.

"무슨 일 있나요?"

"……아뇨. 아무것도 아니에요."

그제야 한아린이 잠깐 놀랐다가, 결국 고개만 내저으며 웃었다.

마침 그때 나건우와 기주혁이 돌아왔다. 그들은 나간 김에 길드 사옥 인근 제과점에서 디저트를 사 왔는지 책상 위에 봉투를 한가득 올려 두었다. 기주혁은 눈이 팅팅 부은 채로 정이선에게 빵이 담긴 종이봉투를 내밀어 억지로 안기기까지 했다.

"복구사님 다 드세요. 갓 구운 빵으로 받아 왔어요."

"주혁이 완전 민폐 손님으로 난리 치고 왔습니다. 가게 가서 빵 달라고 하다가 우는 애는 또 처음 봤네. 코드 헌터가 울었다고 시끌시끌할 거야……."

나건우가 한층 핼쑥해진 낯으로 고개를 절레절레 저었다. 꼭 갓 구운 빵이어야 한다며 흐어엉 오열했다는데, 당황하던 가게 종업원들의 표정이 기억 속에 선명한지 나건우가 두통을 호소했다. 최근 코드가 이끌고 있는 주목도를 생각하면 그 코드의 헌터가 일으킨 소란은 순식간에 소문으로 퍼질 게 뻔했다.

한아린은 팀 망신이라며 한숨을 내쉬었고, 기주혁은 서럽단 듯이 투덜거렸다. 갑자기 감정이 북받쳐 오르는데 자기가 어떡하냔 항변이었다.

"……."

그동안 정이선은 제 품에 안긴 종이봉투를 가만히 보았다. 코끝에 퍼지는 빵 냄새가 지나치게 달달하고 부드러웠기 때문이다. 또한 봉투를 통해 전해지는 따끈따끈한 온기가 있어서, 정이선은 한참 동안 받은 자세 그대로 굳어 있기만 했다.

그때 사현이 돌아왔다. 급한 일을 처리하자마자 돌아온 눈치였는데, 정이선이 종이봉투를 끌어안은 채로 돌처럼 굳어 있으니 그에게 다가가 이름을 불렀다.

"이선 씨."

고장 난 사람처럼 정이선이 삐걱거리며 시선을 들었다. 사현은 잠깐 공간을 훑어보곤 테이블 한구석에 잔뜩 쌓인 사탕들도 발견했다. 종류가 다양한 사탕들이 자신이 없는 동안 일어난 일을 알려 주고 있었다.

"어…… 벌써 일 다 끝났나요?"

"네."

정이선의 질문에 사현이 몹시 태연하게 말했다. 그리고 정이선은 당연히 그의 말을 믿지 않았다. 사흘이나 길드 건물을 비웠는데 고작 몇 시간 만에 모든 일이 처리되었을 리가 없었다. 정이선이 묘한 의심의 눈빛을 날렸지만 사현은 평온한 어조로 말할 뿐이었다.

"중요도가 높은 일은 다 끝났어요. 그 외의 것들로 귀찮게 굴지 말라고 경고해 뒀으니 한동안은 조용하겠죠."

사현이 자연스럽게 정이선의 옆에 앉으며 그 품에 안긴 봉투를 치웠다. 기주혁은 조금 슬퍼하는 눈치였지만 나건우가 잽싸게 봉투를 거꾸로 들어 빵을 우르르 테이블 위로 쏟았다.

한아린은 그 모습을 멍하니 보았다. 정확하게는 정이선이 봉투에 데지 않았나 정이선의 팔을 감싸고 살펴보는 사현을 응시했다. 갓 구운 빵을 잔뜩 들고 왔으니 봉투가 약간 뜨거울 순 있겠지만, 저런 식으로 행동하는 사현이 몹시 낯설었기 때문이다. 게다가 옆에 앉자마자 자연히 둘의 거리가 가까워져서 흡사 사현이 정이선을 품에 안은 듯한 모습이 연출되었는데…….

그 순간 한아린의 머릿속에 아주 무서운 생각이 섬광처럼 터졌다.

사흘 동안 길드로 오지 않았던 사현, 나흘 차에야 정이선과 함께 이곳에 와서 정이선의 집무실을 떠나지 않으려다가 결국 나가선 고작 한두 시간 만에 돌아온 일.

"……."

점점 한아린의 표정이 심각하게 굳어 갔고, 그녀는 사현이 잠깐 맞은편에 있는 그의 집무실로 이동한 순간 정이선에게 다가갔다. 그러곤 아주 진지한 목소리로 속삭였다.

"이선 복구사."

"네?"

"혹시 뭔가 문제가 있는 거라면…… 응? 사현이 협박을 한다든가 감금하고 있고 그런 거면, 어? 빵을 흔들어요."

"……."

"내가 사현이랑 대립은 어떻게든 안 하려고 하는 편이지만……."

말하다 말고 한아린이 약간, 아니, 굉장히 아득한 낯을 했다. 상상하는 것만으로도 싫다는 표정이었다. 두렵다기보다는 꺼림칙해하는 느낌이었고, 그 표정 변화를 정이선은 매우 떨떠름하게 보았다. 갑자기 소리를 낮춰 속삭이기에 무슨 말인가 하고 들었는데…….

"하지만 이선 복구사가 위험한 거라면 내가 어떻게든 도와줄 테니까……!"

마침내 한아린이 결심했다는 듯 정이선의 손에 따뜻한 빵을 쥐여 주었다. 도움이 필요하면 꼭 흔들라는데 차마 정이선은 비장한 낯의 한아린에게 무슨 반응을 해야 할지 알 수가 없어서 침묵했다.

◁ ◆ ▷

정이선은 그날 이후로도 사흘 내내 길드 건물에 왔다. 페널티 기간이지만 어차피 집무실에 앉아서 쉬기만 했고, 레이드가 끝났으니 살펴야 할 복원도나 자료도 없었다.

그러니 사실 정이선은 길드로 올 이유가 전혀 없지만 그가 오는 건 모두 사현 때문이었다. 정이선이 혼자 있는 상황을 당장이라도 죽을 것 같은 상태로 여기니, 결국 정이선은 자진해서 사람들이 있는 곳으로 움직일 수밖에 없었다.

그나마 정이선이 사람들과 함께 있으면 사현도 잠깐이나마 자리를 비웠는데, 그것이 자신이 자살하려 들 경우 붙잡을 존재가 주위에 있어야 한다는 이유란 걸 눈치챘지만 정이선은 그 부분을 굳이 언급하지 않았다. 다만 계속해서 이어지는 사현의 불안이 매우 낯설어서 정이선은 조금 당황스러운 기분으로 말했다.

"……이미 아는 것 같지만, 제 능력 조건이 동종 생명체에, 인간한테 해를 못 끼치는 거예요. 그게 저 자신한테도 적용되고요."

"네."

"그러니까…… 무효화에 걸려서 능력이 사라지지 않는 한 제 자의로는 손가락 하나 못 다쳐요."

"알고 있어요."

일부러 차분한 어조로 말했는데 더 차분한 답이 돌아왔다. 정이선은 제 조건을 차근차근 알려서 더는 이렇게 신경 쓰지 않아도 된다고 말하려 했는데, 그걸 이미 다 알고 있다고 반응하니 할 말이 없었다.

결국 정이선은 조용히 시선만 굴렸고, 사현은 그 손목의 둘레를 가늠하듯 팔을 붙잡았다. 요즘 들어 종종 사현은 정이선의 손목을 붙잡은 채로 가만히 생각에 잠겼는데, 그럴 때마다 한없이 새까만 눈동자에서 이질적인 느낌을 받아 정이선이 부러 가볍게 말했다.

"꼭 묶어 둘 것처럼 쳐다보네요."

"그럴까 생각도 하고 있어요."

"……."

정이선은 화제를 잘못 골랐다고 생각했다.

일주일이 되는 오늘까지 사현은 그날 했던 고백을 다시 언급하지 않았고, 정이선에게 어떤 행동을 강요하지도 않았다. 그저 아무런 말 없이 정이선을 쳐다보는 시간이 점점 길어졌는데, 정이선은 아직 그의 '생각'이 끝나지 않았다고 여겼다.

여러 방향으로 생각해 보고 가장 괜찮은 결과를 낼 선택지를 찾아내려는 것 같은데 그 답이 쉽게 나오지 않는 듯했고, 결국 일주일 내내 정이선은 사현과 함께하면서 오묘한 침묵의 시간만 가졌다.

오늘도 사현은 정이선과 함께 길드에 와서 한참 동안 정이선의 손만 붙잡고 있다가 떠났다. 처음엔 그 오묘한 침묵이 꽤 낯설고 불편하기까지 했지만 며칠이 지나니 그마저 적응해 버려, 정이선은 그저 제 손에 남은 온기만 괜히 다른 손으로 덮어 두며 시간을 보냈다.

레이드가 끝난 지 일주일이 지났지만 아직까지 코드 헌터들 대부분은 사무실에 있었다. 레이드 때 나온 아이템들을 가지고 있다가 이제 슬슬 경매장에 가져가 처분하거나 기존의 아이템을 수리하느라 저마다 바빴다. 한동안은 던전을 공략할 의사가 없다고 사현이 알렸으니 고정된 훈련 시간도 사라졌지만 헌터들은 습관처럼 훈련했다.

코드는 한국을 대표하는 헌터 팀인 만큼 여러 방면에서 연락이 왔다. 7대 레이드를 올 클리어했으니 축하 파티가 열릴 거라 예상되는 상황이라 각종 기업에서 후원 문의도 왔고, 행사장을 먼저 제공하고 싶다는 식의 연락도 쏟아졌다. 보통 이런 일은 사현이 처리했지만 현재는 사현이 길드 관리로 바쁘니 한아린이 대신 맡았다.

그 때문에 사무실이 시끌시끌했다. 사윤강이 주최했었던 행사보다도 더 크게 열어야 한다고 소란스러운데, 회의실과 꽤 떨어진 정이선의 방까지 그들이 소란이 들릴 정도였다.

정이선은 다소 익숙해진 그 소리를 편안한 기분으로 들으며, 여전히 테이블 위에 쌓여 있는 사탕을 하나 집어 먹었다. 분명히 매일 먹고 있는데 매일 늘어났고, 심지어 사탕뿐만 아니라 다른 디저트까지 차곡차곡 쌓여 슬슬 정이선은 제 방이 탕비실이 되는 것 같다고 생각했다.

의자에 푹 기대앉은 채로 정이선이 가만히 창밖을 바라보았다. 페널티 기간이니 원래라면 집의 푹신한 의자에 앉아 멍하니 창밖을 봤을 텐데 요 며칠 간은 내내 자신의 집무실에서 바깥 풍경을 보았다.

솔직히 정이선은 사현의 고민이 아직 끝나지 않은 점이 꽤 놀라웠다. 자신은 여전히 페널티 기간이니 두통을 핑계 삼아 생각을 미루고야 있다지만, '그' 사현이 지금까지 결론을 내지 않은 게 신기했다.

그러나 정이선은 그 고민에 어떠한 말을 얹지는 않았다. 무슨 말을 해야 할지 모를 뿐만 아니라 스스로도 여전히 살아남은 현재 상황이 꽤 낯설었기 때문이다.

정이선은 7차 던전이 끝난 후를 상상하지 않았다. 던전 진입 직전에는 잠깐 미래를 선명히 그려 본 적이 있지만 당시 벌어진 일련의 사고들로 정이선은 그 미래와 자신을 완전히 떨어뜨렸다.

사현 때문에 살고 싶다는 바람을 가지긴 했으나, 그리고 자신이 죽으려는 때 최후에 가진 미련이 결국 '그'를 가리켰으나…… 막상 정말로 살아난 상황에서 정이선은 사실 혼란스럽기만 했다. 정이선이 죽음을 바라 온 시간을 생각하면 당연한 일이었다.

솔직히 정이선은 자신이 마침내 시도한, 처음이자 마지막 기회였던 자살 시도가 실패로 돌아간 점이 약간 허무했다. 코드 사무실에 왔을 때 그를 보고 운 기주혁이나 다른 헌터들의 반응과는 별개였다. 제 죽음이 그들에게 끼칠지도 몰랐던 영향이 새삼스레 그의 마음을 묵직하게 만들기는 했지만 허무감이 완전히 사라지는 것도 아니었다.

하지만 그 허무함이 곧 아쉬움일까? 정이선은 아직 그 답을 구하지 못했다. 자신의 허무감은 어쩌면 지난 오랜 시간을 바라 왔기에 뒤따르는, 즉 시간이 남기는 허탈함이 아닐까.

그러면 자신은 지금…… 정말로 죽지 못해서 아쉽다는 생각을 하고 있나?

"……."

문득 정이선이 제 손을 내려다보았다. 사현이 떠난 지는 한참 되었는데도 그의 온기가 남은 것만 같다. 아니, 어쩌면 '그때' 자신에게 매달리듯 손을 붙잡던 그의 행동이 뇌리에 선명하게 박혀 그 순간의 감각과 온기가 떠오르는 걸지도 몰랐다.

똑똑, 상념이 길게 이어질 틈도 없이 집무실 안으로 기주혁과 나건우가 들어왔다. 회의실에서 과일을 먹고 있다며, 함께 먹자고 따로 그릇을 들고 온 것이다. 아직 페널티가 남은 정이선은 회의까지는 참여하지 않았고, 그래서 홀로 있는 그가 신경 쓰였는지 찾아온 눈치였다.

정이선은 마침 조금 전에 그들을 생각했기에 약간 미묘한 기분으로 소파 자리를 권했다. 기주혁은 벌써 일주일이란 시간이 흘렀는데도 여전히 정이선을 볼 때마다 울컥하는 듯했지만 오늘은 그나마 평온하게 대화를 나눴다. 이제 슬슬 학교로 돌아갈 시기가 되었다는 내용이었다.

"이젠 정말 졸업 작품에만 매달려야 해요. 하, 교수님이 어제 연락 와서 졸작 생각하고 있냐고 묻는데 진짜 식은땀이⋯⋯."

"⋯⋯생각해 둔 방향 있나요?"

"그럴 리가요⋯⋯. 일단 교수님한텐 당연히 준비하고 있다고 했는데, 아이디어가 안 나와서 휴가까지 다녀온 후에 생각해 볼까 봐요. 미래의 나는 오늘의 나보다 창의력이 넘칠 거야!"

"미래의 주혁이는 오늘의 주혁이를 욕할걸⋯⋯."

옆에서 과일을 먹던 나건우가 심드렁하게 말했다. 그 반응에 기주혁이 어떻게 그렇게 잔인한 말을 할 수가 있냐며 왁왁댔다. 나건우는 기주혁이 저런 식으로 작품 구상을 미루는 걸 한두 번 본 게 아니라며 절레절레 고개를 저었다.

"나중 되면 왜 과거에 옆에서 하라고 안 말해 줬냐며 우는 소리 낼 게 뻔하다, 뻔해."

"허어엉, 복구사님. 저 아저씨가 저한테 막말해요."

"그으⋯⋯ 아무래도 레이드로 내내 고생했으니 쉬어야 영감이 떠오르지 않을까요? 적절한 휴식은 중요하다고 하니까요."

"그죠! 지금 제 머릿속엔 레이드 던전만 생생하게 재생되고 있다니까요. 고대 7대 불가사의 건물 멋졌는데……. 헉, 저 그걸로 주제 잡을까요?"

갑자기 기주혁이 눈을 빛내며 말했다.

"와, 이거 괜찮다. 저는 복구사님이 불가사의 건물 복구하는 걸 실제로 봤잖아요! 영상으로도 있지만, 안에서 직접 본 거랑 나중에 영상으로 보는 거랑 차이 되게 크더라고요."

헌터 협회의 카메라맨이 함께 진입해서 영상으로 남겼다지만 촬영자가 한 명뿐이고, 전문적인 장비가 따라 들어가지도 못하니 담기는 장면이 매우 한정적이었다. 하지만 기주혁은 그 장소에 있었던 당사자인 자신은 더 넓게, 더 많은 것을 봤다고 말하며 마구 들썩였다.

"그때 기분까지 살려서 작업하면 완전 작품 희귀성도 올라가고 작품 작업 의도까지 술술 나오는데요? 대박! 다 복구사님 덕분이에요!"

"저……는 아무런 말도 안 했는데요?"

"있어 주신 것만으로도 영감 제공이죠. 교수님 중에 툭하면 트집 잡는 분들 있는데, 레이드에서 복구된 건물을 보고 느낀 감동을 표현했다고 말하면 뭐라고 못 하겠죠? 레이드가 그렇게 대단했으니까?!"

자신의 감동을 모욕하는 건 곧 복구사님의 복구를 모욕하는 것과 같다며 기주혁이 고개를 끄덕거렸다. 쉴 새 없이 쏟아지는 말을 다 이해하기 어려워 정이선이 멍하게 있으니 옆에서 나건우가 껄껄 웃으며 말했다.

　"주혁이 말로는 미대생이 입을 잘 털어야만 살아남는다더라고."

　"그렇군요……."

　굉장히 복잡한 기분으로 정이선은 고개를 끄덕였다. 그리고 그때쯤 기주혁이 지금 떠오른 영감을 당장 정리해야 한다며 테이블 위에 커다란 노트를 펼치다 불쑥 정이선에게 물었다.

　"아, 복구사님! 저 그걸로 졸작 하면 전시회 보러 와 주실 거죠?!"

　"……네?"

　"제가 복구사님에게 보일 작품이라 생각하고 혼을 쏟겠습니다. 크으, 복구된 건물도 눈앞에서 보고, 그걸로 그림 그려서 전시회 열면 복구사님이 보러 와 주시고. 완전 성덕."

　자기만큼 성공한 팬이 없을 거라며 기주혁이 마구 좋아했다. 정이선은 기주혁의 졸업 작품 전시회가 올해 말이었다고 했던 걸 떠올리며 조금, 아니, 많이 낯선 기분을 가졌다. 예전에도 이런 말을 들은 적이 있었는데…… 그때 자신은 어떤 반응을 보였었더라?

정이선이 망설이는 동안 나건우가 멜론이 꽂힌 포크를 그에게 내밀며 당연하단 듯 말했다.

"어, 졸전 가면 우리랑 같이 가면 되겠네. 주혁이가 예전부터 코드 애들한테도 와 달라고 시끌시끌했거든요."

"⋯⋯."

정이선은 얼떨결에 포크를 받으면서 작게 고개를 끄덕여 버렸다. 어차피 이젠 죽지도 못할 거란 생각이 들어 보인 반응이었다. 이렇게 가볍게 오가는 말이 확정된 계약이 아니란 걸 아는데도, 그렇게 미래를 이야기했다는 사실만으로도 가슴 한구석에서부터 이상한 기분이 퍼졌다.

자신이 한때 상상했던 미래 중 가장 멀리 있다고 여겼던 일이 제일 빠르게 확정되었다. 여전히 미래가 낯설어 괴리감을 느끼는 건지, 아니면 기대를 하고 있는 건지. 정이선이 그 기분을 곱씹으며 멜론을 베어 물었다가, 생각 이상으로 맛있어 조금 놀란 낯으로 포크를 쳐다보았다. 그 반응에 나건우가 일부러 가장 잘 익은 걸로 골라 왔다며 뿌듯해했다.

정이선은 머뭇거리다 과일이 놓인 그릇을 향해 손을 내뻗었다. 그때 마침 기주혁이 조금 전 테이블에 놓은 노트를 뒤집었다. 복구사님도 오시기로 했으니 더 열심히 해야 한다며 소란을 떨었는데, 둘의 손길이 충돌하면서 그릇이 하늘을 날았다. 기주혁이 헉, 놀라는 것과 동시에⋯⋯.

쨍그랑, 날카로운 소리가 공간을 울렸다.

그릇이 바닥으로 떨어져 깨져 버렸다. 정이선과 기주혁이 함께 당황했고, 나건우가 치우면 되니까 놀라지 말라고 침착하게 그들을 달랬으나 기주혁이 곧바로 먼저 움직였다. 정이선의 발치에 떨어진 깨진 조각을 어서 치우려고 했고, 정이선도 덩달아 옆에서 함께 치우겠다고 나서다가 너무 성급했던 탓인지 조각에 손이 베였다.

"헉, 복구사님. 손에서 피 나요……!"

"네? 아……."

뒤늦게 정이선이 자신의 상처를 확인했다. 그릇 조각이 날카로워서 인지하지도 못한 새에 베여 버린 듯했다. 검지 끝에서 피가 송골송골 나오기 시작했지만 하루 이틀이면 나을 법한 얕은 상처였고, 정이선은 더 당황하는 기주혁에게 정말 괜찮다고 말하며 일어섰다. 일단 휴지를 찾아서 피를 닦아 낼 생각이었다.

그런데 갑자기 앞에 있는 기주혁과 나건우가 숨이 넘어가는 소리를 냈다. 그릇이 깨졌을 때보다 훨씬 더 큰 반응이었다.

"히익……."

특히나 기주혁은 창백하게 질려서 사시나무 떨듯 경련하기까지 했는데, 정이선은 멍하게 있다가 한 박자 늦게 인기척을 느끼고 고개를 돌렸다.

어느새 사현이 그의 뒤에 서 있었다.

마킹을 하면 주위의 소란도 어느 정도 들을 수 있다고 하더니, 그릇이 깨지는 소리를 듣자마자 이곳으로 이동해 온 듯했다. 사현은 당장 공간을 확인해 문제를 파악했고, 이내 싸늘해진 낯으로 두 명을 응시했다.

"제, 제가 그릇 깼습니다. 죄송합니다!"

"제가 잘못 만져서 다친 거예요……."

"저는 치료하겠습니다……."

셋의 자기소개 같은 말이 횡설수설 쏟아졌다. 갑작스러운 등장만큼이나 무서운 그의 표정에 다들 일사불란하게 움직였다.

기주혁이 후다닥 바닥을 치우고, 혹시나 작은 조각이 있을까 염려된다며 물을 소환해 바닥을 한차례 쓸기까지 했다. 나건우는 정이선의 검지에 치유 마법을 써 줬고, 정이선은…… 대체 상황이 왜 이렇게 흘러가는가 생각하며 가만히 있었다. 사실 사현에게 한쪽 팔이 붙잡혀서 그것 외에는 할 수 있는 게 없었다.

이 자그마한 상처가 치유 마법을 받을 정도였을까……. 정이선은 나건우에게 괜찮다고 사양하려 했지만 사현이 한껏 서늘해진 얼굴로 치료하라고 말하니 거절할 도리가 없었다.

그렇게 치료가 끝난 후엔 기주혁과 나건우가 눈치를 보면서 나갔다. 분명히 작은 해프닝이었을 뿐인데 한바탕 소란이 휩쓸고 간 것만 같았다.

정이선은 이제 문제가 해결되었으니 사현이 곧 돌아갈 줄 알았다. 하지만 그는 아예 자리에 앉아서 심각한 얼굴로 정이선의 손을 붙잡았고, 진작 사라진 검지의 상처가 보이기라도 하는지 빤히 그곳을 응시했다.

"손가락 하나 못 다친다면서요."

"⋯⋯음, 자의로 다친 게 아니에요."

하필 몇 시간 전에 했던 말과 충돌하는 상황이 벌어졌다. 하지만 정이선은 그때 분명히 '자의'라고 말했었기에, 이번은 인지하지 못한 사고라고 해명했다. 이게 사고라고 칭할 정도로 거창한 일인가 싶지만 자신을 빤히 쳐다보는 시선 때문에 구구절절 말을 붙였다.

사현은 그 설명을 가만히 경청하다가, 이내 한 단어를 툭 짚었다.

"⋯⋯사고."

"네, 사고였어요."

"그게 문제예요."

"⋯⋯?"

"자의가 아닌 위험에 처하면 이선 씨는 그걸 피하지 않을 것 같아요."

차분하게 이어지는 말에 정이선이 느리게 눈을 깜빡였다. 그 스스로는 죽으려 들 수 없다지만, 어떤 위험에 처하면 벗어나지 않을 것 같다는 사현의 말이 몹시도 낯설게 들렸다.

"사윤강이 먹인 독에도 침묵했던 이유가 결국 그것 때문이지 않나요? 몇 시간만 더 버티면 죽을지도 모르니까, 그렇게 '사고'처럼 숨을 거둘 수 있을 테니까."

"……."

"독을 먹었단 게 믿기지 않았다던 말도 모두 그 조건 때문이었을 테고. 스스로의 상처를 신기하게 봤던 것도 결국 그런 이유였고."

사현이 담담하게 뇌까리며 정이선과 눈을 마주했다. 과거를 짚어 가며 당시에 파악하지 못했던 것들의 원인을 정리하는 사현의 행동은 몹시 그다웠지만, 새까만 눈동자에 일렁이는 감정들은 여전히 그와 괴리감이 있었다.

정이선은 그의 말이 사실이라서, 이제 와 변명할 수도 없으니 입을 다물었다. 사현은 그 침묵에 조금 더 표정이 차갑게 굳어 갔지만 그것이 정이선을 향한 분노는 아니었다.

외려 그는 스스로가 느끼는 복잡한 감정들이 한없이 답답한 사람처럼 눈가를 찌푸리다가, 이내 한숨처럼 물었다.

"왜 내가 이선 씨를 걱정해야 하죠?"

"……네?"

"검지가 살짝 베인, 고작 이 정도의 상처는 전혀 큰일이 아니잖아요. 그런데 내가 왜 이렇게 안절부절못해야 해요?"

정이선은 조금, 아니, 꽤 많이 떨떠름해졌다. 왜 자신이 하고픈 질문을 사현이 하고 있는지 모를 일이었다. 그는 잠깐 고민하다 결국 동의한단 낯으로 고개를 끄덕였다.

"네, 이 상처는 별거 아니에요."

"맞아요. 어차피 이선 씨는 능력의 조건 때문에 자의로 죽지도 못하는데. 지난 1년 동안 죽으려고 생각했으면서도 그 방법을 찾지 못했으니 지금도 똑같을 테고, 목숨이 위험해질 만큼 심각한 상황이 이런 곳에서 벌어질 리도 없는데."

우르르 말을 쏟아 내는 사현의 행동에, 정이선은 참 오랜만에 사현다운 반응을 본단 감상이 들었다. 그날 이후로 사현은 이렇게 많은 말을 하지 않았기에, 그리고 또 한없이 고요한 태도로 정이선만 바라보다가 가 버렸기에 되레 이런 행동이 익숙한 기분을 줬다.

하지만 그 끝에, 사현은 도무지 이해가 되지 않는단 듯 말했다.

"그런데 왜 나는 이렇게 불안해서 미칠 것 같은 기분을 느껴야만 해요?"

"……."

"나는 그럴 생각이 없어요. 그러고 싶지 않은데 자꾸 신경 한쪽이 강박적으로 불안으로 향해요. 어디서 다칠까 봐, 사소한 사고일 뿐이어도 이선 씨가 그걸 방치시켜서 큰 사고로 번지게 둘까 봐. 그래서 그렇게 죽어 버릴까 봐."

정말로 스스로가 답답하다는 듯이, 마치 억울함을 토로하듯 사현이 말했다. 정이선은 이러한 것들이 지난 일주일 동안 사현이 계속해서 고민하고 있었을 감정이라고 어렴풋이 짐작했다. 그는 사현의 얼굴 위로 스치는 온갖 혼란에 어떠한 말을 해야 할지 모르겠어서 그저 눈만 깜빡였고, 사현은 시선을 비스듬하게 내리며 정이선의 손을 내려다보았다.

"이성은 감정을 이길 수 없다는 말이 있어요. 그 말이 정말로 이상하다고 생각했는데, 모든 상황 변수를 파악해 내서 통제 범위에 두면 감정에 휘둘릴 리도 없고, 문제가 생겨도 금방 해결 가능하다고 여겼는데."

혼잣말 같은 읊조림의 끝에 사현이 정이선의 손목을 둥글게 감싸 쥐며, 꼭 족쇄 같은 모양으로 그 손목을 붙잡으며 뇌까렸다.

"차라리 이선 씨를 묶어 둬서 완전히 통제된 환경에 두면 나을까 생각도 해 봤어요. 계속 내 손안에서 빠져나가면서 그런 식으로 피를 토하고, 바다로 떨어지려 드는데 차라리 아무런 행동도 못 하게 묶어 둘까. 그렇게 얌전히 가둬 두면 이 불쾌한 불안감이 사라질까……."

"네……?"

"나는 이런 감정을 느끼고 싶지 않아요. 내가 원하지도 않는 것들로 불안해하고 싶지도 않고, 내 생각대로 감정이 굴러가지 않는 이 상황들이 굉장히 불쾌해요."

차분하게 이어지는, 또 당연하단 듯한 이야기의 흐름에

정이선이 당황했다. 몹시도 담담한 낯으로 내뱉는 사현의 모든 말들이 단순한 가정이나 협박식의 거짓말이 아니란 게 여실히 느껴졌다.

일어나지 않을 상황을 크게 부풀려서 상상해 불안감을 느끼고 싶지 않은데 계속해서 그런 기분이 이어지니, 차라리 모든 위험을 통제할 수 있는 공간에 둬서 변수를 없애는 게 낫겠단 말까지 나오자 점점 정이선의 낯이 아연하게 변했다. 사현이 일주일 동안 무슨 고민을 하고 있는지 궁금하긴 했지만 이런 날것의 형태를 마주하게 될 줄은 몰랐다.

하지만 그 끝에, 사현이 말을 멈추며 정이선을 쳐다보았다. 진작에 상처가 사라진 손끝에서 시선을 들어 올려 그의 옅은 갈색 눈동자를 응시했고, 정이선은 그 눈빛에서 아주 생소한 감정을 보았다. 아득하고도, 막막한 그 감정은…….

"그런데, 그렇게 가둬 두면 이선 씨가 살까요?"

"……."

"분명히 모든 상황을 통제하는 환경에 두면 괜찮다고 생각해야 하는데, 그런 생각이 안 들어요. 또 어느 날, 어느 순간에. 내가 예상치도 못한 어느 때에 죽으려고 들 것 같아요. 1년이나 방법을 못 찾았지만 이번은 다를지도 모른단 생각만 들어요. 이번엔 죽는 순간이 아니라 아예 죽어 있는 상태를 볼 것만 같아요. 왜죠?"

"……네?"

"왜 나는 이렇게…… 두려워해야 해요?"

새까만 눈동자에 어린 형용할 수 없는 크기의 두려움에, 정이선은 아무런 말도 할 수가 없었다. 자신이 죽을지도 모른다는 상황에 한없이 막막해하고 두려워하는 반응은 조금도 익숙지 않았다. 아니, 그게 사현이란 점이 낯설었다.

죽으려던 자신을 억지로 붙잡고서 절대로 못 놔준다고 협박하듯이 말하던 사람이 지금은 무력하게 막막해하고만 있었다. 정이선은 제 심장이 이상하게도 울렁인다고 생각했다.

일주일이란 시간 동안 이어진 고민의 끝에, 그답지 않게 길었던 생각의 끝에 사현이 가만히 정이선을 보았다. 그날 마주했던 태도와는 달리 차분하고 또 담담하게 이어지는 말이었지만, 그 눈동자에 담기는 감정만큼은 그때와 똑같았다.

"나는 이렇게까지 이선 씨한테 휘둘릴 생각이 없어요. 겨우 그깟 감정들에 막막해지고 무력해지고 싶지도 않아요. 그런데……."

언제나 보아 왔던 그의 모습을 한 채로, 사현이 말했다.

"제가 자꾸 이선 씨한테 져요."

느리게, 아주 느리게 정이선의 눈이 깜빡였다. 찰나지만 그 순간의 모든 요소가 낯설고도 선명하게 다가오는 것만 같았다. 사현의 등 뒤편으로 보이는 정오의 해가 하늘을 밝게 비추는 모습이나, 저 멀리에서 들려오는 듯한 사람들의 소란. 제 손을 잡은 살아 있는 사람의 온기나, 또렷한 초점으로 눈을 마주하며 다시금 '사실'을 내뱉는 그의 모습.

그 얼굴, 표정, 눈빛. 모든 게 머릿속에 각인되듯 담겼다. 생에 한 번도 져 본 적 없을 것 같은 사람이 너무도 담담하게 내뱉는 패배가 충격적이게도 낯설어서 이러는지, 아니면 그의 말을 듣는 순간……

쿵, 크게 굴러떨어져 버린 듯한 제 심장이 주는 충격 탓인지 알 수 없었다. 정이선은 잠깐 이 공기가 답답할 정도로 간지럽다고 여겼다.

"어떻게 해야 할지 모르겠어요. 수많은 방향을 고려해도 답이 안 나와요. 내가 뭘 해도 이선 씨가 죽을 것만 같단 생각에서 빠져나올 수가 없어요."

"……."

"그러면 결국 다시 불안한 감정에 빠져서, 무력하게 두려워하는 상태로 돌아가요. 저는 그냥 계속 속절없이 져요."

반복된 실패로 인해 사고가 고장이라도 난 건지, 아니면 정말로 해답이 없는 건지 모르겠다고 사현이 중얼거렸다. 상황을 통제할 확신도, 자신도 없다는 사현의 말에 정이선은 입술을 살짝 깨물었다. 사현이 스스로의 감정마저 통제하지 못하겠다고 털어놓는 지금, 정이선도 그런 기분을 느끼고 있었다. 조금 전 쿵 떨어진 심장이 이젠 몸을 울릴 정도로 커다랗게 뛰었다.

이 모든 건 사현이 말하는 지극한 사실이고, 또 자신을 향하는 고백이었다.

"이선 씨."

사현이 차분한 목소리로 정이선을 불렀다. 손목을 둥글게 쥐고 있다가 천천히 손등을 감싸듯 내려와 붙잡는, 매달리는 것만 같은 손짓에 정이선은 그를 피하지도 못하고 가만히 손을 내려다보다…… 느릿하게 시선을 올려 사현과 눈을 마주했다. 그는 정이선의 시선 앞에 하염없이 막막해지는 사람처럼 침묵하다가.

"사실 제가 이런 기분을 느끼는 이유가 결국 하나 때문이란 걸 알아요."

"……뭔데요?"

"이선 씨가 저한테 고백해 놓고 눈앞에서 죽으려고 해서요."

"……."

"내가 그 죽고 싶다는 감정보다 우선하지 못해서."

언제나 상황을 통제하는 위치에 있었던 사람은 이 관계에서 자신이 우위를 점하지 못한다는 걸 인정해야만 했고, 그런 현실 앞에 결국 사현은 담담히 패배를 받아들였다. 이 상황을 해결하기 위해 어떻게든 생각하고, 생각하고, 또 생각해도 끝내 그는 정이선에게 졌다.

그런 결과에 사현이 할 수 있는 행동은 한 가지밖에 없었다. 그는 붙잡고 있는 정이선의 손을 천천히 들며 읊조렸다.

"나를 좋아한다는 건 거짓말이 아니잖아요. 그러니까…… 내가 이 상황에서 어떻게 해야 하는지 알려 줘요. 뭐든지 할 테니까."

문득 정이선은 사현과 처음 만났을 때도 지금과 비슷한 말을 들었던 걸 떠올렸다. 코드에 오면 원하는 걸 다 해 줄 수 있다고 했었고, 이후 길드로 들어오란 제안을 할 때도 그런 말을 했었다. 분명 몇 번을 들은 말이건만 지금은 너무도 다른 느낌을 줬다. 아주 선명한 간극이 있었다.

"나는 이선 씨가 원하는 모든 걸 할 테니까, 이선 씨는 딱 하나만 해 주면 돼요."

이윽고 사현이 정이선의 손바닥 위로 고개를 기댔다. 꼭, 그때와 같이.

"저 사랑해 줘요."

그 감정보다도 더.

아주 자그맣게 따라붙은 사현의 말이 메아리처럼 귓가를 맴돌았다. 심장이 쿵, 쿵, 쿵, 느리고도 둔중하게 울려서 정이선은 찰나 숨조차 제대로 쉬지 못하다가…… 드디어 제 감정을 되짚을 수 있었다.

자신의 죽음이 실패로 돌아간 상황에 허무함은 느끼더라도 아쉬움을 확신하지 못했던 이유. 시간이 가리키는 것이 허탈함이라면 제 감정이 가리키는 것은 무엇인지. 기어코 정이선은 그 답을 받아들여야만 했다.

죄책감으로 절여졌던 사고의 끝에서도 기어이 가지고야 말았던 미련. 죽어야만 한다는 강박 앞에서도 결국 모래알처럼 제 속을 굴러다니던 것. 제 고백에 답하지 않는 사현의 행동을 다행이라 여겼으면서도 결국 마지막 순간 그를 봐야만 했던 자신의 미련한 행동과 마침내 자신이 듣게 되었던 답.

그가 자신의 앞에서 무릎을 꿇고 토해 내듯 보였던 감정에…… 자신은 기어코 어떠한 기분을 느끼고야 말았는지.

정이선은 사현과 함께하며 언제나 모순된 감정의 균열 위에 아슬아슬하게 존재해 왔었다. 죽어야만 하는 자신을 그는 살고 싶은 세계로 이끌었다. 그래서 기어코 삶을 바랐다가, 그런 바람을 가진 스스로가 끔찍해서 죽으려고 했었다. 어쩌면 죽어야만 한다는 다그침이었다.

하지만 그런 균열이 모두 깨진 지금, 정이선은 온기를 붙잡고 있었다.

자신의 손에 억지로 쥐인 온기도 아니고, 그에게 붙잡아 달란 듯 매달리는 온기였다. 문득 정이선은 그날 사현이 했던 말을 떠올렸다. 자신을 죽게 해 줄 유일한 사람이지만 끝내 놓아주지 않을 테니 그를 원망하면서 살라고 했었다. 그러나 그때도, 지금도 사현은 결국 제 손에 고개를 기대는 것만이 고작인 사람처럼 매달렸다.

정이선은 그를 보면서, 이 삶 속에서 제게 사랑을 바라는 사람을 보며⋯⋯.

"⋯⋯."

그의 협박을 핑계 삼아 살고 싶어졌고, 이기적이게도 그를 사랑하고 싶어졌다.

정이선이 사현의 얼굴을 감싼 손에 약간 힘을 주어 그를 끌어당겼다. 사현은 순순히 정이선의 의지대로 따라가다, 이윽고 입술에 닿는 감각을 느꼈다.

찰나 커졌던 사현의 눈동자가 천천히 눈꺼풀 아래로 사라지면서, 그가 상대를 붙잡았다. 절대로 놓지 않을 것 같은 그 손길에 정이선은 못내 흔연해졌다.

사현의 손 아래로 살아 있는 사람의 온기가 조금씩, 그러나 선명하게 번져 갔다.

◁ ◆ ▷

레이드가 끝나고 열흘이 흘렀다.

여전히 세상은 7대 레이드로 시끌시끌했고, HN길드도 계속 소란스러웠다. 그리고 그 시점에 드디어 헌터 협회가 공식 발표를 했다.

사윤강에 대한 처분이 결정됐단 발표였다.

사윤강은 HN의 전 길드장 독살 혐의로 협회에 구금 조치되어 조사를 받았고, 협회는 해당 사안의 심각성과 관련된 논란, 그로 인한 여파를 엄중히 고려해 처벌을 결정했다고 발표했다.

전 길드장은 한국의 S급 헌터였으며, 4년 전 의식을 잃고 쓰러져 한백병원에 입원해 치료받고 있었다. 그러니 헌터가 헌터를 살해한 점, 그리고 의식 없이 반항하지 못하는 상태인 사람에게 대여섯 가지가 넘는 독을 먹인 점, 또한 부친을 존속살해한 점을 모두 고려해…….

헌터 자격을 영구 정지하겠다고 공표했다.

원래도 헌터의 살인 사건은 협회가 엄중히 처벌하는 편이지만 A급 이상 헌터에게 내려지는 영구 자격 정지는 매우 드물었기에, 그만큼 협회가 이 사안을 심각히 받아들였음을 의미했다. 전 길드장을 죽인 후 유언장이 공개되면서 사윤강이 한국 1위 길드인 HN의 길드장이 되었으니, 그 독살의 계획성이 다분하다고 판단했기 때문이다.

이러한 처분에 세상이 들썩였다. 협회장이 정오에 직접 공표한 순간부터 뉴스 방송사에 속보가 떴고, 인터넷 대형 포털 사이트도 관련 기사로 도배가 되었다. 실시간 검색어 순위에는 모조리 HN길드와 관련된 단어들이 올랐다. 그리고 그런 떠들썩한 반응의 끝은 대부분 일관적이었다.

S급 헌터 사현, HN의 새로운 길드장 되나

헌터 자격 정지는 곧 길드장 지위 박탈을 의미했다. 헌터 협회가 사윤강에 대한 처분을 공표한 순간부터 자격이 정지되었고, HN길드의 길드장 자리는 즉시 공석이 되었다.

서류상으론 아직 사윤강의 이름이 등록되어 있지만 하루이틀 내로 공란이 될 것이며, 그의 이름은 아예 HN길드 소속 헌터 명단에서 사라질 터였다. 몇 년만 일시적으로 정지되는 것도 아니고 영구 정지라면 헌터 길드에 있을 자격이 없었다.

협회에 구금되어 있던 사윤강은 내일 법원에서 형사 처벌을 받을 예정이었다. 헌터 간의 살인 사건을 협회가 따져서 헌터 자격 정지 처분을 내렸으니, 이젠 일반 사법 기관에서 존속살해를 판결할 차례였다. 몇 시간 뒤 법원으로 송치될 예정이란 공문까지 뜨자 다시 한번 언론이 시끄러워졌다.

사현은 미리 협회의 연락을 받았다. 그래서 오후에 협회에 갈 준비를 하는데, 정이선이 같이 가고 싶다고 말했다. 의아해하는 사현에게 그는 원래부터 협회에 갈 생각을 했었다면서 담담히 이유를 밝혔다.

"계속 협회 소환 명령을 무시했으니까요. 이제는 가야 할 것 같아서……."

"안 가도 괜찮아요. 이젠 명령의 효력도 없는걸요."

사실 협회의 소환 명령은 강제성이 있고, 협회가 해당 명령을 거두지 않는 한 영구하지만 사현은 태연히 말했다. 어차피 저번에 협회장과 독대하면서 해당 사건을 더 들추지 않도록 합의를 봤으니 정이선이 그 일을 신경 쓸 필요는 없었다.

정이선은 협회가 자신을 끌고 가지 못한다는 사현의 말이 정말로 협회가 나서지 않는단 소리인지 아니면 그가 막겠다는 소리인지 알 수 없었지만 작게 웃었다. 그러나 그 끝에 정이선은 시선을 살짝 아래를 내린 채로 중얼거리듯 말했다.

"2차 대던전에 대해서 언제까지 묻어 둘 수는 없을 것 같아서요."

"……친구들에 대해 말할 생각인가요?"

"아뇨, 그런 부분 말고 협회가 필요한 정보들만이라도 알리려고요. 던전 안의 지형이나, 몬스터 형태나……."

한국에서 처음으로 나타난 연계던전이니만큼 협회는 상태를 파악할 의무가 있었다. 게다가 일반인들이 많이 휩쓸려서 사망했으니 더더욱 사안이 중대했다. 그래서 1년 전에도 정이선에게 소환 명령을 내렸지만 그가 모두 거부한 채로 잠적을 탔었고, 당시 그의 상실감을 고려해 협회도 더는 연락하지 않았을 뿐이었다.

하지만 이제 정이선은 그걸 계속 묻어 둘 수만은 없다고 생각했다. 협회뿐만 아니라 일반인 피해자의 유족들에게도 던전 안에서 일어난 일들을 알려야 했다. 정이선은 지난 1년간 그 기억에만 묶여서 살아왔기에 2차 대던전을 아주 선명히 기억하고 있었고, 협회의 웬만한 질문에 모두 답변해 줄 자신이 있었다.

그런 정이선의 말에 사현의 표정이 미묘해졌다. 그는 잠깐 고민하다 함께 조사실에 들어가겠다고 했고, 정이선은 묵묵히 고개를 내저었다.

"아뇨, 혼자 조사받을게요."

"이선 씨."

"어쩌면 친구들에 관한 이야기나 어떻게 살아 나왔는지에 대한 질문이 나올 수도 있겠지만……."

정이선이 사현의 손을 붙잡으며 말했다.

"그땐 제가 침묵해도 별문제가 되지 않게 해 줄 거잖아요. 그죠?"

사현이 시선을 스르륵 아래로 내려 손을 보았다가, 결국 말없이 손가락을 깍지 끼며 단단히 붙잡았다. 그 행동이 가리키는 답을 알기에 정이선은 작게 소리 내어 웃었다.

◁　◆　▷

헌터 협회까지는 함께 갔지만 도착한 후에 둘은 각자 다른 층으로 이동했다.

　사현이 미리 협회에 연락해 두어서 정이선은 도착하자마자 직원을 따라 5층 조사실로 이동했고, 사현은 3층으로 움직였다. 물론 사현은 5층에 정이선을 데려다준 뒤 조사실에 들어가려는 협회 직원을 따로 불러 미리 주의를 전했다.

　이후 사현은 아래층으로 내려갔다. 긴 복도를 울리는 일정한 구두 소리 끝에, 사현이 자그마한 방 안으로 들어갔다. 협회의 취조실로 테이블 하나와 의자 몇 개가 전부인, 창문이 없는 회색빛의 단조로운 공간이었다.

　"꼴이 말이 아니네요."

　그리고 그 안에는 사윤강이 있었다. 사윤강은 의자에 기대듯 앉아서 모든 걸 체념한 사람처럼 멍하게 있다가 사현이 들어오는 모습을 보자마자 화들짝 놀랐다. 탁하게 죽어 있던 눈동자에 당장 충격의 빛이 어리면서 그가 자리에서 일어났다. 덜커덩 소리가 공간을 시끄럽게 울렸다.

　"너, 너, 너 뭐야! 왜 네가……!"

　"내가 오면 안 될 곳이라도 왔나요?"

　"네 면회였으면 내가 받았을 리가 없잖아! 분, 분명히 다른 사람이라고……!"

　"사람들은 당신보다 똑똑해서, 이제 어디에 줄을 서야 하는지 제대로 알거든요."

사현이 빙긋 미소했다. 이제 내세울 것도 없는 인간한테 찾아올 사람이 어디 있겠냐는 산뜻한 말이 떨어지자 사윤강의 얼굴이 창백하게 질렸다. 단순히 그 조롱에 분노하는 것이 아니라 이 공간에 사현과 단둘이 있단 점이 그를 두렵게 만들었다.

핏기가 빠져 시퍼렇게 질린 얼굴로 사윤강이 발악했다.

"나, 나가! 직원, 직원 어디 있어!"

우당쾅쾅, 소란이 일어났다. 사윤강이 취조실에서 뒷걸음질 치면서 미친 듯이 난리를 피웠기 때문이다. 취조실 중앙에 있던 테이블이 넘어가고, 의자가 바닥을 나뒹굴었다. 사윤강이 벽면으로 마구 뒷걸음질 쳤지만 사현은 나긋이 그를 따라갔다.

그런 사현의 느긋한 태도가 더더욱 사윤강을 공포로 밀어넣었다. 사윤강은 목이 찢어질 듯 직원을 부르면서 구석으로 도망치다 그곳에 쌓여 있는 의자들을 마구잡이로 사현에게 던지기 시작했다.

"나가, 나가라고 이 미친 새끼야! 여기까지 몰락시켰으면 됐잖아! 이미 충분히 지옥이라고!"

쿵, 쿵, 의자가 벽면에 부딪치고 바닥을 구르면서 나는 소리가 시끄럽게 취조실을 울렸다. 그러다 어느 순간 퍽, 하는 둔탁한 타격음이 퍼졌다. 사윤강은 그 이질적인 소리에 잠깐 굳었다가, 천천히 고개를 옆으로 돌려 상황을 파악했다.

"헉……."

사현이 의자에 이마를 맞았는지 그의 얼굴 옆으로 주륵, 피가 흘렀다. 사현은 고개를 비스듬하게 숙이고 있다가…… 이내 대수롭지 않다는 듯 턱밑으로 떨어지는 피를 손등으로 닦았다. 손이 순식간에 피로 물들 정도로 꽤 큰 상처였다.

"이, 이게 무슨 일입니까……!"

"진정하세요, 사윤강 헌터!"

그제야 취조실 안으로 직원들이 들어왔다. 당황한 그들은 당장 사윤강의 팔을 뒤로 꺾어 그를 억압했고, 다른 이는 사현에게 손수건을 건네며 눈치를 보았다.

사현이 사윤강을 보러 왔다는 소식이 소수의 직원 사이에 퍼지면서 어쩌면 유혈 사태가 생길지도 모른다는 말이 돌았는데, 피를 흘리는 대상이 사현일 거라고는 아무도 상상치 못했다.

그리고 그건 사윤강도 마찬가지였다. 그는 상체가 억눌린 채로 사현을 올려다보며 충격과 당황스러움이 뒤섞인 두려움을 드러냈다. 사현과 한 공간에 있는 것이 싫어서 난리를 피웠다지만, 의자를 던지면서도 그가 맞을 거란 생각은 조금도 하지 않았다. 사실 못 했다는 것이 알맞았다.

사현은 S급 헌터이니 얼마든지 의자를 피할 수 있을 테고, 또한 그림자 능력으로 자신을 쉽게 막아 낼 수도 있었을 텐데 그가 굳이 피를 흘렸다. 이건 일부러 맞았다고 설명할 수밖에 없었다.

"왜, 왜, 왜 안 피하는……."

"맞으라고 던진 거 아닌가요? 형제가 이렇게 화가 났는데, 한 번쯤은 맞아 줄까 생각한 것뿐이에요."

"미친 건가……?"

"말이 심하네요. 이제 감옥에 갇히면 만나기 까다로워질 테니 그 전에 만나서 대화하고 싶었을 뿐인데……."

사현이 짐짓 슬프단 어조로 말했다. 하지만 사윤강의 표정은 더 이상하게 변할 뿐이었고, 그건 취조실 안에 있는 다른 직원들도 마찬가지였다.

그들은 서로 흘끔흘끔 쳐다보며 어색한 눈치를 주고받다 결국 묵묵히 취조실을 정리했다. 넘어간 테이블을 세우고, 바로 놓은 의자에 사윤강을 억지로 앉혔다. 사현은 잠깐 바깥에 나가서 피를 닦고 돌아오는 길에 종이컵을 가지고 돌아왔다.

취조실 바로 옆에 정수기가 있어서 그곳에서 물을 떠 온 듯했다. 사윤강이 그를 수상하게 보거나 말거나 그는 몹시 태연하게 테이블 위로 컵 두 개를 올려 두곤 맞은편 자리에 앉아 먼저 한 모금 마시며 느긋하게 말했다.

"그렇게 경계하지 않아도 돼요. 그냥 옛날이야기나 하자고 온 거니까."

"……뭐?"

"바깥에 직원들도 있는데, 내가 이곳에서 그쪽한테 뭘 하겠어요? 어차피 헌터 자격이 정지돼서 더는 길드에서 만날 일도 없는 인간인데."

진정하라는 듯 건네지는 말이었으나 사윤강의 의심은 더더욱 깊어졌다. 사현이 이런 식으로 굴 리가 없기 때문이다.

7차 던전에 코드가 진입하기 전, 사윤강은 일부러 헌터 협회에 정이선과 2차 대던전에 대한 정보를 흘렸다. 코드에 복구사가 들어가지 못하도록 방해할 뿐만 아니라 사현의 기분을 더럽히고 싶어서 그랬다. 자신은 가진 것을 전부 잃을 게 뻔한데, 혼자만 그런 상황에 놓이는 것이 못내 억울했기 때문이다.

헌터 협회가 사현이 얽힌 일에 쉽게 움직이지 않을 걸 알기에 일부러 혼란의 불씨만 던져두고, 시선이 분산된 틈을 타 바깥의 기자들에게 익명으로 사진을 보냈다. 그 당시의 사윤강은 어떻게든 사현을 곤란하게 하고 싶어 혈안이 된 상태였다.

하지만 사현과 협회장 사이에 무슨 이야기가 오간 건지 소란은 금세 잦아들었다. 계속 구금되어 있어 코드의 공략 영상은 보지 못했지만 정이선이 함께 진입해서 100퍼센트를 완벽히 복구해 냈다는 이야기는 들었다. 사윤강은 매우 허탈해졌다. 기껏 논란을 일으켰는데 두 명에게 아무런 타격도 주지 못한 듯했다.

그런 허탈함과 황당함의 끝에 사윤강은 결국 모든 걸 체념할 수밖에 없었다. 뒤늦게 정이선이 길드장의 시체를 복구했다고 말해 보았지만 직원은 이미 그의 말을 믿지 않았고 들은 체도 하지 않았다. 전 길드장의 시체에서 독이 검출되었단 증거만이 확실하니 결국 사윤강은 이곳에서 초라한 몰락을 맞이해야 했다.

사실 사윤강도 그런 소란을 벌이면서 사현과 맞닥뜨릴 경우를 생각지 않은 것은 아니었다. 하지만 헌터 협회 건물까지 찾아와 폭력을 행사하거나 자신을 죽이려 들지는 않을 거라 여겼다.

몇 달 전에 있었던 사현과 천형원의 전투 때문에 협회가 헌터 간 싸움을 엄격히 제재하는 규칙을 새로이 공고했다. 그러니 협회 건물 안에서 문제를 일으킨다는 것은 협회를 무시하는 행위나 마찬가지였다. 또한 자신을 죽이면 사현의 헌터 자격도 정지될 테니, 그가 그 정도의 손해를 감수할 리 없다고 생각했다.

그러니 굳이 피곤하게 자신을 찾아오지 않을 거라고 여겼는데, 이미 자신의 몰락은 확실해졌으니 이대로 끝났다고 허탈해하고만 있었는데 기어코 사현이 찾아왔다.

그런데 그렇게 와선 갑자기 옛날이야기를 하자는 소리나 해 대고 있으니……. 사윤강은 진심으로 그가 미쳤다고 생각했다.

"어린 시절에는 한집에서 살았잖아요. 뭐, 너무 넓어서 마주칠 일도 딱히 없었지만…… 만날 때마다 그쪽이 참 귀찮게 굴었죠. 압정을 바닥에 깔아 두거나, 일부러 머리 위로 화분을 떨어뜨리거나."

"……."

"어차피 어렸을 때부터 각성해서 그딴 일에 당하지도 않을 텐데 참 열심히 했어요. 그럴 시간에 생산적인 일이나 하지. 그러고 보면 그때부터 음습하게 굴었네요. 선천적인 건가……."

사현이 의자에 등을 기대앉은 채로 태연하게 말을 이었다. 사윤강은 정말로 그가 어린 시절 이야기를 시작하자 도대체 어떠한 반응을 보여야 할지 몰라 머뭇거렸다. 사윤강이 침묵하거나 말거나 사현은 이제 웃음기까지 머금은 채로 말했다.

"아버지란 인간이 가장 쓰레기 같았죠. 외가 눈치를 보면서도 S급 헌터는 놓치기 아쉬우니까 저를 길드로 들이고. 저는 사실 HN길드에 들어갈 생각이 없었는데 말이에요."

"……뭐? 네가?"

"네. 스무 살 이전엔 헌터 활동도 못 하는데 굳이 어렸을 때부터 HN길드에 소속되어야 할 필요가 있었나요. 전 귀찮다고 생각했거든요."

사현은 8세 때 S급 헌터로 각성했고, 그때부터 전 길드장의 집에서 함께 살다가 10세 때에는 HN길드에 소속되었다. 한국은 20세를 기점으로 각성자 능력 검사를 받게 했지만 간간이 그 이전에 먼저 능력이 발현되어 각성자로 등록되는 경우가 있었다. 그러나 그 경우 헌터로 이름이 등록될 뿐, 협회는 미성년자 헌터의 활동을 쉽게 허가하지 않았고 큰 문제가 생기지 않는 한 기존의 헌터들이 나섰다.

그래서 사현은 일찍이 S급 헌터가 되었어도 20세가 될 때까지 던전에 들어가지 않았다. 그러니 굳이 길드에 들어갈 필요는 없었는데, 들어간다 하더라도 그렇게 어린 나이에 소속될 필요는 없었는데 전 길드장이 S급 헌터의 영향력을 계산해 미리 사현을 길드로 들인 것이었다. 당시 17세였던 사윤강을 미성년자란 이유로 길드에 들이지 않으면서 사현을 등록시켰으니, 사윤강이 느꼈던 열등감은 엄청났다.

사현은 태연히 그때를 이야기하며 길드장에게도 10세 때부터 길드에 들어가긴 싫다고 말했었음을 밝혔다. 8세 때부터 협회에서 훈련은 받았다지만 당시 협회장도 길드는 느긋하게 결정하라고 조언하더라는 이야기도 했다. 사윤강은 어느 순간부턴가 그의 이야기를 경청하다 슬슬 목이 마르다고 생각했다. 조금 전에 한바탕 난리를 피웠더니 목이 아팠기 때문이다.

그는 앞에 놓인 종이컵을 들어 단숨에 물을 들이켰다. 그러고도 갈증이 사라지지 않아서 바깥에 있는 직원을 부르려는 즈음, 사현이 뇌까렸다.

"이제 와 말하자면…… 사실 전 길드장 자리에도 관심이 없었어요."

"……뭐?"

단박에 사윤강의 얼굴이 굳었다. 길드장 자리를 두고 몇 년을 경쟁해 온 상대가 그 자리에 관심이 없었다고 말하니 어이가 없었다. 일부러 자신을 조롱하기 위해서 이런 말을 하는 건가? 황당함과 충격, 그리고 모멸감으로 붉게 물들어 가는 그 얼굴을 찬찬히 훑어보며 사현이 대수롭지 않게 말했다.

"길드장으로 나서기는 귀찮다고 생각했고, 또 굳이 길드장이 된다면 그게 HN길드여야 할 필요가 있었나요. 다른 길드로 가도 되고, 아예 새로 만들어도 상관없는데……. 그쪽은 HN길드밖에 없었다지만 전 아니잖아요?"

사현이 동의를 구하듯 고개를 까딱이며 미소했다. 그 여유로운 미소에 사윤강이 사정없이 인상을 구겼다. HN길드는 사현이 본격적인 활동을 시작한 후 한국의 1위 길드가 되었지만 그 이전에도 한국의 3대 대형 길드였다. 그런데 그 길드가 필요 없었다는 사현의 고백은 자신을 비웃는 행위로밖에 느껴지지 않았다.

"그런데 어떤 멍청한 인간이 계속 귀찮게 구니까……. 나는 신경도 안 쓰는데 자꾸 옆에서 혼자 의식하고 열등감 가지니까 슬슬 거슬리더라고요."

"너……."

"그래서 제가 가져야겠다고 생각했죠. 그쪽이 신경만 안
긁었으면 이런 일은 벌어지지 않았을 텐데. 사람의 능력이
부족할 수는 있는데, 그걸 인정하지 못하고 열등감에 사로
잡히면 추해지더라고요."

왜 자신의 주위엔 그런 인간이 많은지 모르겠단 듯 사현
이 고개를 내저었다. 점점 얼굴이 울그락불그락해진 사윤강
이 자리에서 일어났다. 사현이 작정하고 자신을 조롱하기
위해 이곳에 온 것 같으니 자리를 뜨고자 했다. 굳이 사현의
앞에 앉아 모든 우롱을 받을 필요가 없었다. 어차피 자신은
충분히 비참했다.

하지만 그런 사윤강이 몇 걸음 멀어지기 전에, 사현이 나
긋하게 말했다.

"그런데 그쪽이 포션 하나는 정말로 잘 만드는 것 같아요.
던전에 들어가지 않고 그냥 쭉 포션 제작자로만 활약했더라
면 괜찮게 자리 잡았을 거란 생각이 들 정도로 뛰어나요."

"……뭐? 갑자기 무슨 소리를……."

뜬금없이 포션을 칭찬하는 사현의 행동에 사윤강이 황당
하단 표정으로 그를 보았다. 하지만 사현은 진심이라는 듯
고개를 끄덕여 가며 말하다가, 이윽고 사윤강과 눈을 마주
하며 미소했다. 소름 끼칠 정도로 아름다운 미소였다.

"제작자마저 인지하지 못할 정도로 완벽하게 독을 숨겨 놓았잖아요. 마시면 눈치챌 줄 알았는데."

"……어?"

사현이 천천히 자리에서 일어나 사윤강을 향해 걸어갔다. 사윤강은 본능적으로 뒷걸음질 치면서 그를 보았다. 얼굴이 창백하게 질리기 시작했다.

"길드장의 시체에서 검출된 독에서도, 그리고 협회가 찾아낸 마나의 흔적 중에서도 제가 모르는 독은 없더라고요. 뭐, 길드장이 안 죽어서 답답하던 와중이었으니 40시간이나 기다려야 하는 독을 먹일 리는 없었겠지만."

40시간. 그 단어를 듣는 순간부터 사윤강의 심장이 불길하게 뛰었다. 서늘한 공간을 울리는 구두 굽 소리가 사형이 집행되기 직전의 시계 초침 소리처럼 들리다가.

"그때 정이선 씨한테 먹인 독을 그쪽도 방금 마셨어요."

기어코 뚝, 세상의 흐름이 정지하는 기분이 들었다. 사윤강의 얼굴이 충격으로 물드는 동안 사현은 몹시도 담담하게 이야기를 이었다. 협회의 힐러와 코드 소속의 힐러 수준이 비슷하다고, 굳이 비교하자면 코드의 힐러가 마나 감지를 더 잘하는 편인데도 그들은 정이선이 독을 먹었을 때 원인을 파악하지 못했고, 마나의 흔적도 찾아내지 못했단 내용이었다.

그러니 그쪽에게 문제가 생겨도 협회나 병원은 전혀 이상한 점을 찾지 못할 거란 말이 한쪽 귀로 들어왔다가 반대편 귀로 빠져나갔다.

"찾아내느라 시간이 좀 걸렸어요. 그쪽 집과 집무실, 연구실을 모두 뒤지느라 고생했네요."

예전에 자신이 받았던 해독제와 반응하는 독약을 찾느라 시간이 소요됐다며 사현이 평온하게 말했다. 충격에 질렸던 사윤강이 기어코 바들바들 떨면서 외쳤다. 자신이 만든 독이니 당연히 스스로 해독할 수 있지만 그는 지금……

"난, 난 지금 마나도 사용 못 하는데……! 게다가 이제 곧 장치도……!"

사윤강이 다급히 제 팔을 가리켰다. 그는 7차 던전에서 손이 잘렸고, 협회의 치료를 받아 손을 붙였지만 아직 완벽히 나은 상태가 아니었다.

그러니 마나 사용도 어려웠고 심지어 이곳에는 로드도 없었다. 자신의 로드는 던전 안에서 사라졌으며, 협회 헌터에게서 로드를 빌릴 수 없는 것은 당연한 일이었다. 게다가 그는 몇 시간 뒤 마나 운용 제한 장치를 양 손목에 착용하고 법원으로 송치될 상황이었다.

당황하는 사윤강의 행동에 사현이 시선을 내려 그 손목을 보다가 이내 짧게 탄식했다. 꼭 몰랐다는 듯한 반응이었다. 그는 그렇게 눈을 느리게 깜빡이다…… 천천히 사윤강과 눈을 마주하며 고개를 기울였다.

"그래서 어쩌라고요?"

"……뭐?"

"그쪽이 지금 왜 그걸 먹었는지 이해가 안 가? 내가 20시간, 40시간을 쥐고서 협박해서 얻어 낼 것도 없는데, 굳이 증거가 남지 않을 독을 찾아와서 처먹인 거면 답이 곧바로 나오지 않나?"

몹시도 다정하게 웃으면서 뇌까리는 말이 더없이 싸늘했다. 그 간극에 사윤강이 파들파들 경련하며 바깥으로 향하는 문을 보았다. 어차피 취조실에는 창문이 없어서 바깥에서 안을 들여다보지도 못하고, 녹음 장치도 없었다. 따라서 CCTV에 찍힌 내용 중 문제 되는 부분이라곤 사윤강이 사현을 두려워하며 그에게 의자를 던지고 소란을 피운 것뿐이었다.

사현은 사윤강이 문을 흘끔흘끔 바라보는 것이 무엇을 기대한 행동인지 알기에 상냥한 어조로 말했다.

"협회는 증거가 없으면 잘 안 움직이더라고요. 그리고 이제 와서 그쪽에 볼일이 뭐가 있다고 굳이 수고를 들여 주겠어요?"

더는 나눌 대화가 없단 듯 사현이 취조실을 나가려 했다. 하지만 그 문고리를 잡을 즈음 사윤강이 다급히 달려와 그에게 살려 달라고 빌기 시작했다. 그 앞에 무릎을 꿇을 사람처럼 사현의 옷자락에 매달려 애원했다.

"제, 제발. 이제 다시는 거슬리게 하지 않을 테니까……."

"지금 이 행위가 굉장히 거슬려요."

"어, 어?"

"살려 달라……."

사현이 조금 전 사윤강이 했던 말을 되짚으며 살짝 눈을 내리깔았다. 그 누구는 독을 먹고도 살려 달란 말 한마디 안 하던데, 억울하게 죽을 위기에 처했으면서도, 피를 토하면서도 끝까지 입을 다물고 있던데 이 인간은 당장 살려 달라고 애원했다. 그 간극만큼 그가 몹시 끔찍해져서 사현의 눈동자가 싸늘하게 가라앉기 시작했다.

이윽고 사현이 사윤강의 턱을 틀어쥐며 물었다.

"이미 지옥에 있다고 하지 않았나?"

취조실에 들어오자마자 사윤강이 그런 소리를 지껄였었다. 사현은 사윤강이 지옥에 빠졌다고 한탄하는 것이 같잖았고, 그 자신이 저지른 일은 기억도 못 하고 자기 연민에 빠진 꼴도 역겨웠다. 그래서 그 순간 죽여 버릴까 고민했다. 사람은 안 죽이는 편이지만 사람 같지도 않은 새끼에게 그 기준을 적용해 주고 싶진 않았다.

그래도 기껏 준비해 온 독약이 있으니 일부러 그걸 먹였다. 그런데 독을 먹었단 걸 알게 된 뒤의 행동이 과거의 누군가와 지나치게 상반되니 외려 기분이 더러웠다. 심지어 죽음의 문턱에서 덜덜 떠는 모습마저 불쾌했다.

지옥에 산다는 인간의 괴로운 삶을 끝내 주겠다는데 감사해하진 못할망정 주제도 모르고 살려 달라 애원까지 하니…… 정말 누군가와는 지독히도 반대되는 행동이었다.

더 쳐다보기도 싫어져 사현은 그 얼굴을 옆으로 집어 던지고 장소를 떠났다. 문을 열 즈음엔 뒤에서 엎어진 사윤강이 발악하며 어떻게든 마나를 사용하려고 용을 쓰는 소리가 들렸지만 사현은 신경도 쓰지 않고 걸음을 옮겼다.

기어코 문이 쾅, 닫히며 모든 소란이 차단되었다.

"……."

사실, 사현은 사윤강이 죽을 것이라 생각하지 않았다. 포션 제작자가 스스로 만든 독약을 해독하지 못할 거라고 보기는 어려웠다. 하지만 현재 사윤강이 처한 상황이 그를 극도의 불안 상태로 떠밀 것이다. 게다가 로드도 없고 손도 다쳐 완벽한 해독은 불가능할 터라 어떻게든 피를 쏟을 테고, 꾸역꾸역 살아남더라도 멀쩡한 상태는 아닐 것이 분명했다. 사현은 그가 곱게 죽지는 않기를 바랐다. 20시간 피를 쏟는 것쯤은 너무나 사소한 대가였다.

만약 해독하지 못하고 죽는다면 그게 그 인간의 운명이겠지만 아무래도 살 것 같았다. 취조실에서 자신을 보자마자 난리를 부렸던, 죽을까 봐 두려워서 덜덜 떨던 인간이니 아마 어떻게든 살고 싶어서 발악할 것이다.

사현은 새삼 참 이상하다고 생각했다. 한 명은 그렇게 쓰레기 같은 짓을 저지르고도 살려고 발악하는데, 다른 한 명은 왜 그렇게 삶의 의지가 없는지……

지옥을 구르고 있다고 말하면서도 죽기는 싫은 그 마음을, 특정 형태로 만들어서 빼앗아 올 수는 없나? 사현은 잠깐 고민하다가 참 실없는 상상이다 싶어 생각을 접었다. 누구 한 명 때문에 참 별별 생각을 다 했다.

취조실에서 멀지 않은 곳에 협회 직원들이 있었다. 그들은 사현이 나오는 모습을 보자마자 흠칫 놀랐지만 사현은 태연하게 그들에게 인사하며 지나갔다. 그런데 직원 중 한 명이 그를 따라와 조심히 물었다.

"저, 사현 헌터. 치, 치료받고 가시겠습니까?"

'그' 사현이 헌터 협회에서 부상을 입었다. 사윤강이 저지른 짓이긴 하지만 협회 직원들은 해당 소란에 어느 정도 책임을 져야 했다. 둘의 만남에서 상처를 입을 사람이 사현이라고는 전혀 상상하지 못했지만, 일단 직원은 그의 눈치를 보면서 곧장 치료실에 연락하겠다고 말했다. 피는 멎었으나 이마가 깊게 찢어졌다.

하지만 사현은 그 말을 듣고 잠깐 복도 옆의 거울을 보는가 싶더니, 이내 빙긋 웃으며 말했다.

"아뇨. 괜찮아요."

"예? 하지만 상처가……."

당황한 직원이 다시금 치료를 권하려 했지만 사현은 듣지 않고 멀어져 갔다. 복도에 홀로 남은 직원은 아연한 낯으로 나중에 그가 협회의 부족한 대처라고 항의만 하지 않기를 바랐다.

◁ ◆ ▷

그렇게 3층에 소란이 지나가는 동안, 정이선은 5층의 조사실에서 협회 직원의 질문에 성실히 답하고 있었다. 협회에 오기까지 정말 많은 고민을 했지만, 그리고 이곳에 앉기까지 1년이란 시간이 걸렸지만 생각 이상으로 그는 무척 담담하게 이야기했다.

혹시나 이야기하면서 울지는 않을까 걱정했지만 그런 일은 없었다. 두 번째 연계던전은 어떻게 게이트가 열렸는지, 던전 안의 지형과 몬스터는 어떤 형태였는지, 당시 사람들은 던전 안에서 어떻게 대피했었는지 등등……. 정이선은 아주 덤덤히 이야기했고, 외려 그 이야기를 듣는 협회 직원의 낯이 슬픔으로 물들어 갔다.

수많은 사람이 죽은 현장에서 홀로 살아남은 상황은 정말로 참담했다. 직원은 미리 사현에게서 친구들에 관한 이야기를 꺼내지 말라는 언질을 받았지만, 그런 주의가 없었더라도 정이선에게 묻지 못했을 거라 생각했다.

"더 필요한 정보가 있을까요?"

"······아뇨, 이 정도면 충분합니다."

긴 이야기의 끝에 협회 직원은 착잡한 얼굴로 고개를 내저었다. 현재 조사실 안엔 정이선과 직원 두 명이 마주 보고 앉아 있었는데, 직원들은 서로 논의한 후 협회 차원에서 2차 대던전 피해자 유족들에게 따로 연락하겠다고 말했다.

이번 정보는 아주 조용히 전달될 것이고, 절대로 예전처럼 크게 소란이 번지지 않을 거란 말에 정이선은 희미하게 웃기만 했다. 왠지 '소란'이란 단어를 말하면서 그들이 꼭 자신의 눈치를 보는 것만 같았기 때문이다.

그러다 직원 한 명이 조심스레 그에게 제안했다.

"각성자 관리 본부엔 각성자 복지 제도가 잘 마련되어 있습니다. 던전 때문에 피해를 입은 각성자에게 경제적인 지원을 해 주거나, 또는 심리 상담을 제공하는데······ 혹시 신청할 의사가 있습니까?"

"아, 제안은 감사하지만 괜찮아요. 이미 구해서요."

마침 바로 어제 사현이 그런 이야기를 했었다. 원하면 전문적인 상담사를 불러 주겠다고 했다가, 정이선이 고민하고 있으니 사실 이미 불렀으니 며칠 뒤에 만나라고 했었다. 정이선은 그 말에 무척 황당해했지만 한편으로는 우습단 기분을 받았다.

정이선이 잠깐 고민했었던 이유는 지금껏 그가 다른 누군가에게 자신의 이야기를 해 본 경험이 거의 없었기 때문이다. 그래서 망설였지만 가볍게 이야기만 나눠 보라는 식으로, 아주 낯선 종류의 말을 하는 듯한 사현의 태도가 그를 웃게 만들었다. 사현은 그것이 왜 필요한지 전혀 이해하지 못하면서도 일단 객관적인 정보를 습득했으니 읊어 주겠다는 듯한 어조였기 때문이다.

그리고 그런 식으로라도 자신의 감정에 접근하려는 사현의 태도가 꽤 즐거웠다. 그래서 어젯밤엔 장난조로 언제는 그 본인이 사람을 잘 챙겨서 직접 케어하겠다고 말하지 않았느냐고 묻자 그는 정말 담담하게 답했다.

"실패해서요."

정이선은 사현이 그렇게 객관적으로 실패를 인정할 때마다 아주 이상한 기분을 받았다. 그와 실패란 단어가 어울리지 않기도 했고, 또한 실패를 인정한 후에는 깔끔하게 다른 대책을 찾는 행동이 참 그답다는 감상도 들었다.

갑작스레 어젯밤의 기억이 떠올라 조용히 웃던 정이선이 곧 자리에서 일어났다. 이제 조사가 끝났으니 나가도 된단 안내를 받았기 때문이다. 그러다 나가기 전, 정이선이 문득 든 의문을 내뱉었다.

"그런데 혹시…… 이번 7대 레이드, 3차 대던전이라고 불리나요?"

최근 코드 헌터들 사이에서 간간이 나오는 이야기였다.

한국에 일어난 커다란 던전 사고를 협회가 '대던전'이라고 칭했는데, 이번 7대 레이드가 3차 대던전이라 불릴지에 대한 논의였다. 코드 헌터들 중 일부는 아직까지 협회가 대던전이라 칭하지 않았으니 대던전이 아니라고 말했고, 다른 이들은 대던전이 확실하다고 했다. 일반인들은 대부분 3차 대던전이라고 보는 추세였다.

그런데 정이선의 질문에 협회 직원은 잠깐 미묘한 낯으로 서로를 응시하다가 곧 차분히 답했다.

"아닙니다. 이번 7대 레이드는 대던전이라 불리지 않을 겁니다."

"지금까지 한국에서 발생한 던전 중 가장 규모가 컸던 던전이지만…… 대던전이란 칭호는 '사고'에 붙습니다. 많은 일반인 피해자가 발생했을 때, 혹은 S급 각성자가 사망했을 때 큰 사고로 간주해 대던전이라 칭하는데, 이번 레이드는……."

둘의 시선이 정이선을 향했다.

"정이선 복구사가 가장 큰 도움을 줘서 끝까지 잘 해결할 수 있었습니다. 3차 대던전으로 번지지 않도록 끝까지 노력해 준 점에 감사합니다."

그들이 약속이라도 한 것처럼 동시에 정이선에게 고개 숙여 인사했다. 정이선은 그 말을 듣는 순간부터 멍한 얼굴이 되어서 짧게 탄식하는 것 외에는 아무런 반응도 보일 수가 없었다.

정이선은 던전 사고로 아주 많은 걸 잃은 사람이었다. 그는 레이드의 마지막 던전에서 검붉은 하늘을 올려다보며 자신과 관련된 모든 것들이 던전 때문에 사라진다고 생각했다. 1차 대던전에선 부모님이, 2차 대던전에선 친구가, 3차 대던전에선 자신이 사라진다고 여겼다.

하지만 결국 3차 대던전이라 불릴지도 모르는 던전에서 자신이 살아 나왔으니, 그 나름대로도 어떤 의미가 있다고 생각했는데…….

"……."

아예 자신 때문에 3차 대던전으로 번지지 않았다는 이야기는 그를 무척이나 놀라게 만들었다. 자신이 7차 던전 마지막에 죽었더라면, 사현과 함께 바닷속에 빠져 죽었더라면 이번 레이드는 3차 대던전이 되었을까.

하지만 결국 살아 나와서…… 자신은 더는 사고 속에 존재하지 않는 사람이 된 걸까.

한껏 멍해진 얼굴로 정이선이 바깥에 나왔다. 조사실 바로 앞에는 전면 유리창이 있었고, 정이선은 그 창을 통해 보이는 푸르른 하늘을 가만히 보았다. 정말, 너무도 푸르러서 이질적인 하늘이었다.

열린 창틈을 통해 들어오는 바람을 가만히 느끼고 있는데 뒤에서 그를 부르는 목소리가 들렸다.

"이선 씨."

"아, 벌써 만나고 왔나요?"

"제가 벌써 만나고 온 건 아니고, 이선 씨가 오래 있다가 나왔어요."

"……."

갑자기 상념을 깨는 사현의 목소리에 놀라서 반사적으로 말했는데 그가 차분히 오류를 짚었다. 참 여전한 사람이라고 생각하며 정이선이 고개를 끄덕이니 사현이 옆으로 다가와 얼굴을 살폈다. 혹시나 울었는지 확인하는 눈치라 정이선이 희미하게 웃으면서 이야기는 잘 끝났다고 말했다.

그러다 정이선의 시야에 아주 이상한 게 잡혔다. 사현의 이마에 손가락 두 마디 길이의 상처가 나 있었는데, 아무래도 찢긴 것 같았다. 생긴 지 얼마 안 된 티가 나서 정이선이 당황하며 그 얼굴을 붙잡았다.

사현은 순순히 그 손길에 붙잡혀 고개를 숙여 주며 말했다. 정이선의 손길이 이마에 닿자 아프단 듯 살짝 눈가를 찡그리기까지 했다.

"저 다쳤어요, 이선 씨."

"아니, 대체 무슨 일이 있었던 거예요? 사윤강이 이런 거죠?"

당장 정이선이 황당함을 드러내며 그의 상처를 살폈다. 심지어 상처가 깊기까지 해서 더 심각해진 표정으로 이마를 살펴보다…… 문득 정이선의 낯이 미묘하게 변했다. 사현은 사윤강이 던진 의자에 맞았다면서 상처를 보이는데, 정이선은 다소 떨떠름해진 얼굴로 물었다.

"……그런데 왜 다쳐요?"

"뭐가요?"

"피할 수 있었을 텐데……?"

사현이 그림자 능력을 사용해 얼마나 빨리 움직일 수 있는지 많이 봐 왔다. 그런데 그런 사현이 고작 사윤강이 던지는 의자에 맞았다는 게 말이 되지 않았다. 정이선이 의아해하고 있으니 사현이 제 얼굴을 감싼 정이선의 손에 고개를 비스듬히 기대며 말했다.

"협회 건물 안에선 능력을 마음대로 쓰면 안 되거든요. 특히나 취조실 같은 경우는 더 그래요."

"그런 거예요……?"

"네, 그런 거예요."

정이선은 헌터 협회에 대해 잘 몰랐다. 그는 헌터가 아니고, 2차 대던전 사고나 코드와 연관된 일이 아니라면 이곳에 올 일이 없어서 사현이 하는 말의 진위를 판단하지 못했다. 정이선은 정말 찜찜한 얼굴이 되었지만 헌터인 사현이, 또 상처를 입은 당사자가 그렇게 말하는데 계속 의심할 수가 없어 결국 고개를 끄덕였다.

"그러면…… 여기에서 치료해 주나요? 저번에 그렇게 들었던 것 같은데."

"네. 치료실이 있어요."

"치료받고 가요, 그럼."

협회도 참 S급 헌터가 다친 일이 놀랍겠다고 생각하며, 정이선은 사현을 이끌고 그가 알려 주는 치료실로 이동했다.

걸으면서 문득 사현이 치료실의 위치도 알고 있으면서 왜 진작 가지 않았나, 하는 의문이 들었지만 옆에서 제 손을 깍지 껴 오는 사현의 행동에 결국 그러한 의문도 묻어 버렸다.

열린 창틈으로 따뜻한 바람이 불었다.

◁　◆　▷

사현이 HN길드의 길드장이 되었다.

나흘 전, 사윤강의 헌터 자격증 영구 정지 처분이 떴다. 그는 당일 저녁에 마나 구속구를 착용하고 법원으로 송치될 예정이었는데 갑자기 장치 착용을 거부하며 난리를 부렸다. 협회에서는 발악하는 그를 붙잡기 위해 한바탕 소란이 일었고, 진정제를 놓아 잠재운 후에 구치소로 이동시켰다.

그런데 그다음 날 사윤강이 피를 토하면서 발작해 결국 한백병원으로 옮겨졌다. 엄청난 양의 피를 쏟은 그 때문에 병원 측에선 질환이 있었는지 확인하기 위해 면밀한 검사에 들어갔다. 사윤강은 숨은 붙어 있지만 장기가 모두 망가졌고, 의식을 제대로 차리지 못하는 상태로 시간을 보냈다.

그러는 동안 사현은 순식간에 임원 전원의 동의를 받고 길드장의 자리에 올랐다. 사윤강이 독살 혐의로 협회에 끌려간 순간부터 그가 길드를 운영했으니 운영 실력에 문제를 제기할 만한 것도 없고, 실적은 오래전부터 HN길드 최고였다. 그러니 그가 길드장이 되는 일에 반대를 표할 사람은 아무도 없었다.

사람들은 새로운 HN의 길드장을 무척 반겼다. 현재 한국을 대표한다고 불리는 S급 헌터이자 최근 7대 레이드를 올 클리어한 팀 Chord324의 리더이니 당연한 호의였다. 사윤강이 길드장이 되면서 위태위태했던 HN길드의 주가도 다시 오르면서 안정적인 상승 곡선을 유지했고, 길드 전체의 매출도 올랐다.

HN길드는 다시금 한국의 1위 길드이자 세계 길드로 굳건히 자리를 잡았다.

그런 상황 속, 코드는 이제야 전체 휴가를 코앞에 두고 있었다. 레이드가 끝나고 보름이 지난 시점에서야 얻어 낸 휴가였다. 사실 사현은 일찍이 마음대로 쉬라고 해 두었는데 코드로 쏟아지는 연락이 너무 많았다. 길드 관리로 바쁜 사현 대신 한아린과 다른 팀원들이 나서서 받은 제안을 정리하다 보니 시기가 조금 늦어졌다.

길드 건물은 여전히 바빴지만 코드가 사용하는 42층만큼은 아주 평화로웠다. 정이선은 슬슬 휴가로 들뜨는 사무실의 분위기를 신기하게 여겼다. 늘 진지하게 던전 공략을 준비하는 모습만 봤는데 지금은 어쩐지 방학식에 온 학생들을 보는 기분이었다.

그런데 오늘 아침, 정이선이 사현과 함께 출근하려고 탄 차는 어쩐지 길드가 아닌 다른 곳으로 이동했다. 사현이 태연한 낯으로 업무만 확인하고 있어서 정이선은 어딘가 갈 곳이 있으려니 했다.

그리고 그렇게 창밖을 보던 정이선의 시야에 서서히 익숙한 모습이 들어왔다.

"여긴 왜⋯⋯."

용인이었다. 그가 살던 집과 한참 멀긴 하지만 눈에 익은 장소였고, 표지판도 이곳이 용인이라는 걸 알렸다. 1차 대던전 이후 사람이 거의 떠나서 적막해진 도시로 사현이 향하는 이유를 알 수 없었다.

차는 어떤 건물 앞에 도착했는데, 정이선은 그곳이 공장이란 걸 확인했다. 예전에 사현에게 처음 훈련받은 때가 떠올라 약간 경계했는데, 정이선은 그곳에서 코드 헌터들을 마주했다.

팀원들 모두 이곳에서 만나기로 했는지 안으로 들어오는 정이선을 보자 반갑게 인사했다.

"복구사님! 마침 오늘 나왔어요!"

"……뭐가 나왔다는 건가요?"

기주혁이 당장 들뜬 얼굴로 달려와 정이선을 잡아 이끌었다. 저번에 영감이 떠오르자마자 팀에 말해서 의견을 모았고, 이후 리더의 결재까지 받아서 일이 진행되었다며…….

"짜잔!"

두 팔을 벌려 공장 중앙에 놓인 것들을 보였다. 정이선은 테이블 위의 물건들을 천천히 훑었다. 쿠푸왕의 피라미드, 바빌론의 공중정원, 올림피아의 제우스상, 에페수스의 아르테미스 신전, 로도스섬의 거상, 마우솔로스의 능묘, 파로스의 등대…….

약 30센티 크기로 재현된 고대 7대 불가사의 모형이 가지런히 진열되어 있었다. 건물 중 새하얀 부분은 실제 백금으로 만든 건지 은은하게 빛이 났으며 조각 하나하나가 모두 섬세한 아름다움을 자랑했다.

문득 정이선은 땅값이 싸진 용인에 공장이 꽤 들어왔단 걸 기억해 냈다. 아마도 모형을 전문적으로 제작하는 업체인 듯했다. 정이선은 그 모형들을 신기하게 훑어보다 물었다.

"이건 왜 만든 건가요?"

"우리 레이드 올클 기념할 겸 고대 7대 불가사의 건물들을 작게 제작 의뢰 넣었어요! 제가 졸작에서 아이디어를 얻어서 제안했습니다."

기주혁이 한껏 뿌듯한 낯으로 말했고, 옆에 있던 한아린이 오랜만에 기주혁이 좋은 아이디어를 냈다며 고개를 끄덕였다. 그러곤 정이선에게 왼쪽과 오른쪽 테이블을 차례로 가리키며 물었다.

"지금 이건 샘플이고, 상태 확인해서 본 제작 넣으려고요. 큰 거는 사무실 선반에 놓고, 이것보다 좀 더 작은 크기로도 주문 넣어서 팀원들 전체에게 기념품처럼 돌릴 것 같은데…… 이선 복구사는 둘 중 어떤 컨셉이 나아요?"

정이선의 시선이 한아린이 가리키는 대로 좌우로 움직였다가 두 테이블에 놓인 모형의 차이점을 알아냈다. 하나는 고대 7대 불가사의 건물이 모두 완벽하게 복원된 형태라면, 다른 하나는…….

"이건…… 제가 복구한 대로 제작한 건가요?"

"우와, 곧바로 알아보네! 맞아요!"

정이선의 말에 한아린뿐만 아니라 다른 헌터들도 감탄했다. 하지만 사실 정이선으로선 자신이 복구해 냈던 건물이니 그때의 상태를 기억하는 게 당연한 일이었다. 영상에 남은 사진을 업체에 전달해서 제작했다는데, 정이선은 2차부터 시작해서 7차 던전까지 바뀌는 복구 완성도를 새삼스럽게 보았다. 1차 때 입장했다는 피라미드가 아예 무너진 모습이란 게 조금 웃기기는 했다.

"우리도 이렇게 테마 있는 레이드는 처음이기도 하고, 또 복구사랑 들어간 것도 처음이라서. 기념물을 남기면 좋을 것 같더라고요."

코드는 지난 4년 동안 많고 다양한 던전을 들어가 봤지만 이런 던전은 처음 경험했다는 말이 자연히 이어졌다. 현재까지 그들이 겪은 던전 중 가장 어려웠지만 결국 올 클리어 해냈으니 뿌듯한 기분을 만끽할 겸 비싸게 의뢰를 넣는다고 했다.

"복구사랑 던전 들어간 공격대는 코드밖에 없을 겁니다. 대단한 일이니 기념해야지."

나건우가 껄껄 웃으며 말을 보탰다. 전 세계에서 유일한 S급 복구사와 함께 던전에 들어간 것만으로도 큰 영광이었다는데, 정이선은 그 말에 조금 민망한 기분으로 테이블만 바라보았다. 왠지 그들이 말하는 태도를 보면 이미 선택지가 하나로 좁혀진 느낌이었다.

하지만 정이선은 차마 자신의 입으로 제가 복구한 건물의 상태를 뽑자고 말하기가 부끄러워 어색하게 답했다.

"저는 둘 다 괜찮은데……."

"그래요? 그러면 둘 다 뽑자."

"좋습니다. 사무실 왼쪽에도 놓고 오른쪽에도 놓으면 되겠네."

"네? 아니, 그게, 이거 비싸지 않나요? 도금이 아니라 진짜 금인 것 같은데…….”

“괜찮아요, 괜찮아. 팀원들 다들 아이템 하나씩 팔자.”

“네?”

한아린의 말에 정이선이 당황하거나 말거나 헌터들은 비장한 얼굴로 내놓을 아이템을 말하기 시작했다. 정이선은 코드가 얼마나 많은 후원을 받는지, 또 이 팀의 리더가 얼마나 많은 돈을 가졌는지도 알았지만, 그래서 이들이 장난을 치고 있단 것도 어렴풋이 느꼈지만 차마 곧바로 말을 번복할 수가 없었다.

하지만 헌터들이 내놓겠다는 아이템이 점점 늘어나자, 결국 정이선은 한껏 민망해진 기분으로 다시 답해야만 했다.

“7대 레이드를 기념하는 거라면…… 그때 들어간 건물 모습 그대로 뽑아도 괜찮을 것 같아요. 그, 그러니까 제가 복구했으니 이걸 선택하는 게 아니라…… 회상하기도 좋을 테고 하니까…….”

구구절절 붙는 변명 같은 말에 테이블 주위에 모인 이들 모두가 웃음을 터트렸다. 그들이 장난을 보낼 수록 아연해지던 정이선의 표정이 정말로 웃겼기 때문이다.

정이선은 기주혁과 동갑으로 코드의 막내 라인이기도 했고, 전투계 헌터만 모인 팀의 유일한 비전투계였으니 완전한 보호의 대상이었다. 그 점이 은연중에 정이선을 아끼는 분위기를 만들었기에 다들 얼굴에 흐뭇한 웃음을 떠올렸다.

"이선 복구사는 스스로의 능력에 좀 더 심취해도 돼요. 어? 나였으면 매일 건물 부수고 복구하고 다녔다."

"그거 완전 잘못된 활용의 예······."

한아린의 말에 기주혁이 떨떠름하게 반응했다가 그녀의 상냥한 미소를 받고 입을 다물었다. 헌터들은 둘 사이의 대화를 익숙하게 들으며 정이선에게 말했다.

"앞으로 복구사님이랑 던전 못 들어가면 너무 아쉬울 것 같아요."

"레이드 던전 들어갈 때마다 건물 복구되는 거 보는 일이 제일 기대됐는데······."

"복구사님 없었으면 정말 막막했을 거예요."

어느덧 마지막 클리어로부터 보름이란 시간이 지났지만 아직 레이드의 기억이 선명한지 저마다 그 순간을 회상했다. 몬스터를 사냥하는 헌터이자 한국 최정예 헌터 팀으로서 전문적인 공략을 해낸다지만, 그들이라 해서 S급 던전이 무섭지 않은 건 절대로 아니었다. 그들도 몇 달 내내 긴장해야 했고, 철저한 준비 속에서 던전 안에 들어갔다.

그리고 그런 상황에서 복구사와 함께 입장했다는 게 그들에게 나름대로, 아니, 무척이나 특별한 기억이 되었는지 다들 웃으며 그때의 이야기를 나눴다. 지켜야 할 사람과 함께 입장해서 그런지 더 힘을 냈다는 말이 정이선의 귓가를 간지럽게 맴돌았다.

"……."

자신이 했던 복구를 특별하게 여기는 사람이 있다는 건 그에게 아주 낯선 기분을 안겼다. 그 순간을 기억으로 남기고 싶다는 의도로 모형을 만드는 일도 무척 이상하게 느껴졌다. 정이선은 7대 레이드에 함께하면서, 던전을 하나씩 클리어하면서 오직 '끝'만을 생각했기에 이 순간의 괴리가 엄청나게 다가왔다.

정이선이 과거에 묶여 있었다면 이들은 모두 과거를 함께 추억하는 미래를 그렸다. 그런 사람들 앞에서, 자신과 함께했던 모든 순간을 좋아하는 사람들 앞에서 정이선은 찰나 울고 싶다는 생각마저 했다.

"고대 7대 불가사의 레이드 뛰었으니, 이젠 현대 신 7대 불가사의 레이드 안 나오나……."

"우와, 복구사님의 복구를 7번이나 더 볼 수 있다니."

"신 7대 불가사의는 지금 멀쩡히 있는데 갑자기 왜 부수는 거야?"

한아린이 어이없단 듯 반응했다. 그 말에 기주혁이 진심으로 아쉬워했고, 옆에 있던 나건우는 던전 안이면 무너져 있을 확률이 높고 만약 아니라면 미리 부숴 놓자고 말했다. 헌터들이 좋은 생각이라며 동의하자 한아린은 이게 한국의 대표 헌터 팀이라며 고개를 절레절레 내저었다.

그 말까지 들었을 때, 결국 정이선은 작게 웃음을 터트려 버렸다. 그들이 나누는 대화가 웃길 뿐만 아니라 자신과 함께하는 미래를 자연스럽게 그리고 있는 사람들의 말에…… 그는 웃지 않을 수가 없었다.

정이선이 잠깐 고개를 숙인 채 웃고 있으니 헌터들이 서로 놀란 눈으로 시선을 주고받다가, 이내 다 함께 웃기 시작했다. 공장이 웃음소리로 가득 찬 상황 속에 역시 신 7대 레이드가 나타나면 부수자는 이야기가 장난스럽게 오갔다.

한바탕 웃음이 지나간 후엔 헌터들이 모두 진지하게 샘플을 확인했다. 오늘 아침에 모형이 나왔단 연락을 받자마자 이곳으로 모인 거라며 다들 상태가 괜찮은지 확인하고, 아쉬운 부분은 정리해서 업체에 말하기로 했다. 정이선은 어쩐지 제가 복구한 건물을 관찰하기가 조금 부끄러워 장소를 피했다.

공장 바깥에는 넓은 공터가 있었다. 여름을 맞이해 푸릇한 잔디가 자랐는데, 다듬어지지 않은 모습인데도 꽤 평화로운 장면을 만들었다. 정이선이 그 모습을 보고 있으니 따라 나온 사현이 물었다.

"모형이 별로 마음에 안 드나요?"

"네? 아, 그런 게 아니라……."

왠지 잘못 답하면 새로 제작에 들어갈 것만 같은 분위기라 정이선이 어색하게 해명했다. 그저 자신이 복구한 건물 모형을 다시 보기가 부끄럽다는 이야기였는데, 사현이 이해가 되지 않는단 듯 고개를 기울였다.

소리 내어 묻지 않지만 표정에서 왜 부끄러운지 이해가 되지 않는단 게 드러나서, 정이선은 결국 목덜미를 매만지며 말했다.

"제가 복구했던 건물을 따서 만들었는데, 그 모형을 보고 제가 무슨 말을 하기도…… 애매하지 않나요? 어느 부분은 실제와 다르다고 말하기도 이상하고……."

"이선 씨가 뭘 해도 좋아할 사람들인데 별 상관 없지 않을까요?"

사실을 말하는 듯한 담담한 태도에 정이선이 시선만 데굴 데굴 굴렸다. 어쩐지 정말로 그럴 것 같다는 생각이 반사적으로 들어서, 자신이 이상한 부분을 짚자마자 당장 재제작 의뢰를 넣을 것만 같은 사람들이란 생각이 들어 작게 웃음이 나왔다.

한 번도 그들의 호의를 당연하게 여긴 적이 없는데 어느 덧 그런 상황을 자연히 상상하고 있었다. 예상되는 반응이 주는 안정감이 있어 정이선이 웃음기를 갈무리하지 못하고 있으니 사현이 나긋이 말했다.

"자세히 봐요. 이선 씨도 받을 물건인데."

"저도요? 팀원끼리 갖는다고 들었는데……."

"이선 씨도 함께 레이드에 들어갔으니 당연히 받아야죠. 그리고……."

천천히 사현이 정이선의 손을 들어서 붙잡았다. 꽤 부드럽고 다정한 손짓이었다.

"계속 코드에 있어 달라는 의미로 주는 선물이기도 해요."

"……."

"이선 씨는 사람들의 호의에 약하고, 정에도 약하니까. 다 같이 추억 삼아서 만든 물건이 옆에 있으면 차마 버리지도 못할 테고……. 그러면 그게 유인 요소가 될까 싶어서요."

몹시 솔직하게 밝히는 속셈이었다. 정이선은 순간 어이가 없어져 멍하게 그를 올려다보다가, 무척 황당한 가운데에도 정말 이상하게 기분이 좋다고 생각했다. 꼭 어딘가 고장이 난 사람처럼 가슴 한구석이 간질간질했다.

사현은 예전부터 자신이 그런 요소에 약하단 걸 알았고, 그래서 그런 환경을 일부러 조성해 자연스럽게 자신을 손안에 두려고 했었다. 7차 던전 직전에도 어차피 다른 곳에 가지 않을 테니까 코드에서 계속 일하라는 말을 당연하단 듯이 했었다. 제안의 형태로 건네지만 제안이라고만 보기는 힘든 말이었다.

그런데 이번엔…… 또 그런 상황을 조성해 두면서, 팀원들의 결재 신청에도 그러한 의도로 승인했을 거면서 자신에게 선택해 달란 듯 말하는 그의 태도가…….

"……."

못내 정이선을 기쁘게 만들었다. 정말 이상한 사람과 있다 보니까 이런 황당한 수작에마저 심장이 뛰나 싶을 지경이었다. 두근두근 빠르게 뛰는 박동이 낯설어 정이선이 입술을 꾹 다문 채로 시선을 돌렸다. 원래였다면 그 시선마저 억지로 붙잡았을 사현은 별말 없이 정이선의 손만 붙잡고 있었다.

그러다 곧 신지안이 사현을 찾았다. 제작 담당자와 이야기를 나눠야 하는 듯했다. 사현은 같이 가겠냐고 제안했지만 정이선은 왠지 얼굴이 붉어졌을 것만 같아 사양했다. 괜히 다른 사람들에게 이런 상태를 들키고 싶지 않았다.

그런데 정이선이 혼자 되기가 무섭게 기주혁과 한아린, 나건우가 다가왔다. 기주혁은 모형을 보다가 실제 던전에서 복구됐던 모습과 다른 부분을 찾아냈다며 눈을 빛냈다.

"제가 복구사님이 복구한 건물로 졸작까지 준비하는데! 제 눈을 피할 수 없죠! 그 부분 수정해 달라고 강력하게 요청하고 왔습니다."

"아, 다른 부분이 있었나요? 저는 자세히 못 봐서…….."

"괜찮아요. 제가 다 볼게요! 그 부분 다시 수정돼서 나올 거 생각하면 가슴이 벅차오르네요."

"난 주혁이가 이럴 때마다 가끔 무섭다…….."

기주혁이 두 손을 가슴에 얹고 말하자 옆에서 나건우가 떨떠름하게 말했고, 한아린은 진작부터 무서운 극성팬이었다며 고개를 절레절레 내저었다.

그렇게 잠깐 모형에 대한 이야기를 나누다 기주혁이 슬쩍 정이선의 눈치를 보며 물었다.

"저어, 그런데 복구사님. 혹시, 코드에 계속 있으세요……?"

"……네?"

"아니, 그게, 부담 드리는 건 아니지만요. 함께하면 정말 좋을 것 같아서…. 이제 리더가 길드장이 됐으니 길드도 안 정적으로 운영될 테고, 코드도 길드에서 가장 좋은 지원 받 을 테고……."

셋은 저번에 사현이 정이선에게 계약 연장을 제안하는 걸 목격했지만, 그 둘의 대화가 어떻게 끝났는지는 몰랐다. 게 다가 갑자기 2차 대던전 의혹과 함께 이상한 속보가 터져 소 란스러워졌고, 그다음엔 7차 던전에 진입하느라 물을 타이 밍이 마땅치 않았다.

"이런저런 문제가 많긴 했지만 그래도 HN은 나름 한국 1 위 길드에 세계 길드고……. 하지만 정말, 정말 부담 드리려 는 말은 아니에요."

"그게 부담 주는 말인 것 같은데……."

구구절절 이어지는 기주혁의 말에 한아린이 조금 차가운 반응을 보였다. 하지만 그녀도 슬쩍 정이선의 안색을 살피 는가 싶더니 자연스레 한마디 얹었다.

"코드가 한국 최정예 팀이긴 하거든요……."

"……외국 나가서도 이름 먹힙니다."

슬그머니 나건우도 말을 추가했다. 갑자기 이어지는 HN 길드와 코드 자랑에 정이선은 어떤 반응을 보여야 할지 알 수 없어졌다. 코드의 헌터들이 아니라 영업 사원이라고 봐야 할 만한 말들이 끝없이 이어졌다.

서로 아닌 척하면서 자꾸 한마디씩 코드 소속으로 얻는 혜택과 명성 등을 이야기했다. 코드가 지금까지 HN에서 지원을 못 받았을 뿐이지 전국적으로 후원이 쇄도하는 팀이라는 둥, 그 목록만 나열해도 일주일이 부족하다는 둥…….

한국을 넘어서 외국에서까지 연락이 쏟아지며 어딜 가든 VVIP 대우를 받는단 소리도 꼬리에 꼬리를 물고 이어졌다. 정이선이 무어라 반응할 틈조차 없는, 쉴 새 없는 홍보였다. 누군가가 듣는다면 과장이 아닌가 싶을 정도로 비현실적인 이야기들도 나왔지만 코드라고 하니 모든 게 가능해 보였다.

"생, 생각해 볼게요……."

결국 정이선은 아주 어설픈 답변을 해서 끝없이 이어지는 그들의 말을 막아야만 했다. 이렇게라도 말하지 않으면 오늘 하루 종일 코드 홍보를 들을 것만 같았다. 그들은 꽤 아쉬워하는 눈치였지만 차마 더 강요는 못 하겠는지 알겠다며 고개를 끄덕였다.

정이선은 조금 전 공장에서부터 느꼈던 낯선 감각을 곱씹었다. 자신에게 순수하게 쏟아지는 호의도, 또 그와 함께하고 싶다는 마음도 너무나 생소했다. 생각해 보면 언제나 자신의 주위에 있었던 것들인데 이제 와 새롭게 자각하는 일이 가슴을 지나치게 울렁이게 만들었다.

한편으로는 기뻤으나, 한편으로는 지독할 정도로 낯설었다. 어쩌면 이건 지난 1년이란 시간 동안 정이선을 잡고 있었던 우울이 남긴 후유증일지도 몰랐다. 반사적으로 그는 긍정적인 감정으로부터 스스로를 떨어뜨리려 했다.

"……."

자신이 정말로 행복해져도 되는 걸까.

정이선이 문득 걸음을 멈추며 하늘을 올려다보았다. 넷이 함께 공장 주위를 거닐다가 이 도시가 용인이라는 걸 새삼스레 자각하면서 가진 의문이었다. 이 도시에서 친구들과 함께 살았는데, 지금 자신만 남아…… 다시 웃어도 되는 걸까.

정이선은 지난 1년이 넘는 시간 동안 후회하며 지냈다. 어떻게든 친구들의 상태를 해결하기 위해 온갖 방법을 찾아다니다가 결국 레이드 던전에 들어가면서 그들을 차례차례 눈 감게 해 주었다. 그 모든 시간 노력해 왔다지만 정이선은 그것이 면죄부가 될 수 있다고 생각할 수는 없었다. 그는 언제나 친구들을 떠올릴 때마다 막막한 죄책감을 가졌다.

하지만 자신은 더 이상 죽음으로써 속죄할 수 없었다. 그는…… 정말 이기적이게도 누군가의 협박을 핑계 삼아 삶을 살고, 그렇게 사랑하고 싶어졌기 때문이다.

그럼에도 정이선은 이 도시에서, 친구들이 없는 이곳에서 자신 홀로 웃고 있어도 되는가에 대한 의문에 사로잡혔다.

그때쯤 정이선이 걸음을 멈췄다는 걸 뒤늦게 알아챈 셋이 되돌아왔다. 그들은 공장의 크기에 대해 이야기하고 있었던 듯했는데, 기주혁이 불쑥 질문했다.

"그거 아세요? 이 도시 곧 재개발된대요."

"그 이야기가 나온 지가 언제인데 이제 들었냐."

언제까지 이 도시를 1차 대던전의 피해 구역으로 버려 둘 수 없단 논의 끝에 도시 개발이 시작된다고 했다. 심지어 2차 대던전 발생지와도 가까워서 더더욱 사람들이 기피했는데, 던전 피해 도시를 버려진 상태로 남겨 두는 것은 계속해서 던전에 대한 공포를 조성한단 우려에 따라 헌터 협회와 각성자 본부, 그리고 자치 단체가 함께 나서기로 했다.

정이선은 다섯 번째 친구를 보낼 즈음 사현에게 그런 이야기를 들었던 기억이 나서 천천히 고개를 끄덕였다. 그래서 사현이 아예 이곳의 집을 처분하라고 했었던 것 같다. 그리고 알고 있다는 정이선의 표현에 기주혁이 자신만 몰랐던 거냐며 서러워하다, 됐다는 듯 고개를 내저으며 비장한 어조로 말했다.

"아무튼 제가 지금까지 번 돈을 안 쓰고 아낀 이유가 다 이것 때문이었나 봐요. 저 용인 코인 탑니다."

4년간 코드에서 일하며 많은 보상금을 받았지만 쓸 곳을 몰라서 아껴 뒀다고 했다. 그러니 이번 기회에 크게 쏟아붓 겠다 했고, 그런 기주혁의 말에 한아린과 나건우가 동시에 고개를 절레절레 내저었다. 또 어디서 이상한 정보를 물어 왔다며 혀를 쯧쯧 찼다.

그 모든 대화를 정이선이 멍하게 듣고 있다가…… 이내 작게 실소했다. 기주혁이 말하는 용인 코인이라는 소리를 듣자마자 옛날 기억이 떠올랐기 때문이다.

"기주혁 헌터는 정말로 제 친구처럼 이야기하네요."

예전부터 종종 했던 생각이라 정이선이 가볍게 말했는데, 기주혁의 표정이 조금 이상해졌다. 그는 '어……' 소리를 내 며 자신의 볼을 검지로 긁적이다가 물었다.

"……저랑 복구사님 친구 아니었어요?"

"……네?"

"저는 이미 친구인 줄 알았는데……."

정이선의 반응에 기주혁이 정말 민망하단 얼굴로 시선을 돌렸다. 그런 대화에 옆에서 한아린이 기주혁의 등을 퍽 치 면서 넘볼 걸 넘보란 식으로 말했다. 하지만 그렇게 구는 한 아린도 슬쩍슬쩍 정이선의 눈치를 보았는데, 그 행위가 주 는 어색함이 있었다. 그녀도 정이선과 친구라고 말하려 했 다가 빠르게 말을 숨기는 듯했다.

"어…?! 나도 아직 이선 복구사 친구가 못 됐는데 네가 어딜 넘봐!"

한아린이 기주혁의 등을 퍽퍽 쳤고, 기주혁은 안 그래도 실연당해서 서러우니까 놀리지 말라고 훌쩍였다. 다분히 장난스러운 행동과 대화였지만 어느 순간 뼈 맞는 소리가 들렸다. 기주혁이 어억, 죽어 가는 소리를 내며 비틀대자 옆에서 나건우가 심드렁하게 로드를 안 들고 와서 뼈는 못 붙여 준다고 말했다.

그 모든 대화가 정이선의 머릿속에 제대로 담기지 못하고 흘러나가다가…….

"……어……?"

정이선이 툭, 눈물을 흘렸다.

갑자기 한쪽 눈에서 거짓말처럼 눈물이 한 방울 떨어져 가장 먼저 기주혁이 놀랐다. 그다음에야 정이선도 스스로의 상태를 깨달았는데, 그걸 인지하는 순간 다른 눈에서도 눈물이 주륵 흘렀다. 손등으로 눈가를 닦아 보았지만 눈물이 멈추지 않았다.

울 생각이 없었는데도 꼭 고장 난 사람처럼 눈물이 계속 쏟아졌다. 순식간에 셋이 당황하며 정이선에게 다가와 잘못했다고 사과하기 시작했다. 정이선은 그들에게 사과할 이유가 없다고 말하고 싶었는데 눈물이 끝없이 나와서 말을 할 수가 없었다. 입을 벌리면 흐느낌 같은 소리만 튀어 나가서 정이선은 입술을 꽉 깨물어야만 했다.

"제, 제가 잘못했어요, 복구사님. 친구 자리 안 노릴게요, 네?"

"내가 얘 정신 교육 제대로 할게요. 응? 우, 울지 말아요."

"아이고……."

그리고 그때쯤 사현이 뒤에서 다가왔다. 정이선이 다른 사람들과 함께 있으니 괜찮을 거라 생각했는데, 가까이 다가갈수록 들려오는 소란에 성큼성큼 걸어와 정이선의 어깨를 붙잡았다.

"……이게 무슨 상황이죠?"

"아니, 흐으, 윽, 아무것도 아닌데……."

울면서 아무것도 아니라고 말하는 사람의 행동은 전혀 신뢰를 주지 못했다. 사현의 얼굴이 서늘하게 얼어 가기 시작하자 앞에 있던 기주혁이 식은땀을 흘렸다.

사현이 시킨 것도 아니지만 셋이 재빠르게 상황을 설명했다. 한 명은 정이선에게 친구라고 실언했다고 자백하듯 말하고, 다른 한 명은 실언한 애의 뼈를 때렸다고 밝히고, 다른 한 명은 옆에서 가만히 방관했다고 사과했다.

그런 자백의 과정 끝에 결국 사현은 정이선이 왜 우는지 파악해 냈다. 그가 짧게 한숨을 내쉬자 그들을 혼낼까 봐 걱정이라도 되는지 정이선이 사현의 팔을 꾹 잡았다. 사현은 헛웃음과 함께 셋에게 됐으니 물러가란 말만 했다.

이후 몇 분이 지나서야 겨우 정이선이 눈물을 멈췄다. 자신이 우는 내내 사현이 앞에서 가리듯 서 있어 줘서 조금 민망했지만, 어쨌든 그 덕에 공장 안에 있는 헌터들에게까지 눈물을 들키진 않았다. 정이선이 이제 괜찮다고 말하며 손등으로 눈가를 꾹 누르려는데 사현이 담담히 그 손을 막으며 말했다.

"계속 그러면 짓물러요."

"……이번엔 화 안 내요?"

달래기라도 하듯 볼을 살살 쓰다듬는 손길에 정이선이 어색하게 중얼거렸다. 자신이 친구와 관련된 일로 울 때마다 사현이 불쾌해했었던 기억이 선명했기 때문이다. 그런데 지금은 그 얼굴에선 일말의 불쾌함도 찾아볼 수 없었고, 외려 그는 무척 차분한 얼굴로 답할 뿐이었다.

"그때 그렇게 후련하게 웃었던 것보단 차라리 우는 게 낫네요."

"……."

정이선은 '그때'의 기억이 사현에게 어떠한 방식으로든 아주 선명하게 남았다고 생각했다. 그는 무슨 반응을 보여야 할지 모르겠어서 시선만 굴리다가 이내 셋에게 말하고 올게 있다며 몇 발자국 떨어져 있는 그들에게로 다가갔다.

셋은 정이선에게 등을 돌린 채로 꽤 의기소침하게 있다가, 한아린이 가장 먼저 인기척을 느끼고 반응했다. 뒤이어 기주혁과 나건우가 차례로 이제는 괜찮냐는 말을 건넬 즈음 정이선이 조심스레 말했다.

이런 말을 하는 것이 너무도 어색하고 낯선 사람처럼 한참이나 입술만 달싹거리다가.

"그…… 친구, 해 주세요."

살짝 떨리기마저 한 부탁이었다. 정이선은 어릴 적부터 그다지 사교적인 성격이 아니었다. 그의 친구들은 기억도 나지 않을 정도로 어린 시절부터 함께 자라서 쭉 같이 지냈을 뿐이지, 이렇게 정이선이 누군가에게 먼저 다가간 적은 처음이었다.

정이선은 도무지 어떤 표정을 지어야 할지 몰라 시선만 이리저리 굴리다 슬쩍 그들을 보았다. 혹시나 이런 말이 부담스럽게 다가가진 않을까? 조금 전엔 친구란 소리에 울어 놓고 이제 와서 친구가 되어 달라고 하고 있으니, 참 변덕스러운 사람으로 보일 것 같았다.

그래서 그들이 거절해도 어쩔 수 없다고 생각했는데, 그런 정이선의 불안은 그들과 눈이 마주하는 순간 와장창 깨질 수밖에 없었다.

"흐어어엉, 좋아요, 할래요. 시켜 주세요, 끄흥!"

"주혁아……."

"잘 부탁해요, 이선 복구사!"

오열하는 기주혁을 떨떠름하게 쳐다보는 나건우와, 잽싸게 손을 내뻗는 한아린이 있었다. 그녀는 가장 먼저 친구가 되는 건 자신이라 외쳤고, 기주혁이 뒤늦게 손을 내밀어 보았지만 이미 정이선의 손은 한아린에게 붙잡힌 상태였다. 한아린은 한껏 뿌듯해진 얼굴로 정이선의 두 손을 잡아 흔들었다.

그다음엔 기주혁을 달래는 척하던 나건우가 그를 밀어내고 먼저 정이선과 악수했고, 마침 이곳으로 오던 신지안도 일련의 소란을 파악하곤 슬그머니 옆으로 다가와 손을 내밀었다. 기주혁은 제일 마지막에야 손을 잡게 되어 서럽단 듯이 울다가, 결국엔 복구사님과 친구가 됐다며 기뻐했다.

"……."

정이선은 거의 휩쓸려 가듯 네 명 모두와 악수했다. 자신의 손을 스치는 여러 사람의 온기가 너무도 낯설어서, 그는 악수가 끝난 후에도 한참 동안 제 손만 내려다보았다.

심장이 두근, 두근, 아주 선명하게 뛰었다.

친구란 단어는 언제나 정이선을 약하게, 아니, 비참하게 만드는 단어였다. 그런데 그랬던 그가 먼저 그 단어를 입에 담았고, 그 순간을 기다리기라도 한 것처럼 사람들이 몰려왔다. 자신에게 다시 생길 것이라곤 기대하지도 않았던 친구가 생겼다.

이내 정이선이 한껏 멍해진 얼굴로 사현에게 돌아갔다. 사현은 뒤에서 그 과정을 모두 보았는지 느긋하게 서 있었고, 정이선과 시선이 마주치자 천천히 미소했다. 정이선의 눈동자에 그 모든 모습이 눈에 담겼다.

자신이 돌아올 때까지 기다리고, 자신과 눈이 마주하자 웃는 사람의 얼굴을 하나하나 새기듯 보았다. 찰나 정이선은 자신이 지금 울고 싶은 건지, 웃고 싶은 건지 혼란스러워졌다가…….

"이선 씨."

자신을 부르며 손을 내뻗는 사현의 행동에 결국 웃음을 터트렸다.

정이선은 그의 모습에, 그날 이후로 서서히 속에서 퍼져가는 감정을 받아들였다. 자신이 감히 이런 생각을 해서는 안 된다고 여겼지만 끝내 그것은 거부할 수도 없이 선명하게 가슴속에 자리를 잡았다. 감히, 라는 단어가 힘을 쓰지 못할 정도로 밀려나 사라지고 생에 한 번도 느끼지 못했던 감각이 속을 가득 채웠다.

그는 지금 살아서 다행이라는 생각을 했다.

이 삶이, 사람이, 사랑이.

그를 다행하게 만들었다.

이윽고 정이선이 먼저 다가가 그의 손을 붙잡았다. 손가락 사이를 얽듯이 깍지 끼는 행동에 사현이 잠깐 놀란 듯 아래를 보았다가, 이내 다시금 미소했다. 맞닿은 손 사이로 둘의 온기가 분명하게 감돌았다.

정이선은 잠깐 고개를 들었다가 눈이 부실 정도로 밝은

해가 자신의 앞에 있는 것을 보았다. 평화로운 파란 하늘을
바라보며 곧 정이선이 사현과 함께 걸음을 옮겼다.

  앞으로 걸어가는 정이선의 뒤로 그림자가 길어졌다.

  해의 흔적이 길게 이어지는 어느 날이었다.

『해의 흔적』 본편 마침

휴가

HN길드는 많이 바빴다.

단기간에 길드장이 바뀌면서 적지 않은 변화가 있었다. 한때 사윤강의 편에 붙었던 임원들은 사현이 길드장이 되자마자 빠르게 태세를 바꾸었지만 사현은 깔끔히 그들을 내쳤다.

그렇게 대대적으로 인사 정리가 이루어지는 동안 한편으로는 일반 기업의 협업 제안이 꾸준히 쏟아졌다. 헌터 길드와 협업을 맺은 기업의 건물 인근에서 던전이 발생하면 헌터 협회는 그 길드의 입장을 우선 고려해 주기에 일반 기업으로선 길드와의 연결이 간절했다. 던전은 피할 수 있는 재난이 아니기에 확실한 대응책을 갖추는 것이 특히나 중요했다.

HN길드는 원래부터 유명했지만 최근 있었던 일련의 사건들로 더더욱 이름이 높아진 터라 연락이 끝없이 쏟아졌다. 부길드장도 새로 임명되었고, 사현이 꽤 빠른 속도로 일을 해결하고 있다지만 그렇다 해서 여유로운 건 아니었다.

그 때문에 코드 멤버 대부분이 휴가를 떠났음에도, 정이선은 길드 건물을 떠나지 않았다.

코드 멤버들이 몇 번쯤 정이선에게 함께 놀러 가자고 제안했지만 그가 거절했다. 사현이 옆에 있으라고 강요하지 않았지만 정이선도 딱히 그의 곁을 떠나고 싶지 않았다. 코드에 들어온 뒤 늘 사현과 있었더니 어느새 그게 당연하게 여겨졌다.

그래서 거의 홀로 길드 건물에 남게 된 정이선은 매우 평화롭게 시간을 보냈다. 여전히 사현은 그를 집에 두고 출근하지 못해서 함께 길드 건물로 와 책을 읽거나, 휴가를 가지 않은 코드 헌터 몇몇과 함께 길드 건물 내부를 구경했다. 반년 넘게 이곳에 출근했으면서 42층 외의 공간을 다닌 일이 극히 드물었다.

그래서 신기하게 건물을 둘러보다 HN길드 내의 복구 팀과 만나 얼떨결에 복구하는 방법에 대해 이야기하기도 했다. 그들이 정이선에게 가장 궁금한 부분은 당연히 어떻게 하면 100퍼센트로 복구해 내냔 것이었고, 처음부터 S급 각성자로 100퍼센트 복구가 가능했던 정이선이 할 답은 하나뿐이었다.

"손을 대고 집중하면……."

"……."

"거, 건물 원상을 그대로 외워서 재현해 낸다는 느낌으로 하면……?"

"……."

교과서만 보고 공부한 전교 1등 같은 정이선은 뜻하지 않게 복구사들을 슬프게 만들었다. 그들의 표정에 정이선이 쩔쩔매니 다른 복구사들은 결국 웃음을 지었다. 사실 각성자 간의 등급 차이는 어쩔 수 없는 현실이었고, 그 차이에 슬퍼하느니 다른 부분에서 배울 점을 찾는 게 나았다.

그리고 정이선은 레이드에서 복구 완성도가 차츰 오르는 모습을 보였으니, 복구사들은 떨어졌던 복구 완성도를 어떤 훈련을 통해 다시 높였는지 질문했다. 무척 긍정적인 질문이었으나 정이선은 어떻게 설명해야 할지 알지 못했다.

처음 복구 완성도가 올랐던 때는 사현이 입에 담지 못할 짓을 했을 때였고, 마지막에 100퍼센트를 달성한 것도 설명할 수 없는 이유였다. 그래서 결국 정이선은 복잡한 얼굴로 아주 애매하게 답했다.

"명, 상……?"

그리고 그건 예상치 못한 결과를 만들었다. HN길드 내 복구 팀에 명상 시간이 필수적으로 들어가게 된 것이다. 정이선은 차마 그걸 수습하지 못했다.

이렇게 시간을 보내다가 정오쯤 사현과 함께 식사하고, 그 후엔 사현이 사 둔 책을 읽었다. 며칠 전 정이선이 좋아하는 책과 작가 등을 조사해 간 사현은 그다음 날 집무실에 새로운 책장을 들이고 그 책장 한가득 어제 조사한 책들을 꽂아 놓았다.

슬슬 정이선은 사현의 이러한 행동에 익숙해져 그다지 크게 충격받지도 않았다. 외려 절판되어 구하기 어려웠던 책이 꽂혀 있는 것을 보고 내심 즐거워하기도 했다. 이런 행동에 적응하면 안 된다고 생각하면서도 한때 책을 좋아했던 사람으로서 기분이 좋았다.

그렇게 정이선은 스스로 인식하기로 '휴가' 같은 시간을 보내고 있었는데, 다만 그러는 동안 아주 이상한 일이 몇 번씩 반복되었다.

"이젠 이 공간도 되게 편해졌나 봐요."

"매일 이곳에 오니까요……."

사현이 길드장이 되고 코드 팀원 대부분이 휴가를 떠나면서 정이선은 종종 길드 60층, 길드장의 집무실에서 시간을 보냈다. 처음 사현이 데리고 올라왔을 때는 건물의 꼭대기 층이란 점이 신기하기도 하고, 길드장의 집무실이란 게 낯설기도 해서 어색해했지만 며칠쯤 지내다 보니 순식간에 익숙해졌다.

그새 인테리어도 새로이 했는지 전체적인 디자인이 코드 사무실과 같았다. 블랙 앤 화이트를 메인으로 하고 골드로 포인트를 준 디자인은 어느새 정이선에게 익숙해진 것이라 더 빠른 적응을 도왔다.

새까만 가죽 소파 손잡이에 등을 기대고, 소파에 다리를 올린 채로 책을 읽고 있으니 오후 업무 중 빈틈이 생겼는지 사현이 찾아왔다. 사현은 업무 중 시간이 생기면 종종, 아니, 늘 이렇게 정이선을 찾아왔다.

　상황은 마치 정이선이 얌전히 집무실에서 기다리다가 찾아오는 사현을 반기는 것만 같은데, 실제로는 정이선은 멍하게 있고 사현이 비는 시간만을 기다려 찾아오는 느낌이었다.

　오늘도 사현은 오자마자 정이선의 옆에 앉아서 그 손을 붙잡았다. 분명히 마킹을 했는데도 사현은 언제나 마킹을 반복했다. 그냥 손을 잡는 건지, 마킹을 하는 건지는 정확히 구분할 방법이 없지만 잠깐 손을 빤히 내려다보는 사현의 행동으로 봐선 마킹인 듯했다.

　정이선은 마킹이 굉장히 마나를 소모하는 일이란 걸 알았지만 구태여 만류하진 않았다. 그 사현이라면 자신보다도 훨씬 더 효율을 계산할 텐데 자신이 그에게 그런 부분을 짚는 게 더 비효율적인 행위로 느껴졌기 때문이다.

　"아, 맞다. 한아린 헌터가 외국으로 여행 간다고 들었어요. 영국인가⋯⋯."

　"1년에 서너 번씩 외국에 나가는 편이에요."

　"꽤 자주 나가네요?"

　"각국에서 크게 진행되는 보석 경매에 참여하려고 그래요."

　한아린이 해외여행을 무척 좋아하는가 했다가, 덧붙은 설명에 정이선이 짧게 탄식하며 고개를 끄덕였다. 그렇게 해외로 나가는 경우엔 코드에서 경비를 지원해 준다는데, 새삼 코드의 복지가 좋다는 생각이 들었다. 이번에 헌터들에게 주어진 휴가 경비도 모두 지원해 줬다고 들었다.

"실제로 한아린 헌터가 해외여행을 좋아하는 편이기도 해요. 외국에 나가면 한국보단 상대적으로 눈에 덜 띄니까요."

하지만 이번엔 7대 레이드로 워낙 전 세계의 이목을 이끌었으니 시선 자체는 많이 받을 거라고 사현이 말했다. 하지만 한아린은 애초에 딱히 시선을 신경 쓰지 않는 편이니 개의치 않을 거란 말까지 들으며 정이선이 작게 웃었다. 정말로 그녀는 외국에서 누가 몰려오든 대충 손 인사만 하고 사라질 것 같아서 웃음이 나왔다.

사현은 4년간 팀을 이끌면서 팀원에 대한 정보도 웬만큼 파악했는지 알고 있는 이야기가 무척 많았다. 그에게서 팀원에 대한 이야기를 들을 때면 꼭 개인을 분석한 리포트를 받아 보는 기분이었지만 정이선은 나름대로 즐겁게 경청했다.

그러다 정이선이 문득 떠오른 의문을 내뱉었다.

"어, 그러고 보니…… 한아린 헌터가 참여하는 보석 경매에는 대부분 함께한다고 알고 있는데. 이번엔 같이 안 가도 돼요?"

"네. 상관없어요. 제가 사는 것도 아니고, 애초에 같이 가는 이유도 그쪽이 함께 경매장에 가면 편하다고 절 불렀던 것뿐이라."

사현의 단조로운 답변에 정이선은 아주 미묘한 기분을 받았다. 사현이 한아린과 함께 보석 경매장에 가는 건 헌터들에 대해 조금만 알아봐도 금방 접할 수 있는 정보였다. 외국 경매장에서 둘을 목격했단 이야기가 흔히 나돌기도 하고, 실제로 코드 헌터들도 그렇게 말했었다.

그래서 정이선은 사현도 보석에 관심이 있다고 생각했는데, 그 이유가 저것인 줄은 몰랐다. 예전에 나건우에게서 들은 사현의 경매장 사건이 떠올라 괜히 섬찟해졌다. 사현이 아무 곳에서나 능력을 쓰진 않을 테지만, 일단 한아린과 사현이 함께한다면 S급 두 명이 경매장에 온 상황이니…… 그들을 방해할 사람이 없을 게 확실했다.

정이선이 고개를 끄덕이고 있으니 사현이 평온하게 말을 덧붙였다.

"제안은 받았지만 거절했어요."

"왜요?"

"이선 씨랑 따로 휴가 가려고요."

몹시 당연하단 듯 나온 답에 정이선이 순간 움찔했다. 사현은 최근 며칠 동안 일을 바짝 몰아서 처리하고 있었는데, 내일부터 있을 휴가 때문이었다. 휴가를 떠나기 위해 숲속의 별장 건물을 하나 구입했다고 들었다.

사실 정이선은 이런, 그러니까…… 데이트라고 부를 법

한 일에 무척 낯설어서, 사현이 무엇을 제안하든 그저 다 좋다고만 했다. 게다가 그는 '휴가'도 거의 처음이나 마찬가지였다. 스무 살이 된 후엔 빚을 갚으려 바쁘게 일하느라 휴식 시간이 없다시피 했었다.

그러니 휴가라는 개념도, 데이트란 개념도 모두 낯설지만…… 단둘이 떠난다는 상황이 주는 묘한 긴장감이 있었다. 약간 들뜨는 것도 같고, 가슴께 어딘가가 자꾸 간질거리는 것도 같아서 정이선은 이어지는 사현의 말을 제대로 듣지도 못하고 고개만 끄덕였다.

그리고 그런 정이선의 볼을 문지르듯 매만져 시선을 이끈 사현이 낮게 실소하며 물었다.

"내가 하는 말 제대로 들었어요?"

"네, 네? 아, 무슨…… 뭐라고 했죠?"

"다음에도 한아린 헌터한테서 제안받으면 함께 해외에 나가겠냐고 물었고, 가고 싶은 나라를 물으니까 계속 고개만 끄덕였어요. 그다음엔 휴가 때 하고 싶은 게 있냐 물어보니 끄덕이고, 뭐냐고 물어보니 또 끄덕이던데요."

"……."

사현이 묘사한 제 행동에 민망해하고 있으니 그가 고개를 살짝 들게 했다. 쳐다보란 의미가 느껴져 아래로 내린 시선을 슬그머니 올려 사현과 눈을 마주했다. 새까만 눈동자에 웃음기가 어렸다.

"무슨 생각 하길래 그렇게 멍해요?"

"아, 그게……."

"나랑 하는 건 뭐든 좋다는 표현으로 끄덕였다고 생각해도 되려나."

다소 장난조로 말하면서도 사현이 천천히 얼굴을 가까이 했다. 정이선은 그 눈동자에 홀린 듯 그를 보다가 어느새 코 끝이 툭 부딪히는 걸 느꼈다. 입술이 닿을 만큼 가까운 거리에서 사현이 속삭이듯 물었다.

"이번 질문엔 안 끄덕여 주나요?"

아주 살짝, 간질거리듯 입술이 스쳤다.

이게 최근 정이선이 자주 놓이는 이상한 상황 중 1단계였다. 사현은 아주 자연스럽게 정이선에게서 '긍정'을 이끌어 내는 상황을 만들었다. 휴가 장소를 결정할 때도, 또 단둘이만 떠나자고 제안할 때도.

그렇게 이야기할 때면 이미 정이선은 반쯤, 아니, 거의 대부분 사현에게 홀린 상태라서 좋다는 답밖에 할 수가 없었다. 그리고 그건 지금도 마찬가지였다. 정이선은 조금 전 사현에게 붙들린 시선 그대로, 그와 눈을 마주하며 떨리는 목소리로 답했다.

"……좋아요."

답이 끝나자마자 입술이 닿아 왔다. 아랫입술을 부드럽게 핥으면서 자연스럽게 입 안으로 들어오는 혀를 이선은 거부할 수조차 없었다. 어느새 습관이 들었는지 정이선은 익숙하게 입을 열어 그를 맞이했다. 혀끝이 얽히는 감각이 머리를 저릿저릿하게 울렸다.

볼을 감싼 사현의 손이 이동하며 옆머리 전체를 감싸고, 그대로 귀와 목선을 쓸어내리듯 붙잡았다. 그럴 때면 정이선은 움찔움찔 떨면서 사현의 어깨를 붙잡았고, 사현은 자연스럽게 그런 정이선의 허리를 감싸 안으면서 간격을 훅 좁혔다. 순식간에 그의 품에 안기면서 몸이 닿자 모든 감각이 예민하게 곤두섰다.

좁아진 거리 탓에 몸에서 도는 열이 공간을 벗어나지 못하고 꾸준히 몸을 달궜다. 온몸에 간지러운 감각이 퍼지는 것만 같았다. 정이선은 어느새 사현에게 감싸 안긴 채로 키스에 휩쓸려 가고 있었다. 사현이 그의 목선을 느긋하게 쓸다가 뒷덜미를 받쳐 잡으며 깊이 키스해 오니 자꾸만 몸이 뒤로 기울었다. 입술 새로 나는 소리가 질척하게 젖어 갈수록 뇌 어딘가가 고장 나는 것만 같았다.

그럴 때면 정이선은 어쩔 줄을 몰랐다. 사현과 닿을 때마다 예민하게 움찔거리며 몸을 뒤로 물리다가도, 또 완전히 떨어지고 싶진 않아 어정쩡하게 그 어깨를 붙잡아 당기는 상황이 되었다. 밀어내지도 못하고 그렇다고 확 끌어안지도 못하는 손짓이었다.

"……."

그러다 키스가 끝나는 순간은 정이선의 등이 소파에 닿는 때였다. 이렇게 눕게 될 때마다 정이선은 고장이 나곤 했는데, 긴장으로 꽉 굳어 숨을 쉬지 못하고 있으면 사현이 입술을 떼고 물러났다.

하지만 그 대신이기라도 한 듯 턱선에 입을 쪽쪽 맞추다가 아래로 내려가며 목에 입술을 지분거렸다.

"아……."

깨물어서 자국을 남기지는 않았지만, 혀로 살짝씩 핥아 올리는 행위가 주는 미묘한 감각이 있었다. 소름이 끼치는 것 같으면서도 뱃속이 간지럽게 굳는 느낌이었다. 정이선이 짤막하게 탄식하며 숨을 터트리면 그때쯤 사현이 고개를 들어 눈을 맞췄다. 눈매가 곱게 휘면서 자아내는 웃음이 예쁘단 생각마저 들 즈음엔 사현이 다시금 입술을 맞춰 왔다.

이때 정이선은 상황이 주는 모든 감각에 휩쓸려 가는 상태였다. 그는 일련의 행위에 전혀 면역이 없었고, 그저 한껏 붉어진 얼굴로 사현과 입을 맞추는 것밖에 못 했다.

그러다 정이선은 최근 들어 점점 허리춤을 지분거리는 손길마저 느꼈다. 티셔츠를 밀어 올리면서 맨살 위를 매만지는데, 그럴 때 정이선은 흠칫하며 바르작거렸다. 만류하려는 듯 사현의 팔을 붙잡아 보아도 이미 그에게 갇히듯 안긴 상태라 벗어날 수가 없었다. 누운 상태로 이어지는 키스라 더 깊이 혀가 들어오는 것만 같았다.

유독 간지러움을 많이 타는 정이선이 허리를 휘며 꿈틀거리릴 때도 사현의 손길은 계속 이어졌다. 허리 옆을 느긋하게 감싸는 것 같으면서도 꾸욱 누르고, 서서히 손길을 위로 올릴 즈음엔 거의 정이선의 힘이 빠지는 순간이었다. 사현의 팔을 붙잡은 손길에 힘이 하나도 없어질 정도로 정이선이 헐떡거리기만 할 때.

"……."

사현이 뒤로 물러나며 빤히 정이선을 내려다보았다. 그 알 수 없는 눈빛에 정이선은 시선이 단단히 붙잡혀 눈을 피하지도 못했다. 숨소리도 제대로 고르지 못하는 순간이었다.

아, 또다.

이런 순간 눈이 마주할 때마다 정이선은 공간에 자리하는 아주 기묘한 공기를 인식했다. 몸을 간질간질하게 만드는 한편으론 가슴께가 뻐근하게 압박되는 느낌이었다. 심장이 쿵, 쿠웅, 뛰는 고동이 선명했다. 두려운 듯하기도 했고 혹은 알지 못할 무언가를 기대하는 것처럼 심장이 크게 뛰기도 했다.

이번엔 아닌가?

순간 든 생각에 정이선은 무서울 정도로 속이 저리는 감각을 느꼈다. 하지만 그 감각이 오래 이어지기도 전에 사현의 팔이 뻗어져 왔다.

"……아."

사현이 정이선의 팔 사이에 손을 넣어 쑥 일으킨 것이다. 소파에 완전히 누워 있다가 손길에 따라 일어날 즈음엔 위로 올라왔던 티셔츠도 자연히 아래로 내려갔다. 누군가의 손길이 닿았던 공간을 덮는 셔츠의 감각마저 선명히 느껴질 정도로, 정이선은 지금 예민해진 상태였다.

그러나 그게 끝이었다.

"이제 가 봐야 할 것 같아요. 회의가 있어서."

사현이 그렇게 말하면서 정이선의 흐트러진 머리칼을 정리해 줬다. 정이선은 멍하니 손길을 받으면서 조금 전의 감각을 잠재우느라 정신이 없었다. 사현에게 휩쓸려서 소파에 누운 것도, 그 뒤에 누운 자세로 더 깊게 키스한 것도, 또 맨살이 만져진 것도 너무 당황스러운데 언제부턴가 정이선은 계속 그 행동에 응했다. 끝까지 밀어내지 못하는 손길이 그를 증명했다.

그런데 사현은 그 상황에서 가 버렸다. 이게 최근 정이선이 겪는 이상한 일의 마지막 단계로, 그가 제일 억울해지는 부분이었다. 대체 뭐가 억울한지는 모르겠지만 미묘한 허무감이 자꾸 그를 잠식했다.

왜? 대체 왜?

상황에 대한 건지, 사현을 향한 건지, 아니면 자신의 상태에 대한 의문일지 알 수 없는 질문만 자꾸 속을 채웠다. 심

지어 방금 키스에선 '이번엔……?'이라는 이상한 생각까지
해 버렸다.

정이선은 결국 소파에 다시 드러누운 채로 하아아, 긴 한
숨을 내쉬었다. 그러다 괜히 소파에 남은 온기에 움찔해 아
예 옆 소파로 옮겨 가서 누웠다. 스스로의 행동이 우스웠지
만 차마 웃음조차 나오지 않아서, 다시 책을 읽으려다 그마
저 실패하고 결국 얼굴 위로 책을 덮어 버렸다.

"뭐야……."

짜증스레 중얼거린 목소리가 괜히 공간을 오래 맴돌았다.

◁ ◆ ▷

저녁엔 사현과 함께 퇴근했다.

언제부턴가 정이선은 퇴근 후 사현과 함께 집으로 들어왔
는데, '그날' 이후로 당연하단 듯 시작된 행동이라 마땅히 의
문을 제기하지도 못하고 받아들였다. 게다가 애초에 집주인
이 사현이었다. 자신에게 레이드 보상처럼 주어졌다지만 딱
히 그 이유를 들어서 방문을 거절할 마음은 들지 않았다.

하지만 사현은 어디까지나 방문할 뿐이지 거주하진 않았
다. 즉 정이선이 잠들 무렵까지만 있다가 떠났는데, 처음엔
잠잘 때 옆에 사람이 있다는 게 낯설어서 뒤척였지만 이젠

그마저도 적응했다. 외려 아침에 무의식적으로 사현이 있었던 곳을 쳐다보기까지 할 지경이었다.

아직은 이른 저녁 시간이라 정이선은 사현과 부엌에서 마주 보고 앉아 평온하게 이야기했다. 함께 떠날 휴가는 나흘로, 휴가에서 돌아오면 파티가 열릴 예정이라 그 부분에 관해 대화했다. 레이드 올 클리어를 기념하는 축하연이며 태신도 함께할 예정이라고 했다.

"태신과의 동맹을 알린다는 면에서도 의미 있는 행사죠. 그리고 이날 이선 씨가 코드에서 계속 함께한다는 공표도 할까 해요."

"아…… 중요한 행사인데 꼭 제 이야기가 나와야 하는 건가요?"

"레이드 클리어에 이선 씨가 큰 공을 세웠으니 당연한 이야기죠. 고대 불가사의를 복구해 냈던 이야기와 함께 다루기에 적절한 주제고요."

그때 공표하는 게 가장 시기적절하다는 말에 정이선은 얼떨결에 고개를 끄덕였다. 여전히 정이선은 자신에게 쏟아지는 많은 찬사가 낯설었지만 사현은 정말 당연하단 듯이 그 주제를 다뤄서, 객관적인 사실처럼 말하는 그의 앞에서 별다른 반응을 보이기가 어려웠다.

정이선은 코드에서 계속 일하기로 했다.

코드가 던전을 클리어하고 나면 그 피해지를 전담으로 복구하는 역할이었다. 클리어 이후 헌터 협회가 해당 장소의 피해 등급을 측정하니, 그 측정이 끝난 후 정이선이 나서기로 했다.

코드 헌터들은 이 소식을 듣고서 던전을 클리어하고도 계속 근처에 있어야겠다며 좋아했다. 정이선의 복구를 보며 던전에서 얻은 피로를 해소할 수 있을 거라며, 주위에 의자를 미리 갖다 놓을 계획까지 짰다. 정이선은 자신이 만류하려 할수록 스케일이 커진단 걸 알아 결국 아무런 말도 하지 못했다.

"파티까지 끝난 후에 천천히 던전 입찰 들어가려고 해요. 곧바로 활동하는 게 부담된다면 더 여유 가져도 되고요."

"음, 괜찮을 것 같아요. 몇 번 연습해 봤는데 복구 능력은 100퍼센트로 유지되고 있어서⋯⋯."

HN길드 건물을 구경할 때 복구 팀이 이용하는 층에서 연습해 봤었다. 연습장에 사람 크기만 한 건물 모형이 있어 그걸 부수고 복구해 본 결과 모두 100퍼센트로 완벽했다. 길드 내 복구사들에게 양해를 구하고 연습 시설을 이용해 본 건데 100퍼센트가 유지되어 스스로도 내심 마음을 놓았고, 당시 복구사들은 뒤에서 감탄하며 박수했었다.

그때의 기억이 떠올라 어렴풋하게 웃는데 사현이 알고 있다고 말했다. 하지만 연습과 실전은 다르니 물어본 거라고, 괜찮다면 다행이란 이야기를 했는데⋯⋯ 정이선은 문득 의아해졌다. 사현이 길드장이니 길드 내에 일어나는 일들을 아는 걸까? 아니면 설마…….

"……혹시, 마킹으로 그런 것도 들을 수 있어요?"

정이선이 꽤 심각한 표정이 되었다. 왜 이제야 의문이 생겼나 싶을 정도로 중대한 문제였다. 주위의 소란도 어느 정도 파악 가능하다고 했었는데, 그 '어느 정도'의 범위를 몰랐다. 설마 모든 소리가 들리는 건 아니겠지?

정이선이 의식하고 있으니 사현이 무슨 걱정을 하는지 훤히 보인단 듯 낮게 실소했다.

"모든 소리를 듣는 건 아니에요. 집중하더라도 멀리서 일어나는 소란 정도로만 들려서 자세한 파악은 안 되고, 몇몇 특정 소리만 곧바로 인식하는 거예요. 그것도 대상의 그림자가 있을 때만 가능하고."

식당이나 카페에서 있을 때 다른 테이블 사람들의 이야기가 들리지 않다가도 그릇이 깨지면 곧바로 그 소음을 파악하는 것과 비슷한 개념이라 했다. 혹은 주변 사람들의 대화에서 익숙한 단어가 나오면 일시에 주의가 쏠리는 것과 같다고 친절히 예시를 들어 줬고, 정이선은 조금 민망해진 기분으로 고개를 끄덕였다.

하필이면 오늘 낮에 사현과 키스한 후에 혼자 짜증을 냈어서, 혹시 그것까지 들었을까 싶어 괜히 흠칫했던 탓이다. 그리고 사현이 웃으며 물었다.

"왜요, 나한테 숨기고 싶은 일이라도 있나요?"

"네? 아, 아니…… 그, 원래 모든 걸 듣는다고 하면 당연히 의식하게 되잖아요. 그런 질문이었을 뿐이에요."

"그건 그렇죠. 다 듣는 건 아니니 크게 의식하지 말아요."

"네……. 하긴, 다 들으면 피곤하겠어요."

"신경이 많이 쓰이는 일이긴 하죠. 뭐, 혹시나 낮에 키스한 후에 중얼거린 거 숨기고 싶어 하는가 했네요."

"……네?"

멍하니 듣던 정이선의 얼굴이 순식간에 충격과 당황스러움으로 물들었다. 그는 잘못 들었기를 바란단 듯 사현을 보았지만 그 얼굴에 어린 미소엔 변함이 없었다. 정말 태연한 낯으로 그때 정이선이 중얼거린 그대로 읊기까지 했다.

"뭐냐고 짜증 내지 않았나요? 일부러 들은 건 아닌데 마침 주위가 너무 조용해서."

"……."

"붙잡지 그랬어요. 그랬으면 안 갔을 텐데."

"아니, 그, 갑자기 회의가 있다면서 나가는데 제가 뭐라고 해요. 저는……."

갑자기 그때 이야기를 꺼내는 사현 때문에 정이선은 순식간에 민망해지는 것과 동시에 억울해졌다. 그렇게 키스하면서 이상한 분위기를 만들다가 사라져 버린 건 분명 그였다. 그래서 항변하듯 말하며 사현을 쳐다보았다가, 그대로 얼굴이 붙잡히며 입술에 닿는 감각을 느꼈다. 말하는 틈을 타 벌어진 입술 새로 자연스럽게 혀가 들어와 깊은 입맞춤으로 이어졌다.

어쩐지 꼭 투정 부리는 아이를 달래는 듯한 상황이라 정이선이 반항심에 사현의 어깨를 밀었다가 뒷머리를 붙잡혔다. 외려 키스가 더 깊어져 결국 무의미한 반항도 멈췄다. 정말 억울하게도 정이선은 사현과 키스할 때마다 가슴이 저릴 정도로 심장이 뛰어서 그를 제대로 밀어내지도 못했다.

작은 테이블을 사이에 두고 이야기하다가 이어진 키스라 둘 사이에 간격이 조금 있었다. 사현이 자리에서 일어나면서 한 손으로 테이블을 짚고, 다른 한 손으론 정이선의 얼굴을 끌어당겨 더 깊게 키스했지만 테이블이 만드는 공간은 어쩔 수 없었다.

이상하게도 정이선은 그 점에 애가 탔다. 최근 사현과 키스할 때마다 거리가 가까웠던 탓인지 몸이 닿지 않는 상황에서 더 간질거리는 기분에 시달렸다.

사현의 어깨를 붙잡았던 손끝을 살짝 떨다가, 이내 정이선이 그 손을 옮기며 사현의 목을 끌어안을 듯 굴었다. 다만 부끄러움이 여전해 차마 그 목을 감싸 안지 못했고, 결국 간질거리는 손길에만 그칠 무렵.

"내일 가니까 푹 자도록 해요."

사현이 뒤로 물러나면서 자연스럽게 말했다. 정말, 이전

까지 키스를 했다고는 믿을 수 없을 정도로 평온한 어조였
다. 계속 대화만 해 온 사람처럼 말하니 정이선은 순간 얼이
빠졌다.

"느긋하게 출발할 계획이긴 한데, 이선 씨는 잠이 많은 편
이니까."

심지어 사현은 태연하게 말하며 부엌을 벗어나기까지 하
니, 결국 정이선은 사현을 따라가 황당하단 듯 물었다.

"대체 왜 이래요?"

"뭐가요?"

사현이 몸을 돌렸는데 그 얼굴엔 일말의 혼란도 없어 보
여서, 심지어는 아쉬움마저 보이지 않아서 정이선은 억울해
졌다. 아무리 그가 이런 부분에 둔하다지만 모를 수가 없었
다. 너무 노골적이었다.

그는 결국 아랫입술을 꾹 깨물었다가 답답하단 듯 말했
다.

"왜, 왜…… 그러니까 왜 자꾸 이렇게 키스하다가 가 버리
는데요?"

며칠간 계속 이어진 이상한 행동이었다. 사현은 키스하면
서 몸을 붙여 오다가도 어느 순간 뚝, 흐름을 끊고 가 버렸
고, 처음에야 당황했던 정이선은 점점 황당해질 수밖에 없
었다. 이건 어디로 보나 사람을 안달 나게 하려는 수로밖에
보이지 않았다.

이 상황에 화가 나는 듯하면서도 사현이 가는 모습을 보니 조급해져 결국 그 팔을 붙잡은 채로 말했다. 꾹 쥔 손이 덜덜 떨렸다.

"대체 왜 이래요? 사람 안달 나게 하려고 그래요?"

"네, 맞아요."

"……네?"

"그 말이 맞아서 그렇다고 했어요."

산뜻하게 나온 답변에 정이선이 멍해졌다. 분명 따지는 상황이었는데 사현이 곧바로 긍정하니 어쩐지 할 말이 없었다. 정이선이 순간 아무런 반응도 보이지 못하니 사현이 그에게 붙잡히지 않은 다른 팔을 들어 그의 볼을 살살 쓰다듬었다.

"나 좀 붙잡으라고 계속 작업 걸고 있었는데."

나긋하게 속삭이는 목소리가 공간을 낯설게 울렸다. 정이선은 조금 전에도 사현이 붙잡으라고 했었던 걸 떠올리며 멈칫했다. 그간 사현은 계속 키스하다가도 중간에 멈추고 자신을 빤히 내려다봤는데, 그 시선이 이런 의미일 줄은 몰랐다.

여기까지 생각하던 정이선은 문득 억울해졌다. 자신이 제대로 반응도 못 하고 휩쓸려 갈 정도로 키스하는 건 그였으면서…….

하지만 정말 그의 말대로 먼저 사현을 붙잡은 적이 극히 드물어서 정이선이 우물거리고 있으니 사현이 고개를 가까이하며 속삭이듯 물었다.

"내가 가 버려서 화난 거면…… 그다음까지 계속했으면 좋겠단 의미죠?"

"네? 아니, 그런, 의미가…….'"

"그런 의미가 맞을걸요."

"……."

당황한 정이선이 말을 더듬었다. 사현이 말하는 '그다음'이 무엇인지 모를 정도로 무지하진 않았다. 숨소리마저 떨릴 정도로 이 상황이 의식되기 시작해 정이선이 얼굴을 한껏 붉힌 채로 말했다. 우물쭈물 이어지는 말이 꼭 변명 같았다.

"키, 키스를 제대로 끄, 끝내지도 않고 뚝 끊고 가 버리니까 그런 건데……."

사현의 입가에 미묘한 웃음이 떠올랐다. 조급한 상황 앞에 아주 살짝 기분이 나쁜 사람 같았다가 그 위로 웃음을 덧대어 감정을 가렸다. 그가 고개를 비스듬히 기울이며 물었다.

"키스만?"

떠보듯 다가오는 질문에 정이선이 차마 답을 하지 못하니 사현이 느긋하게 미소하며 말했다.

"그러면 그렇게 해요. 이선 씨가 원하는 것만 할 테니까."

다시금 사현이 입을 맞춰 왔다. 하지만 그 키스는 지금까지 해 온 키스와는 조금 결이 다르게 시작되었다. 아랫입술을 느릿하게 핥으면서 짓누르는 듯하다, 윗입술을 지분거리며 서서히 앞에서부터 열어 왔다. 간지럽게 스치듯 아랫입술을 깨물면서 자꾸만 입술을 자극했고, 그간 사현과 깊은 키스를 여러 번 해 왔던 정이선으로서는 애가 탈 수준의 입맞춤이었다.

일련의 대화 때문에 긴장해서 뻣뻣하게 있던 것도 잊고 정이선이 먼저 혀를 섞었다. 키스할 때마다 자연히 입을 열었으니 이번에도 반사적으로 입술을 벌렸는데 사현이 도통 깊이 들어올 생각을 않으니 애가 닳았다.

그리고 그렇게 정이선이 먼저 행동한 순간부터 키스가 깊어졌다. 마치 그것이 일종의 선이었던 것처럼, 정이선이 문을 열어 주지 않으면 들어가지 못할 것처럼 바깥을 맴돌다 순식간에 입맞춤이 짙어졌다. 지금껏 참아 왔단 게 신기할 정도로 다급하게 질척이는 키스였다.

사현이 뒷덜미를 감싸면서 기울어지는 정이선의 고개를 자연히 받쳤다. 키스가 깊어질 때 정이선이 어떻게 반응할지 안다는 듯 당연한 준비였고, 제 반응을 아는 사현의 행동에 정이선은 속이 울렁거리는 기분을 받았다. 그가 뒷머리를 감싸는 행위에마저 너무도 익숙해져서, 그 익숙하다는 감각이 주는 기묘한 긴장이 배 위로 퍼졌다. 배꼽 주위가 저릿저릿한 게 자꾸만 몸을 움찔거리게 했다.

어느새 사현에게 이끌려 가듯 뒷걸음질 치다가, 정이선은 허벅지 뒤에 무언가 부딪치는 걸 느꼈다. 조금 전 사현과 대화했던 장소로 온 것이다. 테이블에 부딪친 다리가 어정쩡하게 방황하고 있으니 사현이 자연스럽게 간격을 좁혀 왔다.

테이블에 앉을 듯 말 듯 애매한 자세에서 허벅지끼리 부딪치니 아주 미묘한 감각이 온몸을 점령했다. 정이선이 움찔움찔 떨며 그 팔을 붙잡을 무렵 사현이 그의 허리를 붙잡는가 싶더니 훅, 위로 올려서 키스를 이어 갔다. 얼떨결에 테이블에 앉은 정이선은 조금 높아진 위치에서 그와의 키스에 휩쓸려 갔다.

딱딱한 입천장을 스치듯 핥다가 혀를 얽으면서 나는 질척한 소리가 입 안뿐만 아니라 머릿속까지 저릿저릿하게 울렸다. 허리를 쥔 사현의 손이 무의식적으로 맨살을 찾으려다 가까스로 바깥에 머물렀다. 인내처럼 여겨지는 행위였으나 외려 정이선은 간간이 옷 위를 꾹 쥐어 오는, 옷이 구겨지며 허리가 잡히는 감각에 어쩔 줄을 몰랐다.

테이블에 올라온 순간부터 키스가 다소 천천히 이어지는데도 입술 새로 숨찬 신음이 나갔다. 숨은 외려 더 습해지고, 맞닿을 듯한 몸의 틈새로 열이 돌았다. 가까운 간격 탓에 빠져나가지 못하는 열이 정이선을 눅진하게 녹여 갔다.

그 모든 행위에서 정이선은 모종의 갈급함을 느꼈다. 어떻게 해야 정이선이 안달 날지 알면서도 입만 맞추고 있는 사현에게서 더한 조급함을 느꼈다. 꾹꾹 억눌러 참는 듯한 감정이 키스에서 느껴질 정도라, 정이선의 손끝이 살짝 떨렸다.

"……."

그러다 사현이 천천히 입술을 뗐다. 이번엔 정이선이 바랐던 것처럼 키스의 끝을 제대로 맺어 주려는 듯 입술 위를 두어 번 가볍게 핥다가 정이선을 올려다보았다.

정이선은 사현을 내려다보는 상황이 낯설어, 입술을 살짝 벌린 채로 굳어 버렸고 그런 그에게 사현이 물었다.

"아직도, 키스만 해요?"

살짝 탁한 목소리였다. 최대한 평온을 가장한 듯 차분했으나 목소리 전체가 가라앉았고, 그 끝엔 다소 긁어내리는 감마저 따라 나왔다. 그 목소리에서, 그 눈빛에서 정이선은 실제로 지금 가장 안달 난 사람이 사현이란 걸 깨달을 수밖에 없었다.

사현은 그런 상황이면서도 정이선의 답을 기다리겠다는 듯 가만히 보다가, 결국 어깨에 이마를 묻으며 한숨처럼 말했다.

"……아직 아니라면 빨리 말해 줄래요?"

심장이 쿵, 쿵, 쿵. 둔중하게 뛰었다. 꼭 모든 감각을 잡아

먹을 것처럼 오직 그 고동만이 크게 울려 퍼지다가…….

"원하는 것만 하겠단 말 번복하고 싶지 않으니까, 아니라면 빨리……."

기어코 정이선이 먼저 사현의 얼굴을 붙잡아 키스했다. 분명히 조금 전까지도 혀를 섞었건만 지금 다시 맞닿는 입은 너무 뜨겁게만 느껴졌다. 정이선은 그 낯섦이 제 긴장감 때문이란 걸 알았지만, 끝끝내 사현을 놓지 않고 깊이 입을 맞췄다.

그렇게 붙잡는 행동에 사현이 잠깐 멈칫했다가, 이내 기꺼이 키스에 응하며 정이선을 안아 들었다. 허벅지 옆을 감싸 받치듯 정이선을 들어 그가 흠칫했으나 결국엔 사현의 목을 감싸 안으며 키스를 이어 갔다.

사현에게 안긴 채로 이동한 정이선이 눕게 된 곳은 당연하게도 침대였다. 푹신한 감각이 등에 닿을 즈음 다시금 정이선이 움찔 떨자 사현이 혀를 섞은 상태로 웃었다. 입술 새로 간질간질하게 퍼지는 숨소리에 정이선이 괜히 눈을 치켜떠 보았지만 사현은 웃음기를 지우지 않은 채로 그 눈가에 잘게 입맞춤했다. 꼭 귀여운 것을 대하듯 쏟아지는 뽀뽀에 정이선은 손끝을 떨었다.

턱선을 따라 입 맞추다 목으로 내려간 입술이 얇은 살 위를 핥았다. 언제나 그랬던 것처럼 핥기만 할 줄 알았는데, 이번엔 그가 이를 세워 가볍게 잘근잘근 깨물었다. 처음엔 놀랐지만 약하게 스치고 지나가는 느낌이라 그저 받은 숨만 내쉬다가, 돌연 목이 콱 깨물려 정이선이 파드득 놀랐다.

"뭐, 뭐, 뭐 하는 거예요?"

"사실 예전부터 깨물어 보고 싶었어요."

당황한 정이선이 말을 세 번이나 더듬어 가며 물었는데, 몹시 태연한 답이 돌아왔다. 정말 당연하단 듯 답해서 정이선이 순간 멍하게 있으니 사현이 웃으며 조금 전 깨물었던 곳을 더 깨물기 시작했다. 송곳니에 스쳐 예민하게 부어오르는 살갗 위를 빨아들이기까지 하니 정이선은 꿈틀거리며 그의 팔을 붙잡았다.

"자국, 남잖아요."

"네. 자국 남기려고 하는 거예요."

"흐읏, 아니, 그런 답을 하라는 게 아니라아……."

"어차피 앞으로 나흘간 저랑만 있을 건데, 무슨 문제 되나요?"

어르듯 말한 사현이 곧 목 곳곳을 깨물기 시작했다. 늘 가리고 다녀서 그런지 유독 새하얘서 눈에 띄었단 말이 한쪽 귀로 들어왔다가 반대편 귀로 흘러나갔다. 정이선은 그가 말한 '나흘'에서 뒤늦게 내일 떠날 휴가가 떠올라, 오늘 밤 이런 일을 벌인 후 휴가가 어떻게 될지 걱정됐다. 하지만 그런 걱정이 길게 이어질 틈도 없이, 허리춤으로 사현의 손이 들어왔다.

길쭉한 손가락이 옷자락을 밀며 허리를 꾸욱 눌렀다. 맨
살에 닿아 오는 온기에 정이선이 다시금 긴장했지만 그래도
그간 몇 번 경험했으니 괜찮다고 생각하는데, 손이 점점 더
위로 올라오다 마침내 가슴께에 머물렀다. 자꾸 위로 올라
와서 옷을 벗긴다고만 생각했다가 기어코 유두 위를 스치는
손길에 정이선이 다시금 화들짝 놀랐다.

"웃, 거, 거길 왜 만져요."

"만지는 건 별로인가요?"

"하으, 아, 아픈 것 같아요⋯⋯."

그렇지 않아도 긴장했던 몸에 직접적으로 손길이 다가오
니 유두가 빳빳하게 섰다. 그 감각이 너무 낯설어서 정이선
이 허리를 떨며 바르작대니 사현이 물끄러미 그를 보다, 알
겠단 듯 손을 치웠다. 그러곤⋯⋯.

"아니이, 아, 핥, 핥으라는 의미가, 흐읏."

고개를 숙여 유두를 핥기 시작했다. 축축한 혀가 유륜 전
체를 꾸욱 누르는 듯하다 둥글게 핥고, 유두를 밀어 올리듯
혀로 훑었다. 그렇지 않아도 몸이 한껏 예민해져서 사현의
손길 하나하나에 반응하고 있었는데, 이젠 혀까지 들이미니
정이선은 정신을 차릴 수가 없었다.

사현의 어깨를 붙잡고 밀어내려다 이에 유두가 스쳐 파드
득 허리를 휘며 꿈틀댔다. 정이선은 사현을 감싸 안지도, 밀
어내지도 못하는 상황에서 앓는 소리만 냈다. 사현의 온기

에 언제나 약했던 정이선이지만 이런 식으로까지 약해지고 싶진 않았다.

"여기 부어올랐어요. 이선 씨."

"그런 거 말하지 마요……."

드디어 입술을 뗀 사현이 신기하단 듯 말했다. 정이선은 팔로 눈 위를 덮은 채로 쌕쌕 숨소리만 냈다. 어느덧 얼굴이 잔뜩 붉어져 차마 못 보겠단 듯 가린 건데, 사현이 달래는 손길로 그 팔을 치워 내며 볼에 잘게 입맞춤했다.

"손으로 만지니 아프다고 해서 혀를 썼는데, 그래도 아팠어요?"

"이걸 꼭…… 지금 물어야 하는 건가요?"

"네. 아픈 정도를 파악하는 게 중요하니까요."

정이선은 사현이 조금 미워졌다가, 지금 아프다고 말하면 더는 가슴을 핥지 않겠지 싶어져 그렇다고 답했다. 사현은 알겠단 듯 고개를 끄덕이더니…….

"아윽, 아! 대, 대체… 흐으, 이럴 거면 왜 물어……."

이번엔 반대편 유두를 핥듯이 다가가 그 주위를 확 깨물었다. 유륜 주위를 잘근잘근 깨물며 잇자국을 만들고, 그 위를 살살 핥았다. 깨물리는 감각에 정이선이 아픔을 호소했지만, 그다음으론 아주 이상하게도 배가 긴장하면서 열이 퍼지는 감각을 느꼈다. 핥아 올리다가도 다시 혓바닥으로 꾹 누르는 행동에 정신이 아찔해졌다.

정이선은 목까지 올라온 옷자락을 붙잡으며 끙끙 앓았다. 얼굴이 터질 것처럼 붉어졌으나 열을 식힐 방법이 없었다. 사현은 그동안에도 계속 유두를 핥다가 고개를 들어 물었다.

"이번에도 아팠어요?"

"아프다 해도…… 후우, 그래도 깨물 거면…… 대체 왜 물은 거예요?"

"주위에 더 큰 자극이 있으면 그곳 자체는 덜 아플까 해서요."

"……."

방금보다 조금 더 사현이 미워졌다. 정이선이 말없이 사현을 흘겨보니 그가 빙긋 웃었다. 분명 아름다운 웃음이었는데 본능적으로 불안해졌다.

"여전히 아픈 거면, 혹시 아픈 걸 좋아하는 편인가요? 취향이 그쪽이면 다음에 공부해 올게요."

"무, 무슨 헛소리를……."

"아래가 섰길래요."

사실을 말하듯 몹시 담담한 목소리에 정이선의 얼굴이 화아악, 붉어졌다. 그는 이런 자극에 전혀 면역이 없었고, 심지어 민감하기까지 해서 사현의 모든 행동에 반응했다. 하지만 이런 식으로 제 반응을 들으니 너무 민망해져서 결국 상체를 일으키며 더듬거렸다. 일단 상황을 벗어나야겠단 생각만 들었다.

"그, 그냥 그만해요. 차라리 나중에…….."

하지만 완전히 일어나기도 전에 사현에게 붙잡혀 뒤로 확, 눕게 됐다. 사현이 정이선의 하체를 들어 제 허벅지 위로 잡아 올리면서 그를 눕혀 버린 것이다. 순간 몸이 붕 떠서 정이선이 당황하고 있으니 사현이 그 어깨 옆으로 양손을 짚으며 거리를 가까이했다.

"이선 씨. 이건…… 상태를 확인하는 질문일 뿐이에요. 이선 씨는 너무 약하니까, 잘못하면 부러질까 싶어서 미리 어느 정도까지 되는지 확인하려는 거예요. 응?"

달래는 듯한 목소리가 조금 다급하게 쏟아졌다. 그 얼굴에 서린 약간의 당황스러움과 간절한 기운에 정이선이 놀라 입만 벙긋거렸다.

"그리고 이선 씨가 좋은 방향으로 하고 싶은 거니까…… 싫으면 싫다, 좋으면 좋다 말하면 돼요. 싫다고 하면 안 할 테니까."

"……."

"그러니까 그만하자는 말만 하지 말아요."

사현이 툭, 정이선의 어깨에 고개를 묻으며 말했다. 어쩐지 애원처럼 들리는 말에 매달리는 듯한 행동이었다. 정이선은 잠깐 굳어 있다가… 결국 손을 들어 사현의 뒷머리를 어설프게 감싸 안은 채로 끄덕였다.

사실 하체가 그의 허벅지로 끌려가 앉히면서, 탄탄하게 자리 잡은 허벅지 근육이 옷 위로 느껴져 놀랐다. 그런데 그 다음으론 어렴풋하게 스치는… 그, 그것에 굳었다. 일부만 닿은 듯한데 단단한 건 확실히 느껴져서 심히 두려워졌다.

　하지만 그렇게 반응한 상황이면서 고개를 숙이며 매달리는 행동에, 결국 정이선은 알겠다고 해 줄 수밖에 없었다.

　그제야 사현은 미소했고, 정이선은 그 웃음에 심장이 무섭도록 저리는 걸 느꼈다. 사현은 그의 얼굴 위로 몇 번 더 입맞춤을 쏟은 후 정이선의 상의를 훅 벗겼다. 티셔츠가 위로 올라가면서 정이선이 팔을 들었다가, 조금 민망한 기분으로 다시 입술을 맞춰 오는 사현의 키스에 응했다.

　입술 새로 오가는 숨이 점점 더워질 무렵, 사현의 손이 아래로 향했다. 허리를 부드럽게 쓰다듬다가 바지 버클을 풀려는 듯했다. 각오했는데도 반사적으로 움찔한 정이선이 그 손을 붙잡았지만 어느새 버클이 풀리고 바지가 아래로 내려가려고 했다.

　그때 정이선은 너무 당황해 버려 다급히 입술을 떼고 외쳤다.

　"자, 잠깐……!"

　"왜요?"

　"그, 그러니까, 그으…… 왜, 왜 저만 벗어요?"

　일단 시간을 벌어야 한단 생각에 떠오르는 대로 내뱉었는데, 사현의 표정이 미묘해졌다. 정이선이 뒤늦게 제가 한 말을 깨닫고 입을 손으로 덮으니 이내 사현이 살살 눈웃음을 지으며 그 손을 붙잡았다. 그러곤 손을 이끌어 그의 셔츠 깃 위에 얹었다.

"그러면 이선 씨가 벗겨 줘요."

사현의 가슴팍에 얹어진 정이선의 손이 살짝 떨렸다. 까만 셔츠 아래로 또 근육이 느껴져 움찔했다가, 자신에게 잘게 키스하며 벗겨 달라고 속삭이는 사현의 목소리에 입술을 꾹 깨물었다. 겨우 저 한마디가 왜 이렇게 야하게 들리는지 모를 일이었다.

뇌가 고장이라도 났는지 자꾸만 아찔한 기분이 들어 정이선이 손끝을 파르르 떨다가, 결국 손을 옮겨 셔츠의 단추를 하나씩 풀기 시작했다. 사현은 친절히 상체를 숙여 주었다.

그렇게 서서히 드러나는 몸에 정이선은 점점 더 부끄러워졌다. 쇄골 아래부터 가슴과 복부를 쭉 가르는 듯한 일자 선이 근육을 따라 살짝씩 파인 것이 자꾸만 시선을 붙잡았다. 셔츠 위를 만졌을 때부터 가슴 근육이 탄탄하단 건 알았지만 복부까지 모두 촘촘한 근육이 자리했다. 그가 S급 헌터라는 점과 매일같이 습관처럼 하는 훈련들을 생각하면 당연한 일이지만 눈으로 직접 보는 게 너무 낯선 기분을 안겼다.

단순히 부끄럽다고만은 표현할 수 없는 이상한 감각이 몸에 퍼졌다. 배꼽 주위가 둥글게 굳어 가면서 떨리는데, 정이선은 이제 이것이 흥분이란 걸 받아들일 수밖에 없었다. 아래 단추까지 풀 땐 사현이 정이선의 허리를 감싸 안으면서 자연스럽게 몸을 일으켜, 그의 품에 갇혀 앉힌 자세로 셔츠를 끝까지 벗겨야만 했다.

"⋯⋯."

정이선이 얼굴을 붉게 물들인 채로 아무런 말도 못 하고 있다가, 눈을 질끈 감았다 뜨며 천천히 사현을 보았다. 그 어쩔 줄 모르는 시선에 사현이 미소하며 콧잔등 위에 가볍게 뽀뽀하다 서서히 입술을 아래로 내리며 애무를 이어 갔다.

어깨를 잘근잘근 깨물고, 아래로 내려와 조금 전 흔적을 남겼던 유두를 핥았다. 이전에도 부드러웠지만 훨씬 더 조심스러워진 행동에 이선은 차마 그를 밀어내지 못하고 그의 머리를 감싸 안고 신음했다.

결국 정이선의 바지가 살짝 벗겨지고, 사현은 드로어즈 안으로 손을 넣어 성기를 꺼냈다. 이전에도 두 번 사현에게 붙잡힌 적 있던 성기건만 이런 상황에서 다시 잡히니 너무 이상했다. 발끝이 오므라들 정도로 부끄러워 정이선이 다리를 살짝 움츠리며 반응하는데, 사현의 몸이 돌연 아래로 내려간다 싶더니⋯⋯.

"아, 아니, 잠, 잠깐만⋯⋯!"

그 성기를 핥으려 들었다. 정이선이 너무 놀라서 그 어깨를 다급히 붙잡자 사현이 의아하단 듯 그를 보았다. 다리 사이에 완전히 자리를 잡은 사현은 성기를 쥔 채 정이선을 보다가 그의 허벅지에 고개를 기대며 물었다.

"이건 싫어요?"

"……그, 그건…… 그러니까……."

이미 성기가 쥐인 순간부터 옴짝달싹 못 하는 기분을 받았던 정이선은 가까스로 고개를 끄덕여 보였다. 사현이 몇 번이나 했던 일이지만 지금은 너무 민망했다. 시, 싫었던 건 아니지만 아무튼 정이선은 일단 사현이 제 아래에서 물러나 줬으면 했다.

그리고 의외로 사현은 정말로 순순히 물러났다. 몸을 일으키는 그의 행동에 정이선이 안도하려 했으나…….

"흐으, 이, 이렇게 할 거면, 왜 묻는 척을, 아, 아흑……."

사현이 앞에 앉아서, 정이선을 가까이 끌어안은 채로 그 성기를 쥐고 흔들기 시작했다. 정이선은 물러났던 손가락이 다시 성기를 휘감으면서 위로 쭉 올렸다가 아래로 쓸어내리는 감각에 정신을 차리지 못했다. 흔들리는 행위 속에서 느껴지는 뜨거운 압박감에 사현의 양팔을 붙잡으며 끙끙댔지만 그의 손은 떨어지질 않았다.

결국 정이선은 사현의 어깨에 고개를 묻은 채로 흐느끼는 소리를 내야 했고, 사현은 그 등을 달래듯 토닥이면서 다른 한 손으론 성기를 계속 흔들었다. 정말로 앞과 뒤가 지극히 반대되는 행동이었다.

"후보가 두 개였는데, 이선 씨가 하나는 싫다고 했으니 다른 하나밖에 남지 않았는걸요."

"훗, 두, 둘 다 싫다고 하면, 하으……."

"유감스럽게도 그런 선택지는 없어요."

사현이 그를 어르듯 등을 다정히 쓸었다. 그러면서도 여전히 한 손으론 성기를 노골적으로 문질러 대니 정이선으론 억울할 노릇이었다. 성기 끝을 움칠대며 나온 액을 선단 전체에 펴 바르면서 흔들어 열감이 오래 유지되는 것만 같았다. 아니, 유지되다 못해 점점 열이 올라서 터질 것만 같았다.

"그럴 거면, 흐읏, 애초에 두, 두 개를 같이 말, 하아, 말 하던가아……."

정이선은 웬만한 자극엔 모두 무디면서 이런 성적인 자극 앞엔 하릴없이 허물어졌고, 잔뜩 붉어진 얼굴은 어느새 당장이라도 울 듯한 모습이었다. 발개진 눈가에 희미하게 보이는 눈물에, 사현이 눈꼬리 위로 입술을 쪽쪽 맞추며 다음번에는 그러겠다고 해 줬다. 약간 미워질 때마다 다정하게 구니 정이선은 사현을 완전히 밀어낼 수도 없었다.

결국 정이선은 사현의 손에 성기가 쥐인 채로 바들바들 떨다가 기어코 그 손에 사정해 버렸다. 마지막에 어떻게든 사현을 밀어내고 싶었지만 그가 성기를 위로 쭉 올리며 귀두 양옆을 꾸우욱 누르니 자극을 견딜 방법이 없었다. 이쯤 되자 거의 모든 걸 포기한 정이선은 그의 어깨에 고개를 묻은 채로 숨만 색색 내뱉었다. 한차례 사정했더니 몸이 나른해졌다.

그리고 그 탓에 정이선은 제 바지와 속옷이 완전히 벗겨지는 상황에서도 별다른 반응을 보이지 못했다. 사현이 등을 계속 토닥이면서 달래고 있어서 그대로 휩쓸려버렸다.

뒤늦게 정이선이 화들짝 놀라니 사현이 태연하게 물었다.

"이번에도 벗겨 줄래요?"

"아, 아니, 아뇨. 괜, 괜찮아요."

차마 아직 그곳까진 용기가 생기지 않은 정이선이 애써 거절했다. 조금 전에 다리에 살짝 닿은 게 전부건만 어쩐지 막연히 두려워졌다. 최대한 늦게 보고 싶은데, 그때가 돼도 막막할 것 같았다. 그 크기가 뒤로 들어올 수 있을까? 정말로? 상상하는 것만으로도 아득해지는 것과 동시에 어쩐지 배가 아찔하게 긴장했다. 그게, 들어오면…….

문득 정이선은 뒤로 축축한 무언가가 닿는가 싶더니, 손가락 한 개가 꾸욱 밀고 들어오는 걸 느꼈다. 다른 생각을 하느라 정작 이게 들어오는 걸 인지도 못 하고 있었다. 기습 아닌 기습에 정이선은 순간 제대로 숨도 쉬지 못했다.

대체 언제, 어디서 꺼낸 건지 모를 젤이 치덕치덕 손가락에 발려 있었는데, 그 젤과 함께 손이 밀려 들어오는 감각이

어마어마했다. 겨우 하나만으로도 정이선은 몸을 파드득 떨며 어쩔 줄을 몰랐다. 반사적으로 아래를 확 조이며 앓으니 사현이 등을 토닥였다.

"긴장 풀어요."

"아으, 흑, 흐으…… 예, 예고하고 들어와야지…….."

"넣는다고 했는데."

"확, 확실해요?"

"네."

사현의 단호한 답에 정이선은 할 말을 잃었다. 그리고 그런 정이선의 얼굴에 꾹 찍어 누르듯 입술을 맞추며 사현이 물었다.

"대체 무슨 딴생각을 했길래 내 말을 못 들은 건가요?"

"네, 네……?"

제대로 들었을 테니 답하란 사현의 눈빛이 고스란히 전달되었다. 기분이 조금 좋지 않은 듯 살짝 눈을 내리깔다가, 정이선의 귓가를 콱 깨물어 버렸다. 정이선이 또 화들짝 놀라 숨을 들이켰다가 내뱉는 틈을 타 손가락이 쑥, 끝까지 들어왔다.

"아윽!"

정이선이 크게 신음하며 앓는 동안 사현이 안에 넣은 손가락을 꽤 신경질적으로 움직이기 시작했다. 길쭉한 손가락이 움직이니 온몸에 소름이 돋았다. 손끝을 앞뒤로 흔들었다가 내벽을 쭈욱 긁어내리며 넓히는 행동에 정이선은 결국 사현의 목에 매달리며 울 듯이 사실을 밝혀야만 했다. 좀 더 변명을 생각하고 싶은데 머릿속을 거세게 때리는 자극에 도저히 뇌가 작동하질 않았다.

"하아, 아니이, 조…… 조금 전에 그, 그게 닿아서…… 뒤로, 흐으, 응, 뒤로, 어떻게 들어올지 걱, 걱정하느라……."

흐느끼듯 해명하며 정이선이 사현의 어깨에 이마를 비볐다. 사실대로 말할 때까지 계속 안을 휘젓는 행동에 정신을 차릴 수가 없었다. 그래서 생각한 그대로를 밝히다, 마지막 쯤에 멈추는 사현의 손에 가까스로 숨을 내쉬었다. 온몸에 열이 돌면서 그새 앞머리가 땀에 젖어 이마 위로 흐트러졌다.

돌연 사현이 정이선을 뒤로 확, 눕혔다. 손가락을 넣은 채로 눕히니 정이선은 또 앓는 소리를 내야만 했다. 그가 신음하거나 말거나 사현이 얼굴 위로 잘게 키스를 쏟으며 말했다.

"왜 이렇게 귀엽게 굴지."

목소리 가득 서린 웃음기에 현재 사현이 즐거운 상태라는 걸 알 수 있었으나 정이선은 그를 따라 웃을 수가 없었다. 여전히 안에서 손가락이 놀고 있으니, 이 상황에서 홀로 웃는 사현이 원망스러워지기까지 했지만 정이선은 그의 어깨에 매달린 채로 애원해야만 했다.

"아, 흐윽…… 손, 손 빼 주면 안 돼요?"

"걱정했다면서요."

"네……?"

"걱정되면 그만큼 준비를 제대로 하면 돼요."

매우 사현다운 답변 뒤로 손가락 하나가 더 들어왔다. 정이선은 괜히 말했다고 후회했지만 이미 그의 몸은 달아오를 대로 달아올라서 어느새 성기도 다시 꼿꼿하게 위로 서 있었다. 사현이 손가락 두 개를 푹푹 넣을 때마다 의지와 다르게 허리가 휘면서 헐떡이듯 숨을 터트려야만 했다.

달아오르듯 뭉근하게 퍼지는 열감이 온몸을 녹였다. 바르르 떨리는 허리가 허공으로 높이 들렸다가 아래로 떨어지며 정이선이 몸을 비틀었다. 이 흥분과 자극 속에서 이성을 유지하기가 힘들었다.

덜덜 떨리는 허벅지가 반사적으로 오므라들었지만 사현의 팔은 그 아래로 계속 움직였다. 찌걱찌걱 소리가 순식간에 물기를 머금고 진득해졌다. 내벽이 꿈틀거리는 느낌이 선명해 정이선이 흐으, 울 듯이 신음하는데 그 상황에서 사현이 물었다.

"안에서 둥글게 문지르는 게 좋아요, 아니면 이렇게 긁어내리는 게 좋아요?"

하필이면 두 가지를 말하면서 그대로 재연해 줘서 정이선은 흐느끼며 그 팔에 매달렸다. 조금 전에 선택지가 두 개면 모두 말하겠다더니, 정말로 그대로 해 주는 사현의 행동에 고마워해야 할지 화내야 할지 알 수 없었다. 어느새 손가락은 세 개가 되었고, 그 내벽은 착실하게 조여들며 꿈틀거려 정이선의 얼굴에 홧홧하게 열이 돌았다.

등허리에서부터 목 뒤까지 쭉, 쾌감이 솟아올라 몸이 뒤로 휘었다가, 다시 앞으로 몸을 웅크리며 바르작거렸다. 저릿저릿한 감각이 허리를 떨게 하다 못해 심장까지 무섭게 점령했다. 사현은 어서 답하라고 재촉했고, 정이선은 이미 덮쳐 오는 성감에 반쯤 울고 있었다. 시야가 눈물로 번지는 건지, 아찔한 쾌감으로 희게 물든 건지 구분이 되지 않았다.

"그, 그만, 후으, 읏, 그만 물어요."

"이선 씨가 가장 좋아하는 걸 찾으려는 거예요."

"아, 제발…… 하읏!"

손가락이 내벽을 둥글게 짓누르며 긁는 순간 정이선이 사현의 팔을 붙잡은 채로 파르르 떨었다. 어떻게든 그 행동을 말리려고 상체를 일으켰다가, 그대로 그의 팔에 매달리듯 두 손으로 붙들고서 사정했다. 허벅지가 덜덜덜 떨리며 간지러워 미칠 것 같은 쾌감이 온몸을 덮쳤다.

입 바깥으로 터져 나간 비음에 민망해하지도 못하고 정이선은 그의 위 팔뚝에 고개를 기댄 채로 하아, 달뜬 한숨만 흘렸다. 호흡이 엇박자로 뛰고 여전히 진정하지 못한 몸이 잘게 경련했다.

잠깐 사현의 행동이 멈춰서 정이선은 그 상태로 받은 숨을 고르다…… 결국 사현의 팔을 붙잡으며 뒤로 누워 버렸다. 사현은 그 손짓대로 그의 위로 올라와 가만히 그를 내려 보았고, 정이선은 숨을 헐떡이는 채로 말했다.

"그냥, 그냥 마음대로 해요……. 미치겠으니까……."

얼굴 옆에 놓인 손에 스치듯 입술을 맞추며 하는 말이었다. 사현이 계속 물어 대니 그만 물란 의미로 말했는데, 그 순간 사현의 눈동자에 어리는 감정을 보았다. 음산하고 험악하다 불러야 할 정도의 욕정이었다.

지금껏 아래에 깊이 숨겨 두었던 음습한 감정이 그대로 보여 정이선이 순간 움찔했다가, 그대로 사현이 덮쳐 오듯 하는 키스에 응할 수밖에 없었다.

바지 버클이 풀리는 소리를 듣고, 뒤이어 콘돔을 끼우는 듯 다리 옆으로 손이 움직이는 느낌을 받았다. 그러다 기어코 제 허벅지가 그의 허벅지 위로 다시금 올라가면서 입구에 뭉툭한 감각이 닿아 왔다. 사현에게 붙잡혀 키스하느라 아래를 제대로 볼 수 없었지만 그 느낌만으로도 어렴풋하게 크기가 예상되었다. 손가락 세 개로 풀어도 한참 부족한 수준이었다.

"잠, 잠시……."

정이선이 당황하며 숨을 참으려 하자 사현이 그 아랫입술을 꽉 깨물었다. 그렇게 숨이 터진 틈을 타 성기가 안으로 푹 밀고 들어왔다. 전부 들어온 것도 아닌 듯한데 찌릿한 감각이 척추를 타고 쭉 올라갔다.

고개를 뒤로 꺾은 채로 정이선이 헉, 소리를 내고 굳어 있으니 사현이 그의 허리를 붙잡고 살살 쓰다듬기 시작했다.

"숨 쉬어."

부드럽지만 꽤 다급한 손길이었다. 긴장을 풀라는 의미가 전달되었음에도 정이선은 몇 번 더 숨을 끊어서 내쉬어야 했다. 눈물이 투둑, 툭 터지려고 들어 흐느끼는 소리마저 내니 사현이 그 눈가에 입술을 지분거렸고, 그즈음 정이선이 긴장을 풀자 성기가 바깥으로 나갔다가 다시 푹 짓치고 들어왔다.

내벽이 꽉 짓눌리면서 자극점이란 자극점은 모조리 눌려 온몸이 바르르 떨렸다. 이렇게 크기로 모든 극점을 누를 거였으면 조금 전에 손가락으로 굳이 위치를 찾을 필요가 없었지 않나, 하는 의문마저 들 지경이었다.

정이선의 손이 떨리며 어쩔 줄 모르고 방황하다, 결국 사현에게 매달리듯 그의 등을 감싸 안았다. 그가 자신을 꽉 껴안아 누르고 있으니 할 수 있는 일이라곤 그 단단한 몸을 껴안는 것뿐이었다. 상대를 긁어내리지도 못하는 손길이 애처롭게 등을 머물렀다.

"아아, 하으, 흑……."

사현은 그 손길에 더 갈급해진 사람처럼 정이선의 안으로 들어왔다가, 정이선이 힘겹게 천천히 하란 의사를 전할 즈음에야 가까스로 속도를 늦췄다. 이후 그는 정이선의 어깨와 쇄골을 잘근잘근 깨물며 말했다.

"그런 말은, 앞으로 안 하는 게…… 좋겠어요."

"흐으, 으……."

"내가 마음대로 하면 어디까지 할 줄 알고."

갑작스럽게 몰아쳐 온 자극에 정이선은 제대로 정신도 차리지 못하다가, 겨우겨우 호흡을 되찾았다. 하지만 이미 온몸이 극렬한 자극에 절어 정이선은 허리를 바르르 떨며 흐느끼는 것밖에 못 했다. 어느새 한차례 사정한 성기 끝에서 하얀 액이 주르륵 흘렀다. 사현이 처박아 올 때 그의 복부에 성기가 마구 스쳐 자극을 이기지 못하고 사정해 버린 것이다.

사현이 제 배에 튄 백탁액을 흘끔 내려다보다 이내 나른히 웃었다.

"그새 혼자 갔어요?"

"그렇게, 막, 하아, 밀고 들어온 사람이 누군데……."

"이선 씨 이렇게 잘 느껴서 어쩌지."

"후으, 응, 흐응…… 잠, 잠깐, 거기는 말고오……."

지쳐서 축 늘어져 있던 정이선이 움찔움찔 떨었다. 조금 전에 손가락으로 찾았던 극점을 사현이 성기로 꾸욱 누르면서 나타난 반응이었다. 이미 크기만으로도 충격적인데 그 크기로 꾹 짓뭉개듯 누르니 온몸이 떨렸다.

허벅지가 파르르 경련해 당황해서 상체를 반쯤 일으켰다가, 제 아래로 들어온 사현의 성기를 보았다. 심지어 다 들어오지도 않은 상태라 충격이 배가 되었고, 바깥으로 보이는 크기에 말도 나오지 않는 지경에 이르렀다. 사현이 가끔씩 비인간적이란 생각을 할 때가 있었지만 이런 식으로까지 비인간적인 부분을 보고 싶진 않았다.

정이선이 당황하며 그 어깨를 밀려 했지만 이미 힘이 풀린 정이선이 사현을 밀어낼 수 있을 리 없었다. 애초에 힘이 있었어도 밀어내지 못할 상대였다. 그사이에도 사현은 안 깊숙한 곳의 극점을 누르다가, 천천히 그곳을 쿡쿡 내리찍기 시작했다.

"잠, 잠깐, 하아, 아, 잠깐만 쉬었다가……."

"으응, 그런 선택지는 없어요."

"그렇게 마음대로, 막……!"

"마음대로 하라던 사람이 이선 씨인데."

억울해서 따지려던 정이선이 말을 잃었다. 그는 결국 제 발언을 후회하면서 사현이 하는 대로 흔들릴 수밖에 없었다. 굵고 단단한 기둥이 안을 짓찧을 때마다 달뜬 비음이 터졌다. 고개가 뒤로 꺾이며 채 삼키지 못한 신음이 터져 나왔고, 사현이 그렇게 휜 목선에 잘게 입을 맞췄다. 살짝씩 깨무는 입술 아래로 뜨거워진 숨이 그대로 목에 닿아 흥분이 고조되었다.

어느새 정이선의 성기도 다시 일어나기 시작했다. 벌써 세 번이나 사정했는데 다시 반응하는 스스로가 너무했다. 바로 조금 전에 사출해서 온몸이 나른한데 안 깊숙한 곳에서 쏟아지는 자극에 다시금 발끝을 오므라뜨리며 앓았다. 간질간질하게, 그러나 선명하게 번져 가는 흥분이 몸을 안달 나게 만들었다.

이런 상황이 너무도 낯설었다. 이 기분을 해소하고 싶은데 그 방법을 모르겠어서 침대 시트만 마구잡이로 그러쥐며 쾌락 속에서 헤맸다. 이런 반응을 사현이 눈치챘는지 안을 짓쳐 올리는 행동에 속도가 붙었다.

질척한 소리가 온 공간을 울렸다. 한차례 사정했을 때 제 정액이 묻은 사현의 배에 다시금 성기가 부딪치며 내는 소리도, 또 제 안을 드나드는 성기가 내는 소리도 아찔하게 좁은 공간에 울려 퍼졌다. 뜨거운 열감이 몸에 퍼져 가는 것만 같았다.

굵은 성기가 바깥으로 나갔다가 다시 들어올 때마다 내벽이 그를 단단하게 조였다. 그렇게 조여 무는 제 반응이 부끄러워 얼굴이 새빨갛게 달아올랐지만 그보다도 더한 자극에 눈앞에 스파크가 튀는 것만 같았다. 머리가 저릿저릿하게 울리고 모든 이성이 녹아 버릴 듯한 기분에 정이선이 정신없이 신음했다.

처음 느끼는 기분은 자신을 엉망진창으로 망가뜨리는 것만 같았다. 전신을 꿰뚫는 충격적인 감각에 완전히 이성이 짓뭉개지는 것만 같아서, 그 쾌락에 절여진 사고가 너무 낯설어 정이선이 덜덜 떨다가 결국 사현을 밀어내기 시작했다. 이 상황이 너무 두려웠다.

"시, 싫어, 흐으……."

잠깐만, 이란 짧은 단어를 말하는 것뿐인데 입에 힘이 풀려 발음이 새려 들었다. 모든 감각이 마구 난잡하게 뒤섞여 정이선이 버둥거렸다. 힘도 없는 손으로 사현의 어깨를 밀려고 하자 그가 묘한 웃음을 지은 채로 볼에 가볍게 입을 맞췄다.

그렇게 얼굴이 가까워진 상황에서 사현이 나직이 속삭이듯 물었다. 그러나 다정한 목소리와는 전혀 상반된 행동으로 사정없이 아래를 처박았다.

"정말 싫은 거 맞아요?"

"아윽, 흐, 아…!"

"그런데 여긴 왜 이래요? 응?"

사현이 정이선의 성기를 붙잡으며 말했다. 빳빳하게 선 성기에 사현의 손이 닿자 정이선이 우는 소리를 냈다. 그렇지 않아도 터져 버릴 것 같은데 사현이 쥐기까지 하자 머리가 아찔했다. 정이선이 놓아 달란 듯 사현의 손목을 더듬더듬 붙잡은 채로 신음하니 사현이 다시금 푹 처박아 올렸다. 그 행동에 따라 내벽이 안으로 쏠려 들어가며 반사적으로 그의 성기를 조여 물었다.

"이상하네. 안은 이렇게 잘 먹는데……."

흥분에 겨워 바들바들 떨리는 정이선의 허리로 손을 옮겨 살살 쓰다듬으며 사현이 말했다. 눈앞에 보이는 지극히 당연한 사실을 알려 주겠다는 듯, 정이선이 어떻게든 회피하려고 하는 현상을 가르쳐 주겠다는 듯 고개를 바싹 가까이 하면서.

"이건 싫은 게 아니라 좋은 거예요."

긁어내리듯 탁한 목소리로.

"이선 씨가 지금 나한테 박히면서 좋아하고 있는 거라고."

정이선의 얼굴이 화아악 붉어지면서 일그러졌다. 그는 떨리는 손을 들어 사현의 입을 막으려 해 보았지만 사현이 그 손목을 붙잡으며 손가락을 깨물었다. 손가락 사이사이를 질척하게 얽어 오는 혀에, 이젠 손에도 열감이 돌아 찌릿찌릿해졌다.

"응? 좋아하고 있잖아."

"하아, 아! 흐응, 흑……."

"아직도 싫어요? 정말로?"

기어코 사현이 정이선의 두 손을 붙잡아 올려 머리 위에 결박하듯 짚었다. 이전보다 좀 더 깊어진 삽입에 정이선은 전신을 떨다가 결국 흐느끼면서 말할 수밖에 없었다.

"으응, 조, 좋아… 아, 아…….."

발개진 눈에서 자극을 이기지 못한 눈물이 터졌다. 사현이 웃으면서 그 눈물을 핥듯이 눈 옆에 입 맞췄다. 울 정도로 좋아요? 다정한 속삭임에 정이선은 부정도 못 하고 고개를 끄덕였다. 숨을 쉬기 힘들 만큼의 쾌락이 연신 쏟아졌다.

사현이 아래를 과격하게 쳐올리면서 질펀한 쾌감이 때리듯 퍼부어지기 시작했다. 정이선은 양손이 위로 붙잡힌 채 정신없이 흔들리며 울었다. 그의 복근에 성기가 마구 비벼지면서 이상한 감각이 머릿속에 퍼졌다.

걷잡을 수 없이 커져 가는 흥분과 쾌감에 머리가 웅웅 울리다가, 기어코 속도를 올린 삽입이 푹, 깊어지는 순간 그의 어깨에 이마를 묻으며 사정했다.

"아흑…….."

전신이 떨릴 정도로 엄청난 절정이었다. 몇 번이고 겪은 사정이건만 생전 처음 겪는 듯한 사출감과 후희에 정이선이 바르르 떨었다. 눈앞이 아찔해지면서 배가 덜덜 경련했다. 그때쯤 사현도 꽉 조여드는 내벽 때문에 파정한 듯 낮게 숨을 내뱉으며 정이선의 어깨를 다정히 쓰다듬었다.

온몸의 긴장이 확 풀리면서 나른해졌다. 정이선의 몸에 힘이 완전히 풀린 게 느껴져 사현이 얼굴을 보려는데 그가 고집스럽게 어깨에 이마를 묻었다. 이제야 손이 자유로워졌지만 힘은 전혀 없는 손길로 사현의 등을 꼭 끌어안고서 버렸다. 보지 말라는 웅얼거림이 꼭 응석처럼 따라붙었다. 귀 끝이 터질 것처럼 새빨갰다.

사현은 그 행동에 몹시 즐거워져 결국 고개를 숙인 채로 작게 웃었다. 긴 인내 끝에 얻은 이 순간이 너무 달아서 놓고 싶지 않았다. 사현은 그의 의사를 따라 억지로 얼굴을 보려 하지 않고, 대신 그를 꽉 끌어안았다. 맞닿은 가슴에서 엄청난 고동이 느껴졌다.

"이선 씨, 심장 엄청 빠르게 뛰어요."

"……말, 안 하면…… 안 돼요?"

"사실일 뿐인데."

"하아……."

결국 정이선이 깊은 한숨과 함께 뒤로 풀썩 쓰러졌다. 더는 사현의 등을 감싸 안고서 버틸 힘도 없단 행동이었다. 사현은 붉어진 그의 얼굴 위로 마구 입맞춤을 쏟으며 웃었다. 제 반응을 모두 확인하는 듯한 행동에 조금 민망해진 정이선이 한쪽 손을 들어 얼굴을 덮자, 사현이 물었다.

"왜 숨기고 그래요. 이렇게 다 벗고 섹스했으면서 이제 부끄러워할 게 뭐가 더 있다고."

"……그 언행이, 저를 조금, 부끄럽게 하는 것 같아요……."

"박히면서 그렇게 좋아했으면서도 부끄러워요?"

"하……."

다시금 정이선이 탄식했다. 그는 결국 사현과 대화하길 포기하고 아예 잠들어 버려야겠다고 생각했다. 씻어야 한다는 생각이 어렴풋이 들었지만 너무 피곤했다. 압도적인 쾌락의 뒤로 찾아오는 나른한 후희에 정신이 가물가물했다.

이어지는 사현의 말에 정이선이 더 반응도 않고 축 몸을 늘어뜨리자 사현은 그가 하려는 행동이 무엇인지 안다는 듯 확 정이선의 몸을 위로 올렸다. 갑자기 상체를 일으켜 안는 사현의 행동에 정이선이 흠칫했다가, 이후 허리를 꾹 눌러 내리는 사현의 행동에 그는 다시금 파드득 놀랄 수밖에 없었다. 어느새 사현의 성기가 또 안으로 들어왔기 때문이다.

분명 좀 전에 사정한 것 같은데 다시 단단해진 성기와 흉흉한 기세에 정이선이 아연한 표정으로 사현을 보고 있으니, 그가 볼과 목, 어깨에 차례로 뽀뽀하며 말했다. 무척 다정한 목소리였다.

"이선 씨는 아무것도 안 해도 돼요."

"네……?"

"제가 기분 좋게 해 줄게요."

"아니, 하으, 응……!"

당황한 정이선이 사현을 밀어내 보려 했지만 이미 사현이 움직인 순간부터 그를 밀어낼 방안은 없었다. 흐물흐물하게 풀린 것 같던 내벽이 그가 들어오자마자 다시 그를 꽉 조여물면서 곧바로 반응했다. 심지어 자신이 위에 앉는 자세라 크기도 더 거대하게 느껴졌다. 정이선은 이런 자극 앞에 너무 약했다.

어깨 위를 애처롭게 머물던 정이선의 손길은 결국 몇 번쯤 신음한 후에야 체념과 함께 사현의 목을 감싸 안는 방향으로 바뀌었다. 사현의 웃음소리가 귓가에 맴돌았다.

유난히 밤이 긴 날이었다.

◁　◆　▷

그다음 날 아침, 정이선은 멍하니 눈을 떴다.

햇볕이 따사롭게 들어오는 창가를 흘끔 보았다가, 천천히 고개를 옆으로 돌렸다. 그간 잠들고 일어나면 옆에 아무도 없었는데, 오늘은 바로 옆에 사현이 있었다. 심지어 그 품에 안긴 상태라 정이선은 가만히 사현의 눈 감은 모습을 보다가, 뒤늦게 탄식하면서 두 손으로 고개를 덮었다.

"아."

미쳤나 봐.

차마 뒷말이 따라 나가지도 못했다. 목소리가 다 쉬어서 갈라졌기 때문만이 아니라 어젯밤부터 새벽까지 있었던 모든 일이 선명하게 떠올라서 민망함에 말이 나오지 않았다. 사현과 기어코 그렇고 그런 일을 했단 것도 충격적인데, 가장 자신을 부끄럽게 하는 건…….

"하아…….."

그걸 너무 좋아했다는 사실이었다.

자신이 그렇게 잘 반응하는지도 몰랐고, 자극 앞에 정신을 차리지 못하고 매달릴 줄은 상상도 못 했다. 마지막엔 어떻게 쓰러졌는지는 기억나지 않지만 그 이전에 계속 사현에게 붙잡힌 채로 좋다고 말했던 건 희미하게 떠올랐다. 심지어 끝 무렵엔 어설프게 허리를 흔들면서 자극에 응하기까지 했다.

사현이 안겨 주는 쾌락이 소름 끼칠 정도로 좋았다. 그에게 매달리면서 좋다는 말만 몇 번을 했는지 모르겠다.

밤새 자극에 절었던 뇌가 아침이 되어서야 겨우 굴러갔다. 정이선이 손으로 얼굴을 가린 채로 끙끙거리자 사현이 인기척에 깼는지 그를 껴안은 팔을 고쳐 감싸며 물었다.

"잘 잤어요?"

달달하게마저 느껴질 정도로 부드러운 목소리였다. 아침이라 그런지 살짝 가라앉은 목소리가 지나치게 다정해서 정이선이 움찔 떨었다. 사현의 입술이 목 옆을 지분거리다 천천히 어깨를 타고 내려갔다. 분명히 가벼운 입맞춤인데도 어젯밤의 감각이 완전히 사라지지 않은 몸이 자연히 떨렸다.

지쳐 늘어진 몸이 바르작거리다, 기어코 사현이 그 허리를 끌어안을 즈음 정이선이 아윽 소리를 내며 앓았다. 밤에 그런 일을 몇 번이나 했더니 허리가 너무 아팠다. 정이선이 사현의 팔을 붙잡은 채로 끙끙대니 결국 그가 낮게 웃으며 몸을 일으켰다.

"일단 가볍게 씻고 아침 먹을까요?"

침대를 벗어날 수 있는 제안에 정이선이 곧바로 고개를 끄덕였다. 그런데 막상 일어나려는 길엔 다리가 후들후들 떨렸고, 사타구니 쪽이 욱신욱신하게 아팠다. 정이선이 제대로 일어나지 못하고 있으니 사현이 정말 가볍게 그를 안았다. 몸을 숙여 엉덩이 밑을 팔로 감싸곤 그대로 훅 일어나면서 정이선을 든 것이다.

겨우 한 팔로 들어 올려진 정이선이 잠깐 버둥거렸다가, 몸에 기대게 하며 좀 더 단단히 안는 사현의 행동에 결국 그의 목을 껴안았다. 처음엔 불안했지만 순식간에 편안해졌다. 사현의 너른 품이 안정감을 주기도 했고 겸사겸사 그가 절대로 자신을 떨어뜨릴 리는 없단 생각이 불쑥 들었기 때문이다.

S급 헌터면 원래 이렇게 힘이 좋은 건가. 자신은 지금 걸을 힘도 없는데 어떻게 사현은 이렇게 멀쩡하지……. 심지어 이제야 깨달았는데 제 몸도 깨끗한 게, 자신이 기절한 후에 그가 씻겨 준 것 같았다.

어느새 욕실에 도착했고, 서 있기 힘들면 그냥 이대로 있어도 된다고 은근히 권유하기에 정이선이 괜찮다고 만류했다. 어쩐지 애지중지 보살핌 받는 느낌이라 심장이 간질간질했다.

그렇게 둘이 세면대 앞에 나란히 서서 거울을 보고 양치했다. 잠은 분명히 깼는데 피곤한 탓인지 나른해서 멍하게 있던 정이선의 시선이 문득 거울 속 사현의 몸을 향했다. 그는 윗옷을 입고 있지 않아서 상체가 훤하게 보였고, 밝은 공간에서 보는 몸이 다소 낯선 기분을 안겼다.

하지만 부끄러운 긴장감과는 별개로 복잡한 기분도 따랐다. 자신은 헐렁한 티셔츠를 하나 입었는데, 목과 어깨에 붉은 자국이 가득했다. 슬쩍 셔츠 아래를 들어 배를 보았다가 더더욱 심란한 기분에 사로잡혔다.

사현은 몸에 흔적 하나 없는데 제 몸만 너덜너덜해졌다. 온통 깨물린 자국이 남아서 어디로 보나 아주 격한 밤을 보낸 걸 증명하는 듯했다. 민망한 기분에 정이선이 입을 헹구며 투덜거렸다.

"이건…… 조금 억울한 것 같아요."

"뭐가요?"

"제 몸만 너덜너덜해요."

인간에게 해를 가하지 못한단 조건이 이런 식으로 작동했다. 정이선이 투정 부리듯 말하며 다시 물로 입을 헹구는데, 옆에서 사현이 웃음을 터트렸다. 그러곤 얼굴 옆에 마구 입을 맞췄고, 정이선은 한 번 더 입을 헹궈야 한다고 그를 밀어내다 정말 마지막으로 물을 뱉자마자 턱이 붙잡혔다.

"사실 궁금했어요. 그 위해의 범위가 어디까지일까요?"

"네?"

갑자기 무슨 소리지? 정이선이 의아해하는데 돌연 사현의 검지와 중지가 입 안으로 쑥, 밀려 들어왔다. 느닷없는 침입에 정이선이 화들짝 놀라거나 말거나 사현이 입을 휘적대며 물었다. 정말로 객관적인 현상이 궁금하단 사람처럼 호기심 어린 어조였다.

"어제 등도 제대로 못 긁던데, 저한테 위해를 가한다고 생각하지 않더라도 안 되는 건가요? 그릇 조각에 손은 베이면서?"

"아마, 웃, 손, 손톱 세우는, 으, 것부터가…….."

"한번 깨물어 볼래요?"

질문했으면 손을 치워 줘야 할 텐데 말하는 내내 손가락이 입 안을 돌아다녔다. 손이 입에 들어와 있으니 발음이 샜고 심지어 그 손가락은 고른 치열을 훑다가 혀를 꼬집을 듯 건드리면서 자꾸 안을 자극했다. 양치하자마자 벌어지는 상황에 정이선은 무척 황당해지면서 동시에 부끄러워졌다.

입 안이 화하고 시원했지만 들어온 사현의 손은 온기를 품고 있었다. 서늘한 혓바닥 위아래를 따뜻한 손가락이 헤집자 아주 이상한 감각이 뒤섞이는 듯했다. 뜨거우면서 차가웠고, 그 손가락과 얽히면서 혀에 점점 질척한 열이 오르는 과정이 소름 끼쳤다.

그러다 사현이 계속 깨물어 보라며 손을 친절히 송곳니 아래에 대 주니, 결국 정이선은 눈가를 찡그리며 잘근잘근 깨물어 볼 수밖에 없었다. 이 정도는 위해가 아닌지 손가락이 깨물렸다.

"피날 정도로는 못 깨무나요?"

"그, 으, 그건, 애초에 별로⋯⋯."

애초에 사람 손을 그 정도로 깨무는 데는 본능적인 거부감이 있었다. 일반적인 사람이라면 당연히 가질 법한 망설임이었다. 그런데 사현은 물끄러미 그를 보다가 돌연 정이선의 손가락을 잡아서 입 안으로 끌어당기곤 콱 깨물었다. 살갗이 터지면서 피가 살짝 나왔다.

"악⋯⋯!"

"이 정도로 깨물어 봐요."

"흐으, 이게, 이게 대체 왜 궁금해애⋯⋯."

정이선은 정말 느닷없이 호기심이 솟은 사현을 어떻게 대해야 할지 알 수 없었다. 제 손도 깨물려서 아픈데 그 와중에 제 입 안을 사현의 손이 헤집고 다니니, 결국 정이선이 사현의 손목을 붙잡고 그 손가락을 콱 깨물어 보았다. 차라리 빨리 응해 주고 끝내야겠단 생각만 들었다.

그리고 표정은 비장했으나 현실은 아주 작은 몸짓에 그치는 현상이 나타났다. 괘씸해서 확 깨물려고 했는데 몸이 반사적으로 반대하는지 마지막쯤엔 턱에 힘이 풀려서 아슬아슬하게 살갗을 스치는 것밖에 못 했다.

왠지 억울해져서 두어 번 더 고개를 기울여 가며 깨물어 보았지만 번번이 실패로 돌아갔다. 꼭 소동물이 위협을 가하려는 것처럼 자그마한 공격이었다.

그때쯤 사현의 행동이 뚝 멈췄다.

새까만 눈동자가 가만히 정이선에게 내리꽂혔다. 고요한 그 시선에 어쩐지 불안해져, 정이선은 사현의 손목을 어정쩡하게 쥔 채로 그를 올려다보다 천천히 손을 뺐다. 다행히 손은 순순히 빠져나왔다.

"……이제 됐죠?"

그만 바깥으로 나가자며 몸을 움직이려는데, 그대로 얼굴을 붙잡은 사현이 깊게 입을 맞춰 왔다. 습하게 젖은 숨이 그대로 입 안으로 번져 정이선이 움찔하며 버둥거리다, 결국 사현의 품에 안겨서 길게 키스를 나눠야만 했다. 자신이 노력한 상황에 그가 왜 흥분했는지 조금 억울해졌지만 벗어날 수가 없었다.

아랫입술을 살짝씩 깨물던 사현이 간간이 제 입술도 깨물어 보라고 시키니, 정이선은 휩쓸려 가듯 그의 입술을 잘게 깨물었다가 더 진한 입맞춤을 받았다. 하으, 채 바깥으로 나가지 못하는 숨이 신음처럼 입술 사이로 퍼졌다.

다급한 키스와 함께 사현의 손길이 옷 아래로 파고들었다. 어제 흔적을 남겼던 모든 곳을 꾹꾹 찾아 누르며 정이선을 자극하기 시작했고, 정이선은 미미한 통증과 함께 찾아오는 흥분에 머리가 고장 나는 기분을 받았다. 몸이 맞닿고 거리가 좁혀지면서 어젯밤의 기억이, 그때의 감각이 그대로 떠올랐다.

그러다 기어코 정이선은 사현이 제 허벅지를 감싸 잡으며 자신을 들어 안는 걸 느꼈다. 피할 새도 없이 순식간에 일어난 일이었다. 정이선이 당황하며 뒤로 벗어나려 했지만 사현이 그 입술을 쫓아오며 계속 키스했다.

사현이 욕실 문을 열고 걷기 시작했다. 멀지 않은 거리에서 보이는 침대에 정이선은 이 행동이 의미하는 바가 무엇인지 깨달을 수밖에 없었다. 그가 당황하며 마구 사현의 어깨를 밀다가 결국엔 침대에 폭 눕혀졌다. 어느새 얼굴이 새빨갛게 달아올랐다.

정이선은 다시금 사현과 몸이 닿으면서 제가 흥분하기 시작했단 걸 알았지만 짚고 가야 할 사실이 있었다. 제 손길에도 밀리지 않고 목 옆을 잘근잘근 깨무는 사현에게 정이선이 횡설수설 말했다.

"잠, 잠깐, 잠깐만요. 오늘 휴, 휴가 가야 하는……."

"오후 늦게 출발하면 돼요."

"하, 하고 나면 못 걸, 흐으, 걷기 힘든데."

"어차피 안에만 있는 일정이었어요."

"네?"

"깊은 숲속 별장에서, 단둘이만 있을 거라고 했는데. 이렇게 눈치가 없어도 귀여울 수가 있네."

사현이 낮게 웃으며 목에 이리저리 자국을 남겼다. 정이선은 깨물리면서 찾아오는 자극에 신음하며 눈가를 찡그렸다. 사현이 말한 '휴가'가 어떤 개념인지, 또 무슨 목적을 가졌는지 이제야 이해해 버렸다. 어젯밤이 아니었더라도 사현은 어떻게든 휴가를 떠난 장소에서 이런 짓을 했으리란 결론에 다다랐다.

아연한 표정의 정이선을 달래듯 사현이 허리를 쓰다듬었다. 어느새 그 손길은 티셔츠를 완전히 위로 밀어 올린 상태였다.

"그러니까 걱정 말고 편하게 해요."

"아, 아니, 지금 제가 걱정하는 게 이건데…."

"기분 좋게 해 줄게요."

"……."

"좋아하잖아요, 응?"

사현이 웃으며 가슴께를 매만졌다. 갈빗대를 쓸어 올리면서 꾸욱 가슴 위를 짓누르는 행동에 정이선은 지난밤의 자극이 그대로 찾아오는 듯해 허리를 파드득 떨었다. 그는 그 자신의 생각 이상으로 잘 느끼는 편이었다.

"아, 아아……."

결국 정이선은 발개진 얼굴을 두 손으로 덮으며 체념이
뒤섞인 신음만 내뱉었다. 힘들다고 생각하면서도 어젯밤의
강렬한 쾌락이 몸을 흥분시키기 시작해 차마 거부할 수 없
었다. 사현이 그 손 아래로 드러난 턱에 잘게 입을 맞추며
천천히 입술을 아래로 내렸다.

그렇게 다시 밤이 찾아오고, 그 밤이 끝날 때까지 정이선
은 집을 벗어나지 못했다.

휴가의 첫날이었다.

파티

코드의 긴 휴가가 끝난 후 열리는 첫 공식 행사는 바로 '축하연'이었다. 7대 레이드를 올 클리어한 일을 기념하기 위해 크게 파티를 열기로 했고, 이 파티엔 마지막 7차 던전에서 함께한 태신길드가 공동 주최자로 이름을 올렸다.

새로운 HN의 길드장과 태신길드의 협업을 공고히 하는 행사였다.

한국 1위 길드와 2위 길드는 주로 경쟁 관계에 있었으나 HN의 새 길드장이 동맹을 제안했고, 태신길드가 선뜻 응하면서 협업이 결정되었다.

그리고 파티가 열리는 날은 사현이 공식적으로 낸 나흘의 휴가가 끝나는 다음 날이었고, 그날 아침에 그가 있는 곳은 당연하게도 정이선의 집이었다.

"아직 졸려요?"

"못 자게 한 사람이 누군데……."

방금 일어나 침대에 늘어져 있던 정이선은 옆에서 머리를 쓰다듬는 사현의 손길에 불퉁하게 답했다. 오늘부터 길드로 출근해야 하는 사현은 일찍 일어나 씻었는지 손이 다소 서늘했다.

차가운 손이 얼굴에 닿는 느낌이 좋으면서도 잠기운이 사라지는 게 아쉬워, 정이선이 베개에 고개를 묻으며 더 자고 싶다고 웅얼거렸다. 사현은 웃으면서 손을 거두고 물러나 부엌으로 향했다.

지난 나흘의 휴가 내내, 정이선은 사현에게 붙잡혀 있었다. 첫날은 아예 휴가지로 떠나지도 못했고, 둘째 날은 겨우 집을 벗어났으나 쭉 별장 안에서만 머물렀다. 걸어 다닌 곳이라곤 별장 주위의 짧은 산책로밖에 없었다.

뭐든지 처음이 어렵고 그 뒤는 쉽다지만, 그렇다 해서 이렇게 막힘없어도 되는 건가?

정이선은 조금 심란해졌지만, 결국 어제 집에 돌아와서도 또 힘겨운 밤을 보내 축 늘어졌다. 오늘부터는 코드 사람들도 모두 길드에 오기로 해서 오전에 출근할 생각이었는데 현재 몸 상태로 봐서는 오후가 되어야 움직일 수 있을 듯했다. 사현만 S급 헌터의 체력을 자랑하며 멀쩡한 게 억울했다.

하지만 그런 감상도 쏟아지는 졸음 속에서 희미해졌다. 의식이 가물가물해지며 잠으로 빠져들 즈음 어디선가 진동 소리가 들려왔다. 침대 협탁에서 나는 소리였다.

정이선은 한 박자 늦게 그것이 제 핸드폰이 내는 소리란 걸 깨닫고 더듬더듬 손을 뻗어 화면을 확인했다. 익숙한 이름이 보여 반사적으로 받으려 했지만 온몸에 기운이 없어 몇 번쯤 헛손질해야만 했다. 그렇게 가까스로 전화를 받았을 때 곧바로 건너편에서 밝은 목소리가 들려왔다.

—이선 복구사!

"아…… 한국 돌아오셨어요."

한아린이었다. 어젯밤 여행을 끝내고 비행기를 타고 온다고 했는데, 막 공항에 내린 듯했다. 한아린은 예전부터 간간이 정이선에게 안부 전화를 걸었고, 7차 던전이 끝난 이후엔 좀 더 전화가 잦아졌다. 사소하게 안부를 묻고 함께 놀러 갈 것을 제안하기도 했다. 꼭 어린 동생을 챙기는 느낌이었다.

해외여행을 간 동안은 메신저로만 연락하다가 한국에 돌아오자마자 한아린이 전화했고, 정이선이 희미하게 웃으면서 답하는데 그녀가 조금 당황하며 물었다.

—혹시 내 전화 때문에 깼어요?

수화기 너머에서 들려오는 정이선의 목소리가 완벽히 자다 깬 느낌이었다. 나른하게 가라앉아 웅얼거리는 듯한 어조에 한아린이 미안하다고 사과하니 정이선이 아니라고 해명했다.

"아니에요. 좀 전에 깼는데…… 일어나기가 싫어서……."

—아아, 일어나기 싫을 땐 더 자야죠! 오늘 저녁에 파티도 길 텐데, 차라리 지금 많이…….

한아린이 웃으며 마저 자라고 말하고 끊으려는 때, 사현이 이선을 찾아왔다.

"아침은 먹고 자요, 이선 씨."

최근 나흘 동안 사현이 매일 식사를 챙겨 줬다. 정이선은 아침이면 지난밤의 후유증 때문에 제대로 걷질 못하고 축 늘어지니 사현이 그를 안아서 식탁까지 옮겨 줬다. 며칠간 반복되니 이선도 당연한 듯 사현에게 손을 내뻗으며 메뉴를 물었다.

처음에야 사현이 직접 요리해 준단 게 낯설었는데 이젠 익숙해졌다. 사현은 굉장히…… 레시피 그대로, 아주 정석적인 요리를 하는 사람이었다. 나쁘진 않아서, 아니, 무척 훌륭한 수준이라 정이선은 그가 해 주는 음식을 맛있게 먹었다.

정이선이 안겨 오는 상황이 즐거운 듯 사현이 나직한 웃음기가 어린 목소리로 메뉴를 읊어 줬다. 간단하게 베이컨을 곁들인 오믈렛이었다. 정이선이 좋다고 고개를 끄덕일 무렵, 옆에서 다른 사람의 목소리가 들려왔다.

ㅡ……왜, 왜 그 목소리가, 거기서 들리지?

그녀와 통화하는 중이란 걸 이선이 까먹어 버렸다. 한아린은 분명히 갓 잠에서 깬 듯한 정이선의 옆에 왜 사현이 있는지 알지 못했고, 왜 둘이 저런 대화를 자연스럽게 하는지도 이해하지 못했다. 어렴풋하게 들렸을 뿐이지만 심지어 다정하기까지 했다.

그때쯤 사현이 정이선과 한아린이 통화 중이었단 걸 파악하고, 침대에 놓인 핸드폰을 집어 들었다. 그러곤 몹시 태연한 어조로 말했다.

"이제 도착했나요?"

―어, 어어…… 방금 막 왔어.

"그러면 몇 시쯤 사무실에 올 건가요? 짐 정리하고 오면 정오쯤 되려나요."

―아마도……? 애들이랑 같이 점심 먹으려고 했는데…….

"그렇게 하도록 해요. 아, 이선 씨도 점심엔 사무실에 올래요? 한아린 헌터가 함께 먹고 싶어 하는 것 같은데."

"그때 일어나면 갈래요……."

"그러도록 해요."

정이선은 어느새 사현의 품에 안긴 채로 다시금 꾸벅꾸벅 졸고 있었다. 웅얼거리듯 답하는 정이선의 행동에 사현이 작게 웃으며 그 등을 토닥였다. 그러곤 한아린에게 정이선이 다시 전화 걸지 않으면 먼저 전화해 깨우지 말라고 한 후 전화를 끊었다.

그렇게 한쪽에서 사현이 정이선을 안아서 옮기는 평화로운 장면이 펼쳐지는 동안, 다른 한쪽은 엄청난 혼란 속에 있었다.

"……."

공항 앞, 쾌청한 하늘 아래에 서 있는 한아린이 핸드폰을 가만히 내려다보았다. 전화가 끊기면서 화면에 현재 시각이 떴다. 08:02. 꽤 이른 시각이긴 하지만, 그래서 정이선을 깨운 듯해 미안한 마음이 들지만 한편에선 계속 '왜?'라는 의문이 솟았다.

레이드 기간에 사현이 정이선의 상태를 전적으로 케어했단 건 알지만, 그 이후도? 원래 이렇게 아침을 직접 챙겨 줬었나? 아니, 정이선에게 듣기론 길드 사옥 앞에서 먹고 들어온다고 했던 것 같은데?

잠자는 정이선의 옆에 사현이 있는 상황을 이해하고자 어떻게든 생각의 회로를 돌렸다. 혹시 지금 자신이 아직 외국에 있는 건 아닌가? 시차 계산을 잘못한 건 아닌가? 핸드폰이 아직 지역 동기화가 되지 않아서 시간이 이상하게 뜬 건 아닌가?

"뭔데……?"

한아린은 혼란스러운, 그리고 누군가가 심각하게 걱정되는 얼굴로 한참 동안 그곳에 서 있었다.

◁ ◆ ▷

정이선이 코드 사무실에 온 시각은 오후 한 시를 넘은 시점이었다.

정오에 코드 헌터들이 모여서 함께 식사했단 이야기에 조금 아쉽긴 했지만, 사실 요즘 정이선에겐 잠이 가장 중요해서 크게 후회가 되진 않았다. 만약 사현이 아침에 깨우지 않았더라면 그대로 식사도 제대로 챙기지 않고 자다가 점심에 눈떴을 게 뻔했다.

"와, 복구사님! 오랜만이에요!"

"휴가 잘 보냈나?"

사무실에 오자마자 헌터들이 정이선을 반겼다. 오랜만에 보는 얼굴에 정이선도 꽤 반가운 기분으로 인사하는데 저 멀리에서 갑자기 한아린이 튀어나왔다. 사무실 제일 안쪽에 있던 그녀가 정이선이 왔다는 소식에 다급히 달려 나온 것이다.

엄청난 기세에 정이선이 흠칫하거나 말거나 한아린이 냉큼 그의 양팔을 붙잡으며 물었다.

"이선 복구사! 괜찮죠?!"

"네?"

"괜찮은 거지?!"

"네……? 어, 네…… 괜, 괜찮아요."

이해하기 어려운 질문이 연신 쏟아졌다. 최근까지 안부를 주고받았는데도 이렇게 상태를 확인하는 한아린이 당황스러워 어리둥절했다. 어렴풋한 기억이긴 하지만 아침 통화에서도 별문제는 없었던 것 같다.

정이선이 도통 이유를 모르겠단 눈으로 한아린을 보자 그제야 그녀가 길게 숨을 내쉬며 웃었다. 아무것도 아니라고 고개를 내젓다가, 문득 정이선에게서 낯선 점을 발견했다.

"어라, 이선 복구사. 오늘은 티셔츠 안 입었네."

오늘 사무실에 온 정이선의 복장이 평소와 달랐다. 보통 그는 후드를 입거나 편한 라운드 티셔츠에 후드 집업을 겉에 걸쳤는데, 오늘은 새까만 와이셔츠를 입고 왔다. 목 끝까지 단정하게 단추를 채우고 슬랙스를 곁들인 올 블랙 패션이 깔끔했지만 평소 그가 입는 복장은 아니었다.

얼굴이 새하얀 편이라 그런지 다소 묘한 분위기마저 풍겼다. 팀원들이 새삼 그를 인식하며 옷이 잘 어울린다고 말하다가 기주혁이 툭, 이야기했다.

"왠지 리더랑 비슷한 느낌이에요! 잘 어울린다!"

그 감상에 다른 헌터들도 은근히 동의한다며 고개를 끄덕였다. 흔히 사현과 정이선이 함께 있으니 닮아 가는 것 같다고 말하다가, 갑자기 저마다 표정이 어두워지며 아니라고 다급히 말을 취소했다. 정이선은 차마 그들에게 어떤 반응을 보여야 할지 몰라 어색하게 시선만 굴렸다.

사실 정이선이 오늘 이런 옷을 입은 건 어쩔 수 없는 문제 때문이었다. 사현이 계속 목과 쇄골을 깨물며 자국을 남기는데, 이틀 전부터는 어떻게든 그 부위를 사수했지만 그 전에 남은 자국이 완전히 사라지지 않았다. 그래서 티셔츠를 입을 수 없었고, 늦여름이 되었지만 와이셔츠는 꽤 얇으니 혹시라도 비치지 않게 검은색을 골라야만 했다.

정이선이 애매하게 웃기만 하는 사이 자연히 화제가 바뀌었다. 코드 헌터들 일부는 함께 휴가를 가고, 몇몇은 따로 가족이나 지인과 시간을 보냈기에 서로 오랜만에 만나 할 이야기가 많았다. 각자 다녀온 휴가에 대해 말하다 나건우가 불쑥 물었다.

"이선 복구사는 휴가 동안 어디 다녀왔나?"

"……네?"

"리더랑 같이 갔다고 들었는데, 엄청 화려하게 갔다 왔겠네. 돈을 아낌없이 쓰니까."

나건우는 무척 평범한 질문을 했을 뿐이지만 정이선의 안색은 조금, 아니, 많이 좋지 못했다. 그는 창백하게까지 변한 얼굴로 눈을 굴리다가 어물어물 답했다. 그냥 조용한 산속 숲에, 사람 없는 곳으로 다녀왔다고 말하는 내내 목소리가 떨릴까 걱정해야 했다.

하지만 나건우는 눈치채지 못한 듯 고개를 끄덕였다. 정이선이 사람이 많은 곳을 불편해한다는 건 조금만 지켜봐도 알 수 있었으니 일부러 한적한 곳으로 다녀왔다고 생각했다.

"편하게 지내다 왔겠어요. 어휴, 주혁이는 관심받는 거 은근히 좋아해서 시선 왕창 끌었습니다."

기주혁은 코드 헌터들과 함께 바닷가로 놀러 갔는데, 헌터들도 최근 레이드로 몰린 시선을 알기에 일부러 한적한 바닷가를 택했지만 그래도 일반인들과 몇 명 마주쳤다. 그들은 코드를 보고 놀랐고, 기주혁은 반갑게 손을 흔들어 줬단 것이다. 심지어 밤에는 바닷가 하늘에 불 마법으로 단발성 쇼까지 했다며 고개를 절레절레 내저었다.

이러한 고자질에 기주혁이 억울하단 듯 외쳤다.

"그때는 엄청 좋아했으면서! 복구사님, 저 아저씨 말 듣지 마세요. 완전 예뻤다니까요."

기주혁이 핸드폰으로 당시 영상을 보여 줬다. 함께 간 팀원들이 찍은 건지, 일반인이 찍은 영상인지는 알 수 없지만 밤바다 위로 불빛이 돌아다니는 모습은 꽤 아름다웠다. 용을 그리기도 하고, 꽃을 그려 내기도 하는 등 다양한 모습을 연출해 솔직히 감탄스러웠다.

정이선이 놀라워하고 있으니 기주혁이 꽤 뿌듯한 낯으로 다음에 함께 간다면 그때 자신의 예술혼을 보여 주겠다고 다짐했다. 정이선은 어느새 그런 미래의 이야기에 작게 웃으면서 고개를 끄덕일 수 있게 되었다.

"오늘 불꽃놀이도 엄청 화려할 것 같아서 기대돼요. 태신쪽에서 준비했다던데."

그러다 자연히 화제가 바뀌었다. 오늘 축하 파티는 저녁부터 열릴 예정이고, 코드와 태신길드가 함께 주최하는 파티로 여러 항목을 나눠서 준비했다. 그리고 그중에서도 피날레를 장식할 불꽃놀이는 태신이 먼저 제안했다고 한다.

7차 던전 당시 이런저런 거래 끝에 합동 진입을 하게 되었다지만, 어쨌든 그 결과로 레이드 클리어 공대에 태신길드도 이름을 올리게 되었으니 답례를 하고 싶다 했다.

이런 파티에 코드 헌터들은 꽤 들뜬 기색을 보였다. 특히나 이번 파티는 바쁜 사현을 대신해 팀원들이 신경 쓰고 주도해서 결정한 부분이 많기 때문에 파티를 향한 기대감을 내비쳤다.

그러다 시간이 조금 더 흘러선 다들 해산하며 저녁에 파티장에서 만나기로 했다.

정이선은 사현과 함께 만나서 준비하고 이동했다. 몇 번 입었다고 정장에도 나름 적응했는지 처음 같은 불편한 기분은 들지 않았다. 넥타이로 셔츠 깃을 모으니 목의 자국도 완전히 가려져서 불안이 덜했다.

목덜미를 만지작거리던 정이선이 흘끔 옆의 사현을 쳐다보았다. 거울 앞에서 넥타이를 익숙하게 매고 있는 그의 하얀 셔츠 깃 아래 목엔 자국 하나 없었다. 왠지 억울한 기분이 들어 정이선이 빤히 거울을 노려보니 사현이 웃으면서 정이선의 목 뒤를 살살 쓰다듬었다. 무슨 생각을 하는지 훤히 보인단 손짓이었다.

"원하면 깨물어 봐도 돼요."

"그, 그런 걸 원한 게 아니에요."

정말 나긋한 목소리라 순간 내용의 이상한 부분을 짚어 내지 못할 뻔했다. 정이선이 황당하단 표정으로 그를 올려다보니 사현이 태연하게 말했다.

"굳이 세게 깨물어야만 자국이 남는 건 아니에요. 깊이 빨아들이는 느낌으로 오래 빨면 자국 남는데, 한번 해 볼래요? 위해 축에 해당 안 될 듯하니 가능해 보이는데."

"아뇨, 아니에요. 괜찮아요."

"그러면 원할 때 말해요."

세 번이나 걸친 정이선의 부정에 사현이 작게 실소했다. 사실 정이선은 은근히 호기심이 있는 편이라 언젠가는 시도해 볼 거란 생각이 들었다. 그새 정이선의 얼굴은 민망함으로 붉어지고 있어서, 사현은 꽤 즐거워진 기분으로 화제를 돌려 줬다.

"함께한다는 공식 발표는 초반에 잡아 놨어요. 그러니까 그것만 끝나면 돌아가도 괜찮을 거예요."

"네?"

"사람이 많은 공간은 부담스러워하지 않나요? 이번 파티는 저번 창립 기념 파티보다 손님이 더 많을 거라서."

"아…… 그런데 길드장이 자리를 비워도 되는 건가요?"

"뭐, 큰 문제는 없어요. 마지막에 잠깐 돌아와서 얼굴만 비쳐도 되니까."

태신이 마지막 행사를 준비해 줬으니 지켜보는 정도의 예의는 챙기는 게 좋다고 사현이 깔끔히 말했다. 태신과 거래하는 입장이니 마지막에는 돌아와야 한다지만, 정이선은 굳이 그러지 않아도 된다고 했다.

무리하지 말라고 달래는 듯한 말에 정이선은 조금 민망한 기분으로 입술을 달싹거렸다.

"아뇨, 음…… 그냥 끝까지 있어도 괜찮을 것 같아요. 팀원들과 함께 축하하는 시간이니까……."

오늘부로 정이선은 공식적으로 코드의 일원이 되었다. 이전에는 레이드 동안에만 함께하는 기간제 계약이었다면, 이젠 아예 코드의 팀원으로 등록된 것이다. 코드에 소속감을 느낀 지는 좀 되었지만 은연중에 그는 계속 그런 것들과 자신을 떨어뜨려 놓았다.

하지만 이젠 그 소속감을 완전히 받아들였고, 함께할 상황을 낯설어하더라도 거리끼진 않았다. 사현은 그 얼굴이 미미하게 상기된 것을 확인하고 웃으며 그의 볼을 쓰다듬었다.

"그렇죠. 이선 씨 팀이죠."

"……네."

정이선이 조금 수줍은 듯 고개를 끄덕였다.

"이젠 확실한 코드 소속이 됐으니 예전처럼 스카우트하는 사람들이 없겠지만, 혹시나 있다면 아예 무시하도록 해요."

"혹시 코드보다 더 좋은 제안을 하는 곳이 있으면요?"

"무시해요. 그런 곳 없으니까."

"네……."

장난삼아서 물었는데 단호한 답변이 돌아왔다. 차갑기마저 한 목소리에 정이선은 약간 눈치를 보며 알겠다고 해야만 했다.

"그래도 인맥을 넓히려고 접근하는 사람들은 꽤 있을 듯한데, 부담스러우면 한아린 헌터 옆에 있어요."

사현은 오늘 행사에서 꽤 바쁠 예정이었다. 길드장이 된후에 열리는 첫 공식 행사이니만큼 그를 보러 올 사람이 많아서 적당히 응대하는 시간을 가져야 했다. 그러니 내내 정이선의 옆에 있을 수 없어서 피곤하면 한아린에게 가라고말했고, 정이선은 어쩐지 물가에 내놓은 어린아이 취급을받는 기분에 어색하게 웃었다.

그리고 실제로 이동해 온 연회장엔 정말로 많은 사람이있었다. 코드 사무실에서 본 참가 명단의 길이만 해도 어마어마하긴 했지만 직접 눈으로 보니 충격적인 수준이었다.헌터 협회장도 참석하고, 심지어 외국 인사도 다수 참석해서 엄청난 인파를 자랑했다.

파티는 4층짜리 건물 전체를 빌려서 진행되었는데, 건물은 1층 메인홀이 가장 넓고 그 위층은 1층을 내려다볼 수 있는 구조였다. 1층 바깥엔 풀장이 있고, 야외도 파티장처럼꾸며 놓아 무척 화려했다. 기둥 사이사이를 이은 조명이 아름다웠다.

정이선은 문득 축하연을 준비할 때 코드 헌터들이 예전에 사윤강이 했던 행사보다도 무조건 더 크고 화려해야 한다고 열을 올렸던 걸 기억해 냈다. 정말로 그 열과 성이 뚜렷이 느껴지는 장소였다. 그때보다 훨씬 더 널찍하고 천장이 끝 없이 높았다. 심지어 홀 중앙에는 분수까지 있었다.

"우와, 복구사님! 이번에도 엄청 멋있어요!"

그리고 사현과 정이선을 발견한 코드 주축 멤버들이 몰려 왔다. 둘은 네이비색 정장을 말끔히 입었는데, 정이선이 투 피스라면 사현은 정장 베스트까지 갖춘 스리피스 수트였다. 기주혁은 둘의 모습에 곧바로 떠오른 감상부터 내뱉었다.

"두 분 의상이 비슷하네요?! 일부러 맞추신 건가?"

정이선이 조금 어색한 얼굴로 시선을 굴렸다. 사현이 아 무렇지 않게 옷을 맞춰서 제작해야겠다기에, 이번 행사에선 코드 팀원 전체가 같은 옷을 입는 줄만 알았다. 하지만 오늘 낮 사무실에서 헌터들과 대화하며 그들의 의상 이야기를 듣 고서야 사현과 자신만 따로 맞췄단 걸 알게 되었다.

하지만 오늘 저녁까지도 태연하게 옷을 입는 사현에게 무 슨 말을 해야 할지 모르겠어서, 결국 정이선도 얌전히 정장 을 입었다. 그리고 사실 정장이니까 둘이 맞췄다는 게 티가 덜 날 것 같았다. 파티장에 참석하는 대부분이 정장을 입었 고, 색이 어두운 계열은 무척 흔하니 적당히 묻힐 수 있을 듯했다.

　게다가 정이선은 투피스에 사현은 스리피스인 데다 몸 선
도 꽤 달라서 선뜻 닮았다는 느낌이 들지 않았다. 정이선이
전체적으로 가는 편이라면 사현은 고르게 근육이 잡힌 몸이
라 차이점이 분명했다.

　그러니 기주혁도 먼저 말했다가 '아닌가? 좀 다르기도?'라
고 중얼거렸고, 나건우는 색만 맞췄다고 끄덕거렸다. 어쩐
지 그들 옆의 한아린은 꽤 심각한 눈으로 정이선과 사현을
번갈아 쳐다보았지만 결국엔 한 가지 더 다른 지점을 찾아
내 말했다.

　"보타이 하니까 귀엽네, 이선 복구사."

　사현은 클래식한 넥타이였고 정이선은 나비 모양의 짧은
넥타이였다. 한아린이 씩 웃으며 칭찬했다. 매번 정장을 어
색해하더니 이젠 슬슬 다른 스타일도 도전해 보는 그가 대
견하다는 듯한 눈빛이었다.

　실제로 이 중에서 가장 패션에 안목이 높은 사람은 한아
린이었다. 그녀는 파티에 올 때마다 가장 눈에 띄게 잘 어울
리는 옷을 갖춰 입었다. 예전엔 새파란 정장을 소화해 내더
니 오늘은 품이 큰 버건디색 정장을 입었다. 넉넉한 재킷 아
래 새까만 탱크 톱을 입고, 하의는 허리에 딱 맞게 맞춰서
아래로 갈수록 넓게 떨어지는 형태였다. 그녀의 탄탄한 배
근육이 살짝 드러나면서 아주 매력적인 패션을 완성했다.

그런 그녀가 칭찬했다면, 정말 잘 어울린단 의미였다. 다만 어쩐지 찜찜하단 눈으로 둘의 옷을 뚫어져라 보았는데, 정이선이 의아해하자 이내 아무것도 아니란 듯 웃었다.

"나도 보타이 했는데."

"그치. 이선 복구사가 옷 소화력이 좋다. 다리가 길쭉길쭉해 가지고."

기주혁이 슬쩍 끼어들었지만 한아린은 쳐다보지도 않았고, 나건우도 그녀의 말에만 고개를 끄덕이며 반응했다. 상처받은 듯한 기주혁의 표정에 정이선이 쩔쩔매며 그도 잘 어울린다고 말해 결국 한차례 웃음이 지나갔다.

곧 사현은 신지안과 함께 신서임이 있는 곳으로 이동했다. 신지안은 코드에서도 사현의 수행 비서로 있었는데, 그가 길드장이 되면서 덩달아 바빠졌다. 정이선은 그곳을 흘끔 보았다가 신서임과 눈이 마주쳐 얼떨결에 먼 거리에서 인사를 나눴다. 신서임은 정이선에게 오고 싶어 하는 눈치였지만 지금 당장은 해결할 일이 있는지 사현과 먼저 대화했다.

그사이 한아린이 샴페인 잔을 하나 받아 와 정이선에게 건네며 꽤 뿌듯하게 말했다.

"드링크 리스트는 내가 직접 뽑았어요. 이거 마음에 들걸요?"

이번 파티를 준비하면서 한아린이 가장 정성을 들인 부분이었다. 정이선은 직접 준비에 참여하진 않았지만 그녀가 회의실에서 진지하게 술을 골랐단 건 알기에 조심스레 받아서 마셔 보았고, 달달하게 입 안에 퍼지는 맛에 감탄했다. 단맛이 입 안에 찝찝하게 남지 않고 적당한 잔향만 남기고 사라졌다. 게다가 탄산도 적당해서 목 넘김도 부담스럽지 않았다.

잘 먹지 않는 편이라 술에는 문외한이었지만, 그래도 이게 무척 맛있단 것만큼은 알 수 있었다. 정이선이 솔직하게 맛있다고 감탄하자 한아린이 흐뭇하게 웃었다.

"아, 이선 복구사 좋아하는 거 찾는 재미가 있다니까."

예전에 정이선이 웃을 때마다 퀘스트를 클리어하는 느낌이라던 그들은 이제 슬슬 정이선이 좋아하는 것 찾기에 열을 올렸다. 특히나 맛있는 걸 먹을 때면 그의 눈이 살짝 커지면서 입을 우물거린다는데, 그 반응이 재밌는 듯했다.

나건우는 예전에 정이선이 멜론을 좋아하는 걸 파악했다며, 지금은 이미 제철 시기가 지났으니 내년에 꼭 자기가 가장 먼저 챙길 거라고 껄껄 웃었다. 옆에서 듣던 기주혁은 자신만 아직 못 찾아냈다고 꿍꿍댔다.

정이선은 이렇게 제게 쏟아지는 다정한 호의에 여전히 익숙해지지 못했지만, 그래도 이젠 그런 호의에 기분이 좋아진다는 걸 솔직하게 받아들였다. 그는 결국 소리 내어 웃었다.

아직 파티가 본격적으로 시작된 것도 아닌데 벌써부터 연회장 전체가 시끌시끌했다.

각성자 사회에서도 인맥은 중요했고, 또 영향력 있는 일반인들과의 인연도 나름대로 필요했다. 그러니 대한민국 최정예 헌터 팀의 역사적인 레이드 올 클리어를 축하하기 위한 공간에 그 기회를 잡고자 하는 수많은 사람이 모이는 건 당연한 일이었다. 고개를 돌려 어디를 봐도 유명한 사람들이 가득했다.

그러니 이 공간에서 정이선이 점점 힘들어지는 것도 꽤 당연한 일이었다. 레이드 때문에 자신에게 이목이 쏠리는 건 알지만 자꾸만 다가오는 시선이 조금, 아니, 심하게 부담스러웠다. 그래도 팀원들과 함께하고 싶어서 파티장에서 버티던 정이선이 점점 목을 건드렸다.

늘 편한 라운드 티셔츠만 입고 다니던 정이선에게 단추를 끝까지 채운 정장은 꽤 갑갑한 기분을 안겼다. 상황의 부담감이 더해지니 옷이 더 답답하게만 느껴져 자꾸 옷깃을 건드리다, 기어코…….

"어라, 복구사님. 목에 뭐 물렸어요?"

"네?"

바로 옆에 있던 기주혁의 말에 정이선이 화들짝 놀랐다. 갑자기 파드득 몸을 떨면서 놀라 외려 기주혁이 당황했다. 그냥 목에 멍든 것처럼 살짝 불그스름한 기운이 보여서 물은 것뿐인데 정이선이 정말 기겁했다. 그는 당장 손으로 목을 가린 채로 창백하게 있다가, 넥타이를 위로 끌어 올리며 시선을 돌렸다.

"아, 아무것도 아니에요. 저 잠깐만 다른 곳에 다녀올게요."

메인홀 뒤편에 파우더룸이 있다고 들었다. 이미 셔츠로 목을 완전히 가렸지만 괜히 불안해서 거울을 보고 옷매무새를 다듬어야겠다고 생각했다. 기주혁은 어리둥절하게 그의 뒷모습을 보다, 그냥 별일 아니겠거니 하고 시선을 거뒀다.

홀은 시끄러웠지만 뒤편의 복도는 상대적으로 조용했다. 이제 막 파티장에 사람이 모인 시점이라 그런지 빠져나온 사람도 없어서 정이선은 적막한 복도를 홀로 빠르게 걸었다.

그리고 드디어 시야에 단장실로 보이는 룸이 잡혀 그곳으로 가려 할 때, 돌연 손목이 강하게 붙잡혔다.

"와, 만나기가 이렇게 어렵네."

"그간 잘 지냈냐, 이선아?"

목소리가 귓가에 떨어지는 순간 정이선은 굳었다. 아직 누구인지 확인 못 했지만 그 목소리를 듣자마자 온몸에 소름이 돋으며 사고가 정지했다. 낮게 키득대는 목소리, 우습다는 듯 자신을 조롱하는 어조. 정이선이 과거 4년 동안 질리도록 들은 목소리였다.

고장 난 사람처럼 삐걱삐걱 정이선이 고개를 돌렸다. 그의 얼굴에 핏기가 빠져나가기 시작했다.

"당, 당신들이 왜 여기에 있어."

정이선의 목소리가 파르르 떨렸다. 이건 그의 의지로도 어떻게 하지 못할, 과거의 끔찍한 기억 때문이었다.

현재 정이선의 앞에 서 있는 다섯 사람은 혼신길드원들이었다.

혼신길드는 1년 전 2차 대던전에 길드원 대부분이 휩쓸려 사망했다. 길드장을 비롯해 주축을 이루던 인원 전부가 사망해 자연히 와해되었지만, 당시 그곳에 함께하지 않았던 길드원들은 살아남았다.

애초에 혼신길드는 길드란 이름을 내걸고 대부업을 전문으로 하는, 일반인 중 조폭이라 불리는 이들과 등급 낮은 헌터들이 뒤섞인 악질 집단이었다. 그런 길드에 S급 복구사를 사기 계약으로 묶어 놓고 쏠쏠히 돈을 챙기던 멤버들은 2차 대던전 이후 뿔뿔이 흩어졌다.

그런데 1년이 지나 정이선이 다시 활동을 시작했다. 그것도 한국에서 가장 유명한 헌터 팀과 함께하며 레이드 공략에 큰 도움을 줬다. 혼신길드원들은 그의 복구가 얼마나 많은 돈을 받는지 알았고, 또 전 세계의 이목을 이끄는 레이드에서 활약한 정이선이 엄청난 보상금을 받으리란 것도 예상했다.

흩어진 길드원들은 대던전 이후에도 연락을 나누고 있었다. 그러다 TV에서 정이선을 발견하고 마음이 맞는 이들끼리 모여 이렇게 찾아온 것이다. 예전부터 적당한 때를 노리고 있었지만 HN길드 건물에 들어가는 일은 어려웠고, 바깥에서도 도통 정이선의 옆이 비질 않으니 기다리고 기다리다 드디어 오늘 파티 초대권을 구해 정이선을 붙잡았다.

한 사내가 씨익 웃으며 이선에게 말했다.

"뭘 그렇게 못 볼 걸 본 것처럼 쳐다봐. 우리는 진짜 반가운데."

"반갑기는 대체 뭐가……!"

정이선이 질색하며 손을 빼려 했다. 하지만 손목이 꽉 붙잡혀서 떨칠 수가 없었다. 얼마나 세게 쥐었는지 잡힌 부위 주변이 하얗게 질렸다. 정이선이 발버둥 치려고 하니 그들이 진정하라며 앞으로 손을 내밀었다.

"아냐, 아냐. 우리가 지금 협박하러 온 게 아니야, 이선아. 어? 오랜만에 만났으니 대화를 하잔 거지."

"그리고 예전에 끝내지 못했던 계약도 깔끔히 끝내고 말이야."

"……무슨, 계약?"

살가운 척하는 그들의 목소리에 정이선이 가까스로 역겹단 기색을 숨기며 말했다. 지금 복도에 있는 건 그들과 자신 뿐이니 최대한 침착해야만 했다. 하지만 그들이 '계약'이란 단어를 꺼낸 순간부터 정이선의 심장이 불길하게 요동치기 시작했다.

다시는 만날 일 없다 생각한 사람들을 눈앞에서 맞닥뜨린 순간, 그리고 그들의 입에서 나온 계약이란 단어를 듣는 순간 정이선은 과거를 떠올릴 수밖에 없었다.

5년 전, 용인에서 친구들과 함께 사는 집에 쳐들어온 혼신 길드장이 계약서를 들이밀고 지장을 찍으라고 협박했었다. 당시 갓 20세가 된, 제대로 된 보호자가 없었던 이들은 사기 계약에 당해 이상한 점을 제대로 항의하지도 못하고 발목이 묶였었다.

그때의 기억이 떠오르면서 호흡이 불안정하게 흐트러졌다. 헐떡거리기 시작하는 정이선에게 그들이 웃으며 서류를 보였다.

"그때, 빚을 다 갚고 떠난 건 아니잖냐. 계약은 그달 말까지였잖아?"

"……."

"그런데 그달 초에 일 나고, 그 이후엔 네가 완전히 잠적해 버려서 빚이 그대로 남았지. 게다가 벌써 1년도 넘었으니 이자가 꽤 붙었고……."

정이선의 손목을 붙잡은 사내가 짐짓 안타깝단 어조로 말했다. 자신들도 그러고 싶진 않았는데, 계약서가 그러니 어쩔 수가 없다면서…….

"그래서, 그 이자 붙은 빚만 갚으면 우리 계약이 완전히 끝난단 거지."

혼신길드는 이미 사라졌지만, 계약서상 채권자가 자연재해나 사고에 휘말려 돈을 받지 못하는 상황이 온다면 대리인이 대신 받는단 조항이 있다고 친절히 설명했다. 정이선의 눈동자가 느리게, 아주 느리게 깜빡였다.

여전히 그의 안색은 창백해서, 과거 혼신길드원들은 서로흡족한 눈빛을 주고받았다. 정이선은 순하고 조용조용한 편이라 예전부터 휘두르기 좋은 상대였다. 그러니 그들은 선심을 베푼다는 듯 이야기했다.

"이 돈만 해결하면 우리 인연도 끝! 네 인생에서 완전히 사라져 줄게."

"우리도 네가 많이 고생한 거 안다. 그런데 계속 이자가 붙고 있는 걸 어떡하겠어. 더 커지기 전에 어서 만나야겠다고 생각했지."

그들이 다정하게 말하며 정이선에게 서류를 건넸다. 빚이 불어난 경위와 갚을 액수가 적힌, 꽤 두꺼운 서류 뭉치였다. 정이선이 도망가려고 굴지 않으니 그의 손목을 놓고 종이를 쥐여 주기까지 했다.

정이선은 조용히 서류를 넘기다, 마지막에 적힌 액수를 확인하고 짧게 숨을 터트렸다. 하. 헛웃음 같은 한숨이 떨어졌다. 아무리 1년 이자가 붙었다 하더라도 말이 안 되는 수준의 금액이 적혀 있었다.

불안함에 요동치던 그의 옅은 갈색 눈동자가 눈꺼풀 아래로 두어 번 사라지다가.

확! 기어코 정이선이 서류를 그들에게로 내던졌다. 허공에 수십 장의 서류가 흩날리며 소란스러운 가운데 정이선이 덜덜 떨리는 목소리로 말했다.

"내가…… 내가 아직도 그때랑 같아 보여? 그래서 이딴 헛소리를 또 하러 왔어?"

싸하게 가라앉는 분위기 속 정이선이 꾸역꾸역 말을 이었다. 심지어 그는 정말 경멸스럽단 눈으로 그들을 바라보기까지 했다.

"겨우 이 정도밖에 안 되는 돈 받으려고 이렇게 구질구질하게 구는 거야?"

한심하다는 듯 정이선이 말했다. 서류에 적힌 금액은 절대로 '겨우'라는 말이 붙을 수 없는 금액이었지만 그렇게 말하는 정이선에겐 한 치의 어색함도 없었다. 본격적으로 S급 복구사로 활동하면서, 그리고 또 코드와 함께하면서 정이선이 보게 되는 돈의 단위가 한참 달라졌다.

때때로 혼신길드에 잡혀서 일했던 과거가 씁쓸하게 떠올랐었는데, 다시금 그들을 마주한 정이선은 혐오스럽단 감상만 받았다.

그리고 이런 정이선의 반응에 혼신길드원들은 처음엔 놀

랐다가, 점점 모멸감에 얼굴이 붉게 물들었다. 과거 4년 동안 정이선은 언제나 그들 앞에서 '약자'였다. 그런데 그랬던 정이선이 서류를 면전에 던지면서 조롱하고, 대놓고 무시했다.

"말로 하려고 했는데…… 안 되겠다, 넌."

선두에 있던, 가장 덩치가 큰 사내가 이선의 손목을 붙잡으려 들었다. 정이선은 재빨리 뒤로 몸을 피하며 도망치려 했지만 다섯 사내를 피할 수가 없었다. 게다가 그들 중엔 D급 헌터도 있었다.

채 서너 걸음도 가지 못하고 정이선이 붙잡혔다. 몸부림쳐 보았지만 양팔이 단단히 틀어쥐이고, 팔이 꺾일 것 같은 고통에 입술을 꽉 깨물었다가 반사적으로 시선을 위로 들어 올렸다.

천장에 있는 형광등, 그리고 제 뒤로 지는 그림자.

정이선이 재빨리 주위를 둘러보아 깨뜨릴 만한 것이 없는가 살폈다. 이미 대화가 꽤 오갔는데도 '그'가 파악하지 못했던 건 그의 주위가 소란스럽기 때문일 터였다. 그는 홀의 중심에 있을 테니 당연한 일이었다. 그렇다면 저번에 들은 이야기를 기반으로 어떻게든 그의 주의를 이끌어야 하는데, 당장 근처에 깰 만한 게 없었다.

정이선의 얼굴이 아연함으로 물들고, 기어코 사내들이 앞으로 다가와 그림자가 완전히 사라지려는 순간. 그가 다급히 외쳤다.

"사현, 읍······!"

"이 미친 새끼가!"

정이선이 소리를 지르려 들자 당장 사내들이 그 입을 막았다. 그 과정에서 정이선의 몸이 뒤로 기울면서 쿠당탕, 바닥으로 넘어졌다. 사내들도 따라 몸을 숙이며 손과 팔, 다리를 모두 억압했다. 혹시나 옆의 홀에 소란이 들릴까 우려해서였다.

그들은 벽면을 흘끔흘끔 쳐다보다 곧 자기들끼리 시선을 주고받았다. 정이선은 계속 몸부림쳤지만 팔다리를 붙잡혀서 벗어나지 못했다. 덩치 큰 사내는 그의 반항을 가엾단 듯 쳐다보며 혀를 쯧쯧 찼다.

"일단 바깥으로 끌고 가. 거기서 대화 좀 나눠 보다 보면 우리 이선이 생각이 바뀌겠지."

돈만 받고 물러나 줄 생각이었는데 굳이 정이선이 귀찮게 굴었다. 정이선의 인맥을 생각하면 최대한 빠르게 돈을 챙기고 사라져야 했다. 다들 이번 일이 끝난 후엔 아예 해외로 도망칠 계획이었다.

한 사내가 복도 끝을 눈짓했다. 이 복도를 쭉 걸어가면 건물 뒤편 주차장으로 나가는 문이 있었다. 고개를 끄덕인 그들이 드디어 정이선을 옮기려 할 무렵.

"쓸데없이 호칭이 다정하네요. 다정한 사이는 아닌 걸로 아는데."

바로 위에서 아주 나긋한 목소리가 떨어졌다. 공간의 분위기와 전혀 어울리지 않는 부드러운 어조가 그 괴리만큼 선명하게 들려왔다. 사내들은 바닥에 주저앉은 정이선을 따라 몸을 숙이고 있었기에, 천천히 고개를 들면서 소리의 근원을 쳐다보았다.

정이선의 그림자 끝에 서 있는 사람은 모르려야 모를 수가 없는 사람이었다. 그 유명세가 높을 뿐만 아니라 그들이 정이선에게 접근할 기회를 노리면서 어떻게든 피하려고 한 존재였기 때문이다.

사현.

그 사현이 당연하단 듯이 정이선의 뒤에 서서 그들을 내려다보고 있었다. 복도로 다가오는 인기척도 없었고 홀과 연결된 문은 한참 멀리 있는데 어떻게 이곳에 있는지 모를 일이었다. 입을 벌린 채로 떡 굳어 버린 그들에게 사현이 다정히 할 일을 알려 주었다.

"일단 그 손 치우죠."

사현이 눈짓으로 정이선의 팔과 다리를 붙잡은 손을 가리켰다. 몇몇은 반사적으로 손을 뗐지만, 한 사내는 그대로 정이선의 팔을 붙잡고 있었다. 오기가 아니라 너무 놀라서 몸이 굳어 버린 것이었다. 사현은 그를 보며 눈매를 누그러뜨렸다.

"치우라니까 왜 말을 안 듣지."

그 순간 사내의 그림자가 위로 훅, 솟아오르며 사내를 벽에 처박았다. 쾅! 소리와 함께 벽이 잠깐 흔들렸다. 그림자에 멱살이 잡힌 사내가 발버둥 쳐 보았지만 벗어날 수 있을리가 없었다.

그렇게 한쪽에서 소란이 일어나는 사이 사현은 몸을 숙여 이선의 상태를 확인했다. 정이선은 정말로 제 부름에 그가 나타난 것이 놀라워 눈만 깜빡이며 그를 보았다. 그동안 사현은 정이선의 손목과 발목을 꼼꼼히 살펴보았고, 양쪽이 모두 붉게 부어오른 걸 확인했다. 멍이 들 것 같았다.

그 모습에 사현의 눈동자가 싸늘하게 가라앉을 즈음, 앞의 사내들이 기어코 사현에게 삿대질하며 외쳤다. 여전히 한쪽 벽에선 한 명이 컥컥대고 있는데 사현은 그곳을 신경도 쓰지 않으니, 그 평온함에 소름이 끼쳤다.

"이, 일반인한테 능력을 쓰면 안 되는……!"

"신고해요."

사현이 천천히 자리에서 일어나며 말했다. 단정한 얼굴 위로 떠오르는 미소가 섬뜩하도록 우아했다.

"어, 어……?"

"헌터 협회에 하든, 각성자 관리 본부에 하든. 그것도 아니면 언론에 퍼트리든. 마음대로 해 봐요. 그게 그쪽이 생각하기에 최선의 항의 방법 같다면."

"……."

"유감스럽게도 저는 그렇게 생각 안 하지만요."

고개를 비스듬히 기울인 사현의 시선이 바닥에 잔뜩 널린 서류를 훑었다. 대충 상황이 어떻게 되었는지 파악한 그가 짧게 탄식했다. 그러곤 정이선의 팔을 붙잡아 일으켜 주며 옆에 있는 룸에서 잠깐만 쉬고 있으라고 말했다.

그 말이 곧 무엇을 가리키는지 알아 순간 당황한 정이선이 그들에게 다가가려는 사현을 붙잡았다. 꽤 다급한 손길에 사현이 웃으며 금방 끝내고 가겠단 말까지 했다. 그런 의미로 붙잡은 게 아니었다고 해명하려 할 무렵, 사현이 정이선의 볼을 톡톡 두드리며 칭찬했다.

"잘했어요."

목소리가 무척 다정하게 떨어져 귓가를 간지럽혔다. 자신이 그의 이름을 부른 것에 그가 꽤 기분 좋아하고 있단 걸 알아채 찰나 민망한 기분이 들었다가, 그대로 몸이 뒤로 떠밀려 옆의 방에 들어가게 되었다. 거의 가두는 듯한 행동이었다.

이후 사현은 덜덜 떨고 있는 사내들에게 걸어갔다. 그들은 이전부터 계속 도망가려고 했지만 그림자에 발목이 묶여서 벗어나지 못했다. 바닥으로 몸을 낮춰 기어가려고 발버둥 쳤으나 뒤에서 다가오는 사현의 발걸음 소리는 점점 가까워져만 갔다.

"이, 이거 풀어……!"

겁에 질린 듯 파르르 떨리는 목소리에 사현이 의아하단 듯 물었다.

"풀면요?"

"뭐……?"

"풀면…… 뭐가 바뀌나?"

정말 이해가 되지 않는단 사람처럼 사현이 고개를 모로 기울였다가, 돌연 그림자를 풀어 줬다. 그림자에서 솟아 나와 발목을 붙잡고 있던 새까만 매듭 같은 것이 스르륵 사라졌다. 그걸 확인한 그들이 당장 몸을 일으켜서 앞으로 뛰어가기 시작했다.

헐레벌떡 도망치는 사내들의 뒷모습을 사현이 물끄러미 보았고, 쫓아오지 않는 사현의 행동에 그들은 잠깐 안도했지만 곧장 이유를 깨달았다. 어차피 자신들이 도망가 봤자 바로 뒤에 그림자가 지니까 소용이 없었다.

"일단 옆으로……!"

어서 사현의 시야에서 벗어나야 한단 생각에 곧바로 옆의 방으로 들어갔다. 너무 다급한 행동에 발이 꼬여 몇몇이 부딪쳤지만 겨우 다 안으로 들어왔다. 그들은 우선 문을 잠근 후에 당장 바깥으로 도망가기 위한 창문을 찾았다. 창문이 조금 작지만 한 명씩 빠르게 빠져나가면…….

달칵, 그 순간 문이 열리는 소리가 들렸다.

분명히 문을 잠갔는데 사현이 몹시도 당연하단 듯 그걸 열고 들어온 것이다. 일련의 상황이 너무도 지극한 자연 현상처럼 느껴질 수준이라, 문고리가 부서지는 소리는 충격에 묻혀 제대로 들리지도 않았다.

"이제 도망치는 건 끝났나요?"

퍽 다정하게 떨어지는 목소리가 소름 끼쳤다. 사현은 앞에서 입을 벌린 채로 굳은 그들을 슥 훑어보다 곧 신지안에게 전화를 걸었다. 연결음이 몇 초도 이어지지 않아서 곧바로 그녀가 응답했다.

"홀 우측 복도 출입 통제하고, 몇 분 뒤에 장소 치울 사람 부르세요."

―네. 두 명 정도면 되겠습니까?

"그럴 것 같네요. 그리고 8번 룸에 이선 씨 있으니까 나건우 헌터 불러서 상태 확인해 주세요."

담담하게 통화가 이어지는 동안 룸 안에 있는 이들의 얼굴은 시시각각 새파랗게 질려 갔다. 차분한 대화에서 되레 심각한 목숨의 위협을 느낀 그들이 곧장 사현의 앞에 무릎을 꿇으며 외쳤다.

"다시, 다시는 안 건드릴 테니까……!"

때마침 전화를 끊은 사현이 의아하단 듯 그들을 내려다보았다. 새까만 눈동자 가득 신기함을 담은 채로 그가 눈을 깜빡이다, 툭 물었다.

"그게 그쪽의 의지로 결정될 일이라고 생각했어요?"

"……."

싸한 침묵 속에서 사현이 미소했다. 이미 건드렸으면서 이제 와 안 건드리겠단 소리로 면죄를 바라는 이들이 우습단 듯한 조소였다. 그 새까만 눈동자는 한없이 싸늘해서, 그들의 얼굴에 점점 두려움이 깃들었다. 이내 사내들이 주춤주춤 뒤로 기어가며 방 안에서 호신할 만한 물건을 찾기 시작했다.

그들은 지금껏 살아오면서 A급 헌터조차 맞닥뜨린 적 없었고, 자신의 무력으로 상대를 무릎 꿇리는 상황에서만 살아온 이들이었다. S급 헌터를 상대할 수 없다고 은연중에 생각하면서도 반사적으로 휘두를 물건을 찾다가, 기어코 손목이 꾸욱 짓밟혔다. 사내가 비명을 지르려 했지만 그림자가 위로 솟아 그 입을 틀어막았다.

"겨우 재앙을 피해서 살아남았으면 얌전히 살 것이지, 왜 이렇게 굳이 문제를 일으키나 모르겠네."

이해가 안 된다는 듯 사현이 뇌까리다, 이내 바닥에서 떠는 사내와 친절히 눈을 맞춰 주며 웃었다. 사내의 위로 드리우는 그림자가 두려울 만큼 어둡고 짙었다.

피할 수 없는 재앙이었다.

정이선은 방 안에서 초조하게 기다리고 있었다. 조금 전까진 복도에서 어떤 소리가 들렸는데 지금은 한없이 고요하기만 하니, 그 정적이 외려 불안했다. 정이선이 바깥을 흘끔 살펴보려 할 무렵엔 신지안과 나건우가 찾아왔다.

신지안은 건물 안에 옛 혼신길드원이 들어왔다는 사현의 연락과 복도에 널린 서류로 어떠한 소란이 있었는지 얼추 짐작했다. 나건우는 우선 정이선의 등을 토닥이며 그를 달랬다.

"아이고, 이선 복구사 정말 큰일 날 뻔했네. 많이 놀랐죠."

자신보다 그가 더 놀란 눈치였지만, 정이선은 차마 애정에서 비롯된 걱정이 듬뿍 담긴 손길을 거절하지 못하고 가만히 토닥임을 받았다. 신지안은 그의 상태를 꼼꼼히 확인하다 짧은 한숨과 함께 사과했다.

"이모님이 태신 쪽에서 명단 관리를 하다가 놓친 것 같다고 합니다. 손님의 지인으로 정체를 숨기고 파티장에 들어온 듯한데, 불쾌한 일을 겪게 해 드려 죄송합니다."

"아, 아니에요. 신지안 헌터가 사과할 일이 아닌걸요."

워낙 사람이 많이 모이는 행사고, 또 두 길드가 함께 여는 파티이니 명단을 나눠서 관리했다. 그리고 그 와중 생긴 빈 부분을 노려 혼신길드원들이 몰래 들어온 것이다. 사현이 마침 신서임과 대화하던 도중에 갑자기 표정을 굳히며 자리를 떠나고, 시야에서 안 보일 곳으로 가는가 싶더니 완전히 사라져 버렸다고 한다.

그러다가 사현이 몇 분 뒤 신지안에게 전화해서 상황을 읊어 주었고, 신서임은 길드원에게 연락해 곧장 원인을 찾아낸 후 무척 미안해하고 있다고 했다. 신지안의 말을 들은 정이선은 정말 괜찮다며 손을 내저었다.

마침 그렇게 내민 팔의 손목 부분이 붉게 부어올라 있어서, 나건우가 탄식하며 회복 마법을 걸었다. 크게 아프지는 않다고 하더라도 곧 정이선은 공식적으로 사람들 앞에 서야 했다. 붓기가 어서 가라앉아야 한다며 찬 수건을 손목에 감싸 주기도 했다.

"어휴, 그놈들은 진짜 불쌍할 정도로 멍청하네……. 이선 복구사 그림자에서 누가 튀어나올지도 모르고, 아이고 쯧쯧……."

그들에게 펼쳐질 미래가 훤하단 듯 나건우가 혀를 쯧쯧 찼다. 정이선은 그 말에 시선을 살짝 내렸다가, 약간은 걱정된다는 어조로 물었다.

"그런데…… 각성자가 일반인한테 능력 쓰면 문제 커지지 않을까요? 이제 길드장 됐는데, 첫 행사에서 이렇게 소란 일어나면 괜히 말 나올까 봐……."

조금 전 그들이 그림자 능력을 쓰는 사현에게 항의하듯

외쳤던 기억이 선명했다. 물론 사현은 전혀 개의치 않는 눈치였지만 괜히 자신 때문에 그런 문제가 일어나는 게 못내 신경 쓰였다. 혹시나 헌터 협회가 징계를 내리지는 않을지 걱정되었다.

그리고 그런 정이선의 반응에 나건우가 어리둥절해하다가 이내 탄식하듯 말했다.

"말할 수 있는 상태인지를…… 걱정해야 하지 않겠나……?"

정말 진심이 묻어나는 목소리에 정이선은 꽤 침착한 기분이 되었다.

불쑥 그들의 수가 다섯이란 점이 떠올랐다가, 전혀 문제가 되지 않을 거란 결론이 자연스레 뒤따랐다. D급 헌터가한 명 있다지만 위협 축에도 들지 못할 듯했다. 그렇지만 혹시나 사현이 더이상 능력을 쓰지 않고 상대한다면…… 음, 그래도 멀쩡할 것 같았다. 정이선은 자꾸만 제 걱정이 쓸데없는 일로 느껴지는 듯해 조금 찜찜해졌다.

그사이 나건우는 설령 나중에 그들이 오늘 일을 말한다고하더라도, 옛 혼신길드원들이 정이선을 찾아왔다는 점에 더이목이 몰릴 거라고 짚어 줬다. 현 사안을 따지면 정이선은엄연한 피해자이고, 사현은 보호자로서 나선 거니 헌터 협회도 마땅한 징계를 내리진 않을 거라고 말했다.

"이제 새로 HN길드장 됐는데 그런 일로 징계 언급하는 건갈등 빚자는 거나 마찬가지라. 헌협이 그렇게 나오진 않을 겁니다."

그러니 정이선은 전혀 걱정하지 않아도 된다며 팔을 토닥여 줬고, 그는 조금 복잡한 기분으로 고개를 끄덕였다. 이후 나건우는 신지안과 따로 할 이야기가 있는지 함께 방 밖으로 나갔다.

홀로 남은 정이선은 제 감정을 차분히 정리하려 했다. 생각할수록 제 걱정이 모두 필요 없는 일이란 결론이 나오는데도 자꾸만 불안해졌다.

"……."

과거 혼신길드원들에게 시달린 경험이 너무 지독해서 그런 걸지도 몰랐고, 또 어쩌면 그간 사현의 부상을 꽤 많이 봐서 그럴 가능성도 있었다. 예전에 천형원과 싸웠을 때도, 그리고 협회에 구금된 사윤강과 만난 이후에도 그의 몸엔 상처가 꼭 하나씩 났다.

그렇지만 이번엔 아무런 일도 없을 거라고 생각할 무렵, 방 안으로 사현이 들어왔다.

정이선이 자리에서 일어나 그를 반기다가 그의 팔에 쏟아지듯 묻은 무언가를 발견했다. 정장 소매를 위로 걷어서 팔뚝이 훤히 드러났는데, 사현은 대수롭지 않게 손수건으로 그 위를 닦으면서 들어왔지만 덜 닦인 부위의 붉은 액체가 곧바로 보였다.

바로 피였다.

"이선 씨, 치료는 다 받았⋯⋯."

"대, 대체 이건 왜 이래요?"

기겁한 정이선이 곧바로 수건을 들고 사현에게 달려갔고, 사현은 갑자기 정이선이 다가와서 제 팔을 쥐는 행동을 물끄러미 보았다. 그는 잠깐 멈칫했다가 정이선에게 가만히 팔을 내밀었다. 일련의 행동은 몹시도 태연한 표정하에 이루어졌다.

"어쩌다 팔에 이렇게 피가⋯⋯."

정이선이 아연한 낯으로 그 팔을 닦다가, 아주 이상한 모습을 발견했다. 까만 수건에 피가 슥 닦여 갔는데 그 아래로 보이는 팔의 상태에 정이선이 느리게 눈을 깜빡였다.

팔에 상처 하나 없었다.

"⋯⋯안 다쳤네요?"

너무 놀라서 크게 뛰던 심장이 순식간에 진정되었다. 정이선은 자신이 피를 닦은 수건과 사현의 팔을 번갈아서 쳐다보았다. 마침 수건이 까매서 피가 묻은 것도 모르겠고, 사현의 팔에는 자그맣게 긁힌 흔적 하나 없었다.

정이선이 떨떠름하게 자신이 닦은 피가 누구의 피인가 생각하며 물러나려 하니 사현이 그 손을 붙잡으며 말했다.

"피가 날 정도로 심각한 상황이었어요."

"그 피가⋯⋯ 본인 피는 아니잖아요⋯⋯?"

"그렇지만 고생하고 왔는데."

"……."

정이선은 조금, 아니, 많이 심란한 얼굴이 되었다. 어쩐지 사현의 행위가 꼭 제게 엄살을 부리는 것만 같은데, 상처가 생기지도 않은 상황에서 엄살을 부리니 아주 떨떠름했다. 그리고 그런 정이선의 표정에 사현이 힘들었다고 말하며 몸을 앞으로 기울여 자연스럽게 정이선을 끌어안았다. 지친 사람의 몸짓이었다.

"한 헌터가 능력까지 써 가면서 달려들어서 약간 번거로웠어요. 파티장 안에서 너무 큰 소란은 일으키면 안 되니까 최대한 빠르게 끝내려고 했는데 쓸데없이 멍청, 아니, 끈질기더라고요."

굳이 유혈 사태를 벌이지 않고 적당히 경고만 하고 돌아올 생각이었는데 그 인간들이 자꾸 반항해서 일이 길어졌단 말이 피곤한 어조로 읊어졌다.

정이선은 사현의 품에 꼭 안긴 채로 입술만 달싹거리다, 결국 고생했다는 듯 그의 등을 토닥였다. 피의 주인이 누구든 사현이 자신을 구하러 와 줬단 사실은 변함없었기 때문이다. 한창 시끌시끌했을 파티장 한가운데에서, 겨우 자신이 부른 이름 하나 듣고 곧바로 온 게 그였다.

"……와 줘서 고마워요."

그들에게 끌려갔더라도 결국 사현이 제 그림자 속에서 나타나 자신을 구했겠지만, 그들과 마주하는 모든 시간이 끔찍했기에 빠르게 와 준 그가 고마웠다. 정이선이 사현의 어깨에 고개를 묻은 채로 웅얼거리듯 말하니 사현이 나직이 웃으며 정이선의 허리를 꽉 끌어안았다.

어쩐지 지나치게 몸이 닿는 기분이 들어 정이선이 움찔거리다 벗어나려는 듯 사현의 팔을 툭툭 건드렸다. 의외로 사현은 순순히 놓아 주며 말했다.

"그래도 이선 씨가 그 인간들한테 서류를 던졌다면서요. 꽤 대담한 행동이었어요."

전혀 질책하는 기색 없이, 잘했다며 사현이 칭찬했다. 정이선은 그가 어떻게 그 이야기를 들었는지에 대한 경위는 굳이 알고 싶지 않아 어색하게 고개만 끄덕였다. 사실 지금 생각해도 어떻게 그렇게 행동했을까 싶었다.

그저 과거와 똑같이 자신에게 사기 계약서를 들이밀려는 이들이 혐오스러워서 나타난 반응이라지만, 더 정확하겐 그렇게 행동할 수 있었던 이유를 알 것만 같았다. 어쩐지 가슴이 울렁이는 듯해 정이선이 시선을 옆으로 스르륵 굴렸다가, 조금 어색하게 중얼거렸다.

"……그렇게 해도 위험해지지 않을 거라 생각했나 봐요."

자신에게 무슨 문제가 생기면 곧바로 사현이 찾아올 거란 믿음이 가슴 한구석에 당연하게 자리했다. 그래서 언제나 정이선을 비참하게 만들었던 과거에, 그에게 절망스러웠던 시간을 안긴 이들에게 당당하게 대응할 수 있었다.

예전에도 정이선은 그들을 막연히 두려워하기보단 덤덤하게 무시하는 편이었는데, 그건 단지 모든 것을 체념했기 때문이었다. 그런데 오늘 정이선은 그들을 똑바로 보고서, 자신이 아직도 그때와 같아 보이냐고 말했다. 그렇게 바뀐 스스로의 행동이 낯설면서도 못내 통쾌하고 후련한 기분까지 들었다.

그들은 더 이상 제 두려움이 아니었다.

그 사실을 인정하는 순간부터 심장이 쿵, 쿵, 쿵 거세게 뛰어 정이선이 한 손으로 가슴께를 꾹 눌렀다. 정말 가슴이 부풀어 터질 듯한 고동이자 기분 좋은 울림이었다.

그런 행동에 사현이 나직이 웃으며 말했다.

"이선 씨. 사람은 대부분 상황을 통제하려는 경향이 있단 거 아나요?"

"⋯⋯네?"

"세상은 불확실성으로 가득하니까, 불확실한 부분이 자신을 위험하게 만들까 봐 대비하기 위해 통제하려 든다고 해요. 쉽게 예를 들면 보험이 있고."

꽤 느닷없는 이야기에 정이선이 느리게 눈을 깜빡이는 동안 사현이 몹시 자연스럽게 말을 이었다. 인간의 통제 성향은 정말 흔하다며, 징크스도 그런 예 중 하나라고 했다. 자신이 어떤 경기를 보면 진다, 혹은 어딘가에 놀러 가면 비가 내린다 등등. 개인의 능력이 미치지 않는 상황이라 할지라

도 본인을 기준으로 두어 통제감을 느끼려는 행위의 일종이
라 설명했다.

다소 뜬금없는 주제였지만 참 사현이 할 법한 말이다 싶
었고, 또 이야기가 흥미로워 정이선이 고개를 끄덕이며 경
청했다. 그리고 이런 설명의 끝에 사현이 질문했다.

"그러면 사람이 통제하고 싶어 하는 근본적인 이유는 뭘
까요?"

"네? 어…… 조금 전에 말한 대로, 불확실하니까 혹시 모
를 위험에 대비하려고……?"

"맞아요. 그렇게 현재를 통제하면서 '안정감'을 찾는 거예
요."

"아…….'"

"내가 이렇게 해도 위험하지 않다, 나는 안전하다…… 같
은 생각이요."

정이선이 나직이 탄식했다. 점점 사현이 이런 이야기를
꺼낸 이유를 알 것만 같았다. 정이선이 멍한 낯으로 사현을
올려다보다 어쩐지 민망해져 시선을 돌리려 할 즈음 사현이
그의 가슴팍 위에 손을 얹었다. 조금 전에 정이선이 올려놓
은 손을 감싸듯 붙잡으며.

"그러니까…… 내가 이선 씨의 통제 범위 안에 있어서, 이
선 씨가 안정감을 느낀다는 소리예요."

아주 나긋한 속삭임이 다정하게 귓가에 내려앉았다. 어느

새 고개를 숙여 가까워진 사현의 얼굴을 정이선은 피하지 못했다. 그저 서서히 붉어지는 볼을 한 채로 사현을 가만히 응시했고, 사현이 옅게 실소하며 툭 이마를 부딪쳤다.

작은 부딪침이었을 뿐이건만 심장으로 전해지는 여파가 거대했다.

"그리고 나는 그 사실이 생각 이상으로 기분 좋네요."

고백 같은 읊조림 끝에 사현이 입을 맞춰 왔다. 정이선은 그를 밀어내지 못하고 키스에 응했다. 그 자신이 정이선에게 안정감을 주는 존재라는 점에 기뻐하는 사현을 거부할 수 있을 리가 없었다. 정말 믿기지 않게도 정이선은 이 순간 사현이 사랑스럽다는 생각마저 해 버렸다.

언제나 상황을 통제하는 주체는 사현이었을 텐데, 그가 스스로를 통제받고 있다고 여기는 상황이 우스우면서도 못내 즐거웠다. 어쩌면 그에 순응하는 사현의 태도가 정이선의 심장을 간질거리게 만들었을지도 모른다.

입술 새로 오가는 숨이 달달했다. 한참 전에 먹었던 샴페인의 향이 남은 건지, 아니면 이 순간이 달게 느껴지는 건지 모를 일이었다. 정이선은 홀린 듯 사현과 키스를 이어 가다가.

저벅, 밖에서 들려오는 발소리에 흠칫하며 곧장 사현을 밀쳤다.

"……!"

화들짝 놀란 정이선의 눈이 커졌다. 순간 이곳이 연회장 건물이란 것도 까먹고 키스에 집중해 버렸다. 복도를 청소하러 온 사람들인지 여러 목소리가 뒤섞였다. 정이선은 뒤늦게 바깥에 신지안과 나건우도 있단 걸 떠올리며 사현의 품에서 벗어나려 했다.

문 너머에서 들려오는 소리에 온몸이 긴장했다. 마침 정이선은 문 바로 앞에 있었다.

그런데 사현이 다시 정이선에게 입을 맞추려 들었다. 전혀 이 상황을 개의치 않는 듯한 행동에 정이선이 기겁하면서 사현의 어깨를 붙잡았지만 자꾸만 입술이 쫓아와 의도치 않게 안달 나는 입맞춤이 몇 번 이어졌다.

"가, 읏, 가야 해요."

입술 위를 간질거리는 숨결에 얼굴이 잔뜩 붉어진 정이선이 기어코 입술을 꾹 닫으며 사현을 확 밀쳤다. 분명히 조금 전 나건우에게 듣기로 몇 분 뒤에 공식 발표가 있다고 했다. 그런데 사현은 이곳에서 자신만 붙잡고 있으니 당황스러울 뿐만 아니라 부끄러워서 도통 그를 제대로 쳐다볼 수가 없었다.

그래서 겨우 사현을 밀어냈는데, 그가 쇄골께에 얹힌 정이선의 손을 붙잡아 목 뒤로 옮겼다. 목을 감싸 안으란 듯한 행동이었다. 순간 어이가 없어진 정이선이 황당하단 눈으로 사현을 올려다보니 그가 눈매를 살살 접으며 웃었다.

"키스만 할게요. 응?"

분명 아름다운 미소건만 정이선은 그 웃음을 마주하는 순간 배가 긴장하면서 몸 전체에 열이 도는 걸 느꼈다. 그의 미소 아래로 보이는 감정이 너무나 노골적이었다. 얼굴이 새빨개진 정이선이 더듬더듬 말했다.

"……그, 그으, 곧 나가야……."

"아직은 괜찮아요. 그러니까……."

고개 숙인 사현이 애원하듯 정이선의 입술 주위에 쪽쪽 입을 맞췄다. 조금 전에 정이선이 아예 입술을 꾹 닫으며 키스를 거부한 행위에 상처라도 받은 것처럼 눈매를 누그러뜨리며.

"지금은 입술만 벌려 줘요."

입술 위로 더운 숨결이 닿는 찰나 정이선의 눈가가 파르르 떨렸다. 엄청나게 몰려오는 부끄러움과 이 순간의 자극을 견디지 못하는 듯 정이선이 잠깐 숨을 참았다가, 결국 반대편 손도 들어 사현의 목을 감싸 안았다. 눈을 질끈 감으며 그를 끌어안는 행위에 사현이 낮게 웃었다.

맞닿은 입술 사이로 퍼지는 웃음소리가 오싹하게 공간을 간지럽혔다.

◁ ◆ ▷

축하연 시작 직전 모종의 소란이 있었지만 다행히 파티는 정상적으로 진행되었다. 해당 소란을 아는 사람은 극소수였다.

다들 복도 저편에서 어떤 일이 일어났는지 모르고 평화롭게 코드의 레이드 올 클리어를 축하하고, 팀에 완전히 영입된 S급 복구사에게 박수를 보냈다.

HN의 새로운 길드장이 하는 첫 공식 연설에도 많은 환호가 따랐다. 코드는 언제부터 다시 활동하는지, HN길드는 앞으로 어떻게 운영되는지 등등 다양한 질문도 쏟아졌다. 카메라 플래시가 곳곳에서 터졌다.

일련의 공식적인 행사가 끝난 후엔 다들 자유롭게 파티를 즐겼다.

한국의 최정예 헌터 팀, Chord324에 영입된 S급 복구사에게 인사하고 싶어 하는 사람들은 무척 많았다. 그가 완전히 코드 소속이 되었다지만 혹시 모를 경우를 위해 미리 명함이라도 건네려는 이들이 가득했으나, 웬만한 사람들은 정이선의 근처로 가지도 못했다.

코드 헌터들이 마치 그의 주위를 보호하듯 서 있어서 1층 메인홀에서 분수 우측은 코드만을 위한 공간처럼 되어 버렸다.

그리고 그런 모습이 펼쳐지는 이유는, 축하연 시작 직전에 벌어진 소란을 아는 '소수'가 바로 코드였기 때문이다. 나건우를 통해 이야기 들은 헌터들은 진심으로 정이선을 걱정했고, 혹시나 정이선의 주위로 또 다른 이상한 인간들이 다가올까 잔뜩 날을 세워 경계했다. 정이선은 정말 괜찮다고 말했지만 그의 말을 들어 주는 사람은 없었다.

"정말로 미안합니다, 정이선 복구사. 우리 쪽 과실이에요."

그나마 코드의 경계를 풀고 다가올 수 있는 사람은 신서임 정도였다. 그녀는 정이선에게 진심으로 사과했고, 정이선은 잘못한 건 옛 혼신길드원뿐이니 사과하지 말라고 몇 번이나 만류해야 했다. 그러고도 또 제 상태를 걱정하는 말에 정이선은 괜찮단 답을 반사적으로 내뱉는 자동 응답기가 되는 경험을 했다.

그러는 사이 밤이 깊어 가며 파티가 자연히 무르익었다.

메인홀 우측엔 야외 정원으로 이어지는 길이 있어 오가는 사람들이 꽤 있었다. 정이선이 흘끔흘끔 그곳을 쳐다보니 한아린이 그를 데리고 바깥으로 나갔다. 홀 안에만 있으면 답답하니 산책도 해야 한다는 명분이었다.

야외 정원에선 시원한 밤바람을 그대로 만끽할 수 있었다. 그리고 그 정원에서 가장 한적한 곳으로 이끌고 와 준 한아린 덕에 정이선은 꽤 편한 기분으로 고개를 들어 밤하늘을 보았다. 계속 소란스러운 공간에 있다가 드디어 주변이 조용해지니 온몸의 긴장이 풀렸다.

살랑살랑 스치는 바람이 좋아서 짧게 감탄하고 있으니 한
아린이 슬쩍 그를 불렀다.

"이선 복구사."

"괜찮아요."

"⋯⋯응?"

"아, 상태 확인하려는 질문인 줄 알고⋯⋯."

반사적으로 괜찮다고 말한 정이선이 어색하게 입가를 가
렸다. 홀 안에서 코드 헌터들이 시시때때로 정이선의 상태
를 확인하려고 해서 이 말이 입에 붙어 버렸다. 그리고 그런
정이선의 반응에 한아린은 한차례 크게 웃음을 터트렸다.

그리고 그런 웃음을 끝으로, 한아린이 툭 질문했다.

"그 정장, 사현이랑 맞춰서 제작했죠?"

"⋯⋯네?"

"내가 그 브랜드를 좋아해서 좀 알거든요. 맞춤 제작 전문
브랜드라."

함께 입장하는데 같은 색, 같은 디자인의 옷을 입고 들어
올 때부터 눈치챘다고 말했다. 정이선이 조금 당황한 낯으
로 눈만 깜빡이다 결국 가까스로 고개를 끄덕여 보였고, 한
아린은 대수롭지 않게 어깨를 으쓱였다.

"뭐, 정장 브랜드나 라인 같은 일이야 파티장에선 크게 이
상하지 않죠. 또 최고가 슈트 브랜드로 갖춰 입는 것도 둘
생각하면 당연하고⋯⋯ 그렇지⋯⋯. 같이 입장하는데 맞출

수도 있어……."

어쩐지 스스로를 납득시키는 듯한 말을 끝으로, 한아린이
손에 든 샴페인 잔을 기울여 쭉 들이켰다. 그렇게 순식간에
잔을 비워 버린 한아린이 비장하게 정이선을 보았다. 취기
에 용기를 얻으려는 듯한 모습이었지만 정이선은 그녀가 S
급이라 잘 취하지 않는단 걸 알아 그저 마른침만 삼켰다.

마침내 한아린이 물었다.

"이선 복구사. 사현이랑 이제 같이 살아요?"

"네? 그, 그건 왜……."

"아니, 오늘 아침에 전화했는데 사현이 옆에 있어서. 그러
고 보면 정말 늘 둘이 함께 있잖아. 레이드 기간에야 사현이
전적으로 이선 복구사 케어하겠다고 했으니 함께했다 쳐도,
왜 끝난 후에도?"

도저히 이해가 되지 않는단 듯 한아린이 계속 의문을 쏟
아 냈다. 그간 대충 보고 지나갔던 일들이 지금 모두 떠오르
는지 질문이 끝없이 이어졌다. 사현이 지금까지 그렇게 사
람을 챙기는 모습을 본 적이 없다, 아무리 케어한다 하더라
도 코드 팀원 중에 그런 케어를 받은 애가 없다, 그걸 받으
면 오히려 놀랄 거다 등등…….

코드에서 사현과 함께한 시간만 4년인데, 최근 그의 모습
은 너무나 다르다며 한아린이 한바탕 폭풍처럼 말을 쏟아
내다가 돌연 말을 뚝 끊으며 정이선을 보았다. 정이선은 조

금 불안한 눈빛으로 그녀의 시선을 받았다.

심지어 긴장하기까지 한 그의 기색에, 한아린이 결국 질문했다.

"혹시, 불건전한 관계를 강요당한다든가……?"

순간 정이선의 얼굴이 이상하게 변했다. 한아린이 왕창 늘어놓은 의문 때문에 이 정도면 눈치채지 못하는 게 이상하다며 내심 체념하고 있었다. 사현과 이 관계에 대해 비밀로 하자는 이야기를 주고받은 건 아니지만, 그래도 누가 눈치채는 상황은 처음이라 그는 꽤 긴장했다.

그런데 가장 답에 가까이 간 한아린은 정말 심각한 얼굴로, 딱 그곳만 비껴가서 말하고 있었다.

"안 그래도 S급 헌터인데 HN길드장까지 돼서, 비전투계는 반항하지 못할 상황 아닌가? 게다가 마킹까지 해 놔서 도망치지도 못하는데……? 어? 막, 그런, 험악한 상황이라든가?"

"……그렇게 보였나요?"

"응? 아니, 이게, 일반적으론 사, 사, 사, 사귀는, 아악, 이건 아냐! 아무튼 일반적으론 다른 관계로 볼 수 있겠는데 둘은 일반적으로 보기엔 어려울 것 같아서?"

어떤 단어를 입에 담자마자 한아린이 극심한 거부 반응을 보였다. 그녀는 잠깐 손을 파드득 내젓기까지 하며 혼란을 고스란히 드러냈다. 정이선은 어쩐지 이제 곧 그녀가 제게 무언가를 쥐여 주며 위험하면 흔들라는 소리를 할 것만 같아, 결국 먼저 입을 열었다.

"그러니까 이선 복구사, 혹시 도움이 필요하면……."

"사실 사귀고 있어요."

"응?"

"그, 연애…… 를 하고 있는데……."

막상 '연애'란 단어를 입에 담으려니 조금 부끄러워져 잠깐 멈칫했지만 결국엔 그 문장을 완성해 냈다. 한아린은 그 말이 이어지는 내내 멍하게 있다가…….

갑자기 그녀의 손에서 샴페인 잔이 아래로 떨어졌다. 그리고 한아린이 잽싸게 그걸 다시 붙잡았다. 엄청난 반사 신경으로, 그녀도 의식하지 못한 채로 잡아 낸 것이다.

"오……."

정이선이 감탄하니 한아린이 이것에 감탄할 때가 아니란 듯 그를 보았다가 이내 거칠게 마른세수를 했다.

"아니, 아냐, 이런 장난 재미없어. 아냐, 그런데 이선 복구사가 이런 걸로 장난할 사람이 아니야…… 하…….."

몇 번이고 마른세수를 하며 한아린이 혼잣말했다. 정이선은 무슨 말을 얹어야 할지 모르겠서서 그저 어색하게 시선만 굴렸다. 사실 사귀는 것 자체를 이상하게 보진 않을까 걱정했는데, 한아린은 정이선이 우려한 부분과 전혀 다른 방면에서만 반응하고 있었다. 그리고 그게 가장 그녀에게 심각한 문제인 듯했다.

꽤 긴 침묵 끝에 한아린이 물었다.

"……진짜로 협박당하는 거 아니고, 정말 어떤 사회적 위력에 따른 강요나 혹은 신체적 물리적 힘의 차이를 이용한 위협이 따르는 것도 아니고……?"

"네…….'

"진짜 그냥 연애……?"

"네에…….'

정이선은 조금 웃음을 참아 내는 낯으로 고개를 끄덕였다. 한아린에게서 줄줄이 이어지는 '가정'의 경우가 꽤 우스우면서도 한편으론 대체 그녀 안의 사현이 대체 어떤 이미지인지 궁금해졌다. 왠지 저게 일반적인 시선인가 싶기도 하지만…….

결국 정이선은 다시금 정상적으로 마음이 맞아서 연애하는 관계라고 말해 줬다. 물리적 위해나 강요는 전혀 없고 건전하게 사귀고 있다고 했다. 그리고 그 말의 끝에 정이선은 조금 부끄러운 듯 귀 끝을 살짝 붉히며 웅얼거렸다.

"음, 그냥…… 정말 좋아해서 함께하는 거예요."

한아린의 탄식이 짧게 공간에 떨어졌다. 그녀는 잠깐 입술을 꾹 닫았다가, 결국 진지하게 정이선에게 사과했다.

"조금 전에 이상하게 말해서 미안해요. 내가 너무 놀라서……. 사귀는 관계라면 내가 한 말이 너무 불쾌하게 들렸을 것 같네."

"아, 아뇨. 아니에요. 딱히 불쾌하진 않았어요."

"이선 복구사는 사람이 이렇게 착해서야⋯⋯."

진심 어린 사과에 정이선이 괜찮다고 두 손을 내저었다. 그녀의 오해는 웃겼을 뿐이지 전혀 불쾌하지 않았다. 그리고 그런 반응에 한아린이 하하, 웃으며 고개를 끄덕였다. 가까스로 자아낸 티가 나는 웃음이었다.

"그래, 둘이 사귀고 있구나⋯⋯. 마음 맞고 그러면 사귈 수 있지, 응. 맞아."

다시금 이어진 혼잣말 같은 중얼거림 끝에, 돌연 한아린이 물었다.

"아니 근데 왜?"

"네?"

"아냐, 아니에요. 그럴 수 있어. 이선 복구사가 좋으면 사귀는 거지⋯⋯."

"네에⋯⋯."

"아니 근데 왜?"

한아린의 '아니 근데 왜?'가 도돌이표 찍힌 마디처럼 반복되기 시작했다. 살다 보면 생각지도 못할 인연이 생기기도 하고, 그게 사람 사는 거라고 말하다가도 마지막엔 '아니 근데 왜?'로 돌아왔다.

S급 헌터도⋯⋯ 술에 취할 수 있는 건가?

처음으로 보는 모습에 정이선이 멍하게 있으니 한아린이 다시금 미안하다며 사과했다.

"아, 내가 또 헛소리하네. 미안해요."

"음, 많이 놀라면 그럴 수도 있죠……. 이해해요."

"이해해 줘서 고마워요. 진짜 내가 놀라긴 했나 보다……. 그래, 진심으로 사귀는 거면 앞으로 좋은 연애 하도록 해요. 그래도 혹시나 도움이 필요하다면 언제든 나한테 말하고."

"네에……."

"아니 근데 정말 왜?!"

갑자기 한아린이 악, 소리를 지르며 아예 등을 돌려 버렸다. 전방을 향해 10초간 함성을 발사할 것 같은 기세였다. 그녀 스스로도 자꾸만 이런 말을 반복하는 상황이 너무 답답한지 한쪽 발을 쿵쿵 구르기까지 했다. 의지로 제어가 안 되는 의문인 듯했다.

정이선이 조금 당황해서 한아린에게 괜찮냐고 물어보니 그녀가 손을 들며 걱정하지 말란 제스처를 취했다. 여전히 한아린은 정이선에게서 등을 돌린 상태였다.

"내가 너무 오래 붙잡고 있었네. 이선 복구사는 어서 가요."

앞에 정이선이 있으면 계속 '아니 근데 왜?'를 말할 것만 같은지 한아린이 아예 정이선을 떼어 놓으려 들었다. 정이선은 머뭇거리다가, 결국 어서 가라는 한아린의 재촉에 어색한 인사와 함께 뒤로 물러나 홀로 향했다. 사실 그는 한아린의 질문을 받는 게 웃겨서 별생각 없었는데, 그녀는 그 질문을 계속하는 상황이 너무 괴로워 보이니 혼자 있을 시간을 줘야 할 것만 같았다.

그렇게 정이선이 한참 멀어진 후에도 한아린은 계속 밤하늘을 보다가, 다시금 아악 비명을 내질렀다. 저 멀리 있던 사람들마저 흘끔 쳐다볼 정도로 엄청난 비명이 몇 번이고 그곳을 울려 퍼졌다.

한참 뒤, 한아린은 꽤 핼쑥해진 낯으로 메인홀에 돌아왔다.

홀 안에 있던 사람들 몇몇이 S급 헌터인 그녀에게 말 걸 기회를 노렸지만 터덜터덜 걷는 기세나 심각해 보이는 얼굴이 그들의 접근을 막았다. 뜻밖에 아무런 방해 없이 2층까지 올라간 한아린은 한숨과 함께 난간에 몸을 늘어뜨렸다. 2층은 한적했다.

그런데 마침 그 2층에서 사현과 맞닥뜨렸다.

그는 누군가와 조용히 전화할 일이 있어 위로 올라온 듯했는데, 한아린과 눈이 마주치자 평온하게 눈인사를 건넸다. 몹시도 여유로워 보이는 그의 모습에 한아린은 어쩐지 분해지기까지 해서, 사현의 통화가 끝나자마자 그에게 따지듯 질문해 버렸다.

"진짜야?"

"뭐가요?"

"진짜, 정말, 진심으로 이선 복구사랑 여, 여, 연애, 연애
해?"

그 한 단어를 입에 담는 게 너무도 어려운 사람처럼 한아
린이 몇 번을 버벅거렸다. 주위에 아무도 없는 걸 확인했다
지만 목소리가 매우 작았다.

사현은 눈을 동그랗게 뜬 채로 물끄러미 한아린을 보다
가, 이내 상황의 전말을 모두 전해 들었다. 그녀가 걱정이
돼서 정이선을 이끌고 정원 끝으로 데려간 것과 그 이후에
나눈 대화를 간략하게 들었다.

그리고 그 이야기의 끝에…… 사현이 짧게 웃었다. 눈을
아래로 내리며 나직이 실소하는 행동에 한아린의 얼굴이 당
장 굳어 갔다.

혹시 정이선이 사현에게 휘둘리고 있는 건 아닐까? 그녀
의 작고, 순하고, 귀여운 동생은 그동안 세상에서 힘든 일을
많이 겪었다지만 지금 더 심각한 문제에 처하게 된 건 아닐
까?! 사현이 그를 가지고 놀고 있다든가?

한아린이 표정을 굳히며 그를 부르려 할 즈음, 사현이 갑
자기 손에 고개를 묻으며 웃음을 터트렸다.

"……?"

아하하, 이어지는 웃음이 진심으로 흔연해 보였다. 사현의 기분이 좋다는 게 정말 오롯이 느껴져 한아린은 순간 낯설게 그를 쳐다보았다. 지금껏 사현이 저렇게 웃는 걸 본 적이 없었다. 그리고 그제야 한아린은 그의 얼굴에 웃음이 번지기 시작한 순간이, 정이선이 '그와 연애한다'고 말했다고 한 때라는 걸 깨달았다.

"아, 정말. 귀여워서 어떡하지······."

사현이 혼잣말처럼 중얼거린 목소리는 분명 작았지만 한아린의 귀에는 확성기를 대고 말한 것처럼 크게 들렸다. 흡사 위험 경보처럼 몇 번이고 귓가를 울렸다. 한아린이 굳어서 눈만 깜빡이는 동안 곧 사현이 웃음기를 거두고 말했다.

"네. 이선 씨가 말한 그대로예요."

"······어, 어?"

"좋은 감정으로 연애하고 있어요."

아주 담백하게 사실을 읊는 듯한 그의 어조는 한아린에게 무척 익숙했음에도 몹시 낯설게 다가왔다. 한아린은 멍하게 있다가 '어, 어어······' 하는 탄식밖에 할 수 없었다. 정이선도 사귄다고 말하고 사현도 긍정하니 자신이 할 말이 없었다. 심지어 사현은 정이선이 그런 말을 했단 사실에 몹시 즐거워하는 기색이었다.

때마침 바깥에서 폭죽이 터졌다.

오늘 축하연의 마지막 순서, 피날레를 장식하는 불꽃놀이였다. 그 순서를 기다린 사람들은 이미 야외 정원에 있었고, 홀에 남아 있던 이들도 환호하며 바깥으로 움직였다. 2층에서도 창문 너머로 폭죽이 터지는 모습이 보였다.

그렇게 다시금 폭죽이 밤하늘로 솟아 거대한 불꽃을 만들즈음, 사현이 나직이 읊조렸다.

"그리고 함께하는 건……."

그의 얼굴 위로 불꽃의 빛이 다정하게도 일렁였다.

"사실 정확하겐 제가 매달려서 함께하는 관계라고 해야겠네요."

사현은 그 말을 끝으로 전해 줘서 고맙다는 듯 한아린의 어깨를 토닥이곤 아래로 내려갔다. 1층에 있는 정이선에게 가려는 눈치였다. 마침 정이선도 바깥에서 시작한 불꽃놀이를 보고 사현을 찾았는지 계단에서 내려오는 사현과 눈을 마주했다. 사현의 얼굴에 웃음이 번졌다.

한아린은 둘의 모습을 멍하게 보다가…… 자신이 들고 있는 샴페인 잔을 내려다보았다. 2층으로 올라오는 길에 새롭게 챙겨 온 샴페인 잔 안에는 투명한 술이 가득했고, 그 잔의 표면에 폭죽의 불빛이 이지러지듯 번졌다.

한아린은 그걸 한참 보기만 하다가, 더 정확하게는 사현이 조금 전에 한 '매달린다'는 말을 곱씹다가…….

"내가…… 이제 취하나 보다……."

S급 능력도 시간이 지나면 사라질 수도 있다고, 그 최초의

케이스가 자신이라며 혼잣말하다 샴페인을 단숨에 들이켰
다.

유감스러우리만큼 밤하늘이 선명하게 아름다운 날이었
다.

식사

Chord324의 활동이 재개되었다.

7대 레이드 이후 처음으로 코드가 공략하는 던전에 특히나 많은 관심이 쏠렸다. 꽤 긴 휴식 후 들어가는 던전이기도 했고, 또한 사현이 HN의 길드장이 된 후 처음으로 진입하는 던전이란 점에서 의미가 있었다.

던전은 S급이었으며, 코드는 반나절 만에 던전을 클리어해 냈다.

보스는 악마형 몬스터라 상대하기 까다로웠음에도 코드는 훌륭한 팀워크를 자랑했다. 헌터들이 악마의 다리를 묶고, 한아린은 검을 소환해 한쪽 날개를 베어 내고, 도망치려는 악마의 그림자에서 사현이 나타나 몸통을 절반으로 갈랐다. 최후엔 바닥에서 부들거리며 몸을 회복하려는 보스 몬스터의 뿔을 사현이 발로 밟아서 부수며 그 핵도 함께 깨 버렸다.

큰 부상자 없이 수월하게 이루어진 공략이었으며 공격의 합도 완벽했다. 다시금 코드가 한국 최정예 헌터 팀이란 입지를 견고하게 다진 던전이었다.

해당 공략은 헌터 협회의 방송사 카메라를 통해 실시간

송출되었으며, 사람들은 오랜만에 보는 코드의 공략에 감탄하면서도 한편으론 던전에 복구사가 함께하지 못한다는 사실에 허전함을 드러냈다. 역사상 복구사가 던전에 들어간 일이 이번 7대 레이드가 최초였지만 그때의 광경이 워낙 강렬했던 탓이다.

그리고 그러한 아쉬움은 던전 클리어 후 정이선이 해낸 복구로 사그라들었다.

던전 발생 장소는 산업 단지 인근으로, 모 기업의 공장 하나가 반쯤 날아가 버렸다. 공장의 경우는 중장비가 많아 던전이 발생했을 시 무척 피해가 큰 건물이었다. 일반 회사라면 던전 발생 전조가 나타나자마자 중요 자료를 챙겨서 대피할 수 있지만 공장은 커다란 장비를 바깥으로 빼내기가 어려웠기 때문이다.

슬퍼하던 기업 사람들은 코드가 그 던전을 공략한단 소식에 기쁨의 눈물을 흘리며 환호했다. 코드가 진입한다는 건 곧 피해 장소를 복구할 사람이 세계에서 유일한 S급 복구사 정이선이란 의미였다.

마정석까지 캐낸 후 던전 게이트가 완전히 사라졌다. 보통 공격대는 던전을 클리어한 후 떠나는데, 이번엔 몇 시간 뒤에 팀 내 유일한 복구사와 함께 다시 돌아왔다.

그리고 이미 정이선이 공장을 복구할 것이란 소식이 널리 알려지면서 주위에 구경꾼도 잔뜩 몰렸다. 예전에도 정이선은 S급 복구사로 유명해서 그가 복구할 때마다 인근엔 사람이 가득했다. 그는 던전 바깥의 히어로라고 불릴 정도로 인기가 많았다.

약 1년 만에 정이선이 던전 후 피해지를 복구하기 위해 공개적으로 사람들 앞에 섰다. 몇 달 전에 신서임의 주택을 복구해 준 적이 있지만 그땐 주위에 사람이 없었다. 정이선은 조금 긴장한 얼굴로 주위를 둘러보았다.

몰린 사람들의 시선이 부담스럽기도 했지만, 그보다도 이 상황은 정이선에게 '과거'를 떠올리게 만들었다. 꽤 다른 풍경인데도 그때가 떠올라 눈앞에 아른거렸다. 2차 대던전이 발생했을 때도 정이선은 이렇게 몰린 사람들 속에서, 피해 건물을 복구하려다 갑작스레 발생한 게이트에 휩쓸렸기 때문이다.

조금 안색이 창백해졌지만 드러내고 싶지 않아 일부러 후드를 깊게 눌러썼다. 그리고 앞으로 나가려고 할 무렵, 사현이 뒤에서 그의 어깨를 감싸 왔다.

"괜찮아요. 다시는 이선 씨가 그런 사고 겪을 일 없으니까."

다정한 목소리가 귓가에 떨어졌다. 흡사 안긴 듯한 자세라 정이선이 움찔했지만 곧 등에 닿는 온기를 느끼며 가만히 숨을 내쉬었다. 방금까지 불안정하게 떨리던 호흡이 빠르게 진정되어 갔다.

정이선이 반쯤 고개를 돌려 사현을 올려다보았다. 그 새까만 눈동자는 언제나와 같이 자신만을 오롯이 내려다보고 있어서, 그 평온한 눈빛에서 정이선은 '확신'을 받았다. 설령 2차 대던전과 같은 사고가 또 발생하더라도 안전히 빠져나올 수 있을 거란 믿음이 마음속에 굳게 자리했다.

그제야 문득 정이선은 오늘 이곳에 코드 사람들이 다 함께 온 이유도 그것 때문일지도 모른단 생각을 했다. 한두 명도 아니고 전원이 그의 복구를 구경하겠다며 왔기 때문이다.

무엇이 우선하는 목적인지는 모르겠지만 그래도 이곳까지 함께하는 그들의 행동에서 정이선은 못내 서러운 다정함을 느꼈다. 주위의 코드 사람들을 둘러본 정이선이 마침내 사현을 보고 웃었다. 가슴 한구석이 조금은 씁쓸했지만, 이제 정이선은 과거의 기억에서 한 발자국 벗어나 현재에서 웃을 수 있게 되었다.

그날 정이선은 공장을 백 퍼센트 복구해 냈다.

그 이후로도 코드는 꾸준히 던전에 진입했고, 정이선은 늘 완벽한 복구 실력을 선보였다. 던전 게이트가 발생하면 인근 10미터 정도가 폭발에 휩쓸리고, 던전 난이도가 높을수록 피해 범위도 늘어났다. 정이선은 그중 중심지를 복구하고 그 외의 부분은 길드 내 다른 복구사들이 와서 복구했다.

훌륭한 공략과 완벽한 복구를 해내는 코드를 향한 관심은 상당했다. 그러던 어느 날엔 정이선이 사현에게 조심히 제 의견을 밝혔다. 그는 자신의 복구 능력이 사회에 도움이 된다는 걸 조금씩 받아들였기에, 코드가 해결한 던전이 아니더라도 병원이나 박물관, 문화재, 국립 도서관 등과 같은 공공건물이 무너진다면 자신이 복구하고 싶다고 말했다.

그의 능력은 건물을 백 퍼센트로 복구해 내는 만큼 상당한 마나와 기력이 소진되었고, 그래서 규모가 큰 건물을 복구하면 히든 능력 패널티처럼 일주일을 앓지는 않아도 며칠 정도 기운이 없었다. 그러니 코드로서 하는 복구에는 지장이 가지 않는 선에서, 일정을 맞춰 복구해 보고 싶다고 구구절절 설명했다. 정이선은 현재 길드에 소속된 복구사이니 길드 의뢰 외의 일에 능력을 사용하는 건 사실상 계약에 어긋났다.

그래서 조금 눈치를 봤는데, 사현은 흔쾌히 그러라고 해 줬다. 그 답변이 너무도 가볍게 나와 정이선이 놀란 낯을 하니 사현이 실소하며 물었다.

"내가 그렇게 팀원 부탁에 까다로울 것 같았나요?"

"아, 아뇨… 딱히 그런 건 아닌데…….."

"이선 씨도 여러모로 생각해 보고 하고 싶어서 내린 결정일 텐데, 존중해야죠. 그리고 이선 씨가 본래 일에 지장이 갈 정도로 다른 일에 몰두할 성격도 아니고…….."

사현이 꽤 당연하단 어조로 말을 이어 정이선은 약간 부끄러워졌다. 일과 관련된 방면으로 누군가에게 신뢰를 받는다는 게 생각 이상으로 기분이 좋았다. 정이선이 머리칼을 정리하는 척하며 제 붉어진 귀를 가리고 있으니 사현이 검지로 책상을 톡톡 두드렸다. 생각할 때 흔히 보이는 버릇이었다.

"코드 이미지 면에서도 나쁘지 않은 일이에요."

이후 사현이 혼잣말처럼 정이선이 그렇게 활동했을 때를 예상하기 시작했다. 실제로 지금까지 한국에서 병원이나 문화재 등이 던전으로 무너진 경우는 그다지 많지 않으니, 정이선이 무리할 상황은 만들어지지 않을 것이란 분석을 마친 후 그의 복구가 길드에 가져다줄 이득을 계산했다.

헌터가 던전을 공략하는 것도 일종의 국가적 필수 활동이라지만 정이선이 개별로 병원이나 공공건물을 나서서 복구하는 건 지극히 공익적인 활동이니, 길드의 가치를 높일 뿐만 아니라 국가 대표라 불리는 코드의 평판에도 긍정적이란 것이다. 줄줄 이어지는 분석에 감탄한 정이선이 얼이 빠질 무렵 사현이 깔끔히 결론 내렸다.

"괜찮네요. 협회에 따로 연락해 둘 테니, 해당 의뢰 건 나오면 말해 줄게요."

"네에……."

정이선은 그저 코드 활동에 피해가 가지 않는 선에서 나서 보고 싶다 말한 건데, 얼떨결에 사현의 계산적인 기준도

통과해 버렸다. 정이선은 뿌듯해해야 하는 걸지 조금 고민했다.

하지만 그런 사현의 분석과 별개로 솔직히 정이선은 꽤 들떴다. 과거 혼신길드에 붙잡혀서 일할 땐 길드장이 돈 되는 건수만 잡아 와서 정이선에게 강요했었다. 어떤 때는 며칠 연속으로 대규모 복구를 해내라고 쪼아 대서 탈진해 쓰러진 적도 있었다. 하지만 코드에서는 절대로 그런 일이 일어나지 않을 테고, 또 자신이 원하는 건물을 제 의지로 복구할 수 있단 점에 기대감까지 들었다.

그리고 이런 정이선의 계획을 들은 코드 팀원들의 반응은 꽤 일관적이었다. 정이선에게 무리하는 건 아닌지 물은 후에, 그들끼리 고개를 끄덕이며 조용하게 중얼거렸다.

"역시 사람이 이름을 따라가나 봐……."

정이선은 그 말에 웃음을 터트렸다.

그렇게 시간은 평화롭게 흘렀다. 정이선은 꽤 비장하게 다른 건물도 복구해 보겠단 각오를 다졌는데, 실제 사현의 분석대로 병원이나 문화재 등의 주위에 던전이 거의 발생하지 않았다. 던전이란 자연재해와 비슷한 개념이라 의도적으로 피할 수 있는 것도 아닌데 그런 건물 주위가 고요했다. 그렇다 해서 그곳이 무너지길 바랄 수도 없는 노릇이니 정이선은 그저 계획만 있는 채로 시간을 보냈다.

그러다 드디어 정이선이 복구할 일이 생겼다. 박물관 쪽에 던전이 생겨서 별관이 그대로 무너졌다는 것이다. 전시했던 유물은 모두 옮겨 놓아 큰 피해는 없지만 건물 하나가 모두 붕괴되었다.

연락을 받은 정이선은 당장 복구하러 가고 싶었지만, 하필 이날의 일정이 그를 조금 망설이게 했다. 정이선은 사현의 눈치를 보며 물었다.

"가도 될까요? 오후 일정에 지장이 갈까 봐 걱정되는데……."

"어차피 저녁 식사를 함께 하는 것뿐이니 괜찮을 거예요."

사현이 웃으며 정이선의 불안을 달랬다. 그가 오후 일정을 신경 쓰는 이유는 바로 오늘이 신서임의 집에 초대받은 날이기 때문이었다.

신서임은 예전에 주택을 복구해 준 정이선에게 감사의 의미로 집에 초대하고 싶다고 말했었고, 레이드가 끝난 후 그 시기를 조정하다 오늘로 날짜를 잡았다. 신서임은 맛있는 저녁 식사를 대접하고 싶다며 음식 취향까지 조사해 갔다.

정이선은 이런 초대가 무척 낯설었지만 한편으론 기대가 되었는데, 마침 오늘 박물관이 무너져 버렸다. 박물관 별관의 규모를 생각하면 복구해 내는 데 꽤 큰 기력을 써야만 했다. 복구를 하루 미루기엔 마침 내일부터 특별 전시가 진행될 예정이었단 사정까지 전해 들으니 가지 않을 수가 없었다.

하지만 오후 일정이 마음에 걸려 그 부분을 말하자, 사현이 정이선의 볼을 살살 쓰다듬으며 말했다.

"이선 씨가 조금 피곤할 수야 있겠지만, 편한 자리니까 부담은 느끼지 말아요. 많이 피곤하면 금방 일어나도 되니까."

"금방 일어나고 싶진 않은데……."

"그러면 오늘 가고, 다음번에 또 요청해도 되죠. 태신길드 장님이 이선 씨를 무척 마음에 들어 하니 가능할 거예요."

정이선은 어느 순간부턴가 자신이 사현의 말을 들으면 꽤 많이 안심한다는 걸 인지했다. 그는 늘 객관적인 사실만을 말하기에 유독 신뢰가 가기도 했고, 또 자신을 달래듯 다가오는 말이 다정하게만 느껴져 흐물흐물 풀어지는 경향도 있었다.

어쩐지 응석 부리는 사람이 된 것만 같아 정이선이 어색하게 고개만 끄덕이는데, 사현이 그런 정이선의 이마에 입 맞추며 부드럽게 속삭였다.

"잘 다녀와요."

함께 못 가서 아쉽다는 말이 귓가에 내려앉았다. 정이선이 복구해야 하는 박물관은 서울과 꽤 떨어진 곳에 있고, 사현은 오후에 길드와 업체 미팅이 있어 함께 가지 못했다. 정이선은 제 이마에 몇 번이나 쏟아지는 뽀뽀에 결국 얼굴을 붉게 물들이며 알겠단 답만 했다.

정이선은 한아린과 함께 박물관에 다녀왔다.

한아린도 오늘 저녁 신서임의 집에 함께 초대받은 터라, 오후 일정이 비었다며 선뜻 정이선을 따라나섰다. 기주혁은 요즘 한창 졸업 작품 준비로 바빠서 얼굴 보기가 힘들었다.

한아린은 정이선과 사현의 사이를 알게 되었지만, 그 관계를 팀원들한테 말하지 않았다. 둘을 배려한 건지, 아니면 팀원들을 배려한 건지는 그녀의 생각에 달렸지만 어쨌든 한아린은 아무런 티도 내지 않았다.

그런 침묵은 한두 달이 넘게 이어졌는데, 꽤 침착하게 받아들인 듯한 모습이다가도 어느 순간엔 정이선을 꼭 붙잡았다. 그의 손을 두 손으로 조심히 감싸고서 '나는 이선 복구사 편이에요. 알지?' 같은 소리를 했다.

정이선은 처음엔 놀랐지만 이제는 웃으며 알고 있다는 반응을 보였다. 자신의 주위를 서성이며 상태를 확인하는 행동이 모두 그녀의 애정에 기반했음을 알기 때문이다.

그리고 그 답을 들었을 때 한아린은 무척 놀랐다. 그녀는 정이선과 사현이 연애한다는 말을 서로에게 직접 들었으면서도 내심 걱정했다. 사현은 감정을 이해하더라도 공감하기 어려워하는 부류였고, 더 정확하게는 그럴 필요를 못 느끼는 인간이라 혹시나 정이선이 그와 함께하며 힘들어하진 않을까 우려했다.

그런데 외려 정이선이 그와 함께하면서 점점 평온해졌다.

레이드가 끝난 후 받기 시작했다는 상담이 도움이 되는 건지, 아니면 언제나 그의 곁에 있는 사현이란 존재가 모종의 안정감을 주는 건지는 모르겠지만 결국 한아린은 제 걱정을 접을 수밖에 없었다.

"오늘 박물관 복구도 진짜 멋있었어요. 기주혁 못 봤다고 울겠네."

"영상으로 남았으니 괜찮지 않을까요?"

"영상으로 보는 거랑 실제로 보는 게 다르다고 왁왁댈걸요. 뻔하다 뻔해. 아무튼, 별관 규모 꽤 컸는데 피곤하진 않아요?"

"음…… 괜찮은 것 같아요."

이번에 박물관을 무너뜨린 던전은 A급 던전이었다. 피해도의 범위는 10미터가 훨씬 넘어 별관이 전부 붕괴되었는데, 정이선이 그걸 완벽하게 복구했다. 그 광경은 경이로웠지만 무리한 게 확실히 보여서 약간 걱정이 되었다.

하지만 정이선은 괜찮다고만 답했고, 어쩐지 고집스러운 반응의 끝에 신서임의 집에 도착했다. 그리고 그곳에서 정이선은 당장 사현에게 붙잡혀 심문받듯 상태를 확인받았다. 사현이 정이선의 피곤한 기색을 곧바로 알아챘기 때문이다.

"피곤하면 무리하지 말고 돌아가도 돼요."

"아뇨, 괜찮아요. 여기까지 왔는데 어떻게 가요……."

게다가 이미 저녁 시간에 맞춰서 도착한 터라 신서임이

준비한 요리도 모두 식탁에 올라오고 있는 상태였다. 오늘 저녁은 신지안도 함께 준비하고 있었는지 부엌에서 둘이 나와 한아린과 정이선을 반겼다.

정이선은 대체 자신의 얼굴이 어떻기에 이런 걱정을 받나 싶어 일부러 밝게 인사했다. 괜히 신서임과 신지안에게까지 걱정을 끼치고 싶지 않았다. 사현은 꽤 탐탁지 않은 눈치였지만 그 행동에 결국 한숨을 삼키며 옷매무새만 정돈해 줬다.

하지만 그런 정이선의 연기는 꽤 금방 들통났다. 정이선이 원체 거짓말을 잘 못 하기도 했고, 체력 관리를 기본으로 하는 헌터들 앞에서 피곤한 모습은 금세 파악되었기 때문이다.

"낮에 박물관 복구하고 왔단 이야기는 들었습니다. 많이 피곤합니까?"

신서임이 꽤 걱정 어린 목소리로 물었다. 정이선은 사현의 옆자리에 앉자마자 쏟아지는 시선에 당황하며 말했다.

"능력 쓴 지 얼마 안 돼서 그런 것뿐인데…… 곧 괜찮아질 거예요."

"괜한 무리를 강요하고 싶진 않습니다."

"정말 무리하는 건 아니에요. 저녁 식사 이렇게 준비해 주셨는데……."

넓은 식탁에는 음식이 한가득 올라와 있었다. 구첩도 넘어 보이는 식탁 위의 모습에 정이선이 이리저리 시선을 굴리다 조금은 민망한 듯 제 머리칼을 만지작거리며 어물거렸다. 며칠 전부터 정이선은 오늘을 생각했고, 내심 들떴었다. 그리고 그 이유가…….

"이렇게 누구 집에 초대받는 게 처음이라서…….."

어렸을 때야 간간이 친구들의 집에 가 본 적이 있다고 하더라도 1차 대던전 사고 이후로는 한 번도 없었다. 그것도 사실상 초대라고 부를 수는 없었던 일방적인 방문이었던 터라, 정이선에겐 오늘이 타인의 집에 호의로 초대받아 갖는 첫 식사 시간이나 마찬가지였다.

그다지 어려운 자리도 아니건만 인간관계가 좁았던 정이선에겐 오늘의 일이 꽤 긴장되었다. 그래서 며칠 동안 내내 고민하다 오늘 낮에 박물관에 간 김에 기념품과 수제 잼도 집들이 선물이랍시고 사 왔다.

"식사 끝까지 하고 가고 싶은데…… 괜찮을까요?"

혹시나 피곤한 기색으로 자리를 지키는 게 분위기를 망치나, 하는 걱정으로까지 뻗어 갈 무렵 신서임이 옅게 미소하며 고개를 끄덕였다.

"정이선 복구사만 괜찮다면 함께 식사하고 싶네요."

다소 무감한 목소리에 여전히 무뚝뚝한 낯이었지만 정이선은 어느새 그녀의 미소를 읽어 낼 수 있게 되어, 조금 수줍게 웃었다. 그리고 그때 한아린이 외쳤다.

"이선 복구사, 다음엔 내 집 와요!"

"……저도 초대하고 싶습니다."

슬그머니 신지안도 말을 얹었다. 그녀는 4년 전부터 독립해서 살고 있기 때문에 집이 따로 있다고, HN길드 사옥 근처란 이야기까지 했다.

갑작스레 쏟아지는 초대에 정이선이 당황하니 한아린이 침묵은 곧 긍정이라며 날짜를 잡자고 말했고, 신지안은 사현의 비서로 일하면서 정이선의 일정도 꿰찼는지 아예 날짜까지 선점해 버렸다.

"너……."

한아린은 충격받은 눈으로 신지안을 보다가, 곧 자신도 날짜를 알려 달라며 의견을 구했다. 겹치지 않게 일주일 정도 간격을 두잔 이야기마저 나눴다. 그런 대화에 정이선은 멍하게 있다가, 결국 소리 내어 웃어 버렸다.

일련의 즐거운 소란 이후엔 식사 시간을 가졌다. 갈비찜과 잡채, 육전 등 모두 방금 만든 음식인지 다 따뜻하고 맛있었다. 정이선이 먹으면서 연신 맛있다고 감탄하니 신서임이 흐뭇해하며 다음번에도 또 오라고 제안했다.

그렇게 식사를 끝마친 후에는 잠깐 휴식 시간을 가졌다. 2층 주택은 높은 담장을 둘러 바깥에 보일 염려도 없으니 후드를 쓰지 않고 자유롭게 돌아다닐 수 있었다. 어느덧 계절이 한가을로 접어들며 마당에 단풍나무도 예쁘게 물들어 산책이 즐거웠다.

그러다 마당 구석의 나무 아래쪽에 큰 홈이 보여 정이선이 의아해하니 신서임이 뿌듯한 얼굴로 어릴 적 신지안이 발로 찬 흔적이라고 알렸다. 정이선은 말없이 고개만 끄덕였고, 신지안은 애써 태연한 얼굴로 그들을 다른 곳으로 안내했다.

산책 후엔 다시 식탁 위가 새롭게 채워지기 시작했다. 간단한 스낵류와 함께 크래커, 온갖 종류의 치즈, 과일이 다채롭게 올라와 정이선이 감탄하는 사이 어느새 지하에 다녀온 신서임이 품에 들린 와인을 보이며 말했다.

"한아린 헌터의 의견을 조금 구했습니다."

신서임은 꽤 애주가였다. 그러니 술을 사랑하는 한아린과 대화 코드가 잘 맞았고, 그래서 종종 술 이야기 나누다가 저번 파티에서 정이선이 먹은 샴페인에 대해 들었다고 했다. 그래서 그때 먹은 샴페인과 비슷한 와인으로 준비했다며 테이블 위의 얼음 박스에 두었다.

"와, 이 귀한 와인을 여기서 보네……."

한아린이 감탄하며 역시 오늘 식사에 끼어들기를 잘했다고 좋아했다. 정이선에게 애주가의 기준은 한아린이었기 때문에, 그녀가 저렇게 좋아하는 걸 보면 이 와인도 맛있을 거란 확신을 받았다.

그즈음 사현이 옆에서 귓속말로 피곤하지 않느냐고 조용

히 물어보았고, 정이선은 웃으면서 괜찮다고 말했다. 식사까지 든든히 했더니 상태가 무척 괜찮은 듯했다. 게다가 그는 술을 못 마실 뿐이지 싫어하는 게 아니었다.

그렇게 자연히 식후주를 드는 시간으로 이어졌다.

정말로 신서임이 가져온 와인은 맛있었으며, 한 잔씩 따라 주는 걸 홀짝홀짝 마시다 보니 금세 병이 바뀌었다. 크래커 위에 치즈를 올리고 상큼한 과일을 곁들여 먹는 게 무척 맛있어서 어느새 정이선은 술을 마시는 일에 재미를 들였다.

그러는 동안 대화 주제는 꽤 여러 가지를 넘나들었다. 한국 1위, 2위라 불리는 길드의 주인들이 함께 있으니 자연히 길드 운영에 대한 이야기가 나오고, 두 길드 간의 협업에 대한 주제도 간략히 다뤄졌다.

두 길드는 서로 합동 훈련도 하고, 달에 한 번씩 헌터들끼리 겨뤄 보는 시간을 가지기로 했다. 적절한 경쟁은 훈련에 집중하도록 하는 효과가 있었고, 능력이 향상되는 긍정적인 결과도 도출하기에 함께 계획을 짰다.

그러다 지나가듯 누군가의 근황도 언급되었다.

"얼마 전 사윤강 헌터가 깨어났다는데……."

몇 달 전 헌터 자격증이 정지된 후 법원으로 송치될 예정이었던 사윤강이 돌연 피를 토하면서 쓰러져 한백병원에 입원했다. 병원에선 사윤강에게 기저 질환이 있었는지 확인하기 위해 면밀한 검사에 들어갔으나 어떠한 문제점도 발견하지 못했고, 사윤강은 장기가 거의 다 망가진 채로 호흡기에 의존해 살아 있었다.

간간이 깨었다가도 곧 기절했는데, 며칠 전에 그가 완전히 의식을 되찾았다. 하지만 깨어났을 뿐이지 장기는 여전히 망가져 있어 걷기도 힘들어했고, 말도 제대로 못 했다. 그 덕에 재판도 어영부영 미뤄지는 중이라 사현이 어떻게 행동할지에 대해 최근 관심이 몰렸다. 신서임은 그 부분을 짚으며 슬쩍 물었다.

"혹시 찾아갈 생각인가?"

"뭐…… 끊어진 연에 시간 쓸 필요 있나요."

이미 사윤강은 추락해서 그의 모든 권력이 사라졌으며, 그의 인맥도 전부 등을 돌렸다. 재판을 받는다고 해 봤자 어차피 감옥에도 들어가지 못할 상태라 계속 병원에만 있어야 했다. 이런 상황에서 사현이 그를 찾아가지 않는단 건 곧 완전한 무관심을 의미했고, 이는 사윤강이 서서히 사람들의 기억 속에서 지워질 미래를 가리켰다.

"한백병원에서도 손쓸 도리가 없다고 하니, 그냥 공기 좋은 곳으로 옮겨 줄까 생각은 하고 있어요."

사현은 퍽 부드러운 어조로 그렇게 말했고, 신서임은 고개를 끄덕였다. 그들 간의 자세한 사정이야 어떻든 괜한 소란을 만들지 않는 게 가장 길드 운영 면에서 훌륭한 선택이었다. 한쪽에서 한아린이 '유배……'라고 중얼거렸지만 곧 대화는 다른 주제로 바뀌었다.

뜬금없이 공기 좋은 곳이 주제가 되면서 한아린이 몇 달 전 여행을 다녀온 곳에 신서임이 관심을 보여 대화가 이어졌다. 이 중에서 가장 해외여행을 자주 다니는 건 한아린이라 그녀가 푸는 이야기를 다들 흥미롭게 들었다.

그러다 신서임과 신지안이 다시금 지하에 와인을 가지러 갔을 때, 한아린이 문득 사현에게 물었다.

"그러고 보니 코드는 해외 안 나가나? 이번에 레이드 클리어하면서 연락 엄청 온 걸로 아는데. 가을이나 봄이 참 여행하기 좋은 시기라……."

"단체로 해외여행 하고 싶단 말인가요?"

"어? 뭐, 아니, 그, 틀린 말은 아니긴 한데!"

나긋한 사현의 답변에 한아린이 민망해진 듯 소리를 높였다. 고대 7대 불사가의 테마의 레이드를 클리어하면서 해당 유적이 있는 나라들이 코드에 연락을 넣었기 때문에 내심 한아린도 흥미를 느낀 차였다. 그런데 사현이나 정이선에게서 전혀 그런 이야기가 나오지 않으니 약간, 아니, 많이 궁금해졌다.

그래서 아예 직접 물어봤는데 사현은 묘한 미소만 지었다.

"해외로 나가는 걸…… 생각은 해 봤는데, 조금 더 나중으로 미룰까 봐요. 상태 보고 괜찮다 싶으면 진행할게요."

대체 무슨 상태가? 한아린이 잠깐 의아해하는데 사현이 옆에 앉은 정이선의 안색을 확인했다. 어느새 정이선은 고개를 비스듬히 기울이고 졸고 있었다. 사현이 그의 살짝 붉어진 볼을 손등으로 꾹 눌러 보며 졸리냐고 묻자 정이선이 화들짝 놀라선 안 잤다고 말했다. 그 반응에 사현이 나직이 웃음을 터트리며 자도 된다고 말했다.

이제 돌아가자면서 달래듯 정이선을 일으키는데, 한아린은 그 장면을 멍하니 보았다. 사현이 정이선에게 내뻗는 손길은 무척이나 부드러웠고, 그 얼굴에 서리는 웃음기도 지나치게 다정했다. 툭 건드리면 깨질 듯한 대상을, 그 유약한 존재를 어떻게든 조심스레 붙잡고 있는 것처럼 구는 사현의 행동에 한아린이 결국 짧게 탄식했다.

이제야 조금 전에 사현이 말한 '상태'가 정이선의 상태란 걸 깨달았고, 또 그런 사현의 행동이 무서울 정도로 낯설었다. 사현에게 타인의 상태는 고려할 대상일 뿐이지 그 자체가 '기준'은 되지 못했다. 그런데 어느새 정이선의 상태가 사현의 당연한 기준이 되어 있었다.

곧 사현이 정이선을 부축한 채로 일어나 한아린에게 말했다.

"길드장님 돌아올 때까지 기다리려 했는데, 늦게 오시니…… 먼저 가 보도록 할게요. 잘 말해 주세요."

"어우, 알겠으니까 가라, 가."

한아린은 빨리 가라며 손을 휘저었다. 둘이 사귄단 건 알았지만 사현이 이렇게 굴 때마다 충격을 받는 건 어떻게 할 수가 없어, 일단 빨리 시야에서 사라지게 하고 싶었다.

이렇게 티가 나는데 어떻게 팀원들은 모르지? 둘은 사무실에서도 대놓고 껴안지만 않을 뿐 습관적으로 손을 잡았다. 사실 다들 아는데 부인하고 있는 건 아닌가? 자신이 그랬던 것처럼 사현이란 존재가 그 정답에서 비껴가게 만드나?

하지만 막상 정답을 안 후에 보면 사현은 정말 지극히 사랑에 빠진 사람 같아서, 한아린은 잠깐 몸을 부르르 떨었다. 이렇게나 어울리지 않는 수식어가 있을 줄이야…….

그녀는 무의식중에 S급 복구사가 어디까지 복구할 수 있는가 생각해 보았다. 정이선은 전 세계 역사상 유일한 S급 복구사라 능력의 한계가 제대로 파악되지 않았다. 그러니 불가능을 가능으로 만들고 무에서 유를 창조해 낸 게 틀림없다.

한아린은 한숨과 함께 시선을 돌렸다.

◁ ◆ ▷

정이선은 집에 돌아오는 길에 아예 사현의 어깨에 기대 잠들어 버렸다.

지난 파티에서 몇 잔쯤 마시고도 멀쩡해서 주량이 조금 늘었다고 생각했는데, 그땐 장소가 주는 긴장감 때문에 그랬던 듯 오늘은 두어 잔만 마시고도 취기가 돌았다. 게다가 능력을 많이 써서 피곤한 탓에 더 빨리 취했다.

또한 오늘의 식사가 주는 편안함이, 친숙한 사람끼리 함께하는 공간이 그를 빨리 더더욱 빨리 풀어지게 만들었다.

"으…… 벌써 도착했어요?"

그리고 정이선이 눈을 떴을 즈음엔 엘리베이터를 타고 올라가고 있었다. 사현이 비틀거리는 정이선을 받치느라 어깨를 단단히 끌어안고 있어 등에 닿은 그의 몸이 바로 느껴졌다. 이렇게 닿아 오는 온기가 어느새 익숙해져, 정이선은 좀 더 그의 품에 기댔다. 술기운에 몸이 나른하면서 기분이 무척 좋았다.

"네. 내일 오전에 출근할 필요 없으니 푹 자도록 해요."

사현이 나직이 웃으며 그의 볼을 툭툭 건드렸다. 정이선이 많이 취한 게 무척 티가 나서, 평소 창백하기만 하던 얼굴이 발개진 모습이 조금 귀여웠다. 보들보들하고 말랑말랑한 볼을 만지고 있으니 정이선이 으응, 소리 내며 눈가를 찡그렸지만 손길을 피하진 않았다.

곧 집에 도착해서 침실까지 가려는데 정이선이 긴장이 풀린 듯 휘청였다. 사현이 살짝 몸을 숙이면서 정이선의 등과 다리를 받쳐 안아 들었고, 어느새 정이선은 이렇게 안긴 자세에도 편안해져 사현의 어깨에 이마를 작게 비볐다.

정이선은 오늘 박물관을 복구해 낸 일도 뿌듯하고, 편한 식사 시간을 가진 것도 즐겁고, 또 술에도 기분 좋게 취해서 무척 행복한 상태였다. 그래서 솔직하게 표현하자면, 이런저런 상황과 술기운이 복합적으로 맞물리면서 사현을 향한 아주 큰 애정을 느꼈다.

그 결과 정이선은 평소 하지 않을 법한 행동을 저질렀다. 먼저 사현에게 입을 맞춘 것이다. 가벼운 뽀뽀였지만 그건 정이선에게 엄청난 용기를 필요로 하는 행동이었다. 술기운을 핑계로 목까지 끌어안으며 입술 주위에 쪽쪽 입을 맞췄다. 사현은 잠깐 멈칫했다가 이내 웃으면서 그에게 키스해 줬다.

아랫입술을 핥으면서 장난스럽게 윗입술을 깨물고, 어느새 입술을 벌린 채로 기다리는 듯한 정이선과 혀를 얽으며 달달하게 키스했다. 정이선은 점점 배꼽 주위가 간질간질해지며 긴장되었다. 그는 이제 이런 감각이 흥분이란 것도 받아들였다.

사현을 조금 더 꽉 끌어안으며 키스를 이어 가던 이선은 등에 푹신한 이불이 닿는 걸 느꼈다. 정이선은 술기운과 흥분이 뒤섞여 붉어진 얼굴로, 그렇지만 약간은 기대하는 눈빛으로 사현을 보았다.

"많이 피곤할 테니까 이만 자요."

하지만 사현은 이선을 침대에 내려놓고 이불을 덮어 주었다. 멍해진 이선은 억울한 기분에 확 이불을 젖혔고, 사현은 의아하게 내려다보다 알겠다며 그를 들어 안아 줬다.

그러곤 그 손에 이끌려 씻게 되었다.

"……"

결국 정이선은 하얀 가운을 입은 채로 침대로 돌아왔다. 처음엔 사현이 양치하라며 칫솔을 쥐여 줘 황당함에 가만히 있으니 그가 알겠다며 양치질까지 직접 해 주려 들어 결국 자의로 씻을 수밖에 없었다. 대체 뭘 안다고 말하는 건지 따져 묻고 싶은 심정이었다.

뚜하게 침대 끝에 앉아 있는 이선의 머리를 사현이 수건으로 털어 줬다. 그 손길은 또 지나치게 부드러워서 정이선은 금세 억울한 기분을 풀었다. 언제부터인가 정이선은 쉽게 사현에게 풀어졌고, 술을 마신 지금은 더 그랬다.

씻으면서 잠깐 물러났던 몽롱한 기운이 다시금 찾아와 정이선이 잠깐 고민하다가, 슬쩍 사현의 손을 붙잡았다. 유혹하는 일은 처음이었지만 다시금 술기운을 방패 삼아 그 손바닥에 입술을 묻어 보았다.

"……"

그때 사현의 행동이 뚝 멎었다. 정이선은 미묘한 만족감을 얻으며 두어 번쯤 더 손바닥에 쪽쪽 입술을 맞춰 보았고, 그때까지도 가만히 있는 사현의 반응에 조금 속상해져서 손에 입을 묻은 채로 그를 올려다보았다.

그렇게 눈이 마주친 순간 사현의 새까만 눈동자에 짙은 감정이 일렁이는가 싶더니, 그대로 정이선의 얼굴을 붙잡고 키스했다. 침대에 한쪽 무릎을 올리면서 몸을 낮춘 사현이 깊이 입을 맞춰 왔고, 정이선은 자연히 뒤로 눕게 되었다. 그 와중에도 사현과 멀어지고 싶지 않아 그를 꼭 끌어안기까지 했다.

"오늘따라 왜 이렇게 귀엽게 굴지."

사현이 정이선의 얼굴 곳곳에 키스를 퍼부으며 웃었다. 정이선은 그 자신이 먼저 도발했으면서도 왠지 부끄러워 볼을 붉게 물들였다. 사현은 나직이 웃다가 다시금 입을 맞춰 왔다.

정이선은 사현과 키스할 때마다 그에게 속절없이 휩쓸려 갔다. 누워 있어서 더 깊숙하게 들어오는 듯한 혀에 자꾸만 꿈틀거리며 반응하는 행동이 그 사실을 드러냈다. 시원했던 몸에 금세 열이 올랐고, 젖은 머리칼 사이로 파고드는 손가락이 새삼 낯선 기분을 안겨 바르작댔다.

그런데 사현은 이상하게도 몸을 완전히 밀착시키지 않고, 약간 거리를 둔 채로 키스했는데, 조금씩 몸이 맞닿을 때마다 애가 닳았다. 더 가까워지고 싶어 조급해졌다. 사현의 목을 끌어안으며 정이선이 흠칫흠칫 떨 무렵, 사현이 문득 상체를 일으키며 아래를 보았다. 몸이 닿으면서 정이선의 반응이 느껴졌기 때문이다.

"빨리 흥분했네요, 이선 씨."

나직이 웃으며 사현이 가운 사이로 손을 넣었다. 어느새 정이선의 성기가 빳빳하게 일어나 있었고, 사현은 당연하단 듯 그것을 감싸며 달래듯 위아래로 쓰다듬었다. 정이선은 제 반응에 민망해할 틈도 없이 그의 손길에 끙끙대며 앓았다.

곧 사현이 아래로 이동하는가 싶더니, 무릎을 꿇고 몸을 낮췄다. 그 몸짓이 무엇을 의미하는지 알아 정이선이 순간 흠칫하며 허벅지를 모았지만 사현이 부드럽게 허벅지를 살살 쓸어 벌리곤, 그대로 고개를 숙였다.

"아으, 홋……."

사현이 혀로 도톰한 성기 끝을 휘감듯 핥다가 고개를 더 아래로 숙이며 깊숙이 성기를 머금었다. 정이선은 사현과 하는 모든 행위에서 어쩔 줄 모르는 기분을 느낀다지만 이렇게 그가 입으로 해 줄 때는 더더욱 어쩔 줄을 몰랐다. 사현과 한 첫 행위였어서 그런지, 아니면 그가 지나치게 혀를 잘 써서 그런지 유독 사정이 빠르기도 했다.

선단을 비스듬하게 쓸어내리듯 핥고 고개 전체를 움직이며 성기를 끝까지 머금었다가 놓아 주기를 반복했다. 목구

멍까지 깊숙이 넣고 조일 때면 그 축축한 압박과 열기에 정이선이 발끝을 오므라뜨리며 앓았다. 순식간에 온몸에 성감이 번져 저릴 정도였다. 반사적으로 허리를 휘며 꿈틀대자 사현이 아예 그 엉덩이를 꽉 쥐고 더 깊이 성기를 머금었다.

"흐읏, 으, 하아, 아, 잠깐……."

완전히 아래가 붙잡혀 벗어날 수가 없었다. 정이선이 숨을 끊어서 터트리며 놔 달라고 애원했지만 사현은 물러나지 않았고, 기어코 정이선은 사정의 단계에 들어섰다. 당장이라도 터질 것만 같은 기분에 그가 마구 발버둥 치며 사현을 밀어내려고 했다.

"가, 흐윽, 갈 것 같…… 은……."

"입에, 해요."

성기를 머금은 채로 답하는 행동에 따라 사현의 발음이 살짝 샜다. 정이선은 그 목소리에 부끄러워하는 한편 더 흥분해 버려 허벅지를 달달 떨다가, 자극을 이기지 못하고 다리로 사현의 목을 감아 안았다. 온몸이 오므라드는 것만 같은 감각 끝에 결국 그대로 사정했다. 허공으로 올라간 하체가 바르르 떨렸다.

"하아……."

결국 정이선이 나른한 한숨과 함께 베개에 푹, 머리를 기댔다. 그때쯤 사현이 성기를 놓고 물러났는데, 정이선은 그의 입 안에 아무것도 없단 사실에 민망함과 부끄러움이 뒤섞인 탄식을 내뱉으며 두 손으로 얼굴을 가렸다.

"대체 왜 또 삼켜……."

자신은 울 듯이 말했는데, 사현은 즐겁다는 듯 짧게 웃음을 터트렸다. 정이선은 어쩐지 그가 괘씸해져 손을 확 치우며 그를 보았다가, 어느새 그가 자리에서 일어나는 모습을 목도했다. 다리를 아래로 내려 주고 그 위로 가운을 정리하는 사현의 행동은 이대로 떠날 것만 같은 사람의 행동이었다.

순간 이해가 되지 않아 정이선이 멍하게 있는데 사현이 정말 그대로 물러나려 했다. 당황한 정이선이 상체를 일으키며 뭐 하냐고 묻자 사현이 다시금 그 어깨를 밀어 눕혔다. 너무도 다정한 손길이라 정이선은 또 휩쓸리듯 눕게 되었다.

"술에도 취했고, 많이 피곤할 테니까. 이제 자요."

한번 사정했으니 푹 잘 수 있을 거란 말이 한쪽 귀로 들어왔다가 반대편 귀로 망연히 빠져나갔다. 정이선은 느리게, 느리게 눈을 깜빡이다가…… 결국 사현이 완전히 침대를 벗어나기 직전 다급히 일어나 그를 붙잡았다. 정확하게는 그의 넥타이를 쥐고 끌어당겨서 먼저 키스해 버렸다.

정이선은 사현이 이렇게 물러나는 게 결국엔 자신의 상태를 배려하려는 의도란 걸 알았다. 하지만 그 의도가 무엇이든 간에, 정이선의 입장에선 두 번이나 유혹했는데 떠나 버리려는 사현이 원망스러웠다.

아쉬움이 물밀듯 몰려와 어설프게 먼저 키스하는데, 사현은 마치 투정을 받아 주는 것처럼 가볍게 입을 맞추었다. 정이선이 그의 입 안에 남은 살짝 비릿한 향에 멈칫하자 작게 실소까지 하며 입술 위에만 쪽쪽 키스를 해줬다. 무리할 필요 없단 듯 달래는 행동이었다.

그런 행동에 결국 정이선이 키스를 뚝 멈추고 그를 노려보았다.

"……대체 왜 가려고 해요?"

"이선 씨 지금 많이 취했어요."

"취하면 하면 안 돼요?"

"…….."

잠깐 사현에게서 답이 없어졌다. 그는 정이선의 옆에 앉아 가만히 있었는데, 정이선이 그의 넥타이를 만지작거리며 서운하단 어조로 말했다.

"여기까지만 하려고 또 계획했어요? 한 번 빼 주고 나면 졸릴 거라 생각해서?"

"…….."

"왜, 왜 매번 내가 그쪽 마음대로 휘둘려야 해요?"

"……가장 제 마음대로 안 되는 게 이선 씨면서 그렇게 말하면 억울해요."

가만히 들어 주고 있던 사현이 엷게 웃으며 답했다. 어쩐지 그 말은 또 객관적인 사실을 가리키는 듯해 정이선이 잠깐 멈칫했지만, 끝내 억울한 기분은 사라지지 않았다. 사현은 그런 정이선을 안아서 달래 줄 생각으로 몸을 가까이 했다가, 갑자기 가슴팍이 꾸욱 밀리는 걸 느꼈다.

"......?"

그대로 뒤로 눕게 된 사현이 느리게 눈을 깜빡였다. 사실상 그는 버틸 수 있었지만 정이선이 밀기에 고분고분 따랐을 뿐인데, 아예 뒤로 눕는 상황은 예상하지 못해 잠깐 의아하단 얼굴을 했다. 그리고 그런 사현의 배 위로 올라탄 정이선이 언제 풀었을지 모를 그의 넥타이로 양손을 모아 묶었다.

정이선은 자신이 술에 취해 꽤 충동적으로 행동하고 있단 걸 어렴풋이 인지했다. 하지만 그 원인이 무엇이든 정이선은 지금을 놓치고 싶지 않았다. 처음엔 사현을 향한 애정이 유난히 넘치는 밤이라 그를 붙잡았던 것이 이젠 오기로 바뀌었지만, 어쨌든 정이선은 나름대로 열심히 사현의 손목을 묶어 보았다.

"이선 씨, 지금 저 묶는 거예요?"

"네."

사현이 누운 채로 고개만 살짝 들어 정이선에게 물었다. 정이선은 사현에게 이런 결박이 통하지 않는단 걸 당연히 알았지만, 그가 마음을 먹으면 1초 만에 찢겨 사라질 매듭이란 것도 알았지만, 그래도 고집스레 묶으며 답했다. 이제 사현은 웃음기를 억누른 목소리로 말했다.

"왜요?"

"저 만지지 마요."

"……네?"

"저한테 손대면 앞으로 일주일, 아니, 보름은 따로 살아요."

"……."

드디어 사현이 입을 다물었다. 정이선이 이렇게 단호하게 말하면 사현으로선 어쩔 수가 없다는 듯 곤란한 낯으로 입을 다물었고, 그제야 정이선의 얼굴에 만족스러운 웃음이 번졌다.

곧 정이선이 묶어 놓은 사현의 손을 위로 올리고 차근차근 와이셔츠의 단추를 풀기 시작했다. 사현은 새까만 셔츠를 입었는데, 이전까진 아무 생각도 없었던 옷이 벗기려고 보니 쓸데없이 금욕적인 느낌을 더해 괜히 망설여졌다. 하지만 정이선은 한 번 더 의지를 다지고 단추를 풀어 갔다.

그렇게 셔츠 단추를 다 풀고 옷깃을 옆으로 젖히자 근육으로 잘 짜인 몸이 고스란히 드러났다. 정이선이 머뭇거리다 천천히 가슴팍 위로 손을 뻗어 보았다. 손가락 끝에 탄탄한 가슴 근육이 닿고, 그 대각선 아래로 비스듬히 타고 내려가 우둘투둘한 외복사근까지 스치듯 만졌다. 사현은 가만히 묶여 있어 줬는데, 정이선의 손길이 스쳐 지나가는 곳이 조금씩 움찔거리는 게 보였다.

그 모습은 생각 이상으로 정이선에게 만족감을 안겼다. 그가 작게 소리 내어 웃으니 사현이 빤히 그를 보았다. 약간 불만스러운 기색이었지만 정이선은 한껏 느긋한 기분을 즐기며 사현을 내려다보았다.

그러다 정이선은 고개를 숙여 사현의 목을 살짝 깨물어 보았다. 예전에 사현이 말해 줬던 대로 정말 깊게 빠는 것만으로도 붉은 자국이 남아서, 그 목덜미를 핥으며 자국을 남기기 위해 노력했다. 그리고 그렇게 고개를 숙인 정이선의 행동을 따라 머리칼이 목에 스치는지, 사현이 짧게 탄식했다.

"음⋯⋯."

"왜요. 싫어요?"

"아뇨, 그건 아닌데⋯⋯ 계속 이러면 이선 씨가 싫어할 짓을 할 것 같아서 참고 있어요."

즐겁게 물었던 정이선은 금방 차분해져 상체를 일으켰다. 하지만 반사적으로 그렇게 반응했을 뿐, 여전히 사현에게 곤란한 기분을 안기고 싶단 마음은 여전해 몇 번쯤 더 그의 복근 위를 만진 후 사현이 다시금 탄식할 때에야 물러났다.

이후 정이선은 아래로 내려가 사현의 바지 버클을 풀었다. 그리고 기세를 이어 드로어즈까지 내렸다가, 그대로 투웅 튀어나오는 것에 잠깐 숨을 참을 수밖에 없었다. 이렇게 가까이에서 보니 새삼 충격적인 크기였다. 힘줄이 흉흉하게 튀어나온 모습이 무서울 지경이라 정이선은 순간 당황했지만, 애써 태연한 척 말했다. 목소리가 살짝 떨렸다.

"이렇게 섰으면서 왜 가려고 했어요?"

"……그 이유를 이선 씨가 물으면 저는 또 억울해지는데요."

사현의 답변에 정이선은 할 말이 없었다. 가려는 사현을 붙잡고 눕힌 건 자신이었기 때문이다.

눈앞에서 마주하는 사현의 성기에 새삼스레 놀라기야 했다지만 정이선은 그것이 제 안에 들어왔을 때 주는 자극을 알았다. 몇 번이나 경험했고, 그 기억이 강렬할 정도로 머릿속에 각인되어 있기에 그는 반사적으로 배를 울리는 흥분을 느꼈다. 술기운으로 살짝 달아올랐던 얼굴이 한층 더 붉어져 잠깐 멈칫하다 시선을 위로 올렸다.

사현은 정이선이 무슨 생각을 하는지 안다는 듯 꽤 느긋하게 웃으며 말했다.

"풀어 줄까요?"

"……."

흘끔 묶인 손목을 눈짓하며 말하는 사현의 태도에, 정이선이 입술을 꾹 다물었다가 대답 대신 협탁 서랍에서 젤을 꺼냈다. 한 번도 혼자서 풀어 본 적이 없어서 자신은 없지만 이 크기를 풀지도 않고 받았다간 자신만 후회하게 될 것은 알았다.

그래서 정이선은 사현의 무릎 사이에 앉은 채로 손에 젤을 뿌렸다. 그가 다리를 벌리자 자연히 가운도 벌어졌다. 정이선은 짧게 숨을 들이켜며 제 구멍에 손가락을 쑥 넣었다.

"흐, 윽……."

꽤 패기롭게 행동했는데 정이선이 곧장 흠칫하며 온몸을 긴장시켰다. 스스로 넣어서 그런지 상대적으로 마음의 준비가 되었다지만 그래도 이물감 자체는 여전했다. 그는 끊어서 호흡을 터트리다, 인상을 찡그리며 손가락을 하나 더 넣었다.

아윽, 정이선이 다시금 앓는 소리를 내며 상체를 앞으로 숙였다. 그리고 그 머리끝에 사현의 가슴팍이 닿았다. 어느새 사현이 상체를 일으킨 채 그를 보고 있었다.

"숨 쉬면서…… 천천히 긴장 풀어요."

사현은 최대한 침착한 어조로 말했지만 그의 팔근육이 꿈틀거리는 게 보였다. 당장에라도 손목을 묶은 넥타이를 찢어 버릴 듯했다. 팔뚝 위로 핏줄이 선명하게 솟아 그가 얼마나 인내하고 있는지 그대로 드러냈다.

그 새까만 눈동자에 어린 질척한 욕정을 마주하자 정이선은 승리한 듯한 쾌감에 젖는 동시에 흥분으로 몸이 달아오르는 걸 느꼈다. 조금씩 숨결에 습한 열이 올랐다. 고작 시선이 닿은 것뿐이건만 그에게 사정없이 잡아먹히는 기분마저 들어 정이선이 그와 눈 맞추며 천천히 손가락을 움직였다. 하아, 흐, 신음을 참아 내려 했지만 두 가지 일에 동시에 집중하기가 어려워 떨리는 입술 사이로 계속 비음이 샜다.

시선이 얽히는 공간 전체에 기묘한 열기가 감돌았다. 처음엔 낯설어 느릿느릿 손을 움직이던 정이선은 조금씩 속도를 높였다. 사현이 어떻게 풀어 줬는지 생각하며 어설프게나마 따라 해 보았다. 손가락을 넣고, 그걸로 조금씩 넓혀가며 안으로 깊숙이 움직였다. 부끄러움에 오므라들었던 허벅지가 자극에 파르르 떨리고, 그 무릎이 벌어지다 다시 맞붙기를 반복했다. 그러는 내내 사현의 시선은 정이선에게 고정되었다.

어디까지 구멍을 풀어야 할지 모르겠어서, 그리고 사실 사현이 풀어 준다고 해도 실제로 삽입할 때면 매번 놀라서, 적당히 풀었다고 생각될 즈음 손가락을 뺐다. 그리고 사실 이미 그의 시선에 흥분해서 어서 다음 단계로 가고 싶었다.

그건 사현도 마찬가지인 듯했는데, 그는 정이선이 제 허벅지 위로 올라오는 걸 보다 간신히 참아 내는 어조로 말했다.

"콘돔은요?"

"서랍에 없던데……."

"후우, 거실 수납장에도 있으니까……."

"거기까지, 못, 가요."

조급해진 정이선은 거실까지 다녀올 틈이 없었다. 그래서 사현의 말을 툭 끊어 버리고 그의 어깨를 붙잡은 뒤 곧바로 삽입을 시도했다. 성기에 젤을 잔뜩 뿌려 놔서, 그것을 미끌미끌하게 펴 바르며 기둥부터 잡아 천천히 몸을 내렸다. 그는 온몸이 간지럽게 안달 난 상태였다.

술기운과 흥분이 뒤섞이며 강렬하고 기분 좋은 자극을 더 갈급하게 원했다. 눈가를 찡그린 채로 곤란해하는 사현의 표정도, 또 험악할 정도의 욕정을 간신히 인내하는 눈동자도 모두 마음에 들었다. 그래서 어서 그다음에 사현이 보일 반응이 궁금해졌다가…….

"하읏……!"

귀두를 삽입하는 것과 동시에 정이선이 바르르 떨며 모든 행동을 멈췄다. 이전까지만 해도 녹진하게 녹아 가던 이성이 갑자기 원래대로 돌아왔다. 눈으로 보고 손으로 만지며 대비했는데도 직접 들어오는 크기가 주는 충격에 술기운이 날아가 버린 것만 같았다.

정이선이 양손으로 사현의 어깨를 붙잡은 채로 덜덜 떨고 있으니 사현이 간신히 말했다.

"후…… 긴장, 풀어요."

긴 한숨에 담긴 인내가 아슬아슬했다. 정이선이 너무 긴장해서 힘을 준 탓에 내벽이 꽉 성기를 조여 물어 사현의 인내도 한계에 달할 듯했다. 당장 그를 눕혀서 마구 처박고 싶은 충동을 간신히 억누르며 그의 목과 어깨에 입 맞췄다.

정이선이 사현의 머리 위에서 우는소리를 내다가, 결국 조금씩 심호흡하며 천천히 몸을 내렸다. 이제 겨우 귀두가 들어왔을 뿐이건만 온몸이 저릿저릿하게 울렸다. 저 긴 기둥을 다 삽입할 수 있긴 할지 자신이 없었다.

간신히 귀두를 다 넣어 불룩한 부분을 지났다 싶었지만, 그 상태로 정이선이 사현의 목을 끌어안고 흐느꼈다. 자신이 오기를 부리기야 했다지만 이렇게 힘들 줄은 몰랐다. 게다가 위에서 삽입하려고 하니 더 거대하게만 느껴져 눈물이 그렁그렁 매달렸다.

"흐윽, 흐으, 아……."

"왜 울어요. 이러면 내가 나쁜 사람 되는 것 같잖아. 날 깔린 건 이선 씨인데."

"아으, 흑, 크기, 크기가 나빠……."

정이선이 울먹거리다 다시 조금씩 몸을 움직여 보았다. 무릎을 꿇은 다리 전체가 바르르 떨려 당장에라도 주저앉을 것만 같았다. 그래서 사현의 어깨를 꾹 누르듯 쥔 채로 몸을 내렸다가, 또다시 파드득 놀라며 올라오는 일의 반복이었다.

그는 나름대로 노력했지만 의도와 다르게 그의 모든 행동은 사현의 인내심을 건드렸다. 귀두 끝을 겨우 넣는가 싶더니 놀라서 올라가고, 끄트머리를 살살 스치면서 울다가 다시 삽입해 아래로 내려가는가 싶더니 또 올라가는 일의 반복이었다.

조금씩 조금씩 깊어져 가, 정이선은 나름 반쯤 넣은 것 같다고 믿고 있었지만 실제로는 초반부에서만 깔짝거리는 게 전부였다. 특히나 정이선은 이런 자극에 예민한 편이라, 살짝 아래로 내려오며 삽입이 깊어질 때마다 내벽을 꽉 조이며 반응하니 사현은 그의 쇄골을 잘근잘근 깨물 수밖에 없었다.

게다가 묶인 손 바로 앞에 상체가 붙으니 사현의 인내는 한계선에 있었다. 정이선이 입은 가운은 이미 잔뜩 풀어 헤쳐져 허리만 끈으로 묶고 있을 뿐 어깨와 가슴팍이 그대로 보였다.

"하아…….."

그때쯤 정이선도 한계를 느끼고 있었다. 분명히 계속 삽입하는데도 기둥이 끝나질 않았고, 왠지 진실은 알고 싶지 않아서 고집스레 아래는 보지 않고 있다지만 그것이 서서히 내벽을 짓누르며 깊어질 때마다 온몸에 소름이 돋았다.

예민해졌기 때문인지 그곳의 핏줄이 꿈틀거리는 것마저 느껴질 지경이라 정이선이 사현의 목을 끌어안은 채로 달뜬 신음만 흘렸다. 그렇게 정이선이 어설픈 허리 짓을 하며 아주 천천히 움직이는데, 사현이 한껏 탁해진 목소리로 말했다.

"정이선."

"……?"

"후우, 언제까지…… 사람 미치게 할 거야. 응?"

"아, 아니, 그, 이름……."

"지금 그게 중요한 게 아니잖아, 이선아. 하……."

가라앉은 목소리가 꼭 긁어내리는 것 같았으나, 정이선은 그 낮은 어조보다도 사현이 제 이름을 부른 점에 당황했다. 단 한 번도 저렇게 불린 적이 없었기 때문이다. 그리고 그런 부름은 생각 이상으로 정이선을 놀라게 하면서도 묘하게 흥분시켰다. 자신의 이름을 두서없이 부르면서 쇄골과 목을 깨물며 재촉하는 듯한 사현의 행동이 그의 상태를 고스란히 드러냈다.

"내가 언제나 진다지만 이렇게까지 휘두르는 건, 너무하지 않나……."

그때쯤 사현이 입을 맞춰 달라며 재촉했고, 정이선은 선뜻 그의 요구에 응했다가 키스 중에 돌연 아랫입술이 콱 깨물렸다. 깜짝 놀란 정이선이 몸을 뒤로 물리면서 피하다가, 그대로 더 깊숙이 아래를 삽입하게 되어 숨을 헉 참았다.

충격과 함께 정이선이 사현의 어깨를 붙잡고 다시 몸을 일으키려 할 무렵.

"……?"

풀썩, 정이선이 침대에 눕게 되었다. 그는 갑자기 제게 일어난 상황을 이해하지 못해 멍하니 눈만 깜빡였다. 눈앞에 뜬금없이 천장이 보였다. 그리고 시선을 옆으로 내린 후에 야 정이선은 자신을 뒤로 붙잡아 이끈 것이 무엇인지 깨달 았다.

"아니, 그림자를 쓰면……!"

"손 쓰지 말라고 했지, 능력 쓰지 말라는 말은 안 했잖아 요."

"대체 그게 무슨….'

"저 이미 많이 착하게 굴었는데."

새까만 그림자가 정이선의 양 손목 아래에서 넘실거리며 그를 완전히 억압하고 있었다. 사현의 산뜻한 답에 정이선 이 무슨 말도 안 되는 논리냐며 손을 마구 흔들어 보았지만 전혀 벗어날 수 없었다.

사현은 그런 반항을 느긋이 지켜보며 손을 드는가 싶더니 이로 간단하게 넥타이 매듭을 풀어 버렸다. 정이선이 꽤 공 들여서 묶은 매듭이 허무할 정도로 쉽게 풀렸다. 애초에 정 이선이 묶는 법을 잘 모르기도 했고, 또 실크 재질이라 가볍 게 미끄러졌다.

애초부터 사현이 순순히 '묶여 주었단' 건 알았지만 이렇 게 직접 목격하니 매우 허무했다. 정이선이 그가 손목을 만 지는 걸 보며 불안하게 있으니 그 얼굴에 나긋한 미소가 떠 올랐다.

"걱정 마요. 손으로 만지진 않을 테니까."

어쩐지 그에게서 인내의 끝에 마침내 선을 넘어 버린 듯한 위험한 분위기가 풍겼다. 정이선이 두려워하거나 말거나 사현은 퍽 즐거운 낯으로 내려보았다. 그의 손이 움직이는 대로 정이선의 다리 아래 그림자가 움직이더니 완전히 그 다리를 붙잡아 벌렸다.

그러곤 단숨에 성기를 삽입해, 정이선이 헉 소리를 내며 굳었다. 조금 전부터 꾸준히 이어졌던 흥분이 등허리부터 목 뒤까지 쭉, 타고 올랐다. 머리가 고장 날 정도로 저릿저릿한 자극이었다. 그림자에서 유일하게 자유로운 허리가 휘며 정이선이 바들바들 떨었다.

"이렇게 조여 물면서 계속 위에만 깔짝대면, 아무리 나라고 해도 못, 참아요."

"흐으, 흑, 아아……."

"응? 내 인내심이 어디, 까지인지, 알아보려고 한, 건가?"

말을 쉴 때마다 엄청난 기세로 사현이 안을 짓쳐 올렸다. 순식간에 몰아치는 자극에 정이선이 고개를 뒤로 젖히며 흐느꼈고, 사현이 목 위를 잘근잘근 깨물며 자국을 남겼다. 목에 닿는 더운 숨에 정이선은 정신을 차릴 수가 없었다. 팔다리가 결박된 상태에서 아주 어그러진 방면의 자극이 쉴 새 없이 쏟아졌다.

"배려해 줘도 나쁜 사람 되고, 박아도 나쁜 사람이라면 후자가 낫겠어요."

사현이 짐짓 억울하단 어조로 말했다. 꼭 서운한 사람처럼 말하지만 그렇게 말하며 안으로 처박아대는 행동은 과격하기 그지없었다. 전신이 관통당하는 듯한 아찔한 자극이 뇌를 점령했다. 아래에서 쿠퍼액과 젤이 섞이며 찌걱거리는 소리가 더 진득하게 들리는 것만 같았다.

그즈음 정이선은 정신을 차리지 못해 사현을 끌어안고 싶었는데, 손목이 묶여 있어 어쩔 도리가 없었다. 그리고 그때 사현의 손이 정이선의 몸 위를 머물렀다. 꼭 닿을 듯 말 듯한 상태로, 종이 한 장을 사이에 둔 것처럼 아주 좁은 간격을 두고서 위를 살살 스쳤다. 유두 위를 둥글게 머물고, 갈빗대를 주르륵 스쳐 내려가며 허리께에 머물렀다.

닿지 않았음에도 꼭 닿은 것만 같은 기묘한 감각에 온몸이 간질거렸다. 자극을 견디지 못한 정이선의 허리가 바르르 떨리며 위로 올라갈 즈음엔 손도 슬쩍 위로 물러났는데, 닿을 듯하면서도 끝내 닿지 않는 행동에 더 애가 닳았다.

정이선은 사현이 이렇게 박을 때마다 허리를 으스러질 듯 쥐는 손길이나, 그럼에도 끝내 힘을 억누르는 듯 조심하는 모든 행위가 고팠다. 그 손길을 느끼고 싶었다. 그러니 정이선은 사현이 현재 하는 행동이 무엇을 노리는지 알 수밖에 없었고, 결국 사현에게 흐느끼듯 허락해야만 했다.

"하읏…… 손, 손으로 해요. 그림자는 쓰지, 읏, 말고……."

정이선이 풀어 달라는 듯 도리질 쳤다. 사현은 분명 제대로 들었을 텐데도 한 번 더 '손으로 만져도 된다고요?'라고 확인했고, 정이선은 마구 고개를 끄덕이며 훌쩍였다. 곧 사현이 느긋한 미소와 함께 그림자를 풀고 정이선의 허리를 살살 매만졌다.

그 손길이 닿자마자 정이선이 사정하며 사현의 어깨에 이마를 묻었다. 몸이 바르르 떨렸지만 더듬더듬 손을 들어 그 등을 끌어안았다. 매달리는 듯한 행위에 사현이 나직이 웃으며 그를 마주 안은 채로 허리와 손목, 가슴께를 모두 매만졌다.

"그림자에 묶여서 하는 것도 좋아하는 것 같던데."

"흐으, 으, 아……."

"묶였을 때 더 흥분하지 않았나요? 결박당하는 상태를 좋아하는 건가."

꽤 부드러운 손길로 정이선을 쓰다듬으며 사현이 재차 묶인 걸 좋아하지 않았냐고 물었다. 단순히 정이선을 놀리기 위한 질문이라기보단 그가 실제로 묶였을 때 평소보다도 더 예민하게 반응해서 하는 질문이었다. 이런 식으로 사현이 체위의 호불호를 물은 적은 많아서, 정이선이 웅얼거리며 답했다.

"꽉 붙잡힌 상태가…… 하아, 막 싫지는 않은 것 같은데, 흐으, 그림자는, 별로예요."

"능력으로 붙잡은 게 그렇게 속상했어요? 그러면 앞으로 그건 안 쓸게요."

"아니, 그런 것보단…… 온기가 안 느껴져서…….'"

"……."

"손이나, 몸은…… 따뜻하니까…….'"

민망한 듯 정이선이 말꼬리를 흐렸다. 하지만 그러면서도 제 몸을 감싼 사현의 온기가 좋은 듯 그의 등을 꼭 끌어안고 있었다. 잠깐 어색하게 떠났다가도 끝내 다시 돌아와 그를 붙잡아 안는 손에, 사현이 짧게 탄식했다.

그리고 그 순간 정이선은 사현의 몸이 자신을 꽉 짓누르며 가까워지는 걸 느꼈다. 앗, 당황한 소리를 내기도 전에 사현의 팔이 무릎 밑으로 들어와 등까지 감싸고, 그대로 정이선을 들어 올려 안았다. 포옹인 줄 알고 응하려 했던 정이선은 갑자기 몸이 허공에 붕 떠올라 크게 신음했다.

"하읏! 아, 깊, 흐으, 깊어…….'"

숨이 넘어갈 듯 신음하며 정이선이 사현의 등에 매달렸다. 그가 일어나서 침대 옆으로 이동하는데, 아래로 떨어지지 않도록 단단히 받쳐 안았다는 걸 알지만 너무 놀라서 그를 붙들 수밖에 없었다. 게다가 그에게 들리면서 성기가 더 깊숙이 들어오는 것만 같아 정이선이 넘어갈 듯 숨을 헐떡였다. 삽입할 때마다 크기가 더 거대하게만 느껴졌다.

하지만 정이선이 갑작스레 바뀐 체위에 적응할 새도 없이 사현이 다시금 안을 처박기 시작했다. 이 자세에서 정이선은 그에게 매달린 채로 우는 것밖에 할 수가 없었다. 쏟아지는 자극에 발끝을 연신 오므라뜨리고 손을 덜덜 떨다가 결국 사현의 셔츠를 마구잡이로 구기며 등을 붙잡았다. 과격하게 퍼부어지는 자극에 눈에서 기어코 눈물이 터졌다.

"이렇게, 다 먹지도 못, 하면서, 어떻게 위에서 하려고, 했어요."

사현이 마구 허리를 쳐올리면서 정이선에게 물었지만 정이선은 답할 정신이 없어 엉엉 울면서 도리질만 했다. 꽉 붙잡히는 게 좋다고는 했지만 이런 상황에 놓일 줄은 생각지도 못했다. 게다가 조금 전의 일을 탓하듯 귓불을 깨무는데, 정이선은 정말 억울했다. 그는 무척 노력했고 잘못된 건 사현의 과하게 큰 성기였다.

하지만 이 자세에선 그를 밀어낼 수도, 또 그의 온기에서 벗어날 수도 없어 결국 정이선은 목을 꽉 끌어안으며 흐느꼈다. 엇박자로 끊어지는 호흡 사이로 오싹할 정도의 쾌락이 찾아오기 시작했다. 사현은 그 발개진 눈가의 눈물을 핥듯이 입 맞추며 다정하게 물었다.

"왜 또 울어요. 나는 늘 좋다는 대로만 해 주는데."

물론 목소리만 다정할 뿐 아래를 처박아 올리는 행동은 난폭할 지경이라, 정이선은 제대로 답할 수가 없었다. 엄청난 쾌감에 정신을 차리지 못했고, 자극에 절여진 뇌는 오직 쾌락에만 반응하고 있었다.

정이선은 그에게 들어 안긴 채로 울다가 자꾸만 이유를 묻는 사현에게 좋아서, 라는 답만 두서없이 내뱉었다. 잔뜩 풀린 발음으로 그 말을 반복하며 어깨에 이마를 비볐고, 사현은 꼭 그 답을 바라기라도 한 사람처럼 나직이 웃었다. 정이선은 귓가에 닿는 숨결에도 움찔움찔 떨었다.

"하, 이젠 자꾸 울리고 싶어서 어떡하지……."

곧 사현이 입을 맞춰 와 반사적으로 키스에 응하다, 삽입이 더 깊어지는 걸 느꼈다. 더는 못 들어온다는 말이 사현의 입속에 잡아먹혀 사라졌다. 내벽은 이미 오물거리며 그 그것을 받아들였고, 성기가 빠져나갈 땐 꼭 붙잡듯 덩달아 쓸려 나가다 다시 들어올 때면 놓치기 싫은 것처럼 꽉 조여 물었다. 사현이 나직이 탄식하는 소리에 담긴 흥분에 정이선은 더 오싹하게 긴장했다.

"흐응, 윽, 아……!"

머리가 고장 날 정도로 저릿저릿한 자극이 번져 결국엔 온몸을 녹이려 들고, 삽입이 깊어질수록 고조되는 감각에 호흡이 마구잡이로 흐트러졌다.

기어코 쾌감의 끝에 정이선이 자지러지듯 절정에 다다랐다. 소리 없는 신음이었으나 크게 들이켠 숨과 사현을 붙잡고 바르르 떠는 행동에서 그가 일순 숨을 쉬지 못할 정도로 강렬한 절정을 느꼈단 게 드러났다.

그는 마지막으로 울음 같은 한숨을 터트리며 사현의 어깨에 고개를 묻었고, 그때쯤 사현도 안에서 파정하며 성기를 뺐다. 바닥에 백탁액이 뚝, 뚜욱 떨어졌다. 구멍 바깥으로 액이 밀려 나오는 감각이 소름 돋을 정도로 간질거렸다.

사라지지 않는 열기 속에서 정이선은 정신이 가물가물해지는 걸 느꼈다. 이미 피곤한 상태였기에 금방 지쳐 버렸다. 아니, 사실 금방이라고 하기도 어려울 정도로 꽤 오래 했으며 정이선은 나름대로 한계까지 버텼다. 그리고 그 한계에서 울 정도로 만족했으니 이제 버틸 힘이 없었다.

나른하게 찾아오는 후희에 정이선이 몽롱하게 늘어져 있는데, 사현이 그를 안아 든 채로 침대로 이동했다. 자세가 바뀌자 구멍에서 더 많은 액이 주르륵 흘러나와 민망한 기분에 이선은 괜히 꿈틀거렸다. 사현이 그의 얼굴 곳곳에 입을 맞췄다.

사현이 자신을 재워 주기 위해 이곳으로 왔다고 생각하는 찰나, 그가 제 두 발목을 붙잡고 어깨에 얹는 걸 느꼈다. 정이선이 당황한 낯으로 그를 보거나 말거나 그는 태연하게 발목과 다리를 잘근잘근 깨물었다.

"그으…… 저 이제, 피곤한데……."

"그러면 자요."

"……네? 아니, 그러면 지금 아래에 이건……."

"저는 분명 돌아가려고 했는데, 이선 씨가 붙잡았잖아요.

끝까지 책임져 줘야죠."

"……."

되레 서운한 사람처럼 말하는 사현의 행동에 정이선은 할 말이 없었다. 정말로 자신이 붙잡아서 일어난 일이니 이제와 피곤하다며 그를 밀어내기가 어려웠다. 게다가 지난 시간 겪어 온 사현의 체력을 생각하면 그는 한 번으로 절대 끝나지 않을 사람이었다.

하지만 그 상황에서 자라고, 자신은 계속하겠다고 말하니 황당함과 함께 어마어마한 부끄러움이 몰려와 대체 무슨 반응을 보여야 할지 알 수 없었다. 얼굴이 발개진 채로 입술만 달싹이는 정이선에게 사현이 가벼운 입맞춤을 쏟으며 말했다.

"깨어 있으라고 강요는 안 할 테니까 하다가 졸리면 자요."

"잘 수가, 없잖아요……?"

"그러면 더 좋고."

"……."

사현이 곧 다리 사이에 자리를 잡았다. 정이선은 망연히 굳어 있다가 아래로 꾸욱 삽입해 오는 사현의 행동에 몸을 바르르 떨었다. 정액으로 범벅이 된 아래로 성기를 다시 밀어 넣으며 내는 찌걱거리는 소리가 지나치게 자극적이었기 때문이다. 두어 번 느리게 왕복하는 행동을 따라 그의 성기 위로 액이 번들거리는 모습까지 보여 더욱 어쩔 줄 몰랐다.

정이선은 제 허리를 붙잡는 그의 손을 떨어뜨릴 듯 말 듯 더듬더듬 쥐다가, 결국 힘겹게 물었다.

"흐으, 아, 아침에 출근해야 하지 않나요?"

늦은 밤에 돌아와서 벌써 새벽이었다. 정이선은 오후에 출근해도 된다지만, 사현은 아침에 길드로 갈 일이 있다고 했던 것 같은데 다시 시작하려고 드니 정이선이 혹시나 까먹었나 싶어 일부러 그 점을 언급했다. 그리고 그 말에 사현은 꽤 즐겁단 듯 웃었다. 몸을 숙여 오면서 웃는 행동을 따라 귓가에 숨결이 닿았다.

"네. 그러니까 그때까지만 할게요."

그때까지? 정이선은 어쩐지 대답이 이상하다고 생각했지만, 가까워진 거리만큼이나 삽입도 깊숙해져 결국 신음하며 생각을 포기했다. 아랫배에서부터 차오르는 자극을 차마 거부할 수가 없었다. 한 번만 더 하면 잘 수 있을 거라 여기고 일단 응하기로 했다.

그리고 그날, 정이선은 유감스럽게도 S급 헌터는 하룻밤을 꼬박 새우고도 멀쩡하단 사실을 깨달았다.

겨울, 그리고

겨울이 찾아왔다.

올해 겨울은 꽤 이르게 찾아왔는데, 11월부터 찬 바람이 불어오는가 싶더니 기온이 훅 떨어졌다. 정이선은 사계절 중 겨울을 가장 좋아하는 편이었고, 그래서 쌀쌀한 기운이 느껴진 순간부터 외출이 조금 잦아졌다. 길드 건물 인근을 돌아다니기도 하고 옥상에서 가만히 바람을 맞기도 했다.

이유로는 그저 차가운 바람을 맞으면 정신이 깨는 것 같단 말을 했는데, 코드 팀원들은 의아했지만 일단 정이선이 좋아하면 됐다는 이유로 종종 함께 산책을 나갔다.

그리고 정이선이 감기에 걸렸다.

감기는 매우 흔한 병이고, 정이선은 지나가듯 가볍게 앓는 일이라고만 단순히 생각했는데 팀원들의 반응이 심각했다. 각자 왜 산책을 말리지 않았는지, 왜 좋다고 함께 따라 나갔는지 후회하고 반성하는 시간까지 가졌다.

A급 이상 헌터들이 모인 팀에서 비전투계인 정이선은 당연하다시피 보호의 대상이었고, 그는 슬슬 이런 분위기가 팀 내에 놀이 같은 문화로 자리 잡았다고 생각하게 되었다. 그렇지 않고서야 이렇게 과보호하는 분위기가 형성될 리가

없었다. 이들에게 그는 툭 건드리면 쓰러질 사람으로 보이는 게 틀림없었다.

"겨우 감기일 뿐인걸요."

그래서 정이선은 일부러 복구 일에 의욕적으로 나섰다. 코드가 던전을 클리어한 후 피해지를 복구하는 것이 그의 몫이었는데, 사현이 그 대신 길드 복구 팀에 맡기겠다고 하기에 정말 괜찮다며 만류했다. 정이선이 하고 싶다고 주장하는 부분엔 늘 사현이 결국 그러라고 해 줬기에 이번에도 정이선은 복구를 맡을 수 있었다.

그렇게 팀원들의 걱정 어린 시선에도 겨우 감기라며 나섰다가…….

"헉, 복구사님!"

기어코 쓰러지는 일이 발생했다. 능력을 쓰면서 일시적으로 기력이 확 줄어들어 현기증을 버티지 못했다. 그나마 다행이라면 건물을 모두 복구한 후에 쓰러진 건데, 앞으로 넘어지는 몸을 당장 사현이 이동해서 받아 안았다.

정이선은 그날로부터 꼬박 사흘 내도록 집에 갇혀 있어야만 했다.

그것을 과보호라 하기도 어려울 정도로 이틀 내내 고열로 앓았다. 주위에서 너무 걱정하니 일부러 더 괜찮은 척하려다 스스로의 진짜 상태를 간과해 버린 것이다. 결국 그는 침대에서 끙끙거렸고, 사현이 직접 그를 간호했다.

연말로 접어들면서 길드가 바쁘단 걸 아는데도 사현은 정이선의 곁을 떠나지 않아서, 정이선은 이게 사현이 새롭게 택한 경고 방식일지도 모른다고 생각했다. 사현은 직접 정이선의 열을 재고, 죽을 만들어 와서 다 먹을 때까지 옆에서 지켜봤다.

그 이후엔 감기약뿐만 아니라 길드에서 판매하는 최상급 기력 회복 포션까지 건네줘서, 정이선은 감기에 이렇게 비싼 약을 먹는 사람은 자신밖에 없을 거라 생각하며 얌전히 받아먹었다. 그리고 그걸 다 먹을 즈음엔 사현이 툭, 이해되지 않는단 듯 말했다.

"왜 아파요?"

"네?"

"분명히 식사도 제대로 챙기고 영양도 모두 맞추는데. 기초 체력이 완전히 바닥인 편도 아닌데 왜 찬바람 조금 맞는 걸로 아프죠?"

"……그건, 제가 뭐라 할 말이 없는데……."

답답하단 듯 쏟아지는 추궁에 정이선은 정말로 할 말이 없었다. 전투계는 일반인과 체력이 상당히 다르고, B급 이상만 되어도 웬만한 잔병치레는 하지 않는다고 하니 S급인 사현에게 감기로 앓는 일이 무척 이상하게 보인다는 건 이해했다. 게다가 그는 아주 어린 나이부터 S급으로 살아왔으니 더더욱 잔병이 낯설 만도 했다.

내심 부럽다고 생각하며 정이선은 감기가 무척 흔한 병이며, 독감도 아니니 금방 나을 거라고 설명해 줬다. 사현도 이미 다 아는 정보일 테지만 자신을 쳐다보는 눈빛에 달래 듯 그런 말을 할 수밖에 없었다.

그 새까만 눈동자에 어리는 감정은 그와 참 어울리지 않았지만, 정이선이 꽤 자주 마주하는 감정이었다. 정확한 이유는 모르겠지만 종종 사현은 그런 눈빛을 하고서 가만히 자신을 볼 때가 있었다.

곧 사현이 천천히 정이선의 손을 감싸 쥐며 말했다.

"이선 씨는 너무 약해요."

"……주위에 A급 헌터들이 가득하니 그렇게 보이는 거지, 전 나름 일반적인 편이에요."

"다 대비하려고 하는데도 또 어느 순간 이렇게 아프면…….

"……."

"나는 또 불안해져요."

자그마한 중얼거림이 유독 선명하게 귓가를 울렸다. 감기 기운 때문에 몽롱해서 그런지, 아니면 그 말이 주는 울림이 좋아서인지 정이선은 가만히 그 감각을 곱씹다가 이내 웃어 버렸다. 사현은 그의 걱정에 웃는 정이선의 손 위로 이마를 묻으며 바랄 수밖에 없었다.

"아프지 말아요."

그렇게 또 잠깐 자고 일어났을 땐 침대 옆에 당연하단 듯 사현이 있었다.

벌써 나흘 차 오후였고, 아침까지 미미하게 남아 있던 잔열도 드디어 완전히 사라졌다. 정이선은 일어나자마자 느껴지는 개운한 기분에 곧장 침대에서 벗어나려다 옆에 있는 사현을 보고 모든 행동을 멈췄다. 그가 침대 옆 의자에 앉아서, 팔짱을 낀 채로 자고 있었기 때문이다.

"……."

고요한 모습에 정이선의 눈이 느리게 깜빡였다. 사현이 자는 모습은 정말 드물게 목격해서 신기하면서도 이 순간을 놓치고 싶지 않아 숨소리마저 죽였다.

사현의 얼굴은 섬세하게 아름다운 편이고 늘 웃는 상이지만 그 웃음이 외려 그를 미묘히 날카롭게 만드는 감이 있었다. 하지만 이렇게 눈을 감으니 그의 분위기가 한결 부드럽게 누그러졌다. 비스듬하게 기울어진 고개 옆으로 햇빛이 들어왔다.

눈 아래부터 입술까지 어숫하게 스치는 햇빛을 물끄러미 바라보다…… 정이선이 천천히 손을 뻗었다. 인기척에 민감한 그이니 혹시나 깰까 싶어 더더욱 조심히 접근했다.

그렇게 볼에 닿은 손이 아슬아슬하게 햇빛의 경계 위를 쓸었다. 눈꼬리 아래부터 시작해 입술 바로 위까지 스르르 검지가 내려갔다. 손가락 끝에서 그 얼굴의 온기가 느껴져 왠지 간질거리는 기분을 받았다. 햇빛이 스치는 자리라 따뜻한가, 하는 실없는 생각마저 잠간 했다.

그 누구도 보지 못할 사현의 편한 모습을 오직 자신만이 눈에 담고 있단 점에 이상한 만족감을 느꼈다. 정이선은 꽤 오래 머뭇거리다…… 조심히 그 입술을 톡 건드려 보았다. 그런 후엔 무척 민망해져서 손을 거두며 몸을 돌렸다. 반대편으로 일어날 생각이었다.

"앗……."

하지만 그러려는 순간 뒤에서 뻗어 온 팔이 그 허리를 훅 감싸고 끌어당겼다. 사현이 정이선을 붙잡아 안은 것이다. 이끌려 가듯 그의 다리 위에 앉은 정이선이 깜짝 놀란 심장을 가까스로 진정시키며 그에게 물었다.

"이, 일어났……."

"왜 더 안 만져요?"

"……네?"

"일부러 계속 자는 척했는데, 성의를 봐서라도 더 만져 줘야 하지 않나요?"

"……."

나긋하게 귓가에 떨어지는 목소리가 쓸데없이 다정했다. 정이선의 어깨에 고개를 묻은 채로 말해 방금 잠에서 깬 사람 특유의 나른한 온기가 그대로 느껴졌다. 정이선은 그가 말한 내용에 황당해하면서도 제 목덜미를 간지럽히는 숨결에 괜히 몸을 부르르 떨었다.

"언제 깼어요……?"

"손 닿는 순간부터요."

정이선은 자신이 짧지 않은 시간 동안 그 얼굴을 만졌단 걸 알기에 무척 민망해졌다. 깼을 때부터 지금까지 어떻게 미동 하나 없었는지 신기할 지경이었다. 게다가 자신이 마지막으로 건드린 곳은…….

"입술 만질 때도 가만히 있어 줬으면, 키스해 볼 만하지 않았나요?"

"아, 아니, 자는 사람한테 어떻게 그런 걸 해요."

"그러면 지금은 일어나 있으니 해 볼 만한가요?"

당연하단 듯 이어지는 물음에 정이선은 얼이 빠졌다. 황당함과 함께 부끄러움이 물밀듯 몰려와 제 허리를 감싼 사현의 팔을 쥐며 그를 돌아보았다.

그리고 그렇게 마주한 새까만 눈동자에, 조금 전까지 눈 아래로 비스듬하게 스치던 햇빛이 그의 눈까지 덮은 모습에 잠깐 숨을 참았다. 자신을 쳐다보며 눈웃음 짓는 그의 행동이 의미하는 바가 명확했다.

"……."

어디로 보나 키스해 달라고 조르는 눈빛이라, 결국 정이선은 헛웃음 끝에 가볍게 쪽 뽀뽀해 줬다. 눈을 내리깐 채로 가만히 있던 사현이 이게 끝이냐는 눈빛을 보냈지만 정이선은 못 본 척하고 일어났다.

하지만 물론 그건 시도에서 그쳤다. 다시 사현이 허리를 끌어안으면서 깊게 입 맞췄고, 정이선은 잠깐 바르작대다 결국엔 그의 목을 끌어안으며 키스에 응할 수밖에 없었다.

달달한 입맞춤 후에는 사현이 정이선의 얼굴을 만지작만지작하며 열을 확인했다. 대체 왜 이렇게 열을 재는지는 모르겠지만 언제부턴가 사현의 이런 행위가 습관이 되었단 걸 알았다. 볼을 조물조물 만지는 게 어쩐지 찹쌀떡이 된 기분이었으나 정이선은 또 고분고분 얼굴을 내주었다.

"열은 다 내렸네요."

"네. 이제 완전히 다 나은 것 같아요."

사실 어제부터 괜찮았는데 사현이 하루 더 쉬라고 붙잡아서 어쩔 수 없이 누워만 있었다. 그렇지만 정말 그 말대로 하루를 더 푹 자고 나니 완전히 몸이 개운해져서, 정이선은 오랜만에 가벼운 기분으로 돌아다녔다.

산책하듯 널찍한 거실을 걷다가 문득 시야에 창밖 하늘이 잡혔다. 아침에 잠들 때도 하늘이 조금 흐리다 싶었는데, 지금 그 이유가 보였다. 무채색 하늘에서 아주 작지만 분명하게 떨어지는 그것은 바로 새하얀 눈송이였다.

"눈 와요!"

정이선이 베란다로 다가가며 놀란 목소리로 말했다. 바람이 쌀쌀해져 겨울에 접어들었단 건 알았지만 눈을 보니 정말 계절이 바뀌었다는 게 확 와닿았다. 이제 막 내리기 시작했는지 진눈깨비처럼 흩날리는 눈을 신기하게 바라보고 있으니 사현이 뒤로 다가와 정이선의 몸 위에 두툼한 담요를 덮었다. 창가는 추우니까 조심하란 말이 다정하게 들렸다.

정이선은 꽤 즐거워져 슬쩍 사현에게 기대며 말했다. 오늘 몸이 완전히 나아 신나는 이유가 하나 더 있었다.

"전시 보러 갈 때도 눈이 올까요?"

"저녁 전에는 그친다고 하니까 그때는 안 올 듯하네요."

오늘이 바로 기주혁의 졸업 전시회에 가는 날이었다. 올 하반기부터 졸업 작품 준비로 바빠서 던전 공략 때 외에는 얼굴을 보기 힘들던 기주혁이 드디어 작품을 끝냈다고 생존 신고를 해 왔다.

그러곤 꼭 전시회에 와 달라고 부탁했고, 팀원들은 시간을 맞춰서 저녁에 다 함께 찾아가기로 했다. 코드는 꽤 시선을 끄는 팀이니 일부러 전시회관이 닫을 즈음에 방문할 계획이었다.

전시회관으로는 서울 번화가의 갤러리를 대관했다고 들었다. 미술로 유명한 대학이니만큼 졸업 전시회도 본격적으로 진행했고, 정이선은 나름대로 오늘을 기다렸다. 기주혁이 7대 레이드에서 정이선이 복구해 낸 건물을 보고 느낀 감정을 중점으로 그렸다고 했기 때문이다.

처음 그 이야기를 들었을 땐 당황했고 어쩌면 주제가 바펼 수도 있다고 생각했는데, 기주혁은 정말 그걸 주제로 잡고 작업했다. 작업 과정은 그가 철저히 비밀에 부쳐 한 번도 중간 과정을 본 적 없지만, 그 점이 내심 더 오늘을 기대하게 만들기도 했다.

그래서 기분 좋게 사현과 함께 점심을 먹고, 다시 바깥 풍경을 볼 무렵 갑자기 전화가 왔다. 따뜻한 코코아까지 타 와서 창밖을 보며 평화로운 순간을 만끽하는데 침실 안쪽에서 제 핸드폰 벨 소리가 들렸다. 정이선은 의아하게 방 안으로 들어가 화면을 확인했다. 기주혁이었다.

"……?"

몇 시간 뒤에 볼 텐데, 혹시 오는지 확인하려고 전화한 건가? 며칠 전에 쓰러졌으니 오늘 못 올까 봐? 정이선은 어리둥절하게 전화를 받았다가…….

─흐어엉, 끄형, 흐읍, 복구사님! 흐으어어어.

"……기주혁 헌터?"

─끄흐어어어, 어떡해애, 흐어, 흐어엉.

기주혁의 서럽게 우는 소리를 들었다. 당황한 정이선이 재차 핸드폰을 고쳐 쥐며 무슨 일이냐고 물었는데도 그는 계속 울기만 했다. 기주혁 혼자 있는 것이 아닌 듯 뒤로도 소리가 여럿 들렸는데 어째서인지 모두 눈물바다였다. 몇몇이 '제발 빨리 부르라'고 말하는 것만 같았다.

"무슨 일 있어요? 왜 그래요?"

−허어어, 복구사님, 이제, 끄흥, 이제 괜찮으신 거예요?

"아, 네네. 감기 다 나았는데 대체 무슨 일이에요?"

−흐으, 그러면 와 주실 수 있어요? 저, 저 여기, 흐어어엉!

"네? 어, 어디로요? 일단 갈게요. 갈 테니까 진정해요."

와 달라고 애원하는 목소리가 정말 간절했다. 오열하듯 정이선을 찾아서, 그는 당황하며 곧장 옷장에서 겉옷을 꺼냈다. 그리고 그때쯤 사현도 방 안으로 들어와 무슨 일이냐고 물었고, 정이선은 자신도 알고 싶단 표정을 지었다.

−흐어어엉, 복구사니이임. 빨리요, 제발 빨리이.

그사이에도 기주혁은 숨이 넘어갈 지경으로 울었고, 함께 있는 듯한 이들도 모두 울고 있어서 결국 정이선은 재빨리 나갈 준비를 해야만 했다.

◁ ◆ ▷

정이선은 사현과 함께 출발하며 기주혁이 운 이유를 알아냈다. 사현이 말을 걸어도 기주혁과 제대로 대화가 되지 않아 결국 그가 따로 알아봤고, 큰 수고를 들일 필요도 없이 곧바로 원인을 파악해 냈다.

전시회장 앞에 던전이 생겼다.

해당 던전은 C급에 불과했지만 하필이면 갤러리 바로 앞에서 발생했고, 던전 브레이크 전조부터 게이트 발생까지 시간이 너무 짧았다. 헌터 협회에서 이상 기운을 파악해 곧바로 갤러리에 연락했지만 갤러리에서 학과로, 또 학과에서 학생들에게로 전달되기까지 시간이 꽤 걸렸다.

게다가 이른 아침에 던전이 발생했는데 당시 학생들은 어젯밤 졸업 작품 설치까지 끝냈다는 사실에 기쁨의 늦잠을 자고 있었기에 더더욱 대처가 늦었다. 일단 갤러리 사람들이 안에 있는 작품을 몇 개 옮겼다지만 절반 넘게 던전 브레이크에 휩쓸려 버렸다.

그렇게 학생들은 자고 일어났더니 전시회관도, 본인들이 몇 달을 쏟아부은 작품도 사라진 상황을 맞이했다. 던전은 금방 클리어되었다지만 게이트가 사라진 곳은 폐허로 남았고, 학생들은 그 앞에서 울다가 오열하는 기주혁을 붙잡고 제발 정이선을 불러 달라고 애원한 것이 사건의 전말이었다.

"흐어어, 어엉, 복구사니이임!"

정이선과 사현이 갤러리 앞에 도착하자마자 기주혁이 달려왔다. 무너진 건물 앞에 있던 학생들도 정이선을 보고 당장 달려올 것처럼 움찔댔지만 차마 가까이 오지는 못하겠는지 멀리서 간절한 눈빛만 날렸다.

"기주혁 헌터."

기주혁이 당장 정이선을 껴안을 듯 달려오자 사현이 그 앞에 서서 접근을 막았다. 기주혁은 전화상으론 사현에게조차 제대로 된 이야기를 못 했지만 직접 눈앞에서 보니 정신이 들었는지 급히 정자세를 취했다.

하지만 여전히 훌쩍거리고 있어, 정이선이 어색하게 웃으며 그에게 다가가 어깨를 토닥였다. 차에서 내려 후드를 쓰려고 했는데 곧장 달려온 기주혁 때문에 쓸 틈이 없었다. 게다가 얼굴 전체가 부어오를 정도로 운 모습을 보니 무척 안타까워져 우선 달래야겠단 생각만 들었다. 몇 달에 걸쳐 고생하며 만든 작품이 폭발에 휩쓸렸다 생각하면 당연히 울 만도 했다.

"괜찮아요. 저 왔잖아요."

그래서 평소라면 하지 않을 법한 말까지 하며 기주혁을 달래기 위해 노력했다. 그리고 그 말의 효과는 생각 이상이었다. 그 소리를 듣자마자 기주혁이 크게 숨을 들이켜며 정이선을 보았다가, 이내 눈물을 그렁그렁 매단 채로 마구 고개를 끄덕였다. 눈물이 후드득 떨어졌다.

"맞아요, 끄흡! 복구사님 왔어요!"

거의 구호처럼 외쳐지는 말이었다. 뒤에 있던 학생들도 덩달아 안도하며 눈물을 닦았다. 구세주, 구원자, 빛 등등 온갖 단어가 튀어나오는 듯했다. 정이선은 꽤 많이 민망해졌지만 일단 기주혁이 진정했다는 점에 의의를 두기로 했다.

"정말 괜찮겠어요?"

"네, 이제 다 나았는걸요."

그리고 정이선이 나설 무렵 사현이 다시금 진지하게 물었다. 사실 사현은 정이선이 낮자마자 복구하러 움직이는 것이 무척 탐탁지 않은 눈치였고, 차 안에서도 내내 표정이 좋지 않았다. 하지만 정이선은 이 앞에 모인 학생들의 얼굴에 서린 간절함을 차마 무시할 수 없었다.

곧 정이선이 잔해 앞에 섰다.

규모를 가늠하듯 눈을 굴린 정이선이 천천히 앞으로 손을 내뻗었다. 반쯤 무너진 대리석 기둥이 그 손에 닿았고, 이후에도 차근차근 건물을 확인했다. 오는 길에 급하게 도면을 본 게 전부지만 1층짜리라 그나마 외우기 쉬웠다.

마침내 상아색 대리석들이 허공으로 떠오르기 시작했다. 사람보다 훨씬 거대한 잔해가 깃털처럼 가볍게 붕 떠올랐고, 위의 잔해를 다 들어 올리니 아래의 그림도 몇 점씩 보였다. 뒤에서 몇몇이 흐읍 숨을 들이켜는 소리가 들렸다.

그동안 정이선은 침착하게 잔해가 돌아갈 곳을 파악했다. 그의 복구 능력은 손상된 물체의 시간을 거꾸로 돌리는 능력으로, 대상을 제대로 파악할수록 복구가 더 빠르고 정확했다.

왠지 잘해야만 한다는 부담감이 들어 잠깐 눈을 감았던 정이선이 짧게 숨을 내뱉으며 눈을 뜨는 것과 동시에 바람이 역방향으로 몰아치기 시작했다.

잔해가 모두 떠올라 아래 바닥이 드러났고, 박살 난 것처럼 금이 간 바닥의 위로 새롭게 붓칠하듯 기운이 훑고 가며 바닥을 깔끔히 붙였다. 그사이 무너진 기둥도 쿠구구, 제대로 일어서더니 허공에 떠 있던 기둥 잔해들이 흠으로 날아가 달라붙었다.

천장과 색깔이 같아 구분되지 않던 벽면의 잔해도 당연하단 듯 옆으로 분류되어 떠밀리며 벽을 세웠다. 사람들의 시선이 쭈르륵 위로 올라갔다. 기둥이 만들어지는 것과 동시에 벽이 세워지니 절로 감탄사가 나왔다.

마치 함박눈이 쌓여 새로운 평원을, 그 반짝이는 설원을 만들어 내는 것처럼 갈라진 벽이 자연스레 이어 붙었다.

그리고 실제로 지금 하늘에서 눈이 내리고 있었다. 그런 상황에서 홀로 폐허 앞에 서서 그곳을 원래의 미술관으로 복구해 내는 정이선의 모습은 꼭 하늘에서 내려온 구원자 같았다. 마침 새하얀 코트를 입고 있어 더더욱 신성해 보였다. 평범한 옷일 뿐이건만 현재의 날씨와 상황이 그를 그렇게 만들었다.

바람이 시계 방향으로 불다가 반시계 방향으로 몰아치며 정이선의 갈색 머리칼이 흐트러졌다. 그동안에도 그의 시선은 오직 앞에 또렷이 고정되었다. 연갈색 눈동자에 이채가 어렸다.

곧 복구된 벽면 사이사이로 그림이 우르르 붙기 시작했다. 뒤에서 학생들이 연신 감탄하며 숨을 참았다. 정이선은 혹시나 그림이 잔해에 스쳐 손상될까 봐 신경 써서 위치를 조절했다.

그렇게 작품을 모조리 벽면에 건 후엔 천장을 빠르게 복구했다. 옆과 위에 떠 있던 잔해들이 날아들어 새하얀 천장을 빚어 내고, 사람들의 고개는 점점 뒤로 젖혀졌다. 천장이 끝에서부터 쭉 복구되어 덩달아 시선이 따라갔다.

그렇게 바로 앞까지 천장을 복구한 뒤 곧장 전면 벽까지 세우고, 마지막으로 입구를 만들었다. 신전을 본뜬 형태의 갤러리라 앞부분이 유독 웅장했다.

이윽고 일대에 확, 훈풍이 퍼졌다.

겨울날과 어울리지 않을 정도로 따뜻한 바람이었고, 이건 곧 정이선의 복구가 끝났음을 의미했다. 정이선은 마지막까지 꼼꼼하게 건물을 둘러본 후 천천히 몸을 돌렸다.

새하얀 눈이 내리는 풍경 속, 신전 같은 갤러리 앞에 홀로 선 정이선이 느릿하게 눈을 깜빡였다. 기주혁이 바로 뒤에 있었던 걸로 기억하는데, 어쩐지 뒤에 그가 없었다. 그래서 주르륵 시선을 내렸다가…….

"으허어엉, 복구사님!"

"와아아!"

"허어…… 장난 아니다."

바닥에 무릎 꿇은 채로 울고 있는 기주혁을 보았다. 그 너머로 학생들이 환호하는 소리가 시끄럽게 공간을 울렸다. 다들 영상으로만 보던 복구를 직접 눈앞에서 목도한 점에 크게 감격한 듯 손뼉 쳤고, 몇몇은 다리에 힘이 풀렸는지 풀썩 주저앉기까지 했다.

정이선은 조금 민망한 기분으로 이제 와 두툼한 후드를 눌러썼다. 코드의 복구사로 활동할 때마다 주위에 사람이 몰리긴 했지만 이렇게까지 큰 환호를 받은 건 레이드 이후로 처음이었다. 기주혁의 동기들도 참 그와 비슷한 듯했다.

하지만 정이선이 기주혁에게 다가가기 위해 앞으로 한 걸음 내딛는 순간 몸이 살짝 휘청였다. 유독 신경을 쏟아서 그런지 잠깐 현기증이 돌았다. 그리고 당장 옆에서 사현이 그의 어깨를 감싸듯 붙잡으며 부축했다.

정이선은 익숙하게 사현의 품에 기댄 채로 심호흡하다 이제 괜찮다며 자세를 바로 했다. 하지만 사현이 어깨를 붙잡은 손에 단단히 힘을 주며 말했다.

"아뇨, 잠깐 쉬어야겠어요."

단호한 말에 정이선이 반응하기도 전에 그대로 사현에게 이끌려 갔다. 당황하며 버둥거려 봤지만 통할 리가 없었다. 결국 정이선은 떠밀리듯 차 안에 들어가게 되었고, 뒤이어 문이 닫히는 광경을 망연히 봐야만 했다.

그렇게 정이선은 차창 너머로 사현과 기주혁이 대화하는

모습을 지켜보다. 이내 희미한 웃음과 함께 등받이에 몸을 기대었다. 지금까지 꽤 많은 복구를 해 왔지만 왠지 오늘의 복구는 유독 특별한 기억으로 남을 것만 같았다.

옅은 갈색 눈동자에 눈 내리는 풍경 속 미술관의 모습이 그림처럼 담겼다.

정이선은 또 깜빡 잠에 빠졌다.

사현이 차로 돌아올 즈음부터 정신이 가물가물하다 싶었는데, 그가 자라며 볼을 쓰다듬어 준 때 정말 그대로 잠들어 버렸다.

다시 일어났을 땐 두 시간이 흐른 후였고, 아직 오후 세 시밖에 되지 않았지만 벌써 눈이 그친 상태였다. 잠들 무렵부터 눈이 꽤 많이 오더니 어느새 바닥에 한가득 눈이 쌓여 있었다. 미술관 뒤편의 주차장으로 옮겨 왔는지 주위가 고요했고, 상앗빛 미술관 주위가 새하얘서 몽환적인 풍경을 만들어 냈다.

"와……."

정이선이 차창 밖을 보며 감탄하니 사현이 괜찮은지 물었다. 정이선은 잠깐 현기증이 왔을 뿐이지 지금은 정말로 멀쩡하다고 말했다.

"건물 안에도 제대로 복구됐다고 하던가요? 혹시나 작품

순서가 뒤섞였다거나…….”

“모두 완벽하게 돌아와 있다고 해요. 작품에 흠이 간 것도 없고.”

사현의 말에 정이선이 안도의 한숨을 내쉬었다. 마지막에 내부를 제대로 확인하지 못해서 신경이 쓰였는데 잘 복구되었다면 다행이었다. 정이선이 흘끔흘끔 창밖을 바라보고 있으니 사현이 물었다.

“지금 구경하고 싶나요?”

“아…….”

정이선이 나직이 탄식했다. 원래 저녁 늦게 코드 사람들과 함께 방문할 예정이었는데, 낮에 보는 갤러리가 무척 예뻤다. 게다가 눈이 소복이 쌓인 모습도 아름다워 저녁이 되면 이와 같은 풍경을 보지 못할 듯했다.

그의 시선이 조금 불안한 기대를 품고 갤러리 주위를 훑었다. 안에 사람이 있겠지만 왠지 사현과 함께하면 주위가 전혀 북적이지 않을 것 같았다. 사람이 몰릴 일도 없어 보여 정이선은 잠깐 머뭇거리다…… 결국 고개를 끄덕였다. 복구된 모습을 확인하고 싶었다.

그렇게 정이선이 사현과 함께 갤러리 안으로 들어가자 곧장 기주혁이 달려왔다.

“복구사님!”

그는 어느새 얼굴이 환해져서 두 손으로 정이선의 손을

붙잡고 연신 감사하다고 말했다. 자고 일어났더니 전시회관이 무너졌대서, 어디 건물이 그렇게 재수가 없냐 했는데 자신의 졸업 작품이 걸린 곳이라 절규했다고 한다. 그러다 정이선이 왔을 때는 정말 구세주를 보는 것 같았다며 와르르 말을 쏟아 냈고, 정이선은 어색하게 웃었다.

그러다 정이선은 문득 갤러리 안에 생각보다 사람이 더 많은 것을 확인했다. 어쩐지 들어오는 길부터 사람이 꽤 북적였는데, 그가 의아하게 물었다.

"사람이 되게 많네요. 첫날엔 사람이 적게 온다고 했던 것 같은데……."

"아, 다 복구사님 덕이에요!"

"네?"

"복구사님이 여기 갤러리 복구했단 게 소문나서 사람들이 몰려오더라고요. 복구사님의 흔적을 쫓아오는 거죠!"

7대 레이드로 부쩍 정이선의 인지도가 높아지면서 그가 복구해 내는 건물에도 사람들이 굉장한 관심을 보였다. 그래서 정이선이 복구한 건물을 구경하러 가는 사람들마저 생겼는데, 마침 이번 건물은 전시회관이라 그런지 더 많은 사람이 몰려오고 있다고 했다. 저녁에 시간을 내서 오려는 사람들이 한가득이라며 기주혁이 신나게 알렸다.

"크으, 레이드에서 7대 불가사의 복구를 본 감동을 주제로 그림 그렸는데, 이젠 그 전시회관을 복구사님이 복구해 주시다니. 이 세상에 저보다 성덕인 사람 없을 거예요. 성덕의 역사를 새로 쓴다."

그사이 기주혁의 동기들도 슬그머니 그의 뒤로 다가와 정이선에게 감사하다고 인사했다. 몇몇이 팬이라며 악수와 함께 사인을 요청했는데 기주혁이 복구사님 부담스럽게 하지 말라며 와왁거려 다행히 악수에만 그쳤다.

휩쓸려 가듯 그들과 인사한 정이선은 조금, 아니, 많이 민망한 기분으로 제 손을 내려다보았다. '팬'이란 단어가 너무 낯설었다. 7대 레이드가 전 세계적으로 관심을 이끌었으니, 레이드를 올 클리어한 공대에 사람들이 호의적이라는 건 알았지만 유독 제게 말이 많이 쏟아지는 것 같았다.

그가 인터넷 반응을 찾아보는 편이 아니라지만 복구한 후 핸드폰을 볼 때마다 실시간 검색어에 코드와 자신의 이름이 올라오는 걸 확인했었다. 민망해서 눌러 보진 않았으나, 어떤 땐 복구할 장소 주위에 몰린 인파 중 제 이름을 부르는 사람이 있었던 것도 같다.

예전에 복구사로 활동할 때도 팬이라던 사람들이 있었고, 또 파티장에서도 그의 복구 영상을 꼬박꼬박 찾아본다던 사람들이 있었으니…… 그런 개념인가? 정이선은 옛날에 친구들이 S급 헌터에게 보였던 관심을 떠올리며 어렴풋이 이해했다. 그러고 보면 S급 헌터는 실제로 팬이 많다는 소리도 들었는데…….

문득 정이선이 이상한 표정으로 사현을 쳐다보았다. 그도 팬이 있나? 뜬금없는 의문이었으나 나름 심각해져 사현을 보는데, 고개를 기울이며 눈을 맞춰 주는 그의 행동에 잠깐 멍해졌다.

"……."

음, 팬이 있을 법한 외모긴 했다. 정이선은 빠르게 납득했다.

그리고 실제로 한국 최연소 각성자이자 S급 헌터인 사현에게 어릴 적부터 팬이 많았다고 친구들이 말해 줬던 기억도 났다. 게다가 그는 던전에서도 훌륭한 공략 실력을 보이니까 매체로 보는 사람들이 그를 좋아할 듯도 했다.

정이선은 사현에게 팬이 있단 건 이해하면서 자신에게도 팬이 있단 건 아주 낯설게 여겼다. 자신을 좋아하는 사람이 있다니……. 괜히 부끄러워져 정이선은 후드만 재차 고쳐 썼다.

차라리 낮에 오길 잘했다고 생각하며 정이선이 사현과 함께 갤러리 안을 돌아다녔다.

정이선의 예상대로 안에 있던 사람들은 흘끔흘끔 둘을 쳐다보더라도 가까이 오지는 않았다. 심지어 멀찍이 거리를 두기까지 해서, 정이선은 꽤 편하게 그림을 구경할 수 있었다.

이렇게 미술 작품을 구경하는 게 처음이라 무척 신기했

다. 사실 예술적인 분석 능력은 없는 편이라 모든 그림이 신기하게만 보였지만 그래도 나름대로 열심히 작품을 살폈다. 뒤에서 학생들은 뜻밖에 긴장하는 시간을 가졌다. 교수님한테 확인받을 때보다 더 긴장된다고 중얼거리는 이들도 있었다.

그러다 누군가가 정이선에게 접근했다. 정이선과 사현의 주위 5미터 정도가 널찍하게 비어 있었는데 한 명이 단숨에 거리를 좁히며 다가간 것이다.

"아이고, 이선아!"

"······태식 아저씨?"

그리고 그는 정이선이 아는 사람이었다. 원태식. 과거 1년 동안 정이선이 잠적하면서도 조용히 활동할 수 있도록 도와준 사람이자 요즘도 간간이 연락하는 아저씨였다.

저번에 2차 대던전 관련 논란으로 속보가 뜨면서 아저씨에게도 연락이 쏟아져 그도 당황해 정이선에게 전화했었지만, 그 이후에는 정이선도 놀랐을 텐데 자신이 너무 성급히 연락했다며 미안해했다. 과거 4년 동안 정이선과 친구들을 모두 챙겨 주려 노력했던 사람이라 정이선은 그가 놀랐던 걸 당연히 이해했다.

"이야, 여기서 보게 될 줄은 몰랐네. 마침 이 근처 지나가다가 네가 복구한 건물이라고 시끌시끌하길래 왔는데 마침 딱 네가 보이는 거야!"

태식 아저씨는 말이 많은 편이었고, 정이선은 어렴풋하게 웃으면서 대화에 응했다. 사현이 두어 발자국 뒤로 물러나 줘, 아저씨는 슬쩍 그의 눈치를 살펴보다 조용히 정이선에게 물었다.

"너 이제 잘 지내는 거지?"

"아저씨, 그 말 연락할 때마다 하는 거 알죠?"

"직접 보는 건 또 간만이라서 그렇지……."

정이선의 웃음기 어린 말에 원태식이 어색하게 뒷머리를 긁적였다. 사실 정이선이 잠적을 탄 기간 그나마 연락하고 지낸 상대라지만, 그동안 실제로 얼굴을 마주한 적은 몇 번 없었다. 당시 정이선은 타인과 만나는 걸 극도로 꺼렸고 바깥 어디에도 얼굴을 보이고 싶어 하지 않아 했다.

"너 작년에 찾아와서 일 좀 달라고 했을 때 내가 얼마나 놀랐는데. 그때만 생각하면……."

2차 대던전 사고 이후 정이선과 거의 반년 동안 연락이 안 되었던 원태식에게 어느 날 낯선 번호로 전화가 왔다. 정이선이었고, 그는 전화로만 연락하려다 원태식이 간절히 부탁해서 바깥에서 한 번 만났었다.

그렇게 반년 만에 마주한 정이선의 모습은 원태식에게 모종의 충격을 안겼었다. 그 이전에도 정이선은 꽤 생기가 없는 낯이었다지만 당시의 그는 정말 죽었다고 봐야 할 정도로 창백한 얼굴로 있었기 때문이다. 꼭 시체가 움직이는 것만 같았다. 도저히 살아 있다고 볼 수 없는 자의 얼굴로, 그는 돈이 필요하다고 했었다.

정이선이라면 웬만한 대형 길드에서 모두 모셔 갈 인재인데도 그는 다른 이들의 눈에 띄고 싶지 않으니 최대한 조용히 복구할 일을 맡겨 달라 했다. 말없이 굳은 원태식에게 잘하겠다고 고개를 숙이기까지 했다.

원태식은 어린 나이에 가족을 잃고, 그다음엔 가족 같은 친구들마저 잃은 정이선이 너무 안타까웠다. 그래서 돈을 빌려주겠다고도 했고, 여전히 과거 집에서 지낸다는 말에 남은 방을 내줄 테니 자신의 집으로 오라고 제안하기도 했으나 정이선이 모두 거절했다. 그는 살기 위해 움직인다기보다는 오히려 죽을 방안을 찾는 사람처럼 보였다.

그래서 원태식은 정이선에게 일을 주면서도 늘 그를 걱정했다. 어느 날 연락이 끊겨 사라지더라도 전혀 이상하지 않을 사람처럼 보였으니 당연한 일이었다.

그러니 올해 초에 HN길드의, 코드 사현에게서 연락이 왔을 때 '대체 왜?'라고 생각하면서도 한편으론 정말 다행이라고 여겼다. 그 정도의 유인 요소라면 어떻게든 정이선을 이끌어 낼 것 같았기 때문이다.

과연 사현이 어떤 조건을 내밀어 정이선을 움직였는지는 모르겠지만, 어쨌든 원태식은 정이선이 레이드에 함께하는 모든 과정을 지켜보며 응원했었다. 그리고 요즘에 와선 늘 코드 사람들과 함께하는 모습이 보이니, 원태식은 흐뭇하게 말했다.

"그래도 요즘 영상 속에서 얼굴이 점점 환하게 피는 게 보이더라."

"그런가요……?"

"그래! 어? 요즘 뭐 연애라도 하나?"

툭 말을 던진 원태식이 호탕하게 웃음을 터트렸다. 왠지 정이선에게 오는 답은 없었지만, 그는 한껏 즐거운 기분으로 웃다가 이내 정이선의 어깨를 토닥였다.

"잘 사는 것 같아서 다행이다, 이선아."

너 정말로 사는 사람처럼 안 보였단 말이 한쪽 귀로 들어왔다가 반대쪽 귀로 빠져나갔다. 정이선은 멍하니 눈을 깜빡였다. 아저씨의 말이 어쩐지 꼭 울음기를 담은 것처럼 들렸다. 원태식은 정이선의 어깨를 굳게 쥔 채로, 빤히 그를 보았다.

정이선에게는 현재까지 이어진 과거의 인연이 몇 없었다. 아니, 사실 앞에 있는 원태식이 거의 유일하다고 봐야 했다. 그리고 그런 사람이, 정이선의 과거를 모두 아는 존재가 그를 붙잡고 말했다.

"네가 앞으로도 계속 잘 살았으면 좋겠다."

언뜻 간절하게마저 들리는 목소리에, 정이선이 잠깐 시선을 아래로 내렸다. 한때는 원태식의 걱정을 부담스러워하고, 받을 자격이 없는 사람처럼 굴었던 정이선은 긴 침묵 끝에…… 이내 그와 눈을 마주하며 웃었다.

"노력할게요."

곧 원태식은 일이 있다며 갤러리를 빠져나갔다. 나가는 아저씨의 눈가가 붉었지만 정이선은 모른 척해 줬다.

이후 그는 다시 사현과 함께 걸으며 작품을 하나하나 구경했고, 마지막으로 벽면을 꽉 채운 거대한 그림을 마주했다.

"……."

제일 마지막에 전시된 그림은 기주혁의 그림이었다.

가로로 길쭉한 그 그림은 정말 기주혁의 예술혼을 불태웠다는 표현이 딱 알맞은 작품이었다. 왼쪽부터 시작해서 오른쪽 끝까지 7대 레이드에 입장한 순서대로 건물이 그려져 있었다. 하늘이 검붉기도 하고, 아예 한밤중처럼 어둡기도 하고, 또 환하기도 하며 물결처럼 자연스럽게 색이 이어졌다.

그리고 그림의 우측 하단엔 누군가의 뒷모습이 자그맣게 그려져 있었다. 그 존재에게서 황금빛 가루가 번지듯 나와 그림 전체에 파도처럼 쏟아졌는데, 물감이 아니라 실제 금가루를 뿌리기라도 한 건지 정말로 반짝거렸다.

정이선은 기주혁의 설명 없이도 그게 자신이란 걸 알 수 있었다. 후드 집업을 입은 모습이 딱 자신이었기 때문이다.

정이선이 작게 소리 내어 웃으니 옆에서 사현이 물어 왔다.

"어떤가요?"

"음, 솔직하게 말하면…… 되게 성화 같아요."

성서 속에서, 혹은 어떤 종교 건물의 벽면에서 발견할 법한 그림이었다. 왠지 신앙심마저 느껴지는 듯해 정이선이 다시금 웃음을 터트렸다. 기주혁이 자신의 복구를 주제로 작업한다는 건 들었지만, 대체 얼마나 감명 깊게 보았으면 이런 그림이 나왔나 싶을 정도였다.

하지만 마냥 부담스럽다기보다는 정이선에게 아주 생소한 종류의 기쁨을 느끼게 했다. 그림이 무척 아름다워서 그런지, 아니면 누군가에겐 이런 경험을 안겼단 게 새삼스럽게 그를 뿌듯하게 만드는지는 모를 일이지만 어쨌든 정이선은 무척 즐거워졌다.

복도 끝의 널따란 유리창 너머로 새하얗게 눈이 쌓인 모습이 보여 그것만으로도 그림 같았다. 그리고 그 눈밭에 햇빛이 반사되면서 갤러리 안으로 은은하게 들어오는 상황은 꽤 환상적인 분위기를 만들어 내서, 정이선은 햇빛의 경계에 서서 가만히 그림을 보았다.

"새삼 시간이 많이 흘렀네요."

혼잣말처럼 중얼거린 목소리가 고요히 공간에 떨어졌다. 정이선은 문득 이 순간이, 코드에서 처음으로 제안받았던 '미래'란 걸 떠올렸다. 기주혁은 초여름 무렵 정이선에게 졸업 작품 전시회에 와 달라고 했었고, 그때 정이선은 답하지 않았었다. 당시 그는 전혀 미래를 그리지 않았기 때문이다.

하지만 결국 그 미래는 오늘로 다가왔다.

그 점이 정이선의 심장을 울렁이게 만들었다. 레이드가 끝난 날부터 언제나 느끼는 사실이지만, 이 하루가 유독 그에게 살아 있단 감각을 안겼다. 저 그림 속에서 끝날 줄 알았던 자신은 이곳에 있었다.

가만히 그 감각을 곱씹으며 있는데 불쑥 사현이 물었다.

"마음에 들면 그림 살까요?"

"네?"

"사서 사무실에 걸어 놓죠. 모형 둔 선반 앞 벽이 비어 있으니까요."

굉장히 당연하단 듯 이어지는 말에 정이선이 당황했다. 실제로 코드 사무실에 들어가면 중앙 회의실 우측 선반에 7대 레이드 때 들어간 건물을 본뜬 모형이 진열되어 있었다. 예전에 레이드가 끝난 후 따로 제작한 물건들로, 커다란 건 사무실에 두고 작은 건 팀원들에게 모두 나누어졌었다.

정이선의 집에도 그게 진열되어 있는데, 이젠 사현이 그림까지 사서 사무실에 걸어 두려 했다. 정이선은 처음에는 코드 사무실이 굉장히 단적일 정도로 깔끔했던 걸 떠올리며 얼떨떨하게 질문했다.

"사무실에 이것저것 두면 복잡해지지 않을까요……?"

"공간이 넓으니 몇 개 둔다고 해서 복잡해지진 않아요."

"……그러면, 그으, 기주혁 헌터가 안 팔 수도 있지 않을까요?"

"팔고 싶은 만큼 금액을 제시하면 되죠."

"…….."

자신이 하는 모든 말이 사현에게 막혔다. 정이선은 조금 복잡한 낯으로 있다가, 결국 한숨과 함께 말했다.

"일단…… 팀원들 의견도 들어 보는 게 좋겠어요."

"다들 좋다고 할 것 같은데, 이선 씨 예상은 어때요?"

"……그러게요……."

차마 정이선은 부정을 표할 수 없었다. 잠깐 상상했다가 팀원들이 너무 당연하게 좋다고 찬성할 상황이 그려졌다. 심지어 목소리까지 언뜻 들리는 듯해 정이선이 체념의 웃음을 터트렸다.

이내 정이선은 작품 옆에 있는 자그마한 테이블로 다가갔다. 테이블 위엔 노트가 있었는데, 들어오면서 설명 듣기론 방명록 같은 개념이라고 했다. 앞에 기주혁의 동기들이 먼저 남긴 메시지가 보여 정이선이 슬쩍 훑다가, 마침내 빈 페이지를 찾아 펼쳤다.

그 후에 정이선은 꽤 오래 고민하다 결국 자신의 현재 기분을 한 단어로 정리해 냈다. 그림을 마주한 순간부터 아주 복잡한 기분이 들었지만 감정의 끝은 명확했다. 하얀 노트

위로 새까만 펜을 꾹꾹 눌러 천천히 적었다.

'고마워요.'

곱씹듯 그 글자를 읽은 정이선이 고개를 들어 앞에 있는
그림을 보았다. 그림을 봤을 뿐이건만 7대 레이드에서의 모
든 기억이 선명하게 떠올랐다. 순간 정이선은 자신의 삶이
이 레이드에 들어가기 전과 후로 극명하게 구분될 것이라
생각했다.

그림을 가만히 바라보는 정이선의 옆으로 햇빛이 들어왔
다.

그곳에, 그리고 이곳에.

정이선이 있었다.

제목: 나 ㄱㅇ대 학생인데 ㅈㅇㅅ 옴ㅜㅜ

오늘 졸업하는 선배들 졸전 열리는 날이거든ㅜ 근데 아침에 갑자기 던전 열려서 건물 무너지고 난리났단 말임ㅜㅜ;; 완전 멘붕와서 단체로 울다가 ㄱㅈㅎ 선배한테 제발 ㅈㅇㅅ 불러달라고 난리쳐서 결국 연락했는데 진짜 왔음....

나 쩜오캐쳐였다가 ㅈㅇㅅ 복구 눈앞에서 보고 무릎 꿇었다......................
진짜 다리에 힘풀렸어ㅜ 왜 ㅈㅇㅅ 목격담에 신 봤다고 하는지 알 거 같아...

지금 너무 떨려서 일단 썬캐쳐 카페 가입신청은 했어 나 또 뭐하면 돼??ㅠ

주작무새 대비 학생증 인증함..
[JPG]

　일단 나랑 몸을 바꾸면 돼
　　ㄴ첫댓부터 강렬ㅋㅋㅋㅌㅌㅋㅋㅋㅋ
　　ㄴ성덕 존나 부러워ㅠㅠㅠㅠㅠ 시각 공유해 ㅈㅂㅠㅠㅠ

와 아침에 갤러리 무너졌단 기사 봤는데 그게 광익대 졸전 전시장
이었음???? ㄷㄷㄷㄷ 쩐다 복구 영상 없어?
  ㄴ22222 거기 갤러리 예쁜걸로 유명한데.. 복구 영상 급구
  ㄴ333 개인적으로 복구해주러 가서 따로 카메라 안붙었나ㅠㅠㅠ
찾아보는데 없네ㅠㅠㅠㅠ
  ㄴ(w)일단 내가 쪼금 찍긴 했는데 내 손 떨려서...ㅜ
    ㄴ괜찮아 나도 같이 떨면서 보면 됨 o(((^ω^)))o
    ㄴ자동조정 쌉가능
      ㄴ미쳐ㅋㅋㅋㅋㅋㅋㅋㅋㅋㅋㅋㅋㅋㅋㅋㅋㅋㅋㅋㅋㅋㅋㅋ
ㅋㅋㅋㅋㅋㅋㅋㅋ
      ㄴ(w)머쓱.. https://wetube.com/FiugQngLz
        ㄴ대바규ㅠㅠㅠㅠㅠㅠㅠㅠㅠㅠㅠ
        ㄴ눈의_요정_정이선.GIF

이선이 요즘 영상 보면 가슴이 훈훈해져서 히터 안 튼다ㅎ 전기세
개꿀
  ㄴ원효대사도 킹정하고 갈 빛이sun 효과
  ㄴ눈 내리는 곳에서 저러니까 진심 성스럽다ㅠㅠㅠ
  ㄴ정이선(종: 천사)
  ㄴㄹㅇ...정이선은 같은 인간으로 안보임ㅠ 완전ㅠㅠ 구원자 아니
냐고 재림이선ㅠㅠㅠ

정이선 C급 아냐?
.

.
.

문화재 등록이 C급하니까...
  ㄴㅋㅋㅋㅋㅋㅋㅋㅋㅋㅋㅋㅋㅋㅋㅋㅋ 빨리 한국은 인간문화재에
정이선 올려──
  ㄴ첫문장 보고 욕박으려다 주춤한 캐쳐 손들어.
일단 나 ㅎ
    ㄴ첫... 2
    ㄴ3..ㅋ
    ㄴ4444 ㅅㅂ ㅋㅋㅋㅋㅋㅋ 염탐당했네
    ㄴ5555555 ㅋㅌㅋㅋㅋㅌㅌㅌㅋㅋ 이선이 욕먹는 플 넘 많았
어서 예민해질수밖에 없음ㅜ

정이선으로 3행시 해보겠습니다. 운 띄워주세요.
  ㄴ정
  ㄴ정이선 빛난다.
  ㄴ이
  ㄴ이선아 빛난다.
  ㄴ선
  ㄴ선명하게 빛난다.
    ㄴㅋㅋㅋㅋㅋㅋㅋㅋㅋㅋㅋㅋㅋㅋㅋㅋㅋㅋㅋㅋㅋㅋㅋㅋㅋㅋ
ㅋㅋㅋㅋㅋㅋㅋㅋㅋㅋㅋㅋㅋㅋㅋㅋㅋㅋㅋㅋㅋㅋㅋㅋㅋㅋ
ㅋㅋㅋㅋㅋㅋㅋㅋㅋㅋㅋㅋㅋㅋㅋㅋㅋㅋㅋ
    ㄴ라임상 수상합니다 (기립박수 짤)
    ㄴ〈표준국어 대사전〉
빛[빋]

1.찬란하게 반짝이는 광채
2.정이선

이거 실시간 글 맞음??? 이선이 지금 뭐해????
  ㄴ(w)방금 전시회장 돌아와서 ㄱㅈㅎ 선배랑 이야기하는 중!! ㅅ
ㅎ도 같이 있어ㄷㄷ 리더 외모 쩐다... 일단 암행어사현도 가입하
고 올게
    ㄴ안구 나눠주세요.
      ㄴ? 너 암행어사현이지
      ㄴ어떻게 알았지...?
      ㄴㅅㅍㅋㅋㅋ 사패들 독보적인 존재감 뽐내는데 자기들만 모
름ㅋㅋㅋㅋㅋㅋㅋㅋㅋㅋ
      ㄴ스윽 나타나선 안구 나눠달라 하기ㅋㅋㅋㅋㅋㅋㅋㅋㅋ
ㅋㅋ
      ㄴ시야 공유하자x 안구 나눠주세요ㅇ
      ㄴㅋㅋㅋㅋㅋㄱ그와중에 정중한게 포인트

4랑 2 늘 붙어다니네...
  ㄴ이선이한테 전화했는데 사현도 같이 온 상황인 거지??? ㅎㅎ 둘
이 같이 있었네 ^^
  ㄴ42 42 친밀한 42 좋은 42
  ㄴ며칠 전에 빛이선 감기몸살로 쓰러졌다던데... 옆에서 붙어서 간
호해줬나 (ˊ ˋ)
  ㄴ7대 레이드 끝나고 첫복구 할 때도 빼박 4가 2 백허그 하지 않
았음?

└ㄹㅇㄹ 2도 익숙해하던데 이게 그냥 팀이냐???

누가 용기있게 물어봐줬음 좋겠다.. 42에게 둘이 무슨 42냐고...
└코드 공식행사 은근 있는데 물어보는 기자가 어째 한 명도 없냐ㅠㅠㅠㅠ 용감한 기자상 수상할 준비되어있음
└22222.. 그치만 솔직히 이해함ㅠㅋㅋㅋㅋ 나 우연히 코드 던전 공략하는 곳 근처에 있어서 ㅅㅎ 직접 본 적 있는데 보는 것만으로도 무섭더라..... 완전 주위 공기가 다른 느낌ㄷㄷ 앞에서 입 잘못 놀렸다가 목 날아갈 수도 있으니 다들 사리는듯
└저번 코드 레이드올클 파티 때도 둘이 옷 맞춘 것 같단 이야기 돌던데... 찐인지는 모르겠지만 ㅈㅂ 공식발표 있으면 좋겠다ㅜ

윗댓들 망상 너무 심한 거 아냐?;;
일단 피피티 땄어. 발표하러 간다.
└알페스대학 42학과 김캐쳐 발표하세요
└위치 공유좀요—— 이런건 가만히 두면 안됩니다 도강하러 갑니다

사현 요즘 부업한다던데...
└??
└정이선 보는 눈에서 꿀 떨어져서 양봉업한대
└ㅁㅊㅋㅋㅋㅋㅋㅋㅋㅋㅋㅋ
└암행어사현은 이제 슬슬 사또를 [빛이선과 함께 있을 때의 나리 / 던전 공략할 때의 나리]로 구분하던뎈ㅋㅋㅋㅋㅋㅋㅋㅋㅋㅋ

┗아 인격이 다르잖아옷;

사실 사현 갑자기 너무 인간 같아져서 전투력 떨어질까봐 걱정했
는데 스급던전 진입 영상 보고 맘 놓음ㅎ..
　┗사또는 사또구나...
　┗1인 한정일 뿐 본투비 사또가 맞구나......
　┗바닥 기어서 도망가는 악마 뿔 짓밟는거 ㅈㄴ 사또스러웠음
　┗우리오파(藕狸鰲葩) 개색시해(凱色示海)
하고풍거(河鼓風去) 삭다해라(削多海蘿)
신의미모(神義美貌) 세상간지(世上間地)
용안에서(用安恚西) 비치난다(費治難多)
좌로인정(左虜人正) 우로인정(右虜人正)
압구루기(狎鷗漏器) 대굴대굴(大窟大窟)

(w)허ㄱ 어떡ㅎ ㅐ;;;;;
　┗????
　┗?????????뭔일이야
　┗뭔데뭔데??
　┗(w)애ㅐ들이 ㅈㅇㅅ한테 인ㅅㅏ하러가재 어떡해;;;; 지금
ㅈ정ㅅ이선 레전드짤 줍줍ㅎㅏ고 있었는데 ㅠㅠ
　　┗아니 앞에 실물이 있는데 왜 폰을 봐ㅋㅋㅋㅋㅋㅋㅋㅋㅋㅋㅋ
ㅋㅋㅋㅋㅋㅋㅋㅋㅋㅋㅋㅋㅋㅋ
　　┗(w)앞앞에서 보면 눈ㄴ멀것같단말야ㅠㅠ
　　┗일단 가자 ㄱㄱㄱㄱㄱㄱㄱ
　　┗갔다와서 후기좀ㅎㅎㅎㅎ 사진도 찍어와

└(w)나 울지 | 도모ㄹ라서 일단 눈때리고감ㄱ 다녀올게!!1!
└새로 들어온 캐쳐.. 과격한걸.. 마음에 들어

썬캐쳐 카페에도 소식 퍼져서 그 갤러리 구경가려고 시간 잡고 있더라
└썬캐쳐 정모 ㄹㅇ활발해ㅋㅋㅋㅋㅋㅋㅋㅋㅋ
└이선이 복구하는 날 = 썬캐쳐 정모 열리는 날
└"어 이번에 또 오셨네요~~~!" 하면서 서로 인사함ㅋㅋㅋㅋ 좋은 자리 잡으려고 돗자리들고 미리 대기까지 하던데ㅠㅠㅋㅋㅋㅋㅋㅋ
└캐쳐들끼리 카풀해서 감 ㅎㅎb 캐쳐를 하나로 모으는 빛이선

요즘 이선이 건물 복구 자주 하러 다니던데 보기 좋다 ＊‿＊
└나도 저번에 박물관 복구하는 거 봤음!! 진짜 인간문화재야
└ㅋㅋㅋㅋㅋ 한달? 전에 영화제 건물 무너진 적 있잖아ㅋㅋㅋ 개웃긴게 ㅈㅇㅅ 올 때쯤 앞에 레드카펫 깔아놔서ㅋㅋㅋㅋㅋㅋㅋㅋ ㅋㅋㅋㅋㅋㅋㅋㅋ 이선이 어리둥절하게 옆으로 피하려니까 관계자가 이곳으로 걸으시면 됩니다 이럼 ㅋㅌㅋㅋㅋㅋㅋㅋ
└아 나도 그 영상 봤음ㅋㅋㅋㅋㅋㅋㅋ ㅈㄴ 완벽한 vip 대우ㅋㅋㅋㅋ 영화제쪽이라 그런지 전문 카메라도 대기되어 있는거 존웃ㅋㅋㅋㅋㅋ
└카메라 무빙 존나 안정적
└이선이 좀 민망해하면서 사현한테 '정말 여기 걸어요...???'란 눈으로 보는데 사현 ^^ 하면서 앞에 보고 걸으라고 하는 것도 개웃겼어ㄱ 코드도 이선이 떠밀고ㅋㅋㅋㅋㅋ 코드 이선이한테 다 잘해

주면서 이선이 띄우는 기회에선 절대 안 물러나줌
　└나도 봤음 둘이 사귐
　　└얜 또 뭐야

근데 진짜 최근 올수록 이선이 편해 보여서ㅠㅠ 지켜보는데 행복해... 레이드 들어갈 때만 해도 진짜 힘들어보였는데........
　└222 ㅜㅅㅜ 레이드에서도 레전드 복구 많이 찍었지만 그래도 난 지금이 훨 낫다...
　└33333..... 건물은 아무래도 7대 불가사의가 웅장하니까 그때 한 복구가 쩔었긴 한데, 지금 영상 보다 과거 영상 비교하면 인상 바뀐거 확 보이더라... 3차랑 6차 때 우는거 아직도 내 눈물버튼임
　└나만 두고 죽지마 .. 하던 애가......ㅠㅠㅠㅠ

정이선 2차 대던 진실 밝힌 거 피해자 가족한테 공유된 거 알아?
　└ㅇㅇ... 그 정보 자체는 극비로 보호되고, 정보 밝혔단 사실 자체는 쪼끔씩 퍼진듯
　└내 지인이 그 유족인데 듣고서 ㅈㅇㅅ한테 미안해하더라... 한때 왜 잠적탔냐고 진짜 욕하고 거의 증오했거든ㅠㅠ 근데 듣고서 그런 일 겪으면 못 말할 만 하다고... 자기가 생각 짧았다면서...
　└22.. 피해자 가족들끼리 연합 있잖아 거기 사람들끼리 모여서 헌협에 선물보냈대.. 이선이한테 전해달라고ㅠ.. 사과편지도 있었다길래 듣고 울컥함
　└ㅠㅠㅠ 유족들이 이렇게 반응할 정도면 당사자는 진짜 어떤 풍경을 봤을지....

아기: ㅇ... ㅇ....

엄마: 어머! 애기가 말을 하려나봐요!

아기: ㅇ...아..

아빠: 아빠 해봐, 아빠!

아기: 이선아 행복해야해

ㄴㅋㅋㅋㅋㅋㅋㅋㅋㅋㅋㅋㅋㅋㅋㅋㅋㅋㅋㅋㅋㅋㅋㅋㅋㅋㅋㅋㅋㅋ
ㅋㅋ

　ㄴ나 왜 이거 보고 눈물나ㅠ

　　ㄴ너 허벌눈물이지

　　ㄴ어떻게 알았어?ㅠㅠ

　　ㄴ고객상담 전화 걸며 울겠다 넌....

　　ㄴ그건 또 어떻게 알았어ㅠㅠ

　　　ㄴㅁㅊㅋㅋㅋㅋㅋㅋㅋㅋㅋ 일단 뚝해 ㅋㅋㅋㅋㅋㅋㅋㅋㅋㅋ
ㅋ

(w)나 인사하고 왔어!!!!!!!!!!!!!

ㄱㅈㅎ 선배 졸업 안했음 좋겠다...ㅜ

　ㄴ사탄 의문의 1패

　ㄴㅋㅋㅋㅋㅋㅋㅋㅋㅋㅋㅋㅋㅋㅋㅋㅋㅋㅋㅋㅋㅋㅋㅋㅋㅋㅋㅋ

　ㄴ허류ㅠㅠㅠㅠㅠㅠㅠㅠㅠㅠㅠㅠ 너무 부러워ㅠㅠㅠ 가까이에
서 본 이선이 어때ㅠㅠㅠ

　ㄴ빨리빨리 썰 풀어줘 ㅜㅠㅠㅠㅠㅠㅠ 사진은?!?!?!?!

　ㄴ(w) 사진도 찍고 싶었는데 그건 부담스럽다고 해서ㅜ 악수만 했
어!!ㅠ 근데 내 친구가 ㅈㅇㅅ한테 자기 썬캐쳐라고, 팬이라고 하
니까 되게 놀라더라...! 아직 모르는 건가....?? 그치만 일단 부끄러

워하는 ㅈㅇㅅ 귀여워서 이짝물었음ㅜㅜㅜㅜㅜ
　└헐...........
　└와 헐...이선이 팬은 예상해도 썬캐쳐 자체는 모를지도;

기주가 가끔 말하는 거 보면 이선이 슨스 잘 안 한다고 하던데... 우
연히 옆에서 핸드폰 봤는데 거의 공장폰이라고.........
　└ㅁㅈㅁㅈ 인터넷도 자료조사 외에 안본다고 햇음
　└그러면 지금까지 썬캐쳐 모르고 이제 검색해보는거 아님ㄷㄷ
ㄷ?
　└하긴 실제로 헌터들도 팬카페는 잘 안 봤댔음ㄷㄷ 보는사람만
보고 그 외엔 딱히 관심없다고..

카페 비상 걸렸다
　└썬캐쳐 카페 대문에 엽서체로 [정이선 사랑해 어서와] 적은 거
올리지 말라고ㅋㅋㅋㅋㅋㅋㅋㅋㅋㅋㅋㅋㅋㅋㅋㅋㅋㅋㅋㅋㅋㅋ
　└네잎클로버 배경 빼 ㅅㅂㅋㅋㅋㅋㅋㅋㅋㅋ
　└부모님 카톡 공유짤 아니냐
　└카페 회장 디자인센스 때문에 탄핵돼도 킹정하는 부분

암행어사현 카페는 왜 갑자기 연결링크에 썬캐쳐 카페 올림???
　└ㅈㅇㅅ이 부끄럼 많으니까 곧바로 자기 팬카페는 검색하지 않
을지도 모른다 -> 대신 주위 인물을 검색할 확률이 높다 -> 일단
암행어사현 카페 연결링크에 썬캐쳐를 올리자 ^^
　└아 ㅈㄴ 사패들 진짜 사현의 패거리들 닉값하네ㅋㅋㅋㅋㅋㅋ

ㅋㅋ

　　└진짜 좋아하는 헌터 닮아간다곸ㅋㅋㅋㅋㅋㅋㅋㅋㅋㅋ

　　└과분한 칭찬 고마워 ^^)7

　　└ㅋㅋㅋㅋㅋㅋㅋㅋㅋㅋㅋㅋㅋㅋㅋㅋㅋㅋㅋㅋㅋㅋㅋㅋㅋㅋㅋㅋ

ㅋㅋㅋㅋㅋㅋㅋㅋㅋㅋㅋㅋㅋㅋㅋㅋㅋㅋㅋㅋㅋㅋ

(평온한 아나이티드 킹덤)

　└우리는 둘 보면서 팝콘 먹으면 됨ㅎㅎ

겨울, 그리고 II

갤러리 바깥으로 나왔을 때는 어느덧 해가 저물고 있었다.

전시회 구경 자체는 한두 시간 안에 끝났는데, 사현이 마지막에 기주혁과 작품에 대한 이야기를 나누느라 시간이 걸렸다. 정말로 사무실에 걸 생각인지 금액에 관한 대화까지 나왔다. 기주혁은 복구사님이 원하신다면 그냥 걸어도 좋다며 기뻐했지만, 사현이 창작한 값은 받아야 한다며 깔끔하게 돈을 불렀다.

정이선은 그 내내 얼떨떨하게 뒤에서 있다가 대화가 끝난 후에야 바깥으로 나올 수 있었다. 사현은 혹시나 다른 사람이 그림을 살까 싶어 미리 이야기해 둔 거라고 말했는데, 정이선은 이제 슬슬 그의 소비에 자신이 할 수 있는 일이 없음을 받아들였다.

그리고 사현과 기주혁이 대화하는 사이에 다시 눈이 왔었다. 마치 소나기처럼 30분 정도만 함박눈이 쏟아졌다가 금세 그쳤는데, 그 덕에 정이선이 바깥으로 나왔을 땐 발자국 하나 없는 설원을 마주할 수 있었다. 특히나 갤러리 뒤편은 주요 통로가 아니라 사람도 없었다.

"와……."

푸르게 어두워져 가는 하늘에 남은 마지막 햇빛이 설원 위에서 반짝였다. 정이선이 그 모습을 보며 감탄하고 있으니 사현이 다가와 그의 옷깃을 여며 줬다. 그리고 갤러리 안은 따뜻해서 정이선이 풀어 두었던 목도리까지 둘둘 둘러 줬다.

"더워요……."

"추워서 또 쓰러지는 것보단 더운 게 낫죠."

"차도 바로 저곳에 있는데."

"그곳까지 가서 벗어요."

정이선은 조금 떨떠름한 낯으로 제 얼굴을 감는 목도리를 보았다. 코드 팀원들 사이에서 자신을 과보호하는 분위기가 놀이처럼 퍼졌단 건 알았지만 사현은 안 그럴 거라 생각했는데, 그는 정말 담담하고 평온한 태도로 과보호했다. 너무 당연한 모습이라 그간 제대로 인지하지 못했다.

심지어 이제 막 겨울의 초입이고, 오늘 내린 눈도 이르게 내린 눈일 뿐인데 그는 억지로 두툼한 코트를 입히고 목도리까지 둘러 외출시켰다. 사실 롱 패딩을 입히려고 하는 걸 간신히 말렸다. 눈이 오면서 오히려 날이 따뜻해졌기 때문이다.

이제 슬슬 목도리는 코를 덮을 정도로 높이 둘려, 정이선이 뚜하게 물었다.

"절 포장하는 건가요?"

이미 입술은 목도리에 파묻혀 소리가 울렸다. 불만 가득한 눈빛에 사현이 잠깐 웃음을 흘렸는데, 무척 귀여운 것을 대하는 눈빛이라 정이선은 민망하게 시선을 돌렸다. 저런 눈으로 쳐다보는 건 반칙이었다.

이후 검지로 목도리를 턱까지 쭉 내린 정이선이 중얼거리듯 말했다.

"예전에 친구도 이런 식으로 했었는…… 아."

무의식중에 튀어나온 말에 정이선이 입을 다물었다. 흠칫한 그는 시선을 바닥으로 떨어뜨리며 슬그머니 사현의 눈치를 보았다. 자신이 친구 이야기를 할 때마다 사현의 표정이 딱히 좋지 않았기 때문이다.

"그랬나요?"

그런데 막상 마주한 사현은 무척 평온했다. 그의 표정에서 한 치의 균열도 찾을 수 없어 정이선이 조심히 물었다.

"화 안 내요……?"

"화낼 만한 부분이 있나요?"

"아, 음… 그렇죠……."

외려 의아하단 듯 되돌아온 질문에 정이선은 할 말이 없어졌다. 생각해 보면 실제로 사현은 친구 이야기 자체에 화를 낸 적은 없었다. 그저 그들의 이야기로 도돌이표처럼 되돌아갈 때 표정이 싸늘해졌을 뿐이었으니까…….

정이선은 더 언급하지 말아야겠다고 생각하며 시선을 돌리는데, 예상치 못하게 사현이 그 이야기를 이었다.

"친구는 어쩌다 이선 씨한테 그렇게 행동했나요?"

"어…… 그때, 제가 양손에 짐을 들고 있었는데 목도리가 풀렸어요. 친구가 대신 묶어 주겠다더니 그런 식으로 얼굴까지 다 감았는데……."

그는 당황하면서도 착실히 답했다. 사현은 꽤 느긋한 태도로 언제쯤 일인지 물었고, 중학생 때란 말에 '작았겠네요'라는 이상한 감상까지 내놓았다. 정이선은 무슨 반응을 해야 할지 모르겠어서 그저 사현이 계속 자연스레 잇는 질문에 모두 답변했다.

양손에 든 짐은 학교 방학 때 사물함을 정리하려고 뺀 짐이었으며, 이후 친구한테 짐을 던졌다가 엄마한테 들켜서 혼났던 과거까지 줄줄이 나왔다. 이롭고 선하게 살아야지 왜 친구랑 싸우냐는 잔소리였던 말도 그대로 나와, 정이선은 자신도 모르게 실소해 버렸다. 참 오랜만에 이야기하는 과거였다.

그리고 그렇게 웃은 후에야 재차 상황의 이상함을 인지하며 정이선이 사현을 올려다보았다.

"왜 갑자기 옛날 일을 물어요……?"

"뭐, 과거와 억지로 끊어 두면 해결될 거란 생각이 틀려서요."

"……."

"그래서 이젠 차라리 과거를 알아볼까 싶은데, 이선 씨가 말하기 힘들면 억지로 하지 않아도 돼요."

담담한 목소리에 정이선이 발을 멈췄고, 사현은 그를 따라 옆에 서며 대수롭지 않게 말했다.

"내가 먼저 캐묻기에는 애매해서 기다렸을 뿐이에요. 언제쯤 이선 씨가 말할까 싶었는데, 그래도 올해가 가기 전에 들었네요."

느리게, 아주 느리게 정이선이 눈을 깜빡였다. 말하라고 강요하는 건 아니니, 그냥 방금처럼 갑자기 생각나면 그때 말해 달란 이야기가 몹시도 평온하게 들렸다. 정이선을 달래려고 일부러 다정하게 말하는 것도 아니고, 그저 정보를 수집하는 듯한 태도였으나 이상하게도 그 점에 정이선은 심장이 쿵, 쿵 선명하게 뛰는 걸 느꼈다.

그 사현이 보이는 변화가 오직 자신 때문이란 점이 묘한 기쁨을 안기는 것과 동시에 큰 안도감을 줬다. 자신이 무슨 말을 해도 괜찮을 거란 생각이 들면서 가슴속 깊숙한 곳에 있던 긴장의 끈이 툭, 풀어진 것만 같았다.

그래서 정이선은 웅얼거리듯 지금껏 숨겨 온 사실을 말했다.

"……사실은, 종종 친구들이 떠올라요."

"함께한 시간을 생각하면 당연한 일이네요."

"그런 말까지 듣게 될 줄은 몰랐는데…….."

"음, 그것 자체는 어쩔 수 없는 사실이죠. 함께한 시간이 길수록 남은 기억이 많단 건 당연하니까 제가 계속 이선 씨 옆에 있으려는 거고."

순간 정이선의 표정이 묘해졌다. 왠지 사현의 수작을 하나 새롭게 알게 된 것만 같아 가만히 있는데 그가 마저 말했다.

"중요한 건 그걸 떠올렸을 때 어떤 기분이 드는지 파악하는 일이에요. 예전에 이선 씨는 늘 죄책감에만 사로잡혀 있었으니까 일부러 죄책감의 대상이 있는 장소에서 떨어뜨리고, 주위에 새로운 자극을 뒀을 뿐이죠."

그러면 과거의 기억이 떠오르더라도 서서히 죄책감이 줄어들 거라 계산했다고 사현이 솔직히 밝혔다. 사현의 행동은 실제로 효과가 있었지만, 그땐 정이선의 가슴속에 죽고 싶다는 마음이 강박처럼 자리해 있어 결국 사현의 계획대로 되지 않았다.

사현도 이젠 그 점을 알기에, 정이선에게 침착하게 질문했다.

"그래서 이젠 이선 씨가 과거를 떠올렸을 때, 어떤 기분이 드나요?"

잠깐 정이선이 침묵했다. 사현은 재촉하는 기색 없이 가만히 앞에 있었고, 정이선은 꽤 오래 입술만 달싹거리다…… 차근차근 이야기를 꺼냈다.

"과거의 어떤 특별한 사건을 떠올리는 건 아니에요. 평범한 순간에 함께 있었던 친구가 떠오르고, 부모님이 생각나고……."

"주로 어떨 때 떠오르나요?"

"딱히 기준은 없는 것 같아요. 일부러 떠올리려 한 것도 아닌데 어느 순간 불쑥 떠올라요. 일상을 보내다가도, 그냥, 그렇게…… 언제나 늘 내 곁에 있었던 사람들이 생각나요."

"……."

"그랬다가 어느 순간 사라진 사람들."

정이선의 시선이 스르륵 아래로 내려갔다. 울 것 같은 얼굴은 전혀 아니었지만 새하얀 얼굴 위로 덕지덕지 얼룩진 감정이 선명했다. 아주 오래전부터 정이선을 따라다니는 감정, 죄책감보다도 더 오래도록 정이선의 발목을 붙잡고 있는 그 감정은…….

"그래서 때때로 다시금 모두 사라질 것 같다는, 그런 불안이 들어요."

불안을 내뱉는 목소리는 무척 담담했다. 떨리지도, 울음에 젖지도 않았다. 약 10년 전부터 정이선과 함께한 감정이기에 그건 어느덧 당연하게 감정의 기저에 자리 잡았다. 그는 행복하다고 생각하다가도 불안해했고, 어느 때는 그 행복하단 감정 자체에 불안해졌다.

반년 전부터 상담을 받기 시작해 조금씩 안정되고 있다지만 그 막막하고도 아득한 불안감만큼은 여전히 해결하지 못했다. 자신이 걱정하는 대상을 생각하면 참 비합리적이고 비이성적인 감정이었다.

"이제 제 곁에 있는 사람이라면 코드뿐인데, 이 팀이 사고에 휩쓸릴 리도 없는데……."

예전에 사현이 코드는 수많은 던전에 들어갔는데도 한 명의 사망자도 없다고 했던 기억이 확실히 남아 있었다. 게다가 그 팀을 이끄는 사현은 죽지 않을 뿐만 아니라 쉽게 다치지도 않을 것 같은 사람이었다.

정이선이 천천히 사현의 손을 붙잡자 사현이 손을 꽉 감싸 쥐었다. 선명하게 온기를 전달하려는 듯한 행위에 정이선이 옅게 실소했다.

"절대로 이 온기가 사라질 일이 없다고 확신하는데, 그런 확신의 한편으로는 계속 불안이 따라요."

희미한 자조가 묻어나는 미소였다. 과거의 사고는 S급 헌터마저 잃을지 모른단 불안을 들게 만들었다. 정이선은 사현이, 코드가 던전에 들어갈 때마다 당연히 그들이 해낼 거라 믿으면서도 가슴 한구석이 어쩔 수 없이 싸하게 식는 걸 느꼈다.

그는 이미 쉽게 일어나지 않을 법한 일을 두 번이나 겪었다. 최초의 S급 던전 탓에 부모님이 죽었고, 최초의 연계 던전 탓에 친구들이 죽었다. 그러니 또 예상치도 못한 '최초'를 경험을 하게 될까 봐, 정이선은 그게 불안했다.

지금이 너무 기쁠수록 정이선은 무의식중에 그런 불안을 가졌다. 또 허상처럼 사라지지 않을까. 또 어느 순간에 다 잃어버리는 건 아닐까. 겨우겨우 삶을 이어 붙여 살고 있는데, 이번엔 처음으로 '살고 싶다'는 생각마저 들었는데…….

"……당신마저 사라지면 어떡하지?"

"이선 씨."

"나는 그쪽이 없으면, 죽지도 못해요."

말의 공백 사이로 울컥 울음이 차올랐다. 정이선은 사현이 죽는다면 따라 죽고 싶은데 그럴 수가 없었다. 그래서 그런 '최초'의 사고가 다시금 발생한다면 차라리 같이 휩쓸렸으면 했고, 혹시나 자신만 남을 경우를 대비해 그가 무효화 능력을 어딘가에라도 담아 줬으면 하는 생각까지 했다.

하지만 그런 마음속 깊은 곳의 비참한 바람이 소리 내어 나가기도 전에, 정이선이 사현에게 끌려가 안겼다.

꽉 끌어안긴 정이선은 잠깐 바르작대다, 결국 그의 어깨에 이마를 묻으며 흐느끼는 소리를 냈다. 눈물은 흘리지 않았지만 눈물 흘리며 우는 것보다도 더 서러운 사람처럼 정이선이 사현의 품에 안겼다.

"나도 이렇게 불안해하고 싶지 않아요."

절대로 잃고 싶지 않은 사람에게, 그를 마지막으로 살게

할 존재에게 매달리듯 정이선이 사현의 등을 꽉 끌어안았다. 사현은 정이선의 떨림이 잦아들 때까지 그를 단단히 껴안았다. 정이선은 품에서 느껴지는 사현의 온기와, 둔중하게 울리는 심장 고동을 머릿속에 각인하듯 새겼다.

사현이 그런 정이선의 등을 토닥이며 말했다.

"앞으로 더 자주 확신시켜 줄게요. 절대로 죽지 않고, 어느 날 사라지지도 않을 거라고. 그 불안이 이선 씨를 따라다니는 만큼 내가 늘, 아니, 더 오래 따라다닐 테니까."

사현치고 다소 두서없는 말이 쏟아졌다. 달래는 어조의 한편으론 놀란 기색이 느껴져서, 정이선은 그가 무척 당황했단 걸 알아챘다. 사현은 정이선의 등을 몇 번이고 쓰다듬었고, 그 손길은 미세하게 떨리고 있었다.

"그 불안은 과거의 기억으로 따라다니는 거니까, 현재에서 그런 일이 절대 재발하지 않는단 걸 확신시켜서 점점 불안이 따라오지 못하도록 할게요. 그런 불안이 차마 떠오르지도 않을 정도로 이선 씨를 완전하게 안전히 지킬 테니까……."

"……."

"제발 죽는 경우는 생각도 하지 말아요."

죽지 못하는 사실에 슬퍼할 상황을 가정조차 하지 말고, 다시금 죽을 방안을 찾으러 노력할 미래를 그리지도 말라며 사현이 단호하게 말했다. 어느 순간부턴가 정이선은 자신이 그 품에 매달리는 게 아니라, 그가 제게 매달리고 있는 것 같단 느낌을 받았다.

정이선이 몸을 뒤로 하며 품에서 벗어나려 했지만 사현이 놓지 않았다. 이전보다 더 강한 힘으로 정이선의 등을 더 꽉 끌어안으며 말했다.

"다시는 이선 씨가 아무것도 잃지 않게 할게요."

지극한 사실을 말하는 태도가 아니라, 오히려 간절한 맹세를 하는 듯한 태도였다.

결국 정이선은 그 품에서 벗어나는 것 대신 고개를 뒤로 젖혀 사현을 올려다보는 쪽을 택했다. 하지만 그렇게 마주하게 된 눈동자에 정이선은 잠깐 아득해졌다. 그의 새까만 눈동자 한가득 어린 불안감은 외려 제 숨이 턱 막힐 만큼 막막했기 때문이다.

그렇게 한참 동안 서로를 달래듯 끌어안고 있다가, 갤러리 너머로 인기척이 느껴질 즈음에야 정이선이 흠칫하며 뒤로 물러났다. 다행히 그 인기척은 갤러리 뒤편으로까지 오지 않았고, 넓은 주차장엔 여전히 그들밖에 없어 주위가 고요했다.

어느새 하늘이 많이 어두워져 정이선이 조금 부끄러워진 기분으로 사현을 이끌었다. 서로 껴안았던 탓에 한층 가까운 상태로 걸어야 했지만 완전히 멀어지고 싶진 않아서, 그 손을 붙잡고 걸었다.

그렇게 조용히 따라오던 사현이 차에 탔을 무렵 조용히 말했다.

"평생 지워지지 않을 기억…… 같은 게 있대요."

"이해 안 되겠네요?"

"아뇨, 뭔지 알 것 같아요."

다소 장난스럽게 되물었는데 사현이 무척 덤덤하게 부정했다. 그는 잠깐 침묵하다…… 정이선을 똑바로 보며, 언제나와 같은 평온한 태도로 그에게서 지워지지 않는 기억을 밝혔다.

"가끔 이선 씨가 죽는 꿈을 꿔요."

"……."

"어느 날엔 이선 씨가 죽어 있기도 하고, 어떤 때는 다시 눈앞에서 바다로 떨어지지만 붙잡지 못하기도 해요. 그리고 그런 꿈을 꾸고 일어나선 한참 동안 이선 씨를 봐요. 이선 씨는 잘 때 숨소리가 많이 옅어서, 제 숨을 참아 가면서 이선 씨 숨소리를 찾아요."

정이선이 느리게 눈을 깜빡였다. 잠든 정이선을 건드려 보면 곧바로 생사를 파악하겠지만, 이해할 수 없는 두려움에 잡혀 차마 손대지도 못하고 가만히 숨소리만 찾으려고 한다는 사현의 말이 몹시 낯설게 들렸다.

어떤 때는 그렇게 찾아낸 숨소리마저 그 자신이 현실을 부정하기 위해 만들어 낸 착각이 아닌가 싶기까지 하단 말은, 정말로 그가 가진 날것 그대로의 두려움이었다.

정이선은 무슨 말을 해야 할지 알 수 없어 입술만 달싹거렸다. 사현은 희미하게 실소하며 어떤 답을 바라고 한 말은 아니라고 했다.

"이선 씨가 과거의 일로 불안해하는 게 이해된다는 말을 하고 싶었어요."

문득 정이선은 간간이 마주했던 사현의 아득한 눈빛을 떠올렸다. 그저 의아하게만 여기고 넘어갔는데 그는 그 모든 순간 두려워하고 있었고, 이번에 걸렸던 사소한 감기에마저 또 매일을 걱정했다.

정이선은 머뭇거리다 조심히 사현의 손을 붙잡았다. 조수석에 앉은 자신의 안전벨트를 손수 매 주고 물러나려는 그 손을 꼭 감싸 쥐었고, 사현은 가만히 정이선을 내려다보다 이내 옅게 미소하며 손 위로 입맞춤했다.

"나는 이선 씨가 불안해하지 않도록, 더는 주위의 아무것도 잃지 않을 거란 확신을 계속해서 안겨다 줄 테니까… 그러니까, 이선 씨도 제 불안이 잦아들도록 도와줘요."

담담한 목소리는 제안 같으면서도 언뜻 애원처럼 들리기도 했다.

정이선은 자신이 사현과 함께하게 된 순간부터 그의 불안이 완전히 사라졌다고 생각했다. 그는 언제나 느긋하고 여유로워 보이니 당연했다. 하지만 솔직하게 마주하게 된 그의 불안 앞에서, 자신뿐만 아니라 그 또한 불안해한다는 사실 앞에 놀랐다.

그리고 그 불안을 잠재워 줄 유일한 사람을 바라보는 사현의 눈빛에, 정이선은 결국 작게 소리 내어 웃고야 말았다. 서로가 불안에 잡아먹히지 않도록 함께하자는 사현의 말이 못내 사랑스럽게 다가왔기 때문이다.

이윽고 정이선이 장난스럽게 말했다.

"그러면 우리, 내기할까요? 누가 먼저 더 빨리 확신을 안겨 주는지."

"이번엔 이선 씨가 지겠네요."

차분하게 들려오는 답에 정이선이 살짝 눈가를 찡그리며 시작부터 회의적인 반응을 보이는 건 너무하다고 투덜거렸다. 그는 잠깐 고민하다가 내기를 수정했다.

"누가 더 빠르게 확신하는지, 로 내기를 바꿔요."

"그러면 내가 지겠어요."

"아, 언제부터 이렇게 비관주의자가 된 거예요?"

황당하단 듯 정이선이 탄식했다. 망설임 없이 나오는 답변이, 확신하는 답변의 종류가 저런 방향이란 점이 어이가 없어서 헛웃음을 내뱉거나 말거나 사현은 그에게 손을 뻗었다. 바깥을 걸어오며 발갛게 열이 오른 정이선의 볼을 엄지로 문지르며, 그곳에서 전해지는 온기를 선명히 느끼며 사현이 말했다.

"내기의 기준이 이선 씨인 게 좋겠어요. 그래야 내가 졌다고 해도, 이선 씨가 이겼다는 사실에 기쁠 테니까."

찰나 멍하게 굳어 버린 정이선의 볼 위로 사현이 가볍게 입맞춤하고 물러났다. 이후 그가 차에 시동을 걸고 출발할 때까지 정이선은 돌처럼 굳어서 일순 숨조차 쉬지 못하다가, 뒤늦게 양 볼을 손바닥으로 꾹 누르며 시선을 돌렸다.

갑자기 기습적으로 다가온 말에 심장이 너무 크게 뛰었다. 대체 어떻게 저런 말을 하고도 이렇게 태연할 수 있는지 모를 일이었다. 정말 심장이 미친 듯이 쿵쾅거려 정이선은 심호흡마저 해야 했다.

그러다 문득 정이선의 시야에 발자국이 잡혔다. 미술관 뒤로 펼쳐진 새하얀 눈밭 위에 남은 발자국이었다. 날이 저무는 시각, 낮의 마지막 햇빛과 밤의 어둠이 맞닿는 그 시간 속에 그들의 발자국이 선명하게 보였다.

건물을 갓 빠져나왔을 때는 약간 거리가 있던 두 쌍의 발자국이 중반부터는 가까워져 이곳까지 쭉 이어졌다. 정이선은 저곳이 사현에게 안긴, 서로에게 매달리듯 끌어안았던 장소라는 걸 곧바로 알아차렸다.

"……"

언제나 얼룩진 길을 걸어왔던 정이선에게 하얀 눈밭 위 유일하게 새겨져 있는 발자국은 무척 생소하게 다가왔다. 이상한 울렁임이 가슴 깊숙한 곳에서부터 시작해 따뜻하게 번져 가는 것만 같았다.

그는 그 감각을 곱씹으며 함께하기 시작한 두 명의 흔적을 아주 오래도록 눈에 담았다.

밤의 그림자가 흔적의 위를 하나씩, 하나씩 덮으며 따라왔다.

『해의 흔적』 외전 마침

종이책을 펴내며

안녕하세요, 도해늘입니다.

여기까지 읽어 주신 독자님들께 감사 인사드립니다:)

처음에 해를 등진 채로 서 있던 정이선이 마지막엔 해를 보면서 걸어가는 과정을 쓰기까지, 죽지 못해서 살던 그 아이가 결국 살아서 다행이라는 생각을 하게 되기까지, 아주 아주 험난한 산을 거쳐왔습니다. 그 마지막 문장을 쓰기 위해서 정말 긴 여정을 걸어왔다는 생각이 드네요. 산이 하나도 아니고 여러 개였어요…. 금강산 못지않은 봉우리들이었다….

저는 정말 말이 많은 사람인지라, 후기를 읽다가 독자님들이 길을 잃지 않도록 목차(?)를 세워 봅니다. 예전 소설에서도 작가 후기에 목차가 있었는데 다들 재밌어하셔서 용기를 내어 봅니다.

・목차・

Ⅰ. 제목의 의미 및 각종 설정

해의 흔적

소설의 마지막 문장에서 드러났듯이, 해의 흔적은 그림자를 가리켰습니다. 흔적이 '어떤 현상이나 실체가 없어졌거나 지나간 뒤에 남은 자국이나 자취'라는 뜻이고, 해가 지나간 뒤 남은 자취를 어둠과 그림자로 보아 사현의 능력이 설정되고, '그림자 흔'이란 이름까지 붙었습니다.

'해'는 정이선을 의미했어요. 인물이 능력을 쓸 때 빛난다는 설정이나, 정이sun에서… 사실 이 소설을 J사이트에서 연재했을 당시, 완결 후기에서야 독자님들이 이 정보를 알게 될 거라고 생각했는데 예상치 못하게 커뮤 반응에서 제가 터트린 주접으로 다들 미리 눈치채셨더라고요… 머쓱….

이렇게 제목이 그림자뿐만 아니라 '정이선의 흔적'도 되니, 이선이의 과거와 상처를 의미하기도 하고, 궁극적으로는 그 삶을 가리키고 싶었어요. 흔적이 있다는 건 어떠한 삶을 살았단 의미가 되니, 그런 이선이의 흔적이 계속해서 이어지기를 바랐습니다. 그래서 마지막 문장, "해의 흔적이 길게 이어지는 어느 날이었다"가 나왔습니다. 처음에는 '해의 흔적이 길게 남았다'로 할까 고민했는데, '이어졌다'는 표현을 이선이에게 주고 싶었어요.

사실 소설을 시작한 순간부터 이 문장을 혼자 써놓았어요:)

빛과 그림자

소설 내에서 대조되었던 주인공들의 설정이었죠. 이선이가 히든 능력을 쓸 땐 빛이 퍼진단 설정이나 사현은 새까만 어둠을 활용한다거나… 하지만 많은 독자님이 눈치채셨듯 둘이 떨어져서 각자 존재하진 못한다고 봅니다.

그리고 소설 내에서, 이선이가 '그림자에 갇혔다'는 묘사가 몇 번 나왔어요. 사현의 앞에서, 사현이 드리우는 그림자에 갇혔다는 식으로 몇 번 서술했었는데… 마지막 즈음에 사현은 '꼭, 빛에 갇힌 것만 같았다'라는 문장을 맞이하게 됩니다:)

관계의 역전을 드러내는 장치였다고 생각합니다.

복구사와 고대 7대 불가사의

'복구사'라는 직업은, 사실 제가 액션히어로 영화를 볼 때마다 무너지는 건물을 보며 '저 건물은 어떡하냐…'라는 생각이 들어 등장하게 되었습니다. 독자님들이 많이 공감해주셔서 꽤 재밌었어요(한 분이 '그런 생각을 소재로 삼아 소설로 쓰는 게 대단하다, 이런 분이 작가를 하는 것 같다'고 말해 주셔서 정말 감사했어요. 완결한 지 오래된 지금도 그 댓글이 마음에 남네요).

그래서 이 복구사가 활약할 던전이 필요했고, 무너진 형태만으로 던전을 만들기가 두루뭉술하여 고대 7대 불가사의를 따오게 되었습니다. 그 덕에 이선이는 여섯 명의 친구를 잃어버렸군요…(이선아 사랑해).

던전의 순서는, 우선 7차 던전 파로스의 등대는 고정해 놓고 짰어요. 최종적으로 빛을 받기 위해 등대가 마지막으로 설정됐고, 그 외엔 이선이의 트라우마가 나을 듯 말 듯한 긴장감을 이어가기 위해 교묘히 배치했습니다. 영묘가 6차였던 것도 마지막으로 친구들을 소환해 제대로 건드려야지 하고…(이선아 사랑해2).

챕터 제목의 의미

소설 본편의 주요 챕터를 쭉 나열하면 다음과 같습니다.

1.제안 - 2.복귀 - 3.균열 - 4.전조 - 5.가상 - 6.원상 - 7.잔상 - 8.흔적

사현의 제안과, 정이선의 복귀. 이후 균열은 3차 던전에서

불안정한 상태가 드러난 이선이 때문에 붙여진 제목입니다. 4장 전조는 이선이의 상태를 사현이 면밀하게 살펴보면서… 극단적인 수단(!)까지 쓰게 되는 그런 상황을 가리켰고요. 5장 가상은 4장의 행동으로 인해 보이기 시작하는, 정이선이 멀쩡해 보이는 가상. 6장 원상은 그런 정이선의 실제 상태가 나타났죠(생일 에피소드). 이후 7장 잔상은 '지워지지 아니하는 지난날의 모습'이란 의미를 따라, 이선이의 과거와 그로 인한 결심 등을 다룹니다. 그리하여 마지막 8장, '흔적'은 많이들 예상하셨듯 제목에서 따온 제목이에요! 만약 이선이가 죽었더라면 그 흔적은 과거를 회상하는 흔적에 불과하겠지만, 궁극적으로 소설의 마지막 문장이 그 삶이 끝나지 않음을 가리킨다고 생각합니다:)

복구 능력의 완성도

던전에 들어가면서 차근차근 이선이의 복구 완성도가 늘었다 줄었다 하는데요. 사현이 100퍼센트를 노려 극단적인 수단(!)을 택하면서 실제로 완성도가 올랐었죠. 그렇지만 결국 100퍼센트는 사현 때문이 아닌, 이선이의 결심과 의지로 달성되기를 원했어요.

모든 걸 통제하던 사현이 마지막으로 자만하게 되는 요인 중 하나기도 하고(본인이 100퍼센트를 만들었다고 생각해서), 그런 사현에게 휘둘리지 않는 이선이를 제가 참 좋아합니다. 제가 연재 중 후기에서 자신이 택한 방법으로 효율이 올라서 흡족해하던 인물이 결국 그게 아니란 걸 깨닫는 순간이 좋다고, 제 계획이 완벽한 줄로만 알았던 믿음이 무너지는 걸 마주하는 순간이 좋다고 했었는데, 다행히도 만족스럽게 잘 표현된 것 같아 후련하네요.

그리고 이걸 이야기하니, 당시 연재 때 적은 후기 중 독자님들이 정말 좋아하셨던 Q&A도 언급해야 할 것만 같군요. 제가 『해의 흔적』(이하 해흔)을 연재하는 첫 순간부터 꾸준히 받은 질문에 대한 답이었어요.

Q.사현 후회하나요?
A.사현은 패배합니다.
사현은 본인 기준에서 최고의 효율을 이끌어낼 수 있는 최선의 선택만 해 왔기에, 후회한다기보다는 본인의 플랜이 모두 실패했단 걸 받아들여야 하는 상황에 처했을 뿐입니다.

이건데, 8장 '흔적'에서 사현이 이선이에게 자신을 사랑해 달라고 말했던 내용 밑에 달았던 후기였어요. 저는 그 에피소드에서 사현의 '제가 자꾸 이선 씨한테 져요'라는 대사를 좋아하는 이유를 알릴 겸 썼었는데, 독자님들이 정말 좋아해 주셨고… 사현에게 '패배공'이란 키워드까지 달아주셨고, 심지어는 이북 리뷰 베스트 1위 댓글도 이 후기더라구요. 보

고 되게 놀라고 재밌었던 기억이 있습니다:)

Chord324

이제 슬슬 저의 주접 모먼트가 나오겠군요. 사현이 이끄는 헌터 팀, Chord324는요… 일단 324는 제가 소설을 시작한 날짜, 3월 24일에서 따왔고 Chord는 사현+정이선의 이름에서 땄습니다. 둘의 이름 끝을 모아 '현선'을 사전에 돌려보니 'a chord'란 단어가 나오더라구요. 그래서 팀명이 코드가 됐습니다. 머쓱. 실제로 코드는 '화음'이라는 의미도 있으니 나름 센스 있는 팀명이 아니었나 싶네요. 개인적으로 패스트코드란 별명을 좋아합니다(?)

+)사무실이 42층이죠… 4현2선…(옛날부터 진심이었음)

도시 설정

−왜 용인이었는가?

저와 어머니가 같은 남자가 그곳에서 일하고 있습니다. 어느 날 저한테 연락해서 "요즘도 소설 쓰냐? 뭐 씀?"하고 묻길래, "그쪽 직장 무너지는 소설"이라고 했더니 좋아하더라고요… 내가 진짜 무슨 소설을 쓰는지도 모르고….

−7대 레이드는 왜 송파구에서 발생했는가?

함께 행아웃에서 작업하시던 작가님이 송파구에 거주하셔서… '제가 그곳을 무너뜨려도 될까요?' 묻고, 그렇게 던전 발생지가 됐습니다. 완전 현대 배경으로 소설을 쓴 적이 처음이라 너무 낯설었어요. 으윽. 예상치 못하게 본인의 도시가 폐허가 된 분들껜 죄송합니다….

−도시는 아니지만, 주혁이가 다닌 '광익대학교'는… 저와 친한 작가님이 새벽마다 함께 일해서, 광산에 들어간 광부처럼 일하는 기분이라고 광산+(미술로 유명한 ㅎ익대학교)=광익대학교가 나왔습니다.

II. 인물에 대한 이야기

정이선

복구사라는 직업을 정하자마자 이롭고 선하다 싶어서 '이선'이 만들어졌고, 바르게 돌린단 생각에 '정'까지 붙여서 정이선이 되었습니다(그렇다고 성이 바를 정은 아닙니다).

설정 단계에서는 이선이가 살짝 까칠한 성격이었어요. 그래서 극 초반부엔 조금 쌀쌀하게 나오지 않았나 싶은데, 이제 와선 주접 필터가 장착돼서 다시 봐도 그냥 맬렁콩떡햄져 같고 그렇네요. 아무튼 첫 설정은 그랬는데 막상 써 보니 점점 인물의 무기력한 부분에 초점을 맞추게 되어, 그리고 그게 훨씬 더 이선이다워서 많이 지친 아이가 나왔습니다.

이선이의 생일은 5월 26일로 탄생화는 올리브나무, 의미

는 '평화'입니다. 소설 속 생일 에피소드에선 제가 짭평화
(?)를 주긴 했는데요, 궁극적으론 평화를 줬다고 믿습니다
^-^)7

사현

이선이 이름은 곧바로 나왔는데 공 이름이 도저히 안 나
왔어요. 구상 노트에서 고민한 이름만 열 몇 개인데, 지인들
이랑 이 친구 성격을 미리 이야기하다… 지인이 정말 또라
이 같다고 하셔서, 애칭을 먼저 [성 씨+또라이=ㅁ또]로 정
했어요. 그러던 어느 날, 자려고 누운 순간 머릿속에 계시처
럼 '사또'가 박혀서 사현이 되었습니다. 정말 신기해요… 아
주 오래 고민했는데 그날 사또가 머릿속에 떠오른 이유는
뭐였을까…. 그렇지만 막상 1화를 써 보니 정말 잘 어울리는
이름이란 생각이 들었어요. 뱀 사 같기도 하고… 죽을 사,
검을 현 같기도 하고….

소설 속 커뮤 반응에 나온 '사또'는 (1)사현 또라이 (2)사현
이 또, 두 가지 의미입니다. 그런데 마지막으로 갈수록 독
자님들이 '사랑해 또라이'라고 하셔서 그것도 (3)으로 해두
죠!(??)

제가 말 잘하고, 객관적으로도 잘났고, 계산 잘하는 캐릭
터를 정말 좋아해요. 그런 애가 결국 한 사람 앞에서 모든
계산이 망가지게 되는 게 너무… 너무… 가슴을 웅장하게

만드는 무언가가 있습니다.

사현의 생일은 4월 1일입니다. 탄생화는 아몬드로, 아몬드나무 꽃의 영어 꽃말은 Indiscretion이고, 이 단어는 '무분별한, 지각없는' 등을 의미해요. 그런데 아몬드 자체의 꽃말은 '희망'과 '진실한 사랑'이더라고요.

설화를 살펴보니 테세우스의 아들 데모폰과, 트로키아의 공주 필리스가 있었는데, 데모폰의 무분별하고 지각없는 행위로 인해 필리스가 죽어 아몬드나무가 되었대요. 그 나무 앞에서 데모폰이 진심으로 후회하며 하염없이 울어 필리스가 데모폰을 용서했다고 합니다. 데모폰에서 '무분별한 행동'이란 꽃말이, 필리스에게서 '진실한 사랑'이라는 꽃말이 나왔다네요. 어떻게 보면 사현과 어울리는 꽃말이 아닌가 싶습니다.

사현의 과거를 조금 풀어보자면, 사현은 여덟 살에 각성해 S급 헌터가 되자마자 당시 헌터 협회장님(현: 전 협회장)의 전담 교육을 받았어요. 그분은 사현을 꽤 아꼈고, 능력을 다듬는 데에도 많은 영향을 미쳤습니다.

그리고 협회장님의 남편(교육학 교수님)이 사현의 인성 교육을 담당했고, 이렇게 두 명에게 헌터로서 가져야 할 책임감, 주의해야 할 점을 많이 들었습니다. 일반인을 건드리면 안 된다, 사람을 죽여선 안 된다 등등… 어린 나이에 엄청난 힘을 가진 아이니 세뇌하듯 주의를 줬고, 그게 나름대로 사현의 사고에 영향을 미쳤습니다.

이 때문에 사현은 초중고 교육도 나름 무난히 끝마칩니다. 고등학교는 의무가 아니니 가지 않아도 됐는데, 협회장님이 사회화+힘조절 학습을 목적으로 보냈고… 어릴 적부터 '너는 한국을 대표하는 S급 헌터, 네 행동이 곧 나라의…'라는 말을 듣고 자라온 사현은 한 번의 사고 없이 단정하게 생활합니다(사고 발생 시 자신이 들을 무수히 많은 말이 귀찮아서…).

코드 사인방

처음에는 사현의 능력이 가장 잘 활용되게 돕는 파티 조합으로 구성했어요. 한아린이 땅을 들어 올리고, 주혁이가 불을 띄워서 그림자를 만들고, 나건우가 헤이스트 버프를 걸어 주고, 신지안은 전담 탱커를 맡는 조합이었죠. 그런데 막상 쓰고 보니 네 인물이 모두 단순 조연에서 나아가 각자 개성 있게 나오지 않았나 싶습니다. 각 인물의 과거를 조금 더 자세히 풀어 보자면….

(1)신지안

우선 신지안과 신서임의 관계부터 말하자면, 신서임은 신지안 어머님의 나이 많은 언니입니다(어머니 성을 따랐습니다). 신지안의 아버지가 던전 사고로 일찍 사망했고, 그래서 어린 시절부터 신서임의 집에 들어가 함께 살았어요. 신서임은 당시 그의 죽음을 보고, 좀 더 시민들이 안전한 환경을 만들어야겠단 생각으로 '게이트 발생 시 가장 빠르게 공략한다'를 모토로 한 태신길드를 만듭니다. 실제로 3대 대형 길드 중 태신이 가장 빨리 공대를 준비하고 입장합니다.

신서임은 던전 안에서 꽤 살벌하게 전투하는 편이지만, 제 눈엔 여전히 꼬꼬마인 신지안이 던전에 들어가는 건 용납할 수가 없었어요. 신지안은 계속 난이도 높은 던전에 들어가고 싶어 했지만… 다들 신지안이 어릴 때부터 봐왔고 태신이 만들어진 이유를 아니 '네가 이해해라'며 달래기만 했습니다.

그리고 이런 신지안을 사현이 첫 번째로 코드에 스카우트하게 되는데… 이때의 상황을 더 자세히 파고 들면, 사실 사현의 팀 소식을 들은 신지안이 먼저 사현에게 묻습니다. 당시 사현이 갑자기 HN에서 여러 소란을 겪은 후 특수 정예팀장이 되었단 정보는 길드 사회에 순식간에 퍼졌으니까요. 그래서 어떤 식으로 운영할 거냐고 물어봤고, 사현이 A급 이상의 던전을 주로 다니는 팀으로 운영할 계획이라 하여… 신지안이 혹시 탱커는 필요 없냐 묻고, 그때쯤 눈치를 챈 사현이 '함께할래요?'라고 제안하자마자 신지안이 좋다고 합니다.

사현과 신지안은 서로 1위, 2위 길드 소속으로 안면이 있긴 했으나, 특별한 친분은 없었던 편입니다. 진작 신지안의 능력을 눈여겨보고, 그녀가 던전에 들어가지 못해서 답답해한단 점도 알았지만 태신길드장이 애지중지 아끼는 조카란 점이 사현을 고민하게 했어요.

그래서 사현이 태신과의 관계가 괜찮을까 계산할 무렵, 신지안이 자신을 열심히 어필합니다. 자기가 모든 보조를 맡겠다, 보좌관과 비서 일도 하겠다, 그러니 제발 데려가 달라(!). 신지안이 바란 조건은 두 가지였어요. A급 이상 던전에 들어가게 해 줄 것, 그리고 신서임의 연락을 감당해 줄 것. 당시 신지안에겐 사현만이 유일하게 제 이모님을 감당할 사람이었습니다. 이렇게 사현은 신지안의 강렬한 독립 욕구를 파악하고 팀에 들이게 됩니다(그렇게 사현의 핸드폰엔 신서임의 부재중 전화가 28통 찍혔다고…).

(2)나건우

사현의 두 번째 스카우트 대상입니다. 사현의 공격 특성상 헤이스트 버프가 가장 효과적이라 찾아갔어요. 그 이전까지 둘은 만나서 대화한 적도 없었습니다. 그러니 나건우는 갑자기 사현이 찾아온 것도 놀라운데, 신생 팀에 들어오란 제안까지 받으니 무척 당황했죠. 나건우는 헤이스트 버프의 일인자로 유명해서 진작부터 여러 대형 길드에서 스카우트가 쏟아지는 사람이었어요.

하지만 결국 그런 분이 코드에 들어오게 된 건… 슬슬 S급 헌터 1세대가(헌터 전 협회장·현 협회장, HN 전 길드장, 신서임 등) 조금씩 저무는 시기고, 2세대인 S급 중에선 사현이 가장 뛰어나다고 판단했기 때문입니다. 게다가 유명한 사현이 몸소 찾아와서 스카우트를 제안한다는 점을 좋게 보기도 했고….

무엇보다도 나건우는 어린 자식들이 있기에, 공대를 가장 '안전히' 이끄는 사람이 필요했어요(사현이 추구하는 극한의 효율은 고도의 안전과 맞닿아 있습니다). 힐러는 팀의 상황을 파악하여 적시에 버프를 써야 하니 공대 전체를 살펴보는 시각을 갖습니다. 그래서 나건우는 사현의 과거 공략 영상을 찾아보고, 사현이 어떻게 팀을 이끄는지 파악한 후 괜찮겠다는 판단하에 제안을 수락합니다. 또한 사현이 제안한 돈이 가장 많기도 했습니다.

신생 팀에 과감히 초기 멤버로 합류하신 건우아재! 그리고 경매장에서 그의 아이템을 구해주는 사현을 보며, '아 줄 잘 섰다' 하고 스스로의 혜안에 무척 뿌듯해하셨습니다.

(3)한아린

세 번째로 스카우트된 헌터고, 코드에 오기 전에는 소형 길드 소속이었어요. 길드 이름보다도 '한아린이 있는 길드'로 유명한, 걸어 다니는 길드 수준의 간판이었죠. 당시 한아린은 길드원들과 모두 친하게 언니 동생 하며 지냈는데, 그런 소형 길드를 편입시키려는 나쁜 움직임이 있었습니다. S급 헌터를 개인 경호원처럼 부리고 싶었던 대기업 및 정계 쪽에서 가장 뒷배가 없어 보이는 한아린을 노렸어요.

처음 제안이 왔을 땐 한아린이 가볍게 거절했고, 이후 별다른 피해가 없을 줄 알았는데 쉽게 포기하지 않는 그들은 길드원들을 압박했습니다. 길드원들은 한아린에게 부담을 주고 싶지 않아 침묵하다가 한참 나중에야 한아린이 이를 알게 되었고…. 일이 복잡하게 꼬인 상황 속, 한아린은 자신이 가진 영향력을 어떻게 활용해야 할지 몰랐어요. 그래서 막막해할 무렵, 마침 사현이 스카우트를 하러 왔습니다. 당시 사현이 내민 여러 보석도 물론 유인 요소였지만, '쟤라면 문제를 해결할 수 있지 않을까?' 싶어 대화했고 협의가 완료되었습니다.

그렇게 사현은 한아린의 문제를 성심성의껏 해결해 주었고, 그 과정에서 한아린은 꽤… 여러 꼴들을 보았죠. 과거 천형원과 사현의 전투에서 한아린이 익숙하게 자리를 지키고 있었던 이유기도 합니다. 이런 모습들을 보며 한아린은 '절대로 사현이랑 잘못 엮이지 말아야겠다'는 생각을 굳히고, 잘된 이선이를 보고 혼란이 옵니다(?)

하지만 사실 소설에서도 종종 나왔듯, 한아린은 사현과 은근히 비슷한 면이 있어요. 한아린은 복잡한 걸 싫어하는데 사현이 딱 깔끔하게 상황을 정리하는 편이니 함께하면 환경적+심적으로 편안하고, 성격상 잘 맞습니다. 또한 메인 딜러로서의 합도 무척 잘 맞는 편이고요.

(4)기주혁

마지막으로 스카우트된 최연소 헌터입니다. 주혁이는 21세 하반기부터 헌터 생활을 시작했고(과제 지옥 탈출!) A급 다중 속성 마법 헌터란 게 꽤 희귀해서 여기저기 불렸습니다. 길드 스카우트도 많이 받았지만 아직 이르다 생각해서, 용병처럼 일시적으로 공대에 함께 가는 편이었죠.

그러니 22세 초, 이제 막 열 번쯤 던전에 진입했을 때 사현이 찾아와서 무척 놀랐습니다. 주혁이는 이선이를 팬으로서 좋아했다면, 헌터로서 경외한 사람은 사현이었어요. 그러니 사현이 자신을 찾아왔을 때, 먹던 편의점 우유를 떨구고… 제 팀으로 들어오라는 사현의 제안에 덜덜 떨면서 '제가 잘할 수 있을까요?'라 묻습니다. 당시 주혁이는 스스로의 능력을 정확히 어떻게 써야 할지 잘 몰랐어요. 그때 사현이 '잘하게 만들 거니까요^^'라고 해 주어 당시 주혁이는 큰 감동을 받았으나… 코드로 들어오자마자 시작된 엄청난 훈련에 '내가 새로운 지옥으로 왔다'는 생각을 했답니다.

하지만 은근히, 아니, 꽤 많이 관종 끼가 있는 주혁이는 코드 생활을 굉장히 좋아해요. 코드가 갖는 명성, 사람들이 보내는 선망의 시선도 뿌듯하고…. 그러다 언제 한 번은 학교 수업과 과제를 째고 '코드 훈련 때문에 바빴다'는 핑계를 댄 적이 있습니다. 교수님들은 코드라니 차마 F도 못 주겠고, 이에 신난 주혁이가 사무실에서 관련 이야기를 풀다가 사현에게 들켜서 혼납니다.

사현은 책임을 회피하는 걸 좋아하지 않고, 또한 코드란 이름을 나름 아끼기에(사윤강을 패배시키려고 키운 팀이니 흠집이 없길 바라서) 주혁이에게 코드를 그런 식으로 이용할 거면 나가라고 했고, 주혁이는 울며 반성한 후 교수님께 사실을 고백합니다. 그렇게 주혁이는 늦게 졸업하게 되었죠….

+나머지 코드 팀원의 일부는 과거 사현이 HN 1급 공대에 있었을 때 함께한 팀원들이기도 합니다. 당시 사현은 나이가 어리니 공대장까지는 아니었지만 팀원들과 합을 굉장히 잘 맞춰줬어요(그래야 효율적인 공략이 되니까…). 그래서 만족스러운 팀워크를 보이다, 중간에 길드장이 쓰러지면서 사윤강이 모든 권한을 갖게 되고… 그렇게 사현을 갈구고, 팀도 괴롭혀서 길드를 나갔던 헌터들입니다. 이때 S급 던전 경험이 있는 헌터들이 대거 길드를 빠져나가 길드가 휘청거

리기도 했고, 마지막엔 사현까지 나가려 하니 부랴부랴 사윤강이 특수 정예팀을 만들어줬습니다.

이후 사현이 따로 스카우트를 다녔고, 새 길드에 자리 잡지 않았던 헌터들이 흔쾌히 들어오면서 현재의 코드가 만들어졌습니다. 신생 팀인데 초기 멤버부터가 S급 헌터 둘, A급에서 유명한 헌터 셋 + 던전 경험 꽤 있는 과거 HN 헌터들까지 몰리니… 자연히 국내에 나타나는 S급 던전의 공략권은 코드가 땁니다(사윤강 휘하의 1급 공대가 S급 던전 경험을 쌓지 못하도록 교묘하게 방해하는 목적이기도 했습니다…).

III. 집필하며 힘들었던 점, 좋았던 점

힘들었던 점 (예고: 구구절절한 이야기가 될 겁니다)

(1)하아… 일단 배경부터 짚고 들어가면, 제가 현대 판타지 소설을 읽어본 적 없이 해흔으로 이 배경을 처음 써봤어요. 그러면서 소설을 쓰다니? 정말 겁이 없었네요. 그래서 현판 보는 지인들한테 '설정 이렇게 가도 되나요?'라고 먹먹한 눈물의 카톡을 보내어 물어물어 가며 썼습니다. 독자님들 중 간간이 소설이 게임 형식으로 진행된다고 말씀하신 분이 계셨는데, 맞습니다…. 제가 10년 전 했던 게임의 기억

을 짜내고 짜내며 설정했어요. 마블을 재밌게 봐서 그나마
현대 배경의 판타지가 쓰이지 않았나 싶습니다. 많이 걱정
했는데 다행히 다들 재밌는 현판이라 해주셔서 기뻤어요 울
먹….

(2)전작에서 자료 조사로 고생했던 터라, 차기작은 자료
조사 필요 없는 걸로 써야지! 했는데… 꿈은 이뤄지지 않는
거였죠. 고대 7대 불가사의를 조사하게 될 줄은…. 하지만
제가 역사와 신화를 좋아해서 나름대로 재밌게 준비하지 않
았나 싶습니다. 그리고 액션씬… 아… (이마 짚음) 영화+애
니메이션 전투씬 영상을 살펴보며 썼습니다. 과거의 기억이
스쳐 가는 지금은 너무 웃기네요. 전투씬 쓸 때마다 너무 괴
로웠는데, 제가… 그 액션이 고조되면서 나오는 감정을 좋
아하나 봐요. 힘든 사랑을 하고 있습니다…. 그래도 독자님
들이 좋게 봐주셔서 정말 기뻤습니다. 흑흑

(3)사현의 재주…
……하 ……저는… 말을 잘 못하는… 무말랭이입니다….
그런데 취향은 왜 또 말 잘하는 친구여서 매 작품에서 이렇
게 고통을 받고 있는지(지끈…) 제 플롯은 아주 단순한데 사
현의 말은 단순하지 않으니 정말 쓸 때마다 이마를 쳤습니
다. 플롯으로 보면 확실히 보이는데

—플롯: (3차 퇴장 후 이선이 욕하는 애들과 대화할 때) 고 상하게 여물어

쓸 때: 아…

—플롯: (이선이 까는 사윤강 던전 진입으로 이끌 때) 니가 들어가 보든지^^

쓸 때: 조선사또실록 급구해요ㅜ

제발… 머리가 지끈지끈한 날들이었지만, 막상 나온 거 보면 뿌듯하기도 하고… 그렇지만 정말 괴로웠고… 눈물 나는 건 이 취향이 변하지 않을 거란 사실 같고….

좋았던 점

(1)이선이를 알고 사랑하게 된 점…(갑작스러운 주접) 댓글에서 정말 많이 받았는데, 저한테 능력수에 진짜 진심 같다고(ㅋㅋㅋㅋ)… 맞습니다. 이선이 복구 장면 쓸 때가 제일 재밌고 두근대고 좋았어요. 그리고 이렇게 꾸역꾸역 살아가는 이선이가 한 번씩 툭 터져버릴 때 너무… 가슴이 웅장해졌네요. 사현을 붙잡고 죽지 말라고 울었을 때나, 나중에 살고 싶어져서 죽고 싶다는 생각을 하게 되는 그 모든 장면이요. 그냥 이선이의 감정을 다 사랑했네요.

(2)사현… 절 괴롭게 하는 재주꾼이었지만, 막상 재주 넘

으면 너무 재밌고⋯ 무언가를 팰 때마다 그렇게 짜릿하더라고요. 개인적으로 4차 던전에서 자기 팔에 상처 내 가면서 싸우던 행동을 정말 좋아했어요. 아, 상식적이지 않은 행동에 설렌 순간⋯. 그리고 표현이 조금 이상한데, 사현의 잘 정제된 비인간성을 좋아합니다. 사회화가 성공한 케이스(?)가 아닐까요? 그리고 위에서도 말했지만, 결국 사현이 패배한다는 점을 정말 좋아해요. 사현이 최초로 느낀 공포와 무력감이 이선이 때문이란 게 좋습니다.

(3)제 취향을 모두 넣어서 스스로도 쓰면서 즐겁긴 했지만, 그래도 역시나 독자님들이 좋게 봐주셨기에 제가 이렇게 추억할 수 있는 게 아닌가 싶어요. 감사했던 댓글들을 고르면⋯ 우선 캐릭터 성격이 모두 구분되고, 특징이 뚜렷해서 좋다는 말이요. 특히나 여성 캐릭터가 잘 표현되었단 댓글을 받을 때마다 감사했습니다. 전투씬이 좋다는 댓글과 이미지화가 잘 된다는 댓글⋯! 눈앞에서 영상이 보이는 것처럼 생생하단 말에 정말 기뻤어요. 미장센도 뛰어나다고 해주셔서 수줍었네요. 사실 제가 미장센을 좋아합니다.

그리고 현실이 너무 힘들었는데 해흔을 볼 땐 잊고 웃었다는 댓글에 되게 기뻤어요. 여러분의 하루에 즐거운 시간을 줄 수 있었다면 너무 다행입니다. 감사합니다 :)

(4)커뮤 반응…! 제 주접을 저 아닌 척(?) 넣을 수 있었던 반응! 전 정말 진심으로 커뮤 반응에 호응이 있을 줄 몰랐어요. 제일 첫 커뮤 반응을 썼을 땐 도저히 반응이 상상이 안 되고 괜히 욕먹을까 봐 무서워서 안 넣으려 했거든요. 그런데 지인이 일단 한번 올려보고 반응 별로면 삭제하라고 하셔서 올렸는데, 다들 엄청 좋아해 주셔서 놀랐네요. 커뮤 반응은 여러분이 좋아해 주셔서 끝까지 이어졌습니다ㅠㅠ

Ⅳ. 마지막 인사

길 거라고 예고하긴 했지만, 정말로 긴 후기였습니다. 머쓱…. 이제 마지막 번호를 적어봅니다. 이것마저 길 것 같네요.

하… 마지막이라고 하니 또 혼자 울컥하네요. 사실, 정말 많이 힘들었어요. 소설을 쓰는 내내 '이게 내 한계인가?'라는 생각을 많이 했어요. 글을 쓰는 건 언제나 제게 힘든 일이었다지만 이렇게까지 힘들어도 되는 건가 싶었고, 정말 많은 고민을 했지만 이게 좋은 방향일지 끝없이 의심해야만 했고… 그런데 소설의 마지막 문장을 썼을 때, 제가 한계까지 다 했다는 생각이 들었어요.

저는 한계까지 했고, 제 최선을 다했습니다. 정말… 제가 할 수 있는 만큼 최대한 한 것 같아요. 그렇게 생각하니 후련하더라고요. 일단 저는 제 최대한을 해냈으니 스스로에게 수고했다고 말해 주고 싶네요… 정말 고생했어요ㅜㅜ

그리고 이 글을 무사히 끝낼 수 있었던 건, 작품이 좋다고 여기저기서 말해 주신 독자님들 덕분인 것 같아요. 홀로 글을 쓰다 보면 자기 의심에 깊이 빠지는데, 잘 보고 있단 응원 덕에 수렁에서 나올 수 있었습니다 :)

여러분이 해흔과 긴 시간을 함께해 주셔서, 그만큼 제게서 해흔이 특별해진 것 같아요. 제가 해흔을 집필한 모든 시간을 특별하게 만들어 주셔서 감사합니다. 여러분과 함께한 순간이 곧 제게 빛이었습니다^-^

작품을 이북으로 출간한 후에도 참 많은 연락을 받았어요. 독자님들이 재밌게 읽었다고 해 주시기도 했고, 또 여러 좋은 제안도 많이 받아서 출간한 후 몇 달을 신기한 기분으로 보냈습니다. 그리고 그중 하나가 바로 이번 종이책이에요!

제가 처음으로 정식 출간하는 종이책이 해흔이어도 되는가 깊은 고민을 했는데, 기회를 놓치고 싶지 않아서 이렇게 종이책 후기를 쓰고 있네요ㅎㅎ 표지를 구상하고 굿즈를 고민하는 과정이 무척 신기하고 즐거웠어요. 그리고 표지에 해흔 영제가 'A trace of the wonder'이라 적혀 있는데, 사실

저는 처음엔 직관적으로 'A trace of the Sun'으로 생각했거든
요. 그런데 담당 편집자님이 이선이와 불가사의를 비유하는
의미로 wonder를 하면 어떻겠냐고 제안해 주셔서, 그리고
그게 너무 멋져서 현재 영제로 결정되었습니다. 이선이가
wonder이라니… 멋있지 않나요?(언젠가 나왔던 캐쳐 주접:
이선이 풀냄새 난다. wonder풀…)

이렇게 제게 다양한 경험을 안겨 주는 해흔이 점점 소중
해지는 요즘입니다.

이만 이 긴 후기를 마쳐야 할 때가 왔네요. 여기까지 읽어
주셔서 감사드리고, 이 해흔 종이책을 가지고 있는 여러분
에게 마지막으로 하고 싶은 말이 있어요.

.

.

.

.

.

.

☀ 여러분이 바로 명예 썬캐쳐! ☀

해의 흔적 3

초판 1쇄 인쇄 2021년 05월 10일
초판 1쇄 발행 2021년 05월 20일

지은이 도해늘
펴낸이 정은선

편집 최민유
마케팅 왕인정, 박성회
디자인 디자인그룹 헌드레드

펴낸곳 (주)오렌지디
출판등록 제2020-000013호
주소 서울특별시 강남구 선릉로428
전화 02-6196-0380 **팩스** 02-6499-0323

ISBN 979-11-91164-37-4 (04810)
ISBN 979-11-91164-34-3 (set)

www.oranged.co.kr